A arte de inventar o amor

Kristan Higgins

A arte de inventar o amor

Como o namorado perfeito pode se tornar real?

Tradução
Ana Rodrigues

HarperCollins *Brasil*

Rio de Janeiro, 2016

Título original: TOO GOOD TO BE TRUE

Contatos:
Rua Nova Jerusalém, 345 – Bonsucesso – 21042-235
Rio de Janeiro – RJ – Brasil
Tel.: (21) 3882-8200 – Fax: (21) 3882-8212/8313

CIP-Brasil. Catalogação na Publicação
Sindicato Nacional dos Editores de Livros, RJ

H549a

Higgins, Kristan,

A arte de inventar o amor: Como o namorado perfeito pode se tornar real? / Kristan Higgins; tradução Ana Rodrigues. - 1. ed. - Rio de Janeiro : HarperCollins Brasil, 2016.

336 p. ; 23 cm.

Tradução de: Too Good To Be True
ISBN 978.85.6980.989-0

1. Romance americano. I. Rodrigues, Ana. II. Título.

16-30200 CDD: 813
CDU: 821.111(73)-3

Este livro é dedicado à memória da minha avó, Helen Kristan,
sem dúvida a mulher mais adorável que eu já conheci.

Agradecimentos

A Mary Carvainis Agency... meus agradecimentos, como sempre, para a brilhante e generosa Maria Carvainis, por sua sabedoria e por suas orientações. Também agradeço a Donna Bagdasarian e June Renschler por seu entusiasmo por este livro.

À Harlequin Books, meus agradecimentos a Keyren Gerlach, por seus comentários educados e inteligentes e a Tracy Farrel por seu apoio e encorajamento.

Obrigada a Julie Revell Benjamin e Rose Morris, minhas companheiras escritoras; e a Beth Robinson, da PointSource Media, que fez meu site na internet e meus trailers tão fantásticos.

No lado pessoal, agradeço aos meus amigos e familiares, que escutam incessantemente as minhas ideias: mamãe, Mike, Hilly, Jackie, Nana, Maryellen, Christine, Maureen e Lisa. Que sorte a minha por ter essa família e esses amigos.

Obrigada aos meus queridos filhos, que tornam a minha vida tão deliciosa e, especialmente, ao meu amor, Terence Keenan. Palavras, nesse caso, simplesmente não são o bastante.

E, finalmente, agradeço ao meu avô, Jules Kristan, um homem devotado, leal, de uma inteligência aguçada e uma bondade inata e sem limites. O mundo é um lugar melhor por causa do seu exemplo, querido vovô.

Prólogo

Inventar um namorado não é nenhuma novidade para mim. Não tenho problemas em admitir isso. Algumas pessoas gostam de ver vitrines e de ficar olhando para coisas que nunca vão poder comprar. Outras ficam olhando para fotos de resorts na internet que nunca visitarão. E há aquelas que imaginam ter conhecido um cara realmente legal quando, na verdade, não conheceram.

A primeira vez em que isso aconteceu foi no sexto ano da escola. Hora do recreio. Heather B., Heather F. e Jessica A. estavam reunidas em seu pequeno círculo de popularidade. Elas usavam brilho nos lábios e sombra nos olhos, tinham lindas bolsas de mão e também tinham namorados. Naquela época, sair com um garoto só queria dizer que ele talvez se desse ao trabalho de cumprimentá-la quando passasse por você no corredor, mas era um símbolo de status. Um símbolo que eu não tinha, assim como a sombra nos olhos. Heather F. estava observando o garoto com quem saía, Joey Ames, enquanto ele colocava um sapo dentro da calça, por razões só compreensíveis para os garotos do sexto ano. Enquanto o observava, ela conversava com as outras sobre sua intenção de terminar com Joey e começar a sair com Jason.

E, de repente, sem pensar duas vezes, me peguei dizendo que eu também estava namorando... um garoto de outra cidade. As três meninas populares se voltaram para mim com um súbito interesse, e eu me peguei falando sobre Tyler, sobre como era uma gracinha, inteligente e educado. Um cara mais velho, de catorze anos. Também disse que a família dele era dona de um rancho onde criavam cavalos e que queriam que eu batizasse o novo potrinho. Eu contei que iria treinar o potro para que atendesse apenas ao meu assobio e para que viesse quando eu chamasse.

É claro que todas nós inventamos um garoto assim. Certo? Qual era o problema de acreditar, ou quase, que em algum lugar longe dali havia um garoto como Tyler dos cavalos, nem que fosse para contrabalançar os que colocavam sapos nas calças? Era quase como acreditar em Deus. Temos que acreditar. Afinal, qual é a alternativa? As outras garotas compraram a ideia, me encheram de perguntas e passaram a me olhar com mais respeito.

Heather B. até me convidou para sua festa de aniversário que se aproximava, e eu aceitei, feliz. É claro que quando a ocasião chegou, fui forçada a dividir com as garotas a triste notícia de que o rancho de Tyler havia sido devastado pelo fogo e a família se vira obrigada a mudar para o Oregon, levando meu potro, Sol da Meia-Noite, com eles. Talvez, as Heathers e o resto das meninas da minha turma tenham desconfiado da verdade, mas percebi que não me importava nem um pouco com isso. Imaginar Tyler fez com que eu me sentisse... ótima, para dizer a verdade.

Mais tarde, quando eu tinha quinze anos, e nos mudamos de nossa humilde cidade de Mount Vernon, em Nova York, para a elegante Avon, em Connecticut, onde todas as garotas tinham cabelos lisos e dentes muito brancos, eu inventei outro garoto. Jack, o namorado da minha cidade natal. Oh, ele era tão lindo (como provei mostrando a foto em minha carteira, que eu havia cortado cuidadosamente de um catálogo da loja J. Crew). O pai de Jack tinha um restaurante incrivelmente lindo chamado Le Cirque (é, eu tinha quinze anos). Jack e eu estávamos indo devagar... sim, nós nos beijávamos, na verdade já havíamos ido um pouco mais adiante, mas ele era tão respeitoso, que não fora além. Queríamos esperar até estarmos mais velhos. Talvez ficássemos noivos logo e, como a família dele me adorava, queriam que Jack me comprasse um anel da Tiffany's, não um diamante, mas talvez uma safira, parecida com a da princesa Diana, mas um pouco menor.

Infelizmente, rompi com Jack quatro meses depois que comecei meu segundo ano do Ensino Médio, para ficar disponível para os garotos locais. Minha estratégia fracassou... os garotos locais não estavam muito interessados em mim. Na minha irmã mais velha, com certeza... Margaret de vez em quando me buscava na escola quando não estava na faculdade, e os garotos ficavam paralisados só de olhar sua beleza intensa e gloriosa. Até minha irmã mais nova, que ainda estava na sétima série na época, já dava sinais de que se tornaria uma beldade. Mas eu fiquei sozinha, e desejei não ter rompido com meu namorado fictício, senti falta do prazer e do aconchego que experimentava ao imaginar um garoto daqueles gostando de mim.

Então veio Jean-Philippe. Esse foi inventado para conter um cara irritante e incrivelmente persistente na faculdade. Um estudante de Química que, pensando bem, imagino que sofresse da Síndrome de Asperger, que o tornava imune a qualquer obstáculo social que eu colocasse em seu caminho. Em vez de simplesmente ir direto ao assunto e dizer ao cara que eu não gostava dele (isso parecia tão cruel...), instruí minha colega de quarto a rabiscar bilhetes e colá-los na porta do quarto, para que todos pudessem ver:

"Grace, J.P. ligou de novo, ele quer que você passe as férias com ele em Paris. Retornar a ligação *toute suite*."

Eu *amava* Jean-Philippe, amava imaginar que um francês bem-vestido tinha uma queda por mim! Que ele ficava passeando pelas pontes de Paris, olhando triste para o Sena, ansiando por mim e suspirando de saudades enquanto comia croissants de chocolate e bebia um bom vinho. Oh, cultivei uma paixonite por Jean-Philippe por anos, rivalizando apenas com meu amor por Rhett Butler, a quem descobri aos treze anos e nunca mais abandonei.

Durante a década dos meus vinte anos, e até mesmo agora, aos trinta, inventar um namorado era uma técnica de sobrevivência. Florence, uma das senhorinhas da casa de repouso Golden Meadows Senior Village, recentemente me oferecera seu sobrinho, durante a aula de dança de salão, da qual eu era assistente.

— Querida, você simplesmente vai amar Bertie! —, ela disse em sua vozinha aguda, enquanto eu tentava fazê-la girar para a direita. — Posso dar seu telefone a ele? Bertie trabalha na área e saúde, é podólogo. Mas ele tem um probleminha... Também, as garotas hoje em dia escolhem demais. Na minha época, se a mulher tivesse trinta anos e fosse solteira, era o mesmo que estar morta. Só porque Bertie parece ter seios, qual o problema? A mãe dele era uma mulher de seios grandes também, oh, ela era peituda...

Na mesma hora surgiu o namorado imaginário.

— Oh, ele parece um amor, Flo... mas acabei de começar a namorar um rapaz. Pena.

Mas tenho que admitir que não era só quando eu estava no meio de outras pessoas que eu inventava namorados. Também usava o namorado de emergência como... bem, vamos dizer como um mecanismo de compensação.

Por exemplo, algumas semanas atrás, eu estava dirigindo para casa em um trecho escuro e solitário da Connecticut's Route 9, pensando em meu ex-noivo e em sua nova amada, quando meu pneu estourou. Como é típico quando encaramos a morte, um milhão de pensamentos passaram por minha mente, enquanto eu lutava para controlar o volante, tentando evitar que o carro derrapasse, e mal percebia que a voz gritando "Meu Deus, meu Deus, meu Deus!" era minha. A primeira coisa que me veio à cabeça foi que eu não tinha nada para usar no meu funeral (*calma, calma, você não quer que o carro derrape*). A segunda, se o caixão aberto não fosse uma opção, eu esperava que meu cabelo não estivesse tão rebelde na morte quanto fora em vida (*segure o volante com mais força, você está perdendo o controle*). Minhas irmãs ficariam devastadas, meus pais ficariam anestesiados pela dor, em um silêncio desesperado, ao menos no dia do enterro (*pise no acelerador, só um pouco, para manter o carro estável*). E, santo Deus, Andrew ficaria arrasado pela culpa! Passaria o resto da vida se arrependendo de ter me dispensado (*diminua a velocidade aos poucos agora, ligue o pisca-alerta, bom, bom, ainda estamos vivas*).

Quando o carro estava parado, em segurança, no acostamento, fiquei sentada, tremendo, o coração batendo como uma persiana em um furacão.

— Jesus, obrigada! Jesus, obrigada! Jesus, obrigada! — eu recitei, enquanto procurava pelo meu telefone celular.

É claro que ele estava sem sinal. Esperei por um tempo e então, resignada, fiz o que precisava fazer. Sai do carro sob o temporal frio de março e examinei meu pneu arrebentado. Abri o porta-malas, peguei o macaco e o estepe. Só então percebi que nunca havia trocado um pneu antes. Enquanto me esforçava para fazer o serviço, volta e meia um carro passava em alta velocidade, jogando água em mim. Prendi minha mão com tamanha força que deu sangue pisado, quebrei uma unha, arruinei meus sapatos e fiquei imunda de lama e graxa.

Ninguém parou para me ajudar. Nem uma única alma. Ninguém sequer pisou no freio, por sinal. Acabei trocando o pneu, praguejando, revoltada com a crueldade do mundo, mas vagamente orgulhosa por trocar um pneu sozinha. Então entrei novamente no carro, os dentes chacoalhando, os lábios azuis de frio, encharcada e suja. Voltei para a estrada e tudo em que conseguia pensar era em um banho, em uma bebida quente, no programa *Project Runaway* e no meu pijama de flanela. Em vez disso, encontrei um desastre esperando por mim.

A julgar pelas evidências, Angus, meu West Highland Terrier, havia mastigado o trinco de segurança, do tipo feito para proteger as crianças, que eu havia prendido em meu armário de cozinha recém-pintado, arrastado a lata de lixo para o meio da cozinha, virado tudo no chão e comido o frango de qualidade já duvidosa que eu jogara fora àquela manhã. Ao que parecia, não havia nada de duvidoso em relação ao frango, ele realmente estava estragado. Meu pobre cão havia vomitado com tanta intensidade que as paredes da minha cozinha estavam cobertas de vômito de cachorro. Uma trilha de bile amarelo-esverdeada descia do alto da parede passando por cima do relógio no formato do gato Fritz. Uma trilha de excremento úmido seguia até a sala de estar, onde encontrei Angus esparramado sobre meu tapete oriental em tons pastéis, que eu acabara de limpar. Meu cachorro arrotou repulsivamente, latiu uma vez e balançou a cauda com amor e culpa no meio das poças de vômito.

Nada de banho. Nada de Tim Gunn e *Project Runaway*. Nada de bebida quente.

E o que tudo isso tinha a ver com outro namorado imaginário? Bem, enquanto eu esfregava o tapete com água e alvejante e tentava preparar Angus emocionalmente para o supositório que o veterinário me instruíra a colocar nele, me descobri imaginando a seguinte cena.

Eu estava voltando de carro para casa quando meu pneu estourou. Eu parei, peguei meu telefone celular e blá, blá, blá... Mas o que foi isso? Um carro diminuiu a velocidade e parou atrás de mim. Era, vamos ver... um desses carros híbridos ecologicamente corretos e, ah, e a placa especial deixava claro que era médico. Um bom samaritano na forma de um homem alto e magro, com cerca de 35 anos, se aproximou do meu carro. Ele se abaixou. Olá! E então aconteceu... aquele momento em que olhamos para alguém e simplesmente... Kabum! Sabemos que ele é O Cara.

Na minha fantasia, aceitei a oferta de ajuda do bom samaritano. Dez minutos mais tarde, ele havia trocado o pneu, guardado o outro, estourado, no porta-malas e me entregado seu cartão. Wyatt Alguma Coisa, médico do Departamento de Cirurgia Pediátrica. Ah...

— Me ligue quando chegar em casa, só para eu saber que você chegou bem, certo? — ele disse, sorrindo. Kabum! Ele anotou o número de seu telefone de casa no cartão, enquanto eu me embriagava olhando para suas covinhas atraentes e para seus longos cílios.

A fantasia tornou a limpeza de toda aquela sujeira muito mais agradável.

É óbvio que eu sabia perfeitamente que meu pneu não havia sido trocado por um médico bonito e gentil. Não contei isso a ninguém. Apenas um pouco de escapismo, certo? Não, não havia nenhum Wyatt (sempre gostei desse nome, tão imponente e nobre). Infelizmente, um cara como esse era bom demais para ser verdade. Não andava por aí conversando sobre o cirurgião pediátrico que havia trocado o meu pneu, é claro que não. Não. Eu mantinha isso para mim mesma, só como um mecanismo de compensação, como eu já disse. Fazia anos que eu não inventava publicamente um namorado.

Quer dizer, até recentemente.

Capítulo um

— *E*ntão, com esse único ato, Lincoln mudou o curso da História Americana. Ele era uma das figuras mais desprezadas da política em sua época, mesmo assim preservou a União e é considerado o maior presidente que nosso país já teve. E que possivelmente jamais teremos.

Meu rosto enrubesceu... Acabáramos de começar nossa aula sobre a Guerra Civil Americana, e essa era a matéria que eu mais gostava de ensinar. Mas meus alunos do último ano do Ensino Médio estavam à beira do coma de uma tarde de sexta-feira. Tommy Michener, meu melhor aluno na maior parte dos dias, olhava perdidamente para Kerry Blake, que se espreguiçava com a intenção de, ao mesmo tempo, atormentar Tommy com o que ele não poderia ter e convidar Hunter Graystone IV a pegar o que oferecia. Enquanto isso, Emma Kirk, uma menina bonita e de bom coração, fora amaldiçoada por ser uma aluna externa, não morar na escola, e por isso acabara excluída do grupo dos "legais". Ela olhava para a própria mesa. Emma tinha uma paixonite por Tommy e conhecia muito bem a obsessão dele por Kerry... pobre menina.

— E então, quem poderia me dizer os pontos de vista opostos? Alguém?

Do outro lado, veio o som de uma risada. Todos olhamos. Kiki Gomez, uma professora de Inglês, dava aula ao ar livre, já que o dia estava agradável, o clima ameno. Os alunos dela não pareciam entorpecidos e exaustos. Maldição! Eu também deveria ter levado meus alunos lá para fora.

— Vou lhes dar uma pista — continuei, olhando para os rostos sem expressão. — Direitos dos Estados versus Controle Federal. União versus Secessão. Liberdade para governar independentemente versus Liberdade para todas as pessoas. Com escravos ou sem escravos. Lembraram-se?

Naquele momento, bateu o sinal de fim da aula e meus preguiçosos alunos voltaram subitamente à vida e correram para a porta. Tentei não encarar aquilo como pessoal. Meus alunos do último ano normalmente eram mais aplicados, mas era sexta-feira. Os garotos tiveram provas no início da semana e haveria um baile naquela noite. Eu compreendia.

A Academia Manning era o tipo de escola que refletia o que era a Nova Inglaterra. Prédios majestosos de tijolos cobertos pela indispensável hera, magnólias e arbustos muito verdes, campos de futebol e de lacrosse da cor de esmeraldas e a promessa de que, pelo preço de uma pequena casa, nós conseguiríamos que seus filhos fossem para a faculdade que escolhessem: Princeton, Harvard, Stanford, Georgetown. A escola, que fora fundada nos anos 1880, era como um pequeno mundo autossuficiente. Muitos professores moravam no campus, mas os que não moravam, como eu, costumavam se comportar como os alunos às sextas-feiras, ansiosos para que terminasse a última aula do dia para que pudéssemos ir para casa.

Exceto por essa sexta-feira. Eu teria ficado muito satisfeita de ficar na escola naquele dia, tomando conta dos alunos no baile ou supervisionando o jogo de lacrosse. Droga! Eu faria até a limpeza dos banheiros se precisasse. Qualquer coisa seria melhor do que os meus planos atuais.

— Oi, Grace! — disse Kiki, entrando em minha sala.

— Oi, Kiki. Sua aula parecia divertida, lá fora.

— Estávamos lendo *O Senhor das Moscas* — ela me contou.

— É claro! Agora entendo por que estavam rindo. Nada como a morte de porquinhos para animar o dia...

Kiki riu orgulhosa.

— Então, Grace, conseguiu alguém para acompanhá-la?

Fiz uma careta.

— Não. Não consegui. Isso não vai ser bonito de ver.

— Oh, droga... — ela falou. — Sinto muito.

— Bem, não é o fim do mundo — murmurei, tentando ser corajosa.

— Tem certeza disso? — Assim como eu, Kiki era solteira. E ninguém sabia melhor do que uma mulher solteira na casa dos trinta anos o inferno que era ir a um casamento sem um acompanhante. Em poucas horas, minha prima Kitty, que uma vez cortara minha franja até a raiz dos cabelos quando eu estava dormindo na casa dela, iria se casar. Pela terceira vez. Em um vestido no estilo do da Princesa Diana.

— Veja, é o Eric! — anunciou Kiki, animada, apontando para a janela à minha direita. — Oh, obrigada, Senhor!

Eric era o rapaz que lavava as janelas da Academia Manning a cada primavera e a cada outono. Embora ainda estivéssemos no início de abril, a tarde estava quente e agradável e Eric estava sem camisa. Ele sorriu para nós, muito consciente da própria beleza, e começou a limpar as janelas.

— Convide-o! — sugeriu Kiki, enquanto o observávamos com grande prazer.

— Ele é casado — falei, sem tirar os olhos dele. Aquela troca de olhares provocativos com Eric era o ato mais íntimo que eu tivera com um homem já há algum tempo.

— *Bem* casado? — perguntou Kiki, não se importando nem um pouco em destruir um ou dois lares para conseguir um homem.

— Sim. Ele adora a esposa.

— Odeio isso — ela resmungou.

— Eu sei. É injusto.

A perfeição de homem que era Eric piscou para nós, soprou um beijo e passou o rodo para frente e para trás na janela, os ombros musculosos, se contraindo lindamente, barriga tanquinho se destacando, o sol cintilando em seu cabelo.

— Preciso ir — falei, sem mover um músculo. — Preciso trocar de roupa e me arrumar. — A ideia fez meu estômago se revirar. — Kiki, você tem certeza de que não conhece ninguém que eu possa levar? Ninguém? Eu realmente não queria ir sozinha.

— Não conheço, Grace. — Ela suspirou. — Talvez você devesse ter contratado alguém, como naquele filme com a Debra Messing.

— Essa é uma cidade pequena. Um gigolô provavelmente chamaria a atenção. E isso, provavelmente, não seria nada bom para a minha reputação. "Professora da Manning contrata garoto de programa. Os pais estão preocupados." Esse tipo de coisa, entende?

— E quanto a Julian? — ela perguntou, se referindo ao meu amigo mais antigo, que costumava sair comigo e com Kiki em nossas noites de meninas.

— Minha família o conhece. Ele não convenceria.

— Como namorado, ou como heterossexual?

— Ambos, eu acho — respondi.

— Isso é péssimo. Ele é um excelente dançarino.

— É mesmo. — Olhei para o relógio e o medo que me perseguira durante toda a semana, me dominou de vez. O problema não era só ir sozinha ao casamento da prima Kitty. Também seria apenas a terceira vez que eu veria Andrew desde que havíamos terminado, e sem dúvida a presença de um acompanhante me ajudaria muito.

Bem, por mais que eu desejasse simplesmente ficar em casa e ler *E o Vento Levou* ou assistir a um filme, tinha que ir. Além do mais, eu vinha ficando muito em casa nos últimos tempos. Meu pai, meu melhor amigo gay, e meu cão, embora fossem ótimas companhias, provavelmente não deveriam ser os únicos homens em minha vida. E sempre havia a chance microscópica de que eu conhecesse alguém no próprio casamento.

— Talvez Eric vá — falou Kiki, indo até a janela e abrindo-a. — Ninguém precisa saber que ele é casado.

— Kiki, não — protestei.

Ela não ouviu.

— Eric, Grace precisa ir a um casamento esta noite. Seu ex-noivo vai estar lá e ela não tem um acompanhante. Você poderia ir com ela? E fingir que a adora e coisa e tal?

— Obrigada de qualquer modo, mas não — eu disse, sentindo meu rosto muito vermelho.

— Seu ex, é? — comentou Eric, enquanto secava a janela.

— Sim. Talvez seja melhor eu cortar meus pulsos agora. — Sorrio para deixar claro que não estou falando sério.

— Tem certeza de que não pode ir com ela? — perguntou Kiki.

— Minha esposa provavelmente não gostaria muito da ideia — respondeu Eric. — Sinto muito, Grace. Boa sorte.

— Obrigada — eu respondo. — Parece pior do que é na realidade.

— Ela não é corajosa? — perguntou Kiki. Eric concordou e passou para a próxima janela, enquanto Kiki se debruçava tanto para olhá-lo que quase caiu. Ela trouxe o corpo para dentro da sala de novo e suspirou. — Então você vai sozinha — disse, no mesmo tom que um médico teria usado para dizer "Sinto muito, seu estado é terminal".

— Bem, eu tentei, Kiki — lembrei a ela. — Johnny, que entrega minhas pizzas está saindo com uma moça que gosta de pizza de anchova com alho, você acredita? Brandon, da casa de repouso disse que preferia se enforcar a servir de acompanhante para um casamento. E acabo de descobrir que o cara bonitinho da farmácia tem apenas dezessete anos e, embora ele houvesse dito que ficaria feliz em ir comigo, Betty, a farmacêutica, é sua mãe e mencionou algo sobre assediadores e sobre uma lei a esse respeito, Mann Act ou alguma coisa assim. Depois disso, passei a ir em outra farmácia.

— Ops — falou Kiki.

— Não foi nada demais. Terminei sem opções. Portanto irei sozinha, serei nobre e corajosa, passarei o tempo todo procurando por alguém para atacar e terminarei deixando a festa com um garçom. Se eu der sorte — Sorri. Corajosamente.

Kiki riu.

— Ser solteira é uma droga — ela anunciou. — E, meu Deus, ser solteira em um casamento... — Minha amiga estremeceu.

— Obrigada pela força — eu disse.

Quatro horas depois, eu estava no inferno.

A combinação familiar e nauseante de esperança e desespero fazia meu estômago se revolver. Havia pensado sinceramente que estava bem melhor ultimamente. Sim, meu noivo havia me abandonado há quinze meses, mas eu não estava deitada em posição fetal, chupando o dedo. Continuara a trabalhar, a dar aulas... E muito bem, na minha opinião. Saía com amigos. Está certo que a maior parte das minhas saídas era para dançar com senhores bem mais velhos ou para encenar as batalhas da Guerra Civil, mas eu saía. E, sim, hipoteticamente, eu adoraria encontrar um homem que fosse uma mistura da personalidade de Atticus Finch com a de Tim Gunn e com a aparência de George Clooney.

Portanto, aqui estou eu, em outro casamento. O quarto casamento na família desde O Abandono, o quarto em que eu ia desacompanhada, tentando heroicamente irradiar felicidade, para que meus parentes parassem de sentir pena de mim e de tentar arrumar encontros para mim com primos distantes e esquisitos. Ao mesmo tempo, eu tentava aperfeiçoar O Olhar, que transmitia um divertimento irônico, um certo contentamento interior e o mais absoluto conforto. Um olhar do tipo *Oi! Estou muito bem por estar solteira em outro casamento e não estou desesperada para encontrar um homem. Mas, se por um acaso, você for heterossexual, tiver menos de 45 anos, for atraente, tiver uma boa situação financeira e for moralmente correto, apareça!* Quando eu dominasse O Olhar, planejava dividir um átomo, já que ambas as coisas exigiam o mesmo nível de talento.

Mas quem sabe? Talvez hoje meus olhos encontrassem alguém, um homem que também estivesse solteiro e com esperança de encontrar alguém e que não fosse patético. Vamos dizer, um cirurgião pediátrico, apenas para não desperdiçar a fantasia. E kabum! Nós saberíamos na mesma hora.

Infelizmente, na melhor das hipóteses, meu cabelo estava me fazendo parecer, uma bela cigana selvagem, mas era mais provável que eu estivesse parecendo a Gilda Radner. Eu deveria ter lembrado de chamar um exorcista para ver se conseguia que ele arrancasse os demônios dos meus cabelos, conhecidos por quebrar pentes e por comer escovas de cabelo.

Hummm... Lá estava um cara bem interessante. Com cara de nerd, esguio, de óculos, definitivamente o meu tipo. Então, ele percebeu que eu o encarava e imediatamente deixou claro que sua mão estava presa à outra mão, que estava presa a um braço, que por sua vez pertencia a uma mulher. Ele olhou encantado para ela, deu um beijo em seus lábios e olhou nervoso em minha direção. *Está certo, está certo, não precisa entrar em pânico, rapaz,* eu pensei. *Mensagem recebida.*

De fato, todos os homens com menos de quarenta anos pareciam estar acompanhados. Havia vários octogenários presentes, um deles, inclusive, estava sorrindo para mim. Hummm... Oitenta anos era velho demais? Talvez eu *devesse* ficar com um homem mais velho. Talvez estivesse desperdiçando meu tempo com homens que ainda tinham as próstatas funcionando e os joelhos originais de fábrica. Talvez houvesse alguma coisa interessante em um velho rico e safado. O senhor ergueu as sobrancelhas grossas, mas sua intenção de que eu fosse sua garotinha terminou de repente quando a esposa do homem apareceu, o cutucou com força e me fuzilou com um olhar da mais pura desaprovação.

— Não se preocupe, Grace. Logo será sua vez — falou de repente uma tia com voz de buzina.

— Nunca se sabe, tia Mavis — respondi com um sorriso doce. Era a oitava vez naquela noite que eu ouvia alguma coisa parecida, e estava começando a considerar a hipótese de tatuar em minha testa: *Não estou preocupada, logo será a minha vez.*

— É difícil vê-los juntos? — grasnou Mavis novamente.

— Não. De jeito nenhum — menti, ainda sorrindo. — Fico muito feliz por estarem namorando. — Sem dúvida *feliz* era um exagero, mas, ainda assim, o que mais eu poderia dizer? Era complicado.

— Você é corajosa — declarou Mavis. — É uma mulher corajosa, Grace Emerson. — Então ela se afastou em busca de mais alguém para atormentar.

— Muito bem, pode falar — exigiu minha irmã, Margaret, sentando-se em minha mesa. — Está procurando por algum instrumento bem afiado para cortar os pulsos? Pensando em aspirar um pouco de monóxido de carbono?

— Ah, veja só quanta doçura. Sua preocupação de irmã traz lágrimas aos meus olhos.

Margaret sorriu.

— É mesmo? Conte tudo para a sua irmã mais velha.

Dei um longo gole no meu Gim-tônica.

— Estou ficando um pouco cansada de ouvir as pessoas dizendo o quanto sou corajosa, como se eu fosse uma fuzileira naval que pulou em cima de uma granada. Ser solteira não é a pior coisa do mundo.

— Eu vivo desejando ser solteira — respondeu Margs quando viu o marido se aproximar.

— Oi, Stuart — falei com carinho. — Não vi você na escola hoje. — Stuart era o psicólogo escolar da Manning e, na verdade, fora ele quem me avisara que havia uma vaga no Departamento de História, seis anos atrás. Ele seguia o estereótipo... camisas modelo oxford, por baixo de coletes quadriculados, mocassins franjados e a barba característica. Um homem tranquilo e gentil. Ele e Margaret haviam se conhecido na faculdade e Stuart era o servo devoto da esposa desde então.

— Como está indo, Grace? — ele perguntou, me entregando um novo copo de Gim-tônica, o drinque que era a minha marca pessoal.

— Estou ótima, Stuart — respondi.

— Olá, Margaret! Olá, Stuart! — cumprimentou minha tia Reggie, da pista de dança. Então, ela me viu e congelou. — Oh, olá, Grace, como você está bonita. E mantenha a cabeça erguida, querida. Logo, logo estará dançando em seu próprio casamento.

— Meu Deus, obrigada, tia Reggie — respondi, dando um olhar significativo na direção da minha irmã. Reggie me deu um sorriso triste e se afastou para fofocar.

— Ainda acho isso esquisito — falou Margs. — Como Andrew e Natalie puderam sequer... Meu Jesus Santíssimo! Não consigo entender o que aconteceu. Aliás, onde eles estão?

— Grace, como você está? É só fachada, ou você está realmente bem? — Agora foi mamãe quem se aproximou da nossa mesa. Papai, empurrando a própria mãe, já muito idosa, em uma cadeira de rodas, vinha logo atrás.

— Ela está bem, Nancy! — ele rugiu. — Olhe para ela! Não lhe parece bem? Deixe-a em paz. Não fale sobre isso.

— Cale-se, Jim. Conheço minhas filhas e sei que essa aqui está magoada. Uma *boa* mãe sabe disso. — Ela o fuzilou com um olhar cheio de significados.

— Se você é uma boa mãe, eu sou um ótimo pai — devolveu papai.

— Estou bem, mamãe. Papai está certo. Estou magnífica. Ei, Kitty não está fantástica?

— Quase tão bonita quanto em seu primeiro casamento — falou Margaret.

— Você viu Andrew? — perguntou mamãe. — É difícil, querida?

— Estou bem — repeti. — De verdade, estou ótima.

Mémé, minha avó de 93 anos de idade, sacudiu o gelo do drinque em seu copo.

— Se Grace não consegue prender um homem... no amor e na guerra vale tudo.

— Ela está viva! — disse Margaret.

Mémé ignorou-a, e continuou me encarando com uma expressão depreciativa em seus olhos aquosos.

— Nunca tive problemas para conseguir um homem. Os homens me amavam. Você sabe que eu era uma beldade na minha época.

— E ainda é — eu falei. — Olhe só para a senhora! Como consegue, Mémé? Não parece nem um dia mais velha do que 110 anos.

— Por favor, Grace — murmurou meu pai, com a voz fraca. — Não coloque lenha na fogueira.

— Ria se quiser, Grace. Ao menos meu noivo nunca me jogou fora. — Mémé virou de uma só vez o resto do seu Manhattan e estendeu o copo para papai, que o pegou obedientemente.

— Você não precisa de um homem — disse mamãe, com firmeza. — Nenhuma mulher precisa. — Ela deu um olhar significativo para o meu pai.

— O que quer dizer com isso? — devolveu papai.

— Quero dizer o que estou dizendo — retrucou mamãe, levantando a voz.

Papai revirou os olhos.

— Stuart, vamos pegar outra rodada de bebidas, filho. Grace, passei em sua casa hoje e você realmente precisa de janelas novas. Margaret, bom trabalho no caso Bleeker, querida. — Isso era o mais próximo que papai costumava chegar de uma conversa, meio que organizando as coisas enquanto aproveitava para ignorar a minha mãe (e a dele). — E, Grace, não se esqueça da encenação da Batalha de Bull Run no próximo fim de semana. Somos confederados.

Papai e eu pertencíamos a "Brother Against Brother", o maior grupo de encenação da Guerra Civil Americana em três estados. Não é difícil nos reconhecer... somos os excêntricos que se fantasiam para os desfiles e batalhas encenadas em campos e parques, atirando uns nos outros com armas de mentira e despencando no chão em uma deliciosa agonia. Apesar de Connecticut não ter visto muito da ação da Guerra Civil (lamentavelmente), nós fanáticos do "Brother Against Brother" ignoramos esse fato inconveniente.

Nossa programação começa no início da primavera, quando encenamos algumas poucas batalhas locais, e então passamos a nos apresentar nos lugares onde a ação aconteceu de verdade, por todo o Sul, nos juntando a outros grupos de encenação para satisfazer à nossa paixão. É surpreendente quantos desses grupos existem.

— Seu pai e essas batalhas idiotas — resmungou mamãe, ajeitando a gola de Mémé, que aparentemente caíra em sono profundo... ou morrera. Mas não, seu peito ainda subia e descia. — Bem, eu não irei, é claro. Preciso me concentrar na minha arte. Você virá à minha exposição essa semana, não é?

Margaret e eu trocamos olhares cúmplices e deixamos escapar sons não comprometedores. A arte da mamãe era um assunto que era preferível que deixássemos de lado.

— Grace! — rosnou Mémé, voltando subitamente à vida. — Vá para lá! Kitty vai jogar o buquê! Vá! Vá! — Ela girou a cadeira e começou a empurrá-la contra as minhas canelas com a mesma crueldade de um Ramsés atacando os escravos hebreus.

— Mémé! Por favor! Você está me machucando! — Afastei minhas pernas do caminho, mas isso não a deteve.

— Vá! Você precisa de toda a ajuda que puder conseguir!

Mamãe revirou os olhos.

— Deixe-a em paz, Eleanor. Não vê que ela já está sofrendo o bastante? Grace, querida, você não precisa ir se isso for deixá-la triste. Todos vão entender.

— Estou ótima — falei em voz alta, passando a mão pelo meu cabelo rebelde que, escapara da prisão dos grampos. — Eu irei. — Maldição! Se eu não fosse seria pior. *Pobre Grace, olhe só para ela, largada ali como um gambá morto na estrada, não consegue nem levantar da cadeira*. Além do mais, a cadeira de Mémé estava começando a deixar marcas no meu vestido.

Enfim, fui para a pista de dança com a mesma animação de Ana Bolena caminhando para a execução. Tentei me misturar com o resto das mulheres e me posicionei no fundo, onde com certeza não teria chance de pegar o buquê. A música que tocava era "Cat scratch fever" — tão pouco elegante, que não pude reprimir um sorriso.

Então vi Andrew. Ele estava olhando direto para mim, culpado como o pecado. Sua namorada não estava à vista. Meu coração se apertou no peito.

É claro que eu sabia que ele estava na festa. Foi minha a ideia de que viesse. Mas vê-lo, saber que ele estava aparecendo em público com outra mulher pela primeira vez como um casal, fez minhas mãos suarem e meu estômago se revirar. Afinal, Andrew Carson era o homem com quem eu imaginara que casaria. O homem que fora meu noivo até três semanas antes da data marcada para o nosso casamento. O homem que me deixara porque se apaixonara por outra pessoa.

Dois anos atrás, no segundo casamento da prima Kitty, Andrew fora comigo. Estávamos juntos há algum tempo e quando o buquê fora jogado, eu tentara pegá-lo com certa animação, fingindo estar embaraçada, mas sentindo-me satisfeita e orgulhosa por estar com um namorado firme. Não peguei o buquê e, quando deixei a pista de dança, Andrew passou os braços pelos meus ombros.

— Acho que você poderia ter se esforçado um pouco mais — ele dissera. Lembro da agitação que essas palavras causaram em mim.

Agora Andrew estava ali com sua namorada nova. Natalie, de cabelos louros, lisos e longos. Natalie de pernas que pareciam se estender interminavelmente. Natalie, a arquiteta.

Natalie, minha muito amada irmã mais nova, que compreensivelmente estava se mantendo afastada nesse casamento.

Kitty jogou o buquê. A irmã dela, minha prima Anne, o pegou, o que, sem dúvida, fora planejado e ensaiado. O momento de tortura passara. Mas não. Kitty me viu, levantou as saias do vestido e correu em minha direção.

— Logo será sua vez, Grace — ela disse em voz alta. — Está se aguentando bem?

— Claro — eu disse. — É como outro déjà vu, Kitty! Outra primavera, outro de seus casamentos.

— Pobrezinha. — Ela apertou o meu braço com força, destilando simpatia, relanceou o olhar para a minha franja (sim, ela havia crescido nos quinze anos que haviam se passado desde que ela a cortara), e voltou para perto do noivo e dos três filhos de seus dois primeiros casamentos.

Trinta e três minutos mais tarde, decidi que já fora corajosa o bastante. A festa de Kitty estava a pleno vapor e apesar de a música estar ótima e de meus pés estarem coçando para entrar na pista e mostrar àquelas pessoas como realmente se dançava uma rumba, achei melhor ir embora para casa. Se houvesse um homem solteiro, de boa aparência, financeiramente seguro e emocionalmente estável ali, ele devia estar se escondendo embaixo da mesa. Daria apenas uma passada rápida no banheiro e iria para casa.

Abri a porta, dei uma olhada rápida e horrorizada no espelho — nem mesmo eu sabia que meu cabelo poderia ficar tão arrepiado, quase na horizontal — e já estava entrando em um reservado quando ouvi um barulhinho. Era um som tão triste... Dei uma olhada sob a porta. Sapatos bonitos. De tiras, saltos altos, de couro azul, de grife.

— Ahn... está tudo bem? — perguntei, franzindo o cenho. Aqueles sapatos me pareciam familiares.

— Grace? — A voz era baixinha. Não admira que os sapatos tenham me parecido familiares. Minha irmã mais nova e eu havíamos comprado aquele par juntas, no inverno passado.

— Nat? Querida, você está bem?

Ouvi o farfalhar de tecidos, então minha irmã abriu a porta. Ela tentou sorrir, mas os olhos azul-claros brilhavam com lágrimas prateadas. Percebi que seu rímel não havia escorrido. Ela parecia trágica e bela, como Ilsa dizendo adeus a Rick no aeroporto de Casablanca.

— Qual o problema, Nat? — perguntei.

— Oh, não é nada... — Sua boca tremia. — Está tudo bem.

Fiz uma pausa.

— Tem alguma coisa a ver com Andrew?

Sua fachada cedeu.

— Hmmm... bem... Acho que não vai funcionar... entre mim e ele — ela falou, a voz trêmula, denunciando seu nervosismo. Natalie mordeu o lábio e olhou para baixo.

— Por quê? — perguntei. O alívio e a preocupação guerreavam em meu coração. Sem dúvida não me mataria se o relacionamento entre Nat e Andrew não desse certo, mas minha irmã não costumava ser melodramática. Na verdade, a última vez em que a vira chorar fora quando eu partira para a faculdade, doze anos antes.

— Hmmm... é só um pensamento ruim — ela sussurrou. — Mas está tudo bem.

— O que aconteceu? — perguntei. Senti uma súbita vontade de estrangular Andrew apertando meu estômago. — O que ele fez?

— Nada — ela se apressou a me assegurar. — É só... hmmm...

— O quê? — perguntei novamente, com mais determinação. Ela não olhava para mim. Ah, maldição! — É por minha causa, Nat?

Ela não respondeu.

Eu suspirei.

— Nattie. Por favor, me responda.

Os olhos dela se encontraram brevemente com os meus, mas logo voltaram a olhar para o tapete.

— Você ainda não o esqueceu, não é? — sussurrou Natalie. — Mesmo que tenha dito que já esqueceu... Vi a expressão no seu rosto, na hora em que Kitty jogou o buquê, e... oh, Grace, me desculpe. Eu jamais deveria ter tentado...

— Natalie — interrompi —, já esqueci Andrew. De verdade. Prometo a você.

O olhar que ela me lançou era tão culpado e infeliz, tão carregado de angústia que as próximas palavras saíram de minha boca sem que eu me desse conta.

— Nat, a verdade é que estou saindo com uma pessoa.

Ops. Eu realmente não planejara dizer nada, mas acabou funcionando como um feitiço. Natalie levantou os olhos para mim, e mais duas lágrimas desceram pelo rosto rosado como uma pétala de rosa, a esperança iluminando seu rosto, os olhos se arregalando.

— Está mesmo? — ela perguntou.

— Sim — menti, pegando um lenço de papel para limpar o rosto dela. — Há poucas semanas.

A expressão trágica no rosto de Natalie começava a ceder.

— Por que não o trouxe essa noite? — ela perguntou.

— Oh, você sabe. Casamentos. Todos ficariam agitados se eu aparecesse com alguém.

— Você não me contou — me acusou Natalie, uma pequena ruga franzindo sua testa.

— Bem, não queria contar nada até saber se valeria a pena mencionar. — Sorri novamente, já começando a me apegar a ideia, como nos velhos tempos, e dessa vez Nat retribuiu o sorriso.

— Qual é o nome dele? — ela perguntou.

Parei por um segundo para pensar.

— Wyatt — respondi, lembrando da minha fantasia no dia em que precisara trocar o pneu. — Ele é médico.

Capítulo dois

Devo dizer que o resto da noite correu muito melhor para todo mundo. Natalie me arrastou de volta para a mesa onde o resto da família estava sentado, insistindo para que eu ficasse um pouco mais, já que até então ela estava nervosa demais para sequer falar comigo.

— Grace está saindo com uma pessoa! — ela anunciou baixinho, os olhos cintilando. Margaret, que estava sendo obrigada a ouvir Mémé descrever seus pólipos nasais, virou a cabeça, subitamente alerta. Mamãe e papai pararam de implicar um com o outro para me encher de perguntas, mas continuei me aferrando à história do "ainda é cedo demais para falar sobre isso". Margaret ergueu uma sobrancelha, desconfiada, mas não disse nada. Pelo canto do olho, procurei Andrew. Ele e Natalie vinham mantendo certa distância um do outro com medo de ferir meus sentimentos. Ele não estava à vista.

— E o que essa pessoa faz para viver? — quis saber Mémé. — Não é um desses professores pobretões, é? Suas irmãs conseguiram empregos que pagam decentemente, Grace. Não sei por que você não pode fazer o mesmo.

— Ele é médico — eu falei, dando um gole no Gim-tônica que o garçom trouxera.

— Qual a especialidade dele, Pudinzinho? — perguntou papai.

— É cirurgião pediátrico — respondi sem hesitar. Dei mais dois goles na bebida. Com um pouco de sorte, o rubor no meu rosto seria atribuído ao drinque e não à mentira.

— Oooh — Nat suspirou. O rosto se abrindo em um sorriso angelical. — Oh, Grace.

— Fantástico — falou papai. — Agarre esse, Grace.

— Ela não precisa agarrar nada, Jim — disparou mamãe. — Pelo amor de Deus, você é pai dela! Precisa mesmo menosprezá-la desse jeito? — Então eles passaram a se concentrar em uma nova discussão. Que bom que a pobre Grace finalmente saíra da lista de preocupações!

Peguei um táxi para casa, alegando que estava sem celular e que precisava ligar para o meu fantástico namorado médico. Também consegui evitar falar diretamente com Andrew. Tirei Natalie e Andrew da minha cabeça como faria Scarlett O'Hara — *Pensarei nisso amanhã* — e me concentrei no meu namorado imaginário. Fora uma boa coisa o meu pneu ter furado há algumas semanas, ou eu não teria sido tão rápida em inventar alguém.

Como seria bom se Wyatt, o cirurgião pediátrico, fosse um cara de verdade. Seria ótimo se ele também fosse um bom dançarino, mesmo que ficasse apenas no "dois pra lá, dois pra cá". E se pudesse encantar Mémé e se interessar sobre as esculturas da minha mãe sem precisar disfarçar uma careta quando ela as descrevesse. Se jogasse golfe como Stuart, os dois poderiam combinar uma manhã no campo de golfe. Quem sabe ele até saberia um pouco sobre a Guerra Civil Americana. E seria maravilhoso se, de repente, se interrompesse no meio de uma frase porque olhara para mim e simplesmente esquecera o que estava falando. E se estivesse aqui para subir as escadas comigo no colo, me ajudar a despir esse vestido desconfortável e fazer amor comigo até me deixar louca.

O táxi entrou na minha rua e parou. Eu paguei ao motorista, desci do carro e fiquei parada ali, por um minuto, olhando para a minha casa. Era uma casinha de três andares, em estilo vitoriano, alta e estreita. Alguns narcisos destemidos subiam pelo muro e logo os canteiros de tulipas desabrochariam em uma erupção de rosa e amarelo. Em maio, os lilases na lateral da minha casa encheriam o lugar com seu perfume incomparável. Eu costumava passar a maior parte do verão na varanda, lendo, escrevendo artigos para várias publicações, regando minhas samambaias de Boston e minhas begônias. Minha casa. Quando a comprei — correção, quando Andrew e eu a compramos — ela estava em péssimo estado, havia sido negligenciada. Agora, parecia uma casa de revista de decoração. A *minha* casa de revista, já que Andrew me deixara antes que o novo isolamento fosse instalado, antes que algumas paredes fossem derrubadas e outras repintadas.

Ao ouvir o som de saltos altos no caminho de lajotas que levava à entrada, a cabeça de Angus apareceu na janela e me fez sorrir... e cambalear. Ao que parecia, eu estava um pouco zonza, fato comprovado quando eu precisei passar um bom tempo procurando pelas minhas chaves. Aqui. Chave na porta, virar.

— Olá Angus McFangus! Mamãe está em casa!

Meu cachorrinho correu para mim, absolutamente feliz pelo simples milagre de eu existir, e disparou pela casa em uma corrida da vitória, passando pela sala de estar, pela sala de jantar, pela cozinha, pelo corredor, e então fazendo todo o circuito novamente.

— Sentiu saudades da mamãe? — eu perguntava cada vez que ele passava por mim em disparada. — Você sentiu... falta... da mamãe? — Finalmente a energia dele acabou e ele me trouxe sua vítima da noite, uma caixa de lenços de papel destroçada, que ele depositou orgulhosamente aos meus pés.

— Obrigada, Angus — eu disse, pois sabia que aquilo era um presente. Ele desabou na minha frente, cansado, os olhos muito negros me encarando com adoração, as patas traseiras esticadas para trás, como se estivesse voando, na posição que eu costumava chamar de pose de Super-Cão. Sentei, tirei meus sapatos e acariciei a cabecinha de Angus. — Sabe de uma coisa? Agora temos um namorado — eu falei. Ele lambeu a minha mão, feliz, arrotou e saiu correndo para a cozinha. Boa ideia. Faria um lanche rápido de sorvete Ben & Jerry's. Já estava levantando da cadeira quando olhei para fora e congelei no lugar.

Um homem se esgueirava pela lateral da casa vizinha.

Obviamente estava escuro do lado de fora, mas as luzes da rua iluminavam muito bem o homem que caminhava lentamente pela lateral da casa ao lado da minha. Ele olhou em ambas as direções, parou, então continuou até os fundos da casa, onde subiu devagar os degraus até a porta e tentou girar a maçaneta. Ao que parecia, estava trancada. Ele olhou sob o capacho. Nada. Tentou a maçaneta novamente, com mais força.

Eu não sabia o que fazer. Nunca vira uma casa sendo arrombada antes. Ninguém morava ali, na rua Maple, 36. Eu nunca vira ninguém sequer olhando para aquela casa nos dois anos que eu morava em Peterson. Era uma construção no estilo bangalô, um pouco caída, precisando de uma bela reforma. Costumava me perguntar por que ninguém a comprava e a reformava. Com certeza não havia nada ali que valesse a pena roubar...

Engoli em seco quando me dei conta de que, se o arrombador olhasse em minha direção, me veria claramente, já que eu estava com a luz acesa e as cortinas abertas. Estendi a mão lentamente, sem tirar os olhos dele, e desliguei a luminária.

O suspeito, como eu já o chamava, deu um empurrão na porta dos fundos da casa vizinha com o ombro. Ele repetiu o movimento, com mais força, e eu me encolhi quando seu ombro atingiu a porta. Não abriu. O homem tentou novamente, se afastou, então caminhou até a janela, colocou as mãos em concha ao redor dos olhos e espiou lá para dentro.

Tudo aquilo estava me parecendo muito suspeito. Como era de se imaginar, o homem tentou abrir a janela. Mais uma vez não teve sorte. Talvez eu tivesse visto episódios demais de *Lei & Ordem*, afinal a série de TV era amiga fiel das mulheres solteiras em toda parte, mas aquilo estava parecendo meio óbvio. Um *crime* estava em andamento na casa vazia ao lado. Com certeza isso não era bom. E se o arrombador viesse até a minha casa? Em seus dois anos de vida, Angus nunca fora testado como cão de guarda. Era mestre em estraçalhar sapatos e rolos de papel higiênico. Mas me proteger de um homem de tamanho normal? Aí eu já não tinha tanta certeza. Será que o arrombador era um homem de tamanho médio? Ele me parecia bem robusto, bem forte.

Deixei a sequência de imagens horríveis desfilar por minha mente e percebi que havia uma pequena chance de que elas pudessem realmente acontecer. O homem, que no momento tentava abrir outra janela, provavelmente não era um assassino procurando um lugar para esconder um cadáver. E também não devia ter milhões de dólares em heroína no carro. Torcia muito para que ele não tivesse planos de acorrentar uma mulher de tamanho médio no porão, enquanto esperava que ela perdesse peso para que pudesse usar sua pele para fazer uma nova pele para si mesmo, de mulher, como o cara do filme *O Silêncio dos Inocentes*.

O arrombador tentou a porta uma segunda vez. *Muito bem, camarada*, pensei. *Já basta. Está na hora de chamar as autoridades*. Mesmo se o homem não fosse um assassino, ele, sem dúvida, estava procurando uma casa para arrombar. Esse verbo, arrombar, soava engraçado. É verdade que eu havia tomado dois Gim-tônica naquela noite (ou haviam sido três?) e não era uma pessoa muito resistente para bebida, mas ainda assim. Não importava o quanto eu estivesse alterada, a atividade na porta ao lado parecia bastante criminosa. O homem desapareceu novamente nos fundos da casa e eu presumi que ele continuava a procurar por uma entrada. Maldição! Estava na hora de fazer valer os dólares que eu pagava em imposto e chamar a polícia.

— Emergência. Por favor, qual é o seu problema?

— Olá, como vai?

— A senhora tem uma emergência, madame?

— Oh... bem... você sabe, não tenho certeza — respondi, apertando os olhos para tentar ver melhor o arrombador. Mas não tive sorte, o homem desaparecera no canto mais afastado da casa. — Acho que a casa vizinha a minha está sendo roubada. Estou na rua Maple, 34, em Peterston. Meu nome é Grace Emerson.

— Um momento, por favor. — Ouvi o zumbido de um rádio ao fundo. — Temos um carro de patrulha em sua área, senhora — disse a mulher, após um momento. — Vamos despachá-lo para aí, agora. O que está vendo exatamente?

— Nesse exato momento, nada. Mas ele estava... analisando o terreno, entende? — falei, e fiz uma careta. Analisando o terreno? Quem eu estava achando que era, Tony Soprano? — O que quero dizer é que ele está andando ao redor, testando as portas e janelas. Ninguém mora na casa, entende?

— Obrigada, senhora. A polícia deve chegar aí em instantes. Gostaria que permanecêssemos na linha? — ela perguntou.

— Não. Está tudo bem — eu disse, sem querer parecer covarde. — Obrigada. — Desliguei, me sentindo um tanto heroica. Era praticamente uma vigia da vizinhança.

Não conseguia ver mais o homem de onde eu estava, na cozinha, por isso passei para a sala de jantar (ops, estava um pouco zonza... talvez tivessem sido mesmo três Gim-tônicas). Espiei pela janela, e não vi nada irregular. E também não ouvi sirenes. Onde estavam os tais policiais? Talvez eu devesse ter ficado na linha com a mulher. E se o arrombador percebesse que não havia nada para roubar na casa ao lado e desse uma olhada ao redor? Eu tinha um monte de coisas lindas. Aquele sofá me custara quase dois mil dólares. Meu computador era de última geração. No meu último aniversário, mamãe e papai haviam me dado uma fabulosa TV com tela de plasma.

Olhei ao redor. Com certeza era tolice, mas eu me sentiria mais segura se estivesse... bem, não armada, mas com alguma coisa nas mãos. Não tinha um revólver, não era esse tipo de pessoa. Olhei para as minhas facas. Não, aquilo parecia um pouco exagerado, até para mim. Era verdade que eu tinha dois rifles Springfield no sótão, para não mencionar uma baioneta e outros equipamentos da Guerra Civil, mas não usamos balas, e não poderia me imaginar enfiando uma baioneta em alguém, não importa o quanto fosse divertido fingir isso em nossas batalhas encenadas.

Me esgueirei até a sala de estar, abri o armário e avaliei minhas opções. Cabide, não adiantaria de nada. Guarda-chuva, muito leve. Mas, então... lá no fundo estava meu antigo bastão de hóquei sobre a grama, dos tempos do Ensino Médio. Eu o guardara esses anos todos por razões sentimentais, pois o bastão era uma lembrança do breve período em que fui uma atleta, e agora estava feliz por isso. Não era exatamente uma arma, mas era alguma proteção. Perfeito.

Angus agora estava adormecido em sua cama, uma almofada de veludo vermelho dentro de uma cesta de vime, na cozinha. Ele estava deitado de costas, as patas brancas e peludas para cima, os dentes de baixo fechados sobre os de cima. Não parecia que meu cachorrinho seria de grande ajuda no caso de alguém tentar invadir a casa.

— Coragem, Angus — sussurrei. — Ser fofinho não é tudo na vida, entendeu?

Ele espirrou e eu me abaixei. Será que o arrombador ouvira? E por falar nisso, será que me ouvira ao telefone? Dei uma espiada pela janela da sala de jantar. Os policiais ainda não haviam chegado. E também não havia nenhum movimento na porta ao lado. Talvez o homem tivesse ido embora. Ou estivesse vindo. Vindo atrás de *mim*. Bem, ou atrás das minhas coisas, ao menos. Ou quem sabe atrás de mim, sim. Nunca se sabe.

Estar segurando o bastão de hóquei me dava certa segurança. Talvez fosse melhor me esgueirar escada acima e me trancar no sótão, pensei. Ficar sentada perto daqueles rifles, mesmo que eles não estivessem carregados. E falando de guardas, um carro de patrulha desceu lentamente a rua e estacionou bem na frente da casa dos Darren. Ótimo. Estava segura. Fui na ponta dos pés até a janela da sala de estar para ver se o sr. Arrombador estava à vista.

Nada. Não havia nada. Apenas os galhos dos lilases batendo na janela. E por falar em janelas, meu pai estava certo. Elas realmente precisavam ser trocadas. Já estavam deixando entrar vento e ainda nem estava ventando muito lá fora. Minha conta de luz por causa do aquecimento foi assassina esse ano.

Então ouvi uma batida suave na porta. Ah, os policiais. Quem disse que eles nunca estão por perto quando precisamos deles? Angus saltou como se tivesse sido eletrocutado e correu para a porta, saltando feliz. E pulando tanto que suas quatro patas se erguiam ao mesmo tempo do chão, enquanto ele latia como louco. *Au! Auauauauu!*

— Psiu — repreendi. — Senta. Quieto. Acalme-se, querido.

Ainda segurando o bastão, abri a porta da frente.

Não eram os guardas. O arrombador estava parado bem na minha frente.

— Olá — ele disse.

Ouvi o barulho do bastão acertando o homem antes mesmo de perceber que fazia movimento, e então meu cérebro pareceu congelar quando me dei conta de várias coisas ao mesmo tempo. O som abafado da madeira contra o corpo do homem. O tremor reverberando pelo meu braço. A expressão de surpresa no rosto do arrombador quando ele levantou a mão para cobrir os olhos. Minhas pernas trêmulas. O arrombador lentamente caindo de joelhos. Os latidos histéricos de Angus.

— Ai... — disse o arrombador com voz fraca.

— Vá embora — eu gritei, ainda balançando o bastão. Todo o meu corpo tremia violentamente.

— Santo Deus, moça... — murmurou o homem, a voz denunciando mais surpresa do que qualquer coisa. Angus, rosnando com a fúria de um filhote de leão, agarrou a manga da camisa do arrombador e balançou a cabeça para frente e para trás, tentando causar algum dano, abanando a cauda com alegria, o corpinho tremendo de excitação por defender a dona.

Eu deveria abaixar o bastão? Mas então não seria o momento perfeito para ele me agarrar? Não era esse o erro que a maior parte das mulheres cometia antes de serem jogadas no fundo do porão onde passariam fome até que suas peles se soltassem do corpo?

— Polícia! Mãos ao alto!

Ótimo! A polícia! Graças a Deus! Dois policiais se aproximavam correndo pelo gramado.

— Mãos ao alto! Agora!

Eu obedeci e soltei o bastão, que bateu na cabeça do arrombador e aterrissou no chão da varanda.

— Pelo amor de Jesus Cristo... — murmurou o arrombador, se encolhendo. Angus soltou a manga e se lançou sobre o bastão de hóquei, rosnando e latindo de alegria.

O arrombador levantou os olhos para mim. A pele ao redor de seu olho já estava ficando vermelha. E... Oh, Deus... aquilo era sangue?

— Coloque as mãos na cabeça, amigo — disse um dos policiais, pegando as algemas.

— Não acredito nisso — disse o arrombador, obedecendo com o que imaginei ser a resignação tranquila de alguém que já passara por aquilo antes. — O que eu fiz?

O primeiro policial não respondeu, apenas prendeu as algemas.

— Por favor, entre em casa, senhora — disse o oficial.

Finalmente saí da posição em que estava, com as mãos para cima, e entrei. Angus arrastou o bastão de hóquei atrás de mim, antes de abandoná-lo para correr em círculos, feliz, ao redor dos meus tornozelos. Desabei no sofá, segurando meu cachorro nos braços. Ele lambeu meu queixo com vontade, latiu duas vezes e então começou a morder meu cabelo.

— A senhora é a sra. Emerson? — perguntou o policial, passando por cima do bastão de hóquei.

Eu assenti, ainda tremendo muito, meu coração saltando no peito como o cavalo Seabiscuit, perto da linha de chegada.

— Então, o que aconteceu aqui?

— Vi esse homem tentando arrombar a porta da casa ao lado — respondi, enquanto tirava meus cabelos dos dentes de Angus. Eu estava falando muito rápido e alto. — Onde, por sinal, ninguém mora. Então chamei vocês, policiais, e logo depois ele apareceu aqui na minha varanda. Por isso bati nele com o bastão de hóquei. Eu jogava hóquei no Ensino Médio.

Me encostei no sofá, engoli em seco e olhei pela janela, enquanto respirava fundo algumas vezes, tentando não hiperventilar. O policial me deu um momento para me recuperar e eu acariciei o pelo grosso de Angus, fazendo meu cachorrinho dar gemidinhos de prazer. Agora que pensava a respeito, achei que eu talvez não precisasse ter atacado o arrombador. Lembrei que ele dissera "Olá". Ou pelo menos achei que havia dito. Ele dissera "Olá". Arrombadores costumam cumprimentar suas vítimas? *Olá. Eu gostaria de roubar sua casa. Você faz alguma objeção?*

— A senhora está bem? — perguntou o policial. Eu assenti. — Ele a machucou? Ameaçou-a? — Eu neguei, balançando a cabeça. — Por que abriu a porta, senhora? Não foi uma atitude muito esperta. — O policial franziu o cenho em uma expressão de desaprovação.

— Ahn, bem, achei que eram vocês. Vi o carro de patrulha. E, não, ele não me machucou. Ele apenas... — *disse "Olá"*. — Ele parecia, ahn, suspeito... eu acho. O senhor sabe, o homem estava cercando a casa ao lado, simples assim. Cercando e olhando, espiando, entende? E ninguém mora ali. Desde que me mudei para cá, ninguém nunca morou ali. E não tive realmente a intenção de acertá-lo com o bastão.

Meu Deus, isso não soava muito esperto!

O policial me olhou com desconfiança e escreveu alguma coisa em seu bloquinho preto.

— A senhora andou bebendo, madame? — ele perguntou.

— Um pouco — respondi, culpada. — Não dirigi, é claro. Estava em um casamento. Da minha prima. Ela não é muito legal. Enfim, tomei um drinque. Um Gim-tônica. Bem, na verdade foram uns dois e meio. Talvez três?

O policial fechou o bloco e suspirou.

— Butch — o segundo policial enfiou a cabeça na porta. — Temos um problema.

— Ele fugiu? — perguntei, assustada. — Escapou?

O segundo policial me olhou com pena.

— Não, senhora. Ele está sentado nos degraus da sua varanda. Nós o algemamos, não há nada com que se preocupar. Butch, você poderia vir aqui um instante?

Butch saiu, o revólver refletindo a luz. Segurei Angus no colo, me esgueirei até a janela da sala e afastei a cortina (de seda azul, muito bonita). Lá estava o arrombador, ainda sentado nos meus degraus da entrada, de costas para mim, enquanto o policial Butch e seu parceiro confabulavam.

Agora que eu já não sentia mais aquele medo mortal, dei uma boa olhada nele. Os cabelos castanhos, desarrumados, na verdade eram bem atraentes. Ombros largos... foi uma boa coisa eu não ter lutado com ele. Quer dizer, não ter continuado a lutar, eu acho. Braços musculosos, pelo modo como o tecido se esticava sobre os bíceps. No entanto, isso podia ser simplesmente por causa da posição em que estava, com as mãos presas atrás das costas.

Como se sentisse a minha presença, o arrombador se virou na minha direção. Me afastei da janela, fazendo uma careta. O olho dele já estava bem inchado. Maldição! Eu não tivera a intenção de machucá-lo. Na verdade, não tivera intenção alguma... apenas agira no calor do momento, eu acho.

O policial Butch voltou para dentro.

— Ele precisa de um pouco de gelo? — sussurrei.

— Ele ficará bem, senhora. O homem disse que vai morar na casa ao lado, mas vamos levá-lo para a delegacia para verificar a história. Pode me dar seu telefone de contato?

— Claro — eu disse, e dei o número do meu telefone. Então, as palavras do policial fizeram sentido para mim. *Morar na casa ao lado.*

O que queria dizer que eu acabara de atacar meu novo vizinho com um bastão.

Capítulo três

A *primeira* coisa que eu fiz depois de acordar foi rolar na cama e espiar a casa ao lado pela persiana. Estava tudo quieto. Nenhum sinal de vida. A culpa fez minha cabeça latejar ainda mais quando lembrei da expressão estupefata no rosto do arrombador (ou do não arrombador). Eu precisava ligar para a delegacia para saber o que acontecera. Talvez devesse avisar ao meu pai, que era advogado. Era verdade que papai era advogado tributário, mas ainda assim... Margaret era defensora criminal. Provavelmente seria uma escolha mais acertada.

Maldição! Gostaria de não ter batido no cara. Fazer o quê? Acidentes acontecem. Ele estava rondando a casa à meia-noite, não estava? O que esperava? Que eu o convidasse para um café? Além do mais, talvez ele estivesse mentindo. Talvez "morar na casa ao lado" fosse apenas uma invenção. Talvez eu tenha feito um favor ao bairro. Mesmo assim, não estava acostumada a bater em ninguém. Tomara que o homem não estivesse muito machucado. Nem muito furioso.

Quando vi meu vestido, que nem sequer havia pendurado no meu furor na noite passada, lembrei do casamento de Kitty. De Andrew e Natalie juntos. De Wyatt, meu novo namorado imaginário. Sorri. Outro namorado imaginário. Eu fizera mais uma vez.

Você pode ter ficado com a impressão de que Natalie é... bem, não mimada, mas protegida. É verdade. Ela é adorada por todos, por nossos pais, por Margs, que não entrega seu amor com facilidade, e até mesmo por Mémé. Mas especialmente por mim. Minha primeira lembrança clara na vida é de Natalie. Foi no meu aniversário de quatro anos, e Mémé estava fumando um cigarro na nossa cozinha, tomando conta de nós enquanto meu bolo assava no forno, o cheiro gostoso da baunilha se misturando agradavelmente com o cheiro dos cigarros Kool Lights.

A cozinha da minha infância parecia ser um lugar enorme, cheio de maravilhas, de prazeres inesperados, mas onde eu mais gostava de ficar era na despensa, um armário comprido e escuro com paredes do teto ao chão. Eu costumava entrar ali e fechar a porta enquanto comia um saco de gotas de chocolate em um silêncio cheio de prazer. Ali era como uma casinha completa, com garrafas de água com gás e comida de cachorro. Marny, nossa Cocker Spaniel, costumava entrar comigo, balançando o rabo e eu a alimentava com comida de cachorro, aproveitando para experimentar uma, de vez em quando. Às vezes, mamãe abria a porta e dava um grito, surpresa por me encontrar ali, aconchegada com o cachorro, ao lado da batedeira. Sempre me sentia segura ali,

Enfim, no meu quarto aniversário, Mémé estava fumando, eu estava escondida na despensa com Marny, dividindo um pacote de salgadinhos de queijo com ela, quando ouvi a porta dos fundos se abrir. Papai e mamãe entraram. Houve um frenesi de atividade... Mamãe estivera longe por alguns dias, então a ouvi chamar meu nome.

— Gracie, onde está você? Feliz aniversário, meu amor! Queríamos lhe mostrar alguém.

— Onde está a aniversariante? — falou papai. — Ela não quer receber presentes?

De repente me dei conta do quanto sentira falta da minha mãe e saí correndo do armário, passando pelas pernas magras e cheias de varizes de Mémé e disparando na direção de mamãe, que estava sentada na mesa da cozinha, ainda de casaco. Ela segurava no colo um bebê enrolado em uma manta rosa, macia.

— Meu presente de aniversário! — gritei, deliciada.

Mais tarde, os adultos me explicaram que o bebê não era só para mim, era também de Margaret e de toda a família. Meu presente, na verdade, era um cachorro de pelúcia (mais tarde, naquele mesmo dia, de acordo com a história da família, coloquei o cachorro de pelúcia no berço do bebê, deixando meus pais encantados com minha generosidade). Mas nunca consegui superar a sensação de que Natalie Rose era minha, certamente muito mais do que era de Margaret, uma sensação que Margaret, que tinha sete anos na época e era terrivelmente sofisticada, alimentava, para se ver livre de suas responsabilidades de irmã.

— Grace, seu bebê precisa de você — ela dizia quando mamãe precisava de ajuda para dar iogurte a Nat ou para trocar suas fraldas. Eu não me importava. Adorava ser a irmã especial, a irmã mais velha de alguém depois de quatro anos sendo mandada ou ignorada por Margaret. Meu aniversário acabou se tornando mais a lembrança do começo de minha relação com Natalie do que do dia em que eu nasci. Não, agora meu aniversário era muito mais importante. Era o dia em que ganhara Natalie de presente.

Minha irmã caçula não me decepcionou. Era um bebê deslumbrante, que ficava mais bonita conforme crescia, os cabelos louros e sedosos, os olhos de um azul-celeste impressionante, as bochechas macias como pétalas de tulipa e os cílios tão longos que tocavam as sobrancelhas sedosas. A primeira palavra que falou foi *Gissy*, que todos sabíamos ser uma tentativa de dizer o meu nome.

Conforme crescia, Natalie ficava cada vez mais próxima de mim. Margaret, apesar de toda a sua aspereza e desdém, era uma boa irmã, mas era mais do tipo que puxa você para um lado e explica o que deve fazer para sair de uma encrenca, ou por que não podíamos mexer nas coisas dela. Para brincar, para fazer carinho, para ter companhia, era a mim que Natalie procurava, e eu sempre a recebia de boa vontade. Aos quatro anos, ela passava horas colocando grampos nos meus cachos rebeldes, desejando em alto e bom som que seus cabelos louros e lisos fossem, em suas palavras, "uma linda nuvem castanha". Quando estava no jardim de infância, Nat me levou para o dia do "mostre e conte", e no dia da "Pessoa Especial", já sabem quem estava ao lado dela. Quando ela precisava de ajuda para soletrar palavras, eu tomava o lugar do papai e da mamãe e inventava frases engraçadas, para tornar o exercício divertido. Nas apresentações de balé, os olhos de Nat me procuravam na plateia e eu abria um sorriso para ela. Eu a chamava de Nattie Bumppo, por causa do herói do livro *O Último dos Moicanos*, e lhe mostrava no livro o nome para que minha irmãzinha visse o quanto era famosa.

Assim foi nossa infância, Natalie perfeita, eu adoradora, e Margs resmungando e sempre um pouco superior a respeito de tudo. Então, quando Natalie tinha dezessete anos e eu estava em meu penúltimo ano na universidade William & Mary, recebi uma ligação de casa. Natalie vinha se sentindo mal há um ou dois dias. Ela não era do tipo que costuma reclamar à toa, por isso, quando finalmente admitiu que seu estômago estava doendo muito, mamãe marcou uma consulta com o médico. Antes que elas chegassem ao consultório, o apêndice de Nat se rompeu. O resultado da apendicectomia foi terrível, já que os fluidos infectados se espalharam pelo abdômen dela e Nat acabou tendo uma peritonite. Sua temperatura subiu muito e não baixava de jeito nenhum.

Eu estava no meu quarto no dormitório da faculdade, há nove horas de distância de casa (de carro), quando mamãe me ligou.

— Venha para casa o mais rápido que puder, Grace — ela ordenou, muito séria. Nat fora transferida para o CTI e as coisas não pareciam nada bem.

Minhas lembranças daquela viagem de volta para casa ou são horrivelmente vívidas, ou quase nulas. Um professor me levou até o aeroporto internacional de Richmond. Não lembro que professor foi, mas consigo ver o console do carro tão claramente como se estivesse sentada naquele assento da frente de vinil nesse exato momento, a rachadura no para-brisa, que descia como se fosse o rio Mississipi cortando os Estados Unidos. Lembro de chorar sentada na cadeira de plástico em frente ao meu portão de embarque, os punhos cerrados enquanto o avião se arrastava com uma lentidão agoniante na direção do terminal. Lembro do rosto do meu amigo Julian no aeroporto, os olhos arregalados de medo e compaixão. Minha mãe, de pé, vacilante, ao lado do cubículo em que Natalie estava no hospital, meu pai, com o rosto pálido e muito silencioso, Margaret apertada contra a cortina que separava nossa irmã do outro paciente.

E me lembro de Natalie, deitada na cama, escondida atrás de tubos e cobertores, parecendo tão pequena e solitária que meu coração pareceu se partir em dois. Peguei a mão dela e beijei-a, minhas lágrimas caindo sobre os lençóis do hospital.

— Estou aqui, Nattie Bumppo — sussurrei. — Estou aqui. — Ela estava fraca demais para responder, doente demais para abrir os olhos.

Do lado de fora, o médico falava com meus pais em murmúrios sombrios.

— ... Abcesso... bactéria... funcionamento dos rins... contagem dos glóbulos brancos... não é bom.

— Jesus do céu — sussurrou Margaret no canto da cortina. — Droga, Grace. — Nossos olhos se encontraram e em ambos via-se o horror absoluto diante da possibilidade que não conseguíamos imaginar. Nossa Natalie dourada, a garota mais doce, mais bondosa e adorável do mundo, estava morrendo.

As horas passavam devagar. Xícaras de café iam e vinham, as bolsas de soro eram trocadas, o corte checado. Passou um dia. Ela não acordou. Uma noite. Outro dia. Natalie piorou. Só tínhamos permissão para ficar perto dela uns poucos minutos de cada vez, antes de sermos mandados de volta para uma sala de espera horrorosa, cheia de revistas antigas, com uma mobília insossa e desconfortável, as luzes fluorescentes não disfarçando nem um detalhe do medo em nossos rostos.

No quarto dia, uma enfermeira entrou apressada na sala.

— Família de Natalie Emerson, venha agora! — ela ordenou.

— Oh, Jesus — disse a minha mãe. Com o rosto branco como papel, ela cambaleou e meu pai a amparou e meio que a carregou pelo corredor. Apavoradas ao imaginar que nossa irmã estava morrendo, Margaret e eu passamos a frente de nossos pais. Foi como se um ano se passasse enquanto descíamos o corredor. Cada passo, cada batida dos meus tênis no chão, cada respiração, tudo era pontuado por minhas preces desesperadas. *Por favor. Por favor. Natalie, não. Por favor.*

Cheguei antes de todos. Minha irmãzinha caçula, meu presente de aniversário, estava acordada, olhando para nós pela primeira vez em dias, sorrindo debilmente. Margaret se desequilibrou atrás de mim.

— Natalie! — ela explodiu como era típico. — Jesus Cristo crucificado, pensamos que você estava morta! — Margaret se virou, pronta para partir para cima da enfermeira que nos roubara uma década de vida.

— Nattie — sussurrei. Ela levantou a mão para mim e pode apostar que ali, naquele momento, prometi que passaria a vida me certificando de que Deus sabia o quanto eu estava grata por tê-la de volta.

— Você fez o quê? — perguntou Julian. Estávamos caminhando pelos quatro quarteirões do centro de Peterston, comendo danishes de damasco da Confeitaria da Lala e tomando cappuccinos. Eu já surpreendera o meu amigo com a história do ataque físico ao vizinho, ofuscando completamente a história dele de ter tido sucesso ao fazer um frango ao marsala desde o princípio.

— Eu disse a ela que estava vendo uma pessoa. Wyatt, um cirurgião pediátrico. — Dei outra mordida no doce ainda quente e gemi de prazer.

Julian fez uma pausa, os olhos arregalados de admiração.

— Uau.

— É brilhante, você não acha?

— Acho — ele disse. — Não apenas tomou uma atitude contra um crime em sua vizinhança, como ainda inventou outro namorado. Noite ocupada!

— Só gostaria de ter pensado nisso antes — disse com orgulho.

Julian riu, se abaixou para dar um pedaço de doce a Angus e voltou a caminhar, mas logo parou novamente diante do lugar onde trabalhava. O Jitterbug's Dance Hall, sua escola de dança, ficava espremido entre uma lavanderia e o Mario's Pizza. Ele espiou pelas janelas, para checar se estava tudo perfeito lá dentro. Uma mulher que vinha andando atrás de nós lançou um olhar para Julian, desviou, e checou novamente. Sorri com ternura. Meu amigo mais antigo, embora não passasse de um pária gorducho quando nos conhecemos, agora parecia uma versão bem barbeada de Johnny Depp, e a reação daquela mulher era típica. Ah, ele era gay, ou eu já teria me casado com ele e me tornado mãe de seus filhos anos atrás. Como eu, Julian havia sofrido uma decepção amorosa, embora nem mesmo eu, sua amiga mais antiga, soubesse os detalhes desse antigo rompimento.

— Então agora você é a namorada de Wyatt — ele disse, encerrando nosso passeio. — Qual é o sobrenome dele?

— Não sei — eu disse. — Ainda não inventei.

— Bem, o que está esperando? — Julian pensou por um minuto. — Dunn. Wyatt Dunn.

— Wyatt Dunn, médico. Adorei! — eu disse.

Julian se virou com um sorriso cintilante para a mulher atrás de nós. O rosto dela ficou quase roxo em resposta e ela fingiu que deixava alguma coisa cair. Isso acontecia o tempo todo.

— Então, como é a aparência do dr. Wyatt Dunn? — perguntou Julian.

— Bem, ele não é alto demais... dá-se importância demais a isso, não acha? — Julian sorriu, ele tinha 1,78m. — É esguio, tem covinhas. Não é bonito demais, mas tem um rosto muito agradável, sabe? Olhos verdes, cabelos louros. Óculos, não acha?

O sorriso no rosto de Julian se apagou.

— Grace. Você acaba de descrever Andrew.

Engasguei com meu cappuccino.

— Eu fiz isso? Droga... Muito bem, apague tudo o que eu disse. Alto, moreno e lindo. Sem óculos. Hmmm... olhos castanhos. — Angus deu um latido, concordando com meu gosto para homens.

— Estou pensando naquele ator croata da série *Plantão Médico,* o dr. Bonitão — falou Julian.

— Ah, sim, sei de quem você está falando. Perfeito. Sim, esse é Wyatt. — Nós rimos.

— Ei, Kiki vem encontrar conosco? — ele perguntou.

— Não — eu disse. — Kiki conheceu uma pessoa na noite passada e realmente acha que ele é O Cara. — Julian fez coro das últimas palavras junto comigo. Era um hábito de Kiki, se apaixonar perdidamente. Ela se empenhava em encontrar O Cara, o que fazia com frequência, e normalmente com resultados desastrosos. Então se tornava obcecada já no final do primeiro encontro, assustando o homem com sua conversa de felizes para sempre. Se a história se repetisse (e era isso o que costumava acontecer, como bem sabia uma professora de História), a essa mesma hora na próxima semana, Kiki estaria arrasada, provavelmente com uma ordem de restrição judicial contra ela.

Por isso, não teríamos Kiki hoje. Não tinha problema. Julian e eu compartilhávamos o amor por antiguidades e por roupas vintage. Afinal, como já disse, sou professora de História, faz sentido. Me sentia feliz passeando pelas ruas íngremes de Peterston, parando em lojas divertidas, com a promessa da primavera logo ali adiante. Depois de um inverno longo e enlameado, era bom ficar ao ar livre.

Peterston, em Connecticut, é uma cidadezinha próxima ao rio Farmington, acessível apenas para os moradores e para turistas espertos, especialistas em decifrar mapas. Nossa cidade já foi famosa por produzir mais lâminas de arado do que qualquer outro lugar nessa terra de Deus, depois, passara por um período de negligência e desolação, e há cerca de uma década se transformara em um lugar charmoso e tranquilo. A rua principal descia direto até o rio, onde havia uma trilha para caminhada. Na verdade, eu podia chegar à minha casa caminhando pelas margens do Farmington e costumava fazer isso. Mamãe e papai moravam oito quilômetros rio abaixo, em Avon, e às vezes eu também ia caminhando até a casa deles.

Sim, eu estava satisfeita naquela manhã. Adorava Julian, adorava Angus, que trotava feliz na ponta de sua coleira trançada, vermelha e roxa. E adorava que minha família estivesse pensando, não só que eu estava namorando, mas também que havia esquecido Andrew completamente.

— Talvez eu devesse comprar umas roupas novas — pensei alto, do lado de fora da The Chic Boutique. — Agora que estou saindo com um médico, não é...? Alguma coisa que não tenha sido usada por outra pessoa.

— Com certeza. Você vai precisar de roupas bonitas para acompanhá-lo naqueles eventos médicos — Julian concordou no mesmo instante. Nós entramos na loja, Angus em meus braços, e saímos mais de uma hora depois, cheios de sacolas.

— Adoro namorar com Wyatt Dunn — eu disse, sorrindo. — Na verdade, talvez faça um tratamento completo. Cabeleireiro, manicure, pedicure... Meu Deus, não faço nada disso há séculos. O que acha? Quer vir?

— Grace — falou Julian, parando de andar. Ele respirou fundo, cumprimentou uma pessoa que passava com um aceno e continuou. — Grace, talvez nós devêssemos...

— Almoçar, em vez disso? — Sugeri, acariciando Angus, que lambia a bolsa com meus sapatos novos.

Julian sorriu.

— Não, eu estava pensando que talvez devêssemos tentar encontrar alguém. Dois "alguéns". Você sabe. Talvez devêssemos parar de nos apoiar tanto um no outro e realmente sair procurando outras pessoas novamente.

Não respondi. Julian suspirou.

— Veja, acho que posso estar pronto. E você, com essa história de inventar um namorado... bem, é engraçadinho e tudo o mais, mas... talvez esteja na hora de encontrar alguém de verdade. Não que seus namorados inventados não sejam engraçados, também. — Julian me conhecia há muito tempo.

— Está certo — eu disse, assentindo lentamente. A mera ideia de namorar já fez um fio de suor descer pelas minhas costas. Não que eu não quisesse amar, me casar, fazer todo o esperado... só que eu detestava sequer pensar em tudo o que era preciso fazer até chegar a esse ponto.

— Se você estiver disposta, eu estou — provocou Julian. — Pense bem. Talvez haja um Wyatt Dunn real por aí, esperando por você. Você poderia se apaixonar e então Andrew não seria... — Ele se interrompeu, e havia um pedido de desculpas em seus olhos escuros. — Bem. Quem sabe?

— Claro. Sim. Bem... — Fechei os olhos por um instante. Imaginei a combinação de Tim Gunn, Atticus Finch, Rhett Butler e George Clooney. — Está certo. Vou tentar.

— Muito bem, então. Vou para casa me registrar em um site de encontros e você pode fazer o mesmo.

— Sim, general Jackson. Às suas ordens. — Fiz uma continência. Julian repetiu o gesto, me deu um beijo no rosto e saiu andando em direção à casa dele.

Enquanto observava meu velho amigo se afastar, fiquei imaginando, com um sobressalto nada agradável, como seria ter Julian como parte de um casal. Imaginei como seria não poder me encontrar com ele uma ou duas vezes na semana, como seria não estar ao lado de Julian, ajudando-o no Baile da Terceira Idade, na Golden Meadows, ou não sair para fazer compras com ele no sábado de manhã. Em vez disso, algum belo homem ocuparia o meu lugar.

Agora as coisas realmente ficariam difíceis.

— Não que sejamos egoístas ou coisa parecida — murmurei. Angus mordiscou a bainha da minha calça em resposta. Fomos andando para casa, descendo o caminho estreito que acompanhava o rio, com Angus esticando a guia da coleira e se embaralhando com as minhas sacolas de compras. Meu cachorro queria investigar o Farmington, mas o rio era tão volumoso, cheio e fundo que o engoliria. Botões vermelhos desabrochavam nas árvores de bordo, mas apenas alguns arbustos mostravam folhas verdes. A terra estava úmida, os pássaros cantavam e esperavam, em sua busca anual por um parceiro.

O último homem por quem eu estivera apaixonada fora Andrew e, embora eu tentasse, não conseguia me lembrar de como havíamos nos apaixonado. Era óbvio que todas as minhas lembranças dele estavam maculadas, mas ainda assim... pertencer novamente a alguém, a alguém certo dessa vez. O homem certo para mim.

Julian tinha razão. Estava na hora de recomeçar. É verdade que eu havia tentado conseguir alguém para me acompanhar ao casamento de Kitty. Mas um relacionamento de verdade era diferente. Eu queria conhecer alguém. *Precisava* conhecer alguém, um homem que realmente pudesse amar. Sem dúvida, em algum lugar por aí, havia um homem que iria me ver como a criatura mais linda do mundo, a única que faria seu coração bater mais forte, que tornaria o ar em seus pulmões mais doce e todas essas bobagens românticas. Alguém que me ajudaria a colocar o último prego no caixão de Andrew.

Estava na hora.

A luz da minha secretária eletrônica estava piscando quando cheguei em casa. "Você tem cinco mensagens", anunciou a voz mecânica. Uau. Aquilo era bem incomum para mim. Uma era de Nat e outra de Margaret — Nat estava louca para encontrar comigo e saber mais sobre Wyatt, e Margaret fora um pouco mais sardônica. A terceira mensagem era da minha mãe, me lembrando da exposição que faria e sugerindo que eu levasse o adorável doutor. A quarta era de papai, para dizer que papel eu desempenharia na batalha da próxima semana e também sugerindo que eu levasse Wyatt, já que o "Brother Against Brother" estava com poucos ianques.

Ao que parecia, minha família havia engolido bem minha história sobre Wyatt.

A última mensagem era do policial Butch Martinelli, do Departamento de Polícia de Peterston, me pedindo para retornar a ligação. Droga... Eu já quase havia me esquecido dessa história. O ataque ao homem da casa ao lado. Gotas de suor apareceram imediatamente em minha testa. Disquei o número na mesma hora e pedi para falar com o bom sargento.

— Sim, sra. Emerson. Tenho informações sobre o homem que a senhora atacou na noite passada.

Atacou. Eu *ataquei* alguém. Na noite passada o homem era um arrombador, agora era a vítima.

— Veja bem — respondi com o tom de voz muito agudo. — Eu não o ataquei exatamente... na verdade foi um ato impensado de autodefesa. — *Porque ele disse "olá", e não podemos aceitar isso, não é?*

— Ele estava falando a verdade — continuou o policial, me ignorando. — Ao que parece, comprou a casa, a distância, e a chave deveria ter sido deixada para ele, mas não foi. O homem estava procurando por ela e por isso estava cercando a casa. — O policial fez uma pausa. — Nós o mantivemos na delegacia durante a noite porque só seria possível confirmar as informações de manhã. Acabamos de liberá-lo, a cerca de uma hora atrás.

Fechei os olhos.

— Hmmm... Ele está bem?

— Não tem nada quebrado, embora esteja com o olho bem roxo.

— Oh, Deus! — Que modo de fazer amigos! Outro pensamento me ocorreu. — Hmmm... policial Butch?

— Sim.

— Se ele estava com a razão, por que o prenderam e o mantiveram na delegacia por toda a noite? Foi um pouco de exagero, não foi?

O policial Butch não respondeu.

— Bem, imagino que hoje em dia se pode fazer muita coisa sem um motivo legítimo, não é? — balbuciei. — Com o Ato Patriótico Americano, a morte das liberdades civis. Bem, quero dizer...

— Nós levamos muito a sério as ligações que o número de emergência recebe, senhora. Parecia que a senhora estava envolvida em uma disputa física com o homem. Achamos que era importante checar o que realmente estava acontecendo — o tom dele não escondia a reprovação —, senhora.

— Está certo. É claro, policial. Me desculpe. Obrigada por telefonar.

Espiei a casa ao lado pela janela da minha sala de jantar. Nenhum sinal de vida. Isso era bom porque, embora eu obviamente precisasse me desculpar, a ideia de ver meu novo vizinho me deixava nervosa. Eu batera nele. O homem passara a noite na cadeia por minha causa. Não fora exatamente o meu melhor momento.

Está certo, então, eu precisava me desculpar. Faria alguns brownies para o pobre homem. Não seria um brownie qualquer e sim meus Incríveis Brownies Cheios de Chocolate, um modo certeiro de acalmar qualquer alma ferida.

Preferi não retornar a ligação de nenhum membro da minha família. Eles talvez pensassem que eu estava com Wyatt, nesse tempo em que eu estivera fora com Julian. Só que em vez de nos separarmos e cada um ir para a sua casa, como acontecera com Julian, eu e Wyatt havíamos ido ao cinema. Sim. Havíamos ido ver uma comédia romântica, então voltáramos para casa e agora estávamos fazendo amor loucamente. Então, talvez fizéssemos planos para sair cedo para jantar. O que seria, eu tinha que admitir, uma ótima maneira de passar uma tarde de sábado.

— Vamos, Angus! Comigo, rapaz! — falei. Ele me seguiu para a cozinha e se estirou no chão, rolando de costas para me observar de cabeça para baixo, enquanto eu começava a trabalhar nos brownies. Chocolate da marca Ghirardelli, nada menos do que o melhor para o homem que eu mandara para a cadeia, quinhentos gramas de manteiga, seis ovos. Derreti, misturei, incorporei ingredientes e acertei o timer. Passei trinta minutos checando meus e-mails e respondendo a três pais de alunos que haviam reclamado das notas dos filhos e queriam saber o que seu pequeno prodígio precisaria fazer para receber um "A" na minha aula.

— Estudar mais? — sugeri para o computador. — Pensar mais? — Optei por digitar uma resposta que fosse mais politicamente correta e enviei.

Quando os brownies estavam prontos, eu os tirei do forno. Olhei na direção da casa vizinha e decidi que, sim, eu poderia esperar um pouco mais. Afinal, precisava corrigir alguns trabalhos. O banheiro precisava ser limpo. E, além do mais, os brownies precisavam esfriar. Não havia necessidade de correr para arcar com as consequências do que eu fizera.

Por volta das oito da noite, acordei de uma soneca por cima do trabalho de Suresh Onabi sobre a Declaração da Independência. Angus estava adormecido em cima do meu peito, com uma página mastigada e babada na boca.

— Lá vamos nós, garoto — eu disse, colocando-o no chão e recolhendo o que havia comido. Droga! Minha política era que se meu cachorro comesse o dever de casa, eu presumiria que o aluno o fizera com perfeição.

Eu levantei, espiei novamente pela janela da sala de jantar. Não havia luzes acesas na casa vizinha. Meu coração pareceu bater um pouco mais rápido e as palmas das minhas mãos ficaram úmidas. Lembrei a mim mesma que tudo fora apenas um infeliz mal-entendido. Com certeza conseguiríamos nos acertar. Arrumei os brownies em um prato bonito, peguei uma garrafa de vinho no armário da cozinha e prendi Angus no porão para que ele não saísse e tentasse morder o homem. Então saí de casa com minhas ofertas de paz. Brownies e vinho. O café da manhã dos campeões. Que homem conseguiria resistir.

Na verdade, o caminho até o número 36 da rua Maple foi bastante intimidante... a calçada em mau estado, a casa arruinada, a grama alta que, sabe-

-se lá, poderia estar cheia de cobras ou coisas parecidas, o silêncio profundo que pairava sobre a casa como um animal faminto e mau. *Relaxe, Grace. Não há nada a temer. Apenas seja uma boa vizinha e se desculpe por ter acertado a cabeça dele.*

A varanda da frente da casa estava meio afundada, os degraus muito finos e arrebentados. Ainda assim, conseguiram suportar o meu peso enquanto eu os subia com muito cuidado. Dei uma batidinha na porta da frente com o cotovelo, já que minhas mãos estavam cheias, e esperei. Meu coração estava disparado no peito. Lembrei daquele pequeno... sobressalto... que senti quando olhei para o não arrombador quando ele estava sentado com as mãos algemadas, na minha varanda... a mecha travessa de cabelos, os ombros largos. E naquele segundo antes que eu o acertasse... o homem tinha um belo rosto. *Olá*, ele dissera. *Olá*.

Não houve resposta à minha batida débil. Pensei no que eu gostaria que acontecesse. Gostaria que ele abrisse a porta, e que alguma música suave — quem sabe um violão sul-americano? — estivesse tocando. O rosto do meu vizinho, que só estaria com um leve machucado sobre um olho, quase imperceptível, se iluminaria quando ele me reconhecesse.

— Oh, olá, vizinha! — ele exclamaria com um sorriso.

Eu me desculparia e ele riria, para me despreocupar.

O aroma do frango ao alho assando estaria por toda parte.

— Gostaria de entrar? — Eu concordaria e me desculparia mais uma vez pelo meu erro infeliz, e ele simplesmente afastaria o assunto com um aceno de mão. — Poderia ter acontecido com qualquer um — falaria o meu vizinho. Nós conversaríamos, nos sentindo imediatamente confortáveis um com o outro. Ele mencionaria que adora cães, mesmo que fossem terriers hiperativos com problemas de comportamento. Um copo de vinho seria servido para a adorável vizinha.

Viu? Na minha cabeça, eu e o cara já estávamos a caminho de nos tornarmos grandes amigos, talvez até mais do que isso. Infelizmente, ele parecia não estar em casa naquele momento, por isso ainda não sabia deste fato tão agradável.

Eu bati novamente na porta, bem fraquinho, porque realmente me sentia um pouquinho aliviada por não ter que vê-lo, por mais agradáveis que fossem as minhas fantasias. Deixei minhas ofertas de paz na porta e desci os degraus arrebentados.

Agora que sabia que ele não estava em casa, dei uma boa olhada ao redor. As luzes da rua davam um brilho belo e misterioso ao quintal. Eu nunca estivera aqui antes, mas obviamente havia ficado curiosa sobre a casa. Ela fora negligenciada por um bom tempo... havia telhas faltando e um plástico cobria uma das janelas do andar de cima. A grade sob a varanda tinha espaços abertos, como se fosse uma boca onde faltavam alguns dentes.

Estava uma noite linda e agradável. O aroma úmido da chuva distante enchia o ar, se misturando ao cheiro de cobre do rio e, mais ao longe, os sons da primavera tornavam a noite mais aconchegante. Aquela casa poderia se tornar realmente encantadora depois de algumas reformas, pensei. Talvez meu vizinho estivesse ali para fazer exatamente isso. Talvez ele transformasse a casa em uma joia.

O calçamento de cimento, em péssimo estado, continuava pela lateral da casa. Não havia sinal do homem. No entanto, um ancinho estava caído no meio do caminho. Alguém poderia tropeçar ali, eu pensei. E talvez até cair de ponta cabeça sobre a banheira de passarinhos de concreto, que estava apenas alguns metros adiante, e cair sangrando no mato... O pobre homem já não sofrera o bastante?

Me abaixei e peguei o ancinho. Viram? Eu já estava sendo uma excelente vizinha.

— Foi você quem deixou isso aqui?

A voz me assustou de tal maneira que imediatamente me virei, sem pensar. Infelizmente, eu ainda estava segurando o ancinho. Mais infelizmente ainda, o cabo de madeira acertou o homem bem na lateral do rosto. Ele cambaleou para trás, assustado, e a garrafa de vinho que eu acabara de deixar na porta escapou da mão dele e se espatifou no chão. O aroma do Merlot nos envolveu, sobrepondo-se aos perfumes da primavera.

— Ops... — falei em uma voz abafada.

— Jesus Cristo, moça — praguejou meu novo vizinho, esfregando o rosto. — Qual é o seu problema?

Eu me encolhi ao olhar para o rosto dele. Seu olho ainda estava inchado e, mesmo sob aquela luz suave, podia ver a mancha roxa. Era bem impressionante...

— Oi — eu disse.

— Oi — ele respondeu mal-humorado.

— Ahn... bem... Seja bem-vindo à vizinhança — minha voz saiu como um guincho. — Hmmm... Você está... está bem?

— Na verdade, não.

— Precisa de um pouco de gelo? — perguntei, dando um passo na direção dele.

— Não — ele deu um passo atrás, na defensiva.

— Escute — eu disse —, sinto muito, muito mesmo. Vim apenas para dizer... bem, apenas para pedir desculpas. — A ironia de ter acertado novamente o homem, quando havia vindo exatamente para pedir desculpas por acertá-lo antes me atingiu em cheio e dei uma risadinha nervosa, que lembrou muito o barulho que Angus fazia quando vomitava grama.

O homem não disse nada, apenas continuou a me encarar, de cara feia. Me peguei pensando que aquela aparência arrasada dele era meio... excitante. Meu vizinho estava usando jeans e uma camiseta de cor clara e, sim, ele tinha mesmo belos braços. Com músculos fortes e poderosos, não do tipo definido demais, como de quem passa horas demais olhando no espelho na academia. Não. Aqueles eram músculos de operário, de trabalhador braçal. Braços de mecânico. Uma imagem de Russel Crowe no filme *Los Angeles - Cidade Proibida* surgiu em minha mente. Lembrei da cena em que ele está sentado no assento de trás, bem no final do filme, sua mandíbula está machucada e ele não pode falar... Achei a cena *muito* excitante.

Engoli em seco e tentei novamente.

— Olá. Sou Grace — disse, tentando recomeçar. — Queria me desculpar por... pela noite passada. Sinto muito. E, é claro, também sinto muito por tudo isso. Me desculpe. — Abaixei os olhos para os pés dele, que estavam descalços. — Acho que você está sangrando. Deve ter pisado nos cacos de vidro.

Ele olhou para baixo, então ergueu um olhar impassível para mim. Pode me chamar de paranoica, mas ele parecia indignado.

Era o que faltava. Machucado, sangrando, cheirando a vinho e, para culminar, me desprezando. Eu estava me sentindo inegavelmente atraída por esse cara. Meu rosto ficou muito vermelho e fiquei feliz pela luz fraca.

— Bem — eu disse lentamente. — Escute. Estou realmente arrependida. Parecia que você estava tentando arrombar a casa e... é só isso.

— Talvez você devesse estar sóbria na próxima vez em que resolvesse chamar a polícia — ele retrucou.

Fiquei boquiaberta.

— Eu estava! Estava sóbria. — Fiz uma pausa. — Praticamente.

— Você estava descabelada, cheirando a gim e bateu no meu rosto com um bastão de caminhada. Isso lhe parece com estar sóbria?

O suor descia por minhas costas.

— Era um bastão de hóquei sobre a grama, na verdade, e meu cabelo está sempre daquele jeito. Como você pode ver.

O homem revirou os olhos. Quer dizer, revirou o olho que não estava inchado. Pelo jeito, aquele movimento doía, porque ele se encolheu.

— É só que... você parecia suspeito. Foi isso. Eu não estava bêbada. Tontinha, talvez, está certo. Sim, só um pouquinho. — Voltei a engolir em seco. — Mas já passava da meia-noite e você com certeza não tinha uma chave, ou tinha? Então... bem, você sabe. Parecia suspeito. Foi isso. Sinto muito por você ter passado a noite na cadeia. Me desculpe mesmo.

— Está bem — ele grunhiu.

Está certo, aquilo não era exatamente como na minha fantasia de bebermos vinho juntos, ao som de violões sul-americanos, mas já era alguma coisa.

— Então — eu disse, determinada a garantir que nos despedíssemos em bons termos. — Sinto muito, mas não guardei seu nome.

— Eu não disse meu nome — falou o homem, cruzando os braços e continuando a me encarar.

Que doçura.

— Muito bem. Foi um prazer conhecê-lo, seja qual for o seu nome. Tenha uma boa noite. — Mais uma vez, ele não disse nada. Coloquei o ancinho no chão com bastante cuidado, forcei um sorriso e passei pelos vários cacos de vidro espalhados. Passei por *ele*, dolorosamente consciente de cada movimento que fazia. A caminhada até a minha casa, embora fosse apenas de alguns poucos metros, pareceu muito longa. Eu deveria ter cortado caminho pelo quintal, mas havia o problema da grama alta, e da consequente preocupação com as cobras.

O homem não disse mais nem uma palavra e, pelo canto dos olhos, pude ver que ele também não se movera. Ótimo. Ele não era simpático. Eu não poderia convidá-lo para o piquenique da vizinhança, em junho. E daí?

Por um instante, me imaginei contando tudo isso a Andrew. Andrew, que tinha um senso de humor ácido, que sempre me fazia rir, teria dado gargalhadas com o fracasso do pedido de desculpas. Mas não. Andrew não ouviria mais as minhas histórias. Para afastar a imagem do meu ex-noivo, invoquei Wyatt Dunn. Meu namorado inventado gentil e de cabelos escuros, que tinha um adorável senso de humor e um coração doce e bondoso, já que era pediatra.

Exatamente como acontecera nos tempos difíceis da minha adolescência, o namorado imaginário afastou um pouco da sensação desagradável deixada pelo vizinho grosseiro, que eu acabara de machucar pela segunda vez.

E embora eu soubesse muito bem que Wyatt Dunn não existia, também sabia que algum dia eu encontraria alguém maravilhoso. Era o que eu esperava. E provavelmente aconteceria... Alguém melhor do que Andrew, ainda mais bonito do que o meu vizinho nervoso e tão legal quanto Wyatt. Só de pensar nisso, me senti um pouco mais animada.

Capítulo quatro

Andrew e eu nos conhecemos em Gettysburg... ou melhor, na encenação da Batalha de Gettysburg aqui mesmo, na honrada Connecticut. Ele fora designado para o papel de um soldado confederado sem nome e deveria gritar "Que Deus condene essa guerra, essa agressão do Norte!" e então cair morto no primeiro ataque dos canhões. Eu era o coronel Buford, o herói silencioso do primeiro dia da Batalha de Gettysburg, e meu pai o general Meade. Era a maior encenação em três estados e havia centenas de nós (não fiquem tão surpresos, essas coisas são muito populares). Naquele ano, eu estava responsável pela administração do "Brother Against Brother" e, antes da batalha, estivera correndo para cima e para baixo, com uma prancheta na mão, me certificando de que estava tudo pronto. Aparentemente, minha aparência era adorável... ao menos foi isso o que Andrew Chase Carson me disse mais tarde.

Oito horas depois de começarmos, quando um número suficiente de corpos jazia no chão, papai permitiu que os mortos se levantassem e um soldado confederado se aproximou de mim. Quando comentei que a maior parte dos soldados da Guerra Civil Americana não usava tênis Nike, o homem riu, se apresentou e me convidou para tomar um café. Duas semanas mais tarde, eu estava apaixonada.

De todas as maneiras, aquele foi o relacionamento com que eu sempre sonhara. Andrew era irônico e tranquilo, mais atraente do que bonito, com uma risada contagiosa e uma visão animada da vida. Era magro, tinha um pescoço de aparência doce e vulnerável e eu adorava abraçá-lo. Sentir suas costelas contra o meu corpo me dava uma vontade incontrolável de alimentá-lo e protegê-lo. Como eu, Andrew era um aficionado por História. Ele era procurador em uma grande empresa em New Haven, mas tinha um diploma em História na Universidade de Nova York. Gostávamos das mesmas comidas, dos mesmos filmes, dos mesmos livros.

E vocês perguntariam: como era o sexo? Era bom. Normal, sensual o bastante, agradável. Andrew e eu achávamos um ao outro atraente, tínhamos interesses mútuos e ótimas conversas. Nós ríamos juntos, ouvíamos as histórias um do outro sobre trabalho e família. Éramos realmente felizes. Ou ao menos era isso o que eu achava.

Se havia alguma dúvida da parte de Andrew, só percebi depois. Se certas coisas eram ditas com uma ponta de incerteza, eu não via. Não até ser tarde demais.

Natalie estava em Stanford durante o tempo em que estive com Andrew e terminara seus estudos em Georgetown no ano anterior. Desde que estivera tão perto da morte, minha irmã caçula se tornara ainda mais preciosa para mim, e continuou a deleitar nossa família com suas conquistas acadêmicas. Já meu lado intelectual era um pouco mais vago, se não contássemos História Americana... eu era boa em jogar Trivial Pursuit e conseguia me portar em coquetéis e coisas assim. Margaret, por outro lado, era assustadoramente inteligente, a mente afiada como uma navalha. Ela se formara em segundo lugar em Direito, em Harvard, e chefiava o setor de Defensoria Criminal na firma em que meu pai era sócio, deixando-o mais orgulhoso do que ele poderia dizer.

Nat era uma mistura de nós duas. Era brilhante, mas sutil, era talentosa, mas discreta, e escolhera Arquitetura, uma mistura perfeita de arte, beleza e ciência. Eu costumava falar com ela ao menos duas vezes por semana, mandava e-mails diários e a visitei quando ela optara por passar o verão na Califórnia. Como ela adorava ouvir sobre Andrew! Como ficava feliz por saber que a irmã mais velha encontrara "O Cara"!

— Qual é a sensação? — perguntara Natalie uma noite, durante um de nossos telefonemas.

— Que sensação? — quis saber.

— De estar com o amor de sua vida, boba. — Eu ouvi o sorriso em sua voz e sorri também.

— Oh, é maravilhoso. É tão... perfeito. E fácil também, sabe? Nós nunca brigamos, não como a mamãe e o papai costumam brigar. — Ser diferente dos meus mais era um sinal claro de que Andrew e eu estávamos no caminho certo.

Nat riu.

— Fácil, hein? Mas apaixonado também, não é? Seu coração bate mais forte quando ele aparece? Você fica vermelha quando escuta a voz dele no telefone? Sua pele se arrepia toda quando ele a toca?

Fiz uma pausa antes de responder.

— Claro. — Eu sentia aquelas coisas? Claro que sentia. Com certeza. Ou *havia* sentido, aquela sensação inebriante do princípio havia amadurecido para algo mais... bem, confortável.

Com sete meses de relacionamento, eu me mudara para o apartamento de Andrew em West Hartford. Três semanas mais tarde, estávamos vendo *Oz – A Vida é Uma Prisão*, no canal HBO — está certo, não era o mais romântico dos programas, mas estávamos aconchegados juntos, no sofá, e estava gostoso. Andrew se virou para mim e disse.

— Acho que deveríamos casar, você não acha?

Ele me comprou um anel adorável. Nós contamos para nossas famílias e escolhemos o Dia dos Namorados, dali a seis meses, como o dia do nosso casamento. Meus pais ficaram satisfeitos, afinal, Andrew parecia um homem tão estável e honesto, tão confiável. Era advogado patrimonial, um trabalho muito estável, muito bem pago, o que tranquilizou meu pai, que se preocupava que meu salário de professora fosse acabar me transformando em uma sem-teto. Andrew era filho único e muito mimado pelos pais, que não haviam ficado tão extasiados com a notícia quanto meus pais, mas foram simpáticos o bastante. Margaret e Andrew conversavam sobre leis e direito e Stuart parecia apreciar a companhia. Até mesmo Mémé gostava tanto dele quanto conseguia gostar de um ser humano.

Apenas Natalie ainda não o conhecera, pois estava presa em Stanford. Ela falara com Andrew ao telefone quando eu ligara para contar que estávamos noivos, mas foi só isso.

Finalmente Natalie veio para casa. Era o feriado de Ação de Graças e quando Andrew e eu chegamos à casa dos meus pais, mamãe nos recebeu na porta com seu costumeiro alvoroço de reclamações sobre como precisara levantar cedo para colocar a "maldita ave" no forno, e como se cansara recheando o bicho, e ainda como meu pai era inútil. Papai estava vendo um jogo de futebol americano e ignorando mamãe, Stuart tocava piano na sala de estar e Margaret lia.

Então Natalie desceu voando as escadas, os braços abertos e me agarrou em um abraço apertado.

— Gissy! — ela gritara.

— Oi, Nattie Bumppo! — exclamei, apertando-a com força.

— Não me beije, estou gripada — dissera Nattie, afastando-se. Seu nariz estava vermelho, a pele um pouco ressecada, e ela vestia uma calça de moletom e um velho cardigã do nosso pai, e mesmo assim parecia mais linda do que a Cinderela no baile. Seus cabelos louros e sedosos estavam presos em um rabo de cavalo e não havia maquiagem alguma em seus olhos azuis muito claros.

Andrew olhou uma vez para ela e literalmente deixou cair a torta que segurava.

É claro que o prato da torta era escorregadio. Um pirex comum, sabe? E o rosto de Nat estava ruborizado daquele jeito porque... bem, porque ela estava gripada e esse era um dos sintomas de gripe, certo? É claro que sim. Mais tarde, fui obrigada a admitir que não fora nenhum pirex escorregadio. Conheço um kabum atingindo alguém quando vejo isso acontecer.

Natalie e Andrew sentaram em extremidades opostas na mesa do almoço de Ação de Graças. Quando Stuart desencavou o tabuleiro de Palavras Cruzadas e perguntou a eles se queriam jogar depois da refeição, Andrew aceitou e Natalie declinou no mesmo instante. No dia seguinte, nós todos fomos ao boliche e eles não se falaram. Mais tarde, fomos ao cinema e os dois se sentaram o mais distante possível. Eles evitavam até entrar em um cômodo se o outro estivesse lá.

— E então, o que acha? — eu perguntara a Natalie, fingindo que estava tudo normal.

— Ele é fantástico — ela dissera, o rosto ficando vermelho mais uma vez. — Muito legal.

Aquilo fora o bastante para mim. Não precisava ouvir mais. Afinal, por que precisávamos falar sobre Andrew? Eu perguntei a ela sobre a faculdade, parabenizei-a por ter conseguido um estágio com Cesar Pelli e, mais uma vez, fiquei encantada com sua perfeição, com sua inteligência e com seu coração generoso. A verdade era que eu sempre fora a maior fã da minha irmã.

Andrew e Natalie se encontraram novamente no Natal, quando ambos se mantiveram distantes do visco pendurado sobre a porta como se fosse um pedaço de urânio cintilante, e fingiram não estar perturbados. Não poderia haver nada entre eles, porque Andrew era meu noivo e Natalie era minha irmãzinha caçula. Quando papai pedira a Nat para descer colina abaixo com Andrew em nosso antigo trenó, e nenhum dos dois havia conseguido um modo de recusar, eu ri ao vê-los bater e rolar na neve, um abraçando o outro. Não, não havia nada ali.

Nada... Até parece...

Mas não era eu quem faria qualquer comentário. Sempre que minha irritante vozinha interior resolvia trazer o assunto à tona, normalmente às três da manhã, eu dizia que ela estava errada. Andrew estava bem ali comigo. Ele me amava. Então, eu esticava a mão e tocava seu cotovelo ossudo, e aquele pescoço doce. O que tínhamos era verdadeiro. Se Nat tinha uma paixonite por ele... tudo bem. Quem poderia culpá-la?

Meu casamento seria em dez semanas... então oito... então cinco. Mandamos os convites. Finalizamos o cardápio. O vestido foi ajustado.

E então, vinte dias antes da data, Andrew chegou em casa do trabalho. Eu estava sentada diante da mesa da cozinha, com uma pilha de testes para corrigir diante de mim. Ele trouxera comida indiana para nós e estava muito pensativo. Andrew chegou mesmo a desembalar a comida, e o cheiro apetitoso do molho sobre o arroz que eu tanto gostava se espalhara pela cozinha. Então vieram aquelas palavras terríveis.

— Grace... precisamos conversar — ele dissera, enquanto encarava o *onion kulcha*, o delicioso pão indiano de cebola. Sua voz estava trêmula. — Você sabe o carinho enorme que eu tenho por você.

Fiquei paralisada, nem levantei os olhos das provas, as palavras dele soando tão amaldiçoadas quanto "Sherman invade a Georgia", provavelmente soara para os confederados. O momento que eu vinha conseguindo afastar de minha mente com sucesso, agora estava se desenrolando diante de mim. Eu sabia que jamais conseguiria olhar para Andrew da mesma maneira, que não conseguiria respirar normalmente. Meu coração batia descompassado.

Ele tinha *carinho* por mim. Não sei quanto a vocês, garotas, mas quando um cara diz "Tenho carinho por você", sempre me parece que as notícias serão péssimas.

— Grace — ele sussurrara, e eu finalmente consegui reunir coragem para encará-lo. Enquanto o outro pão que ele trouxera, um naan de alho, esfriava, Andrew falou que não sabia bem como me dizer isso, mas que não poderia se casar comigo.

— Entendo — eu respondera em uma voz distante. — Entendo.

— Sinto tanto, Grace — ele sussurrara e, para seu crédito, seus olhos estavam marejados.

— É Natalie? — perguntei com uma voz baixa e irreconhecível.

Andrew abaixara os olhos para o chão, o rosto muito vermelho, e sua mão tremia quando ele a passou pelos cabelos macios.

— É claro que não — ele mentira.

E isso foi tudo.

Nós havíamos acabado de comprar a casa na rua Maple, embora ainda não estivéssemos morando lá. Como parte de nosso acordo de divórcio, ou como quer que queiram chamar o que aconteceu — dinheiro sujo, culpa, danos emocionais — Andrew não quis que eu devolvesse o dinheiro que ele havia dado para a entrada. Papai reorganizou minhas finanças, usou alguns fundos de investimento que meu avô me deixara para diminuir a hipoteca, de modo a que eu pudesse arcar sozinha com ela, e eu me mudara. Sozinha.

Natalie ficara arrasada quando descobrira. Obviamente eu não lhe contara o verdadeiro motivo de nosso rompimento. Ela me ouvira mentir, dando razões como *simplesmente não estava bom... não estava pronta... decidimos que precisávamos ter certeza.*

Ela fizera apenas uma única pergunta, em voz muito baixa, quando eu acabei de falar.

— Ele disse mais alguma coisa?

Porque ela deve ter percebido que não fora eu quem rompera. Natalie me conhecia melhor do que qualquer outra pessoa.

— Não — respondi bruscamente. — Não era para ser. Tanto faz.

Natalie não tinha nada a ver com aquilo, tentei me tranquilizar. Era só que eu não encontrara realmente "O Cara", não importa o quanto Andrew parecesse enganadoramente perfeito. Não, pensei sentada na sala de estar recém-pintada da minha casa nova, comendo brownies feito uma louca e vendo o documentário sobre a Guerra Civil, de Ken Burn, até que eu o tivesse decorado. Andrew simplesmente não era "O Cara". Muito bem. Eu encontraria "O Cara", onde quer que ele estivesse. Então o mundo saberia o que era o amor, caramba!

Natalie terminou a faculdade e voltou para o Leste. Ela conseguiu um apartamentinho em New Haven e começou a trabalhar. Nós nos víamos com frequência e eu estava feliz. Ela não era *a outra mulher*... era minha irmã. A pessoa que eu mais amava no mundo. Meu presente de aniversário.

Capítulo cinco

No domingo, tive a infelicidade de comparecer ao vernissage de minha mãe na Chimera, uma galeria de arte dolorosamente moderna, em West Hartford.

— O que está achando, Grace? Onde você estava? A exposição começou há meia hora. Trouxe seu namorado? — perguntou minha mãe, alvoroçada, enquanto eu tentava não olhar diretamente para as obras de arte. Papai veio andando do fundo da galeria, segurando um copo de vinho, parecendo claramente aflito.

— Muito... muito, ahn, detalhado — respondi. — Simplesmente... adorável, mamãe.

— Obrigada, querida! — ela gritou. — Oh, alguém está conferindo a etiqueta de preço de *Essência Número Dois*. Estarei de volta em um instante.

Quando Natalie fora para a faculdade, minha mãe resolvera que estava na hora de dar vazão ao seu lado artístico. Por alguma razão que todos nós desconhecíamos, ela se decidira por vidro soprado. Vidro soprado e a anatomia feminina.

A casa da família, que antes só abrigara duas pinturas de pássaros de Audubon, algumas poucas pinturas a óleo do mar e uma coleção de gatos de porcelana, ficou cheia de partes do corpo feminino. Vulvas, úteros, ovários, seios e muito mais, espalhados pelos aparadores e estantes, sobre as mesas e nos banheiros. As esculturas da minha mãe eram muito coloridas, pesadas e anatomicamente muito precisas e foram um excelente combustível para alimentar a fofoca no clube de jardinagem, além de serem a causa de uma nova úlcera para o meu pai.

No entanto, ninguém podia discutir com o sucesso, e para absoluta surpresa do resto de nós, as esculturas de mamãe acabaram gerando uma pequena fortuna. Quando Andrew me abandonara, mamãe me levara para um cruzeiro-spa de quatro dias, cortesia de *O Revelar* e *Leite nº 4*. A série *Sementes da Fertilidade* pagou pela pequena estufa ao lado do celeiro na última primavera, assim como por um carro novo, um Toyota Prius, em outubro.

— Oi — falou Margaret, se juntando a nós. — Como vai?

— Ah, estou ótima — respondi. — E você, como está? — Olhei ao redor, na galeria. — Onde está Stuart?

Margaret fechou um dos olhos e cerrou os dentes, lembrando um pouco Anne Bonny, a pirata.

— Stuart... Stuart não está aqui.

— Entendi — falei. — Está tudo bem com vocês dois? Percebi que vocês mal se falaram no casamento de Kitty.

— Quem sabe? — respondeu Margaret. — Estou falando sério. Quem sabe? Você acha que conhece uma pessoa e... deixa pra lá.

Pisquei, confusa.

— O que está acontecendo, Margs?

Margaret olhou ao redor, para as pessoas que se aglomeravam na exposição de mamãe e suspirou.

— Não sei. Casamento nem sempre é fácil, Grace. Que tal isso como frase de biscoitinho da sorte chinês? Estão servindo vinho, aqui? As exposições de mamãe são sempre melhores quando estamos um pouco tontas, se entende o que eu digo.

— Está ali — falei, acenando para a mesa de acepipes no fundo da galeria.

— Está certo. Já volto.

Hahaha. Hahaha. Ooooh. Hahaha. A risada social de mamãe, que só era ouvida em exposições de arte ou quando ela estava tentando impressionar alguém, soava através da galeria. Mamãe percebeu que eu estava olhando e piscou para mim, então apertou a mão de um senhor, que estava segurando uma peça... oh, vamos ver... eca. Uma escultura, vamos dizer. Outra venda. Bom para mamãe.

— Ainda está disposta a participar de Bull Run? — perguntou papai, aparecendo atrás de mim e passando o braço ao redor dos meus ombros.

— Oh, com certeza, papai. — A Batalha de Bull Run era uma das minhas favoritas. — Já descobriu qual será o seu papel? — perguntei.

— Já. Serei o general Stonewall Jackson — ele disse com um sorriso.

— Papai! Que ótimo! Parabéns! Onde será?

— Em Litchfield — ele respondeu. — E quem será você?

— Ninguém — falei chateada. — Só um cavaleiro confederado. Mas vou atirar com o canhão.

— Essa é minha garota — disse papai orgulhoso. — Ei, você vai levar seu namorado novo? Qual é mesmo o nome dele? A propósito, sua mãe e eu estamos muito felizes por você finalmente estar de volta aos trilhos, por assim dizer.

Fiz uma pausa.

— Ahn... Obrigada, papai. Não tenho certeza se Wyatt conseguirá ir. Mas vou... vou convidá-lo.

— Ei, papai — cumprimentou Margaret, se aproximando e dando um beijo no rosto de papai. — Como estão as vendas dos grandes lábios?

— Não me faça começar a falar sobre o trabalho da sua mãe. Pornografia. É assim que chamo o que ela faz. — Ele relanceou o olhar na direção de nossa mãe. *Hahaha. Hahaha. Ooooh. Hahaha.* — Maldição, ela vendeu outra. Vou ter que embalar aquela. — Papai revirou os olhos e saiu pisando firme em direção ao fundo da galeria.

— Muito bem, Grace — disse Margaret —, e quanto a esse cara novo? — Ela olhou ao redor para se certificar de que não estávamos sendo ouvidas. — Você está realmente vendo alguém, ou é mais um dos namorados inventados?

Ela não era defensora criminal à toa.

— Culpada — murmurei.

— Você não está um pouco velha para esse tipo de coisa? — perguntou minha irmã, tomando um gole de vinho.

Fiz uma careta.

— Sim. Mas encontrei Nat no banheiro, no casamento da Kitty, se contorcendo de culpa. — Margs revirou os olhos. — Então resolvi tornar as coisas mais fáceis para ela.

— Sim. A vida deve ser fácil para a princesa — resmungou Margaret.

— E tem outra coisa — continuei em voz baixa. — Estou cansada de que sintam pena de mim. Nat e Andrew deviam simplesmente seguir em frente, sabe, e parar de me tratar como um gato doente, que tem ataques e não consegue comer.

Margaret riu.

— Entendi.

— A verdade é que — admiti —, acho que estou pronta para conhecer alguém. Vou simplesmente fingir que estou vendo alguém e então, você sabe... acabarei encontrando alguém de verdade.

— Legal... — comentou Margaret com uma considerável ausência de entusiasmo.

— Então, o que está acontecendo entre você e Stuart? — perguntei, enquanto saía do caminho de uma senhora que se aproximava de *Fonte Da Vida*, uma escultura de um ovário que parecia aos meus olhos leigos com um balão cinza encaroçado.

Margaret suspirou e terminou de tomar o vinho.

— Não sei, Grace. E realmente não quero falar a respeito, está bem?

— Está bem — murmurei, franzindo o cenho. — Sempre vejo Stuart na escola, é claro.

— Está certo. Muito bem. Você pode dizer a ele para catar coquinho por mim.

— Eu... não vou fazer isso. Cristo, Margs, o que aconteceu? — Apesar de serem um caso de opostos que se atraem, Margaret e Stuart sempre haviam sido bem felizes. Não tinham filhos por escolha e, em grande parte por causa do enorme sucesso de Margaret nos tribunais, viviam em uma ótima casa em Avon, passavam férias elegantes no Taiti, em Liechtenstein e em lugares assim. Estavam casados há sete anos e apesar de Margaret não ser do tipo que fica suspirando ou lançando olhares apaixonados para o marido, sempre parecera bem satisfeita.

— Droga. E falando em casais desastrosos, aí vem Andrew e Natalie. Porcaria. Preciso de um pouco mais de vinho para aguentar isso. — Ela saiu voando em direção à mesa para pegar outro copo do Pinot barato.

E realmente lá estavam eles. Os cabelos louros de Andrew alguns tons mais claros do que as mechas cor de mel de Natalie. Os dois estavam consideravelmente mais relaxados do que no casamento, quando não ousaram ficar a menos de três metros um do outro, com medo que eu me despedaçasse em soluços. Agora, irradiavam felicidade. As mãos de um roçavam a do outro enquanto se aproximavam e os dedos se acariciavam levemente, embora não estivessem exatamente de mãos dadas. A química parecia estalar ao redor deles. Não, não era apenas química. Era adoração, isso sim. Os olhos da minha irmã cintilavam, seu rosto estava rosado e um havia um sorriso se insinuando no canto da boca de Andrew. Argh...

— Olá vocês dois! — cumprimentei animada.

— Olá, Grace! — falou Natalie, enrubescendo mais enquanto me abraçava. — Ele está aqui? Você o trouxe?

— Trouxe quem? — perguntei.

— Wyatt, é claro! — ela riu.

— Ah, sim! Não, não trouxe. Achei que seria melhor estarmos juntos há mais tempo antes de trazê-lo a uma das exposições de mamãe! Além do mais, ele está... no hospital. — Forcei uma risada. — Oi, Andrew!

— Como vai, Grace? — ele falou, sorrindo, os olhos verdes brilhando.

— Estou ótima. — Abaixei os olhos para o meu copo de vinho intocado.

— Seus cabelos estão lindos! — exclamou Nat, estendendo a mão para tocar em um cacho que espantosamente parecia encaracolado e não eletrocutado.

— Cortei os cabelos hoje de manhã — murmurei. — E comprei um creme reparador novo. — Quase precisara vender meus próprios ovários para pagar, mas, sim, junto com as roupas, achei que um corte de cabelo melhor também deveria estar na ordem do dia. Não custava nada estar com a minha melhor aparência quando eu encontrasse "O Cara", certo?

— Onde está Margaret? — perguntou Natalie, esticando seu pescoço de cisne para olhar ao redor. — Margs! Aqui!

Minha irmã mais velha me olhou com expressão sombria e se aproximou. Ela e Natalie sempre haviam se estranhado um pouco... bem, seria mais justo dizer que Margaret se estranhava com a caçula, já que Natalie era doce demais para brigar de verdade com alguém. Como resultado, eu acabava me dando melhor com cada uma delas do que as duas se davam uma com a outra. Era a minha recompensa por normalmente ser tomada como a pobre filha do meio negligenciada.

— Acabo de vender um útero por três mil dólares! — exclamou mamãe, se juntando ao nosso grupinho.

— Não há limites para o mau gosto dos americanos — comentou papai, se arrastando, triste, atrás dela.

— Oh, pare com isso, Jim. Melhor ainda, descubra seu próprio talento e deixe o meu em paz.

Papai revirou os olhos.

— Parabéns, mamãe, isso é maravilhoso! — disse Natalie.

— Obrigada, querida. Fico feliz que alguém nessa família apoie a minha arte.

— Arte — grunhiu papai.

— E então, Grace — disse Natalie —, quando vamos conhecer Wyatt? Qual é mesmo o sobrenome dele?

— É Dunn — respondi com facilidade. Margaret sorriu e balançou a cabeça. — Logo, logo vou aparecer com ele.

— Como ele é? — perguntou Nat, pegando a minha mão em uma atitude de conspiração feminina.

— Ah... ele é bem bonitinho — arrulhei. Era ótimo que Julian e eu tivéssemos conversado a respeito. — Alto, de cabelos negros... — Tentei me lembrar do dr. Bonitão, de *Plantão Médico*, mas eu não assistia a série desde o episódio em que os cachorros bravos se soltam no hospital, atacando tanto os pacientes quanto a equipe do hospital. — Hmmm, tem covinhas, sabe? E um belo sorriso. — Senti meu rosto quente.

— Ela está ficando vermelha — Andrew comentou carinhoso, e eu senti uma pontada quente de ódio atingir meu coração. Como ele ousava ficar animado porque eu conhecera alguém!

— Ele parece ser maravilhoso — declarou mamãe. — Não que um homem vá fazê-la feliz, é claro. Olhe para mim e para seu pai. Às vezes um cônjuge tenta sufocar seus sonhos, Grace. Certifique-se de que ele não faça isso com você, como seu pai faz comigo.

— Quem você acha que paga por toda essa bobagem de vidro soprado, hein? — retorquiu papai. — Eu não converti a garagem em um ateliê para esse seu hobby? Sufocar seus sonhos... Pode ter certeza de que eu gostaria mesmo de sufocar alguma coisa.

— Deus, como eles são adoráveis... — comentou Margaret. — Quem quer dar uma volta por aí?

Quando finalmente voltei para casa depois da exposição ginecológica de mamãe, meu vizinho antipático estava arrancando telhas do telhado da varanda. Ele não levantou os olhos quando estacionei na garagem, embora eu tenha esperado um pouco antes de sair do carro. Não era um homem agradável. Nem simpático, de forma alguma. Mas definitivamente era bom de olhar, pensei, enquanto esticava os olhos para os músculos fortes dos braços, me sentindo grata, mesmo contra a minha vontade, por estar quente ao ar livre. Quente o bastante para que o Vizinho Antipático tirasse a camisa. O sol cintilava sobre as costas suadas enquanto ele trabalhava. Aqueles braços eram grossos como as minhas coxas...

Por um instante, me permiti imaginar aqueles braços fortes, grandes e capazes envolvendo meu corpo. Imaginei o Vizinho Antipático me imprensando contra a parede da casa dele, seus músculos quentes enquanto me erguia contra seu corpo, suas mãos grandes e másculas...

Uau, você está mesmo precisando transar, pensei de repente. Obviamente, o chuveirinho não estava mais dando conta. Por sorte, o Vizinho Antipático não havia notado minha divagação erótica. Aliás, ele não havia me notado de jeito algum.

Entrei em casa e deixei Angus sair para o quintal cercado, para fazer xixi, cavar a terra e rolar. O barulho da serra elétrica dominava o ar. Dei um suspiro profundo e sentei diante do computador para finalmente seguir o conselho de Julian. Havia vários sites de relacionamento. Estava na hora de encontrar um homem. Um bom homem. Decente, trabalhador, de boa moral e ótima aparência que me adorasse loucamente. *Aqui vou eu, rapaz. Me espere.*

Depois de descrever online as minhas qualidades, dei uma olhada em alguns perfis. Cara número um... Não, bonito demais. Cara número dois... Não, seus hobbies eram NASCAR e UFC. Cara número três... Não. Tinha uma aparência muito esquisita, para ser honesta. Percebi que talvez o meu humor não estivesse bom para fazer aquilo e resolvi corrigir alguns testes sobre a Segunda Guerra Mundial. Quando ficou escuro, fiz uma pausa rápida, só para comer um pouco da comida chinesa que Julian havia trazido na quinta-feira, e logo voltei a corrigir, circulando erros gramaticais e pedindo mais detalhes em algumas respostas. Era uma reclamação comum na escola Manning que a srta. Emerson era uma professora durona. Um aluno que tirava "A" na minha turma realmente merecia a nota.

Quando terminei, recostei na cadeira e me espreguicei. Na parede da cozinha, meu relógio do gato Fritz tiquetaqueava alto, o rabo do gato girando para marcar as horas. Eram apenas oito horas da noite e eu ainda tinha a noite toda à minha frente. Poderia ligar para Julian... não. Ao que parecia, meu melhor amigo achava que estávamos muito dependentes um do outro e, apesar disso realmente ser verdade, me incomodava um pouco. Não havia nada de errado em ser dependente de um amigo, havia? Muito bem. Julian me mandou um e-mail entusiasmado falando dos quatro homens que se interessaram por seu perfil on-line, e sobre o frio no estômago que ele estava sentindo. Pobre covarde. Digitei uma resposta rápida assegurando a ele que meu perfil agora também estava disponível para ser visto on-line e disse a Julian que o veria no Baile da Terceira Idade, na Golden Meadows.

Dei um suspiro e me levantei. Amanhã era dia de aula. Talvez eu devesse usar uma das minhas roupas novas. Subi a escada com Angus trotando em meus tornozelos, para examinar novamente as roupas que comprara. Na verdade, pensei enquanto examinava meu armário, estava na hora de fazer uma limpeza geral. Sim. Às vezes era preciso se dar conta de que o que imaginávamos ser vintage é apenas velho. Peguei um saco de lixo e comecei a limpeza. Dei adeus aos suéteres com buracos nas axilas, à saia de chiffon com uma marca de queimado na parte de trás, ao jeans que servia em mim em 2002. Angus me ajudava roendo uma bota de vinil velha (o que eu estava pensando quando comprei aquilo?), e eu deixei.

Na semana anterior, havia visto um programa sobre uma mulher que havia nascido sem pernas. Ela era mecânica... na verdade, não ter pernas tornava seu trabalho mais fácil, ela disse, já que podia deslizar para baixo dos carros na prancha que usava para se locomover por todos os lugares. A mulher já fora casada e, no momento, estava saindo com dois caras só para aproveitar um pouco a vida. Seu ex-marido também fora entrevistado, era um homem de boa aparência, com duas pernas e tudo o mais.

— Eu faria qualquer coisa para tê-la de volta, mas simplesmente não fui o bastante para ela — ele disse com tristeza. — Espero que ela encontre o que está procurando.

Me peguei sentindo certa... bem, não era exatamente *inveja*, mas realmente parecia que essa mulher tinha uma vantagem injusta no campo dos relacionamentos amorosos. Todos olhavam para ela e diziam: *Uau, que mulher corajosa. Ela não é incrível?* E quanto a mim? E as duas pernas que eu tenho de vantagem, hein? Como poderíamos competir com *aquilo*?

— Muito bem, Grace — disse a mim mesma em voz alta —, você está passando dos limites. É melhor encontrar logo um namorado e terminar com essa história, não acha? Angus, mexa-se, meu bem. Mamãe precisa subir até o sótão para deixar essa tralha toda lá, ou você vai acabar com tudo em um piscar de olhos, certo? Porque você é um garoto muito malvadinho, não é? Não negue. Isso que você tem na boca é minha escova de dente. Não sou cega, rapazinho.

Arrastei o saco de lixo cheio pelo corredor até as escadas que levavam ao sótão. Droga! A luz estava queimada e eu não estava com a menor disposição para descer novamente as escadas e pegar outra. Bem, eu ia apenas jogar as coisas ali, até arrumar outro destino para elas.

Subi o lance estreito de escadas, sentindo o cheiro forte de cedro. Como muitas casas em estilo vitoriano, a minha tinha um sótão que se estendia por toda a extensão da casa, três metros de altura, janelas de todos os lados. Algum dia, pensei, isolaria aquelas paredes, aplicaria gesso nelas e transformaria aquele lugar em uma sala de brinquedos para as minhas doces crianças. Uma estante circundaria todo o cômodo. E haveria uma área para desenho e trabalhos artísticos em frente à janela, onde o sol entrava. Uma mesa só para o trilho de trem ficaria naquele canto ali, mas por enquanto, o sótão tinha apenas peças de mobília antiga, umas duas caixas de enfeites de Natal e meus uniformes e armas da Guerra Civil. Ah, e meu vestido de casamento.

O que uma pessoa faz com um vestido de casamento feito sob medida e nunca usado? Não podia simplesmente jogá-lo fora, podia? Ele não fora barato. Com certeza se eu encontrasse uma versão de carne e osso de Wyatt Dunn, talvez até me casasse, mas eu iria querer usar o vestido que comprara para meu casamento com Andrew? Não, é claro que não. Ainda assim, lá estava ele, guardado em uma embalagem a vácuo, longe do sol para não desbotar. Imaginei se ainda caberia em mim. Eu havia engordado alguns quilinhos depois "Do Abandono". Hmmm... Talvez eu devesse experimentá-lo.

Que maravilha... Estava mesmo me tornando a própria srta. Havisham, a personagem do livro *Grandes Esperanças,* de Charles Dickens. Logo, logo estaria deixando bolos apodrecerem na mesa e mantendo os relógios da casa sempre às 8h40, como fazia a personagem.

Alguma coisa mordiscou meu tornozelo. Angus. Eu não o ouvira subir as escadas.

— Olá, rapazinho — eu disse, levantando-o no colo e tirando um pedaço de macarrão de sua cabecinha. Ao que parecia, ele havia investigado a comida chinesa. Angus ganiu, amoroso, e balançou a cauda. — O que houve? Você gosta do meu cabelo? Oh, obrigada, Angus McFangus. Como? Está na hora do sorvete? Meu Deus, você é um gênio! Está absolutamente certo. Que sabor prefere? Creme Brûlée ou Café? — O rabinho dele não parou de balançar enquanto ele mordia o lóbulo da minha orelha e puxava-o dolorosamente. — Café, então, garoto. É claro que você pode dividir comigo.

Me desvencilhei de Angus e me virei para sair do sótão, mas alguma coisa chamou minha atenção.

Um homem.

Dois andares abaixo de mim, meu vizinho carrancudo e machucado estava deitado sobre o telhado da casa dele, na parte quase plana. Ele estava mais vestido (que pena), e a camiseta branca praticamente cintilava no escuro. Jeans. Pés descalços. Eu vi que ele estava apenas... apenas deitado ali, as mãos atrás da cabeça, um joelho encolhido, olhando para o céu.

Senti uma contração no estômago, e minha pele se enrijeceu, muito quente. De repente, o sangue começou a pulsar em partes há muito negligenciadas.

Lentamente, com cuidado para não atrair a atenção, abri uma fresta da janela. Logo ouvi o som dos sapos, típico da primavera, e senti o cheiro do rio e da chuva distante. A brisa úmida refrescou meu rosto quente.

A Lua subia no oeste, e meu vizinho, tão antipático que nem me dissera seu nome, estava simplesmente deitado no telhado, mirando o céu de um azul profundo da noite.

Que tipo de homem fazia aquilo?

Angus espirrou com desprezo e eu pulei pra longe da janela para que o Vizinho Antipático não me ouvisse.

De repente tudo entrou em foco. Eu queria um homem. E ali, na porta ao lado, estava um homem. Um homem bem *másculo*, por sinal. Minhas partes femininas estavam quentes em concordância.

É verdade que eu não queria apenas um caso. Queria um marido, e não qualquer marido. Queria um marido inteligente, divertido, bondoso e correto. Que amasse crianças e animais, especialmente cachorros. Que trabalhasse duro em algum emprego decente, intelectual. Que gostasse de cozinhar. Que fosse animado. E que me adorasse.

Não sabia nada sobre o cara ali do lado. Nem mesmo o nome dele. Tudo o que eu sabia era que sentia alguma coisa por ele — desejo, para ser honesta. Mas isso era um começo. Afinal, havia muito tempo que eu não sentia nada por homem nenhum.

Amanhã, disse a mim mesma, enquanto fechava a janela, eu descobriria o nome do meu vizinho. E também o convidaria para jantar.

Capítulo seis

— *Portanto*, embora Sewell Point não tenha sido uma das principais batalhas, teve potencial para afetar decisivamente o desenrolar da guerra. Obviamente, a baía de Chesapeake foi uma área crítica para ambos os lados. Então, dez páginas sobre o bloqueio e seus efeitos, para segunda-feira.

Minha turma gemeu.

— Senhorita Em! — protestou Hunter Graystone. — Isso deve dar umas dez vezes mais dever do que as outras professoras passam.

— Oh, pobres crianças! Quer que eu segure seu braço enquanto digita? — Pisquei para ele. — Dez páginas. Doze se reclamar.

Kerry Blake riu. Ela estava mandando uma mensagem de texto para alguém.

— Me entregue isso, Kerry! — falei, estendendo a mão para pegar o celular. Era um modelo novo, cravejado de cristais.

Kerry ergueu a sobrancelha perfeitamente depilada.

— Srta. Emerson, a senhora, tipo, *sabe* quanto *custa* esse telefone? Tipo, se meu pai souber que a senhorita *pegou* isso, ele ficaria, bem... muito chateado.

— Você não pode usar seu celular durante a aula, querida — falei pela centésima vez naquele mês, provavelmente. — Você o terá de volta no fim do dia.

— Tanto faz — ela resmungou. Então, percebendo o olhar de Hunter em sua direção, Kerry jogou os cabelos para trás e se espreguiçou. Hunter sorriu, apreciando a cena. Tommy Michener, que estava dolorosa e inexplicavelmente apaixonado por Kerry, ficou paralisado de repente, o que fez Emma Kirk abaixar a cabeça, desanimada. Ah, o amor da juventude...

Do outro lado do corredor, ouvi uma explosão de gargalhadas vinda da sala de aula de Ava Machiatelli, que ensinava História Clássica. A maioria dos alunos da Academia Manning adorava a srta. Machiatelli. Notas boas sem esforço, uma falsa simpatia por suas agendas apertadas, o que resultava em muito pouco dever de casa, e a abordagem de História mais rasa desde... bem, desde que Brad Pitt estrelara Troia. Mas, assim como Brad Pitt, Ava Machiatelli era bonita e charmosa. Acrescente seus suéteres decotados e saias apertadas e era como ter Marilyn Monroe ensinando História. Os rapazes ficavam loucos por ela, as garotas anotavam dicas de moda e os pais a adoravam já que os filhos tiravam tantas notas "A". Já eu... não era assim tão fã dela.

O sinal tocou, anunciando o fim da aula. A Academia Manning não tinha campainhas — eram agudas demais para os jovens ouvidos dos americanos abastados. No entanto, os delicados sinos Zen tinham o mesmo efeito de uma terapia de choque, meus alunos do último ano dispararam dos assentos em direção à porta. Às segundas-feiras, a Guerra Civil era a última aula antes do almoço.

— Esperem, crianças — chamei. Eles pararam, como ovelhinhas dóceis. Meus alunos podiam ser, em sua maioria, mimados demais e exageradamente sofisticados para suas tenras idades, mas eu tinha que admitir que eram obedientes. — Nesse final de semana, o "Brother Against Brother" vai encenar a Batalha de Bull Run, também conhecida como a Primeira Batalha de Manassas, como estou certa de que se lembram, já que foi o trabalho de casa de leitura para terça-feira. Um ponto extra para quem aparecer, certo? Me mandem um e-mail se estiverem interessados e ficarei feliz em pegá-los aqui.

— Até parece — falou Kerry. — Não estou precisando tanto assim de ponto extra.

— Obrigado, senhorita Em — falou Hunter. — Parece divertido.

Hunter não iria, embora fosse um dos meus alunos mais educados. Seus fins de semana eram passados fazendo coisas como jantar com Derek Jeter antes de um jogo dos Yankees ou voando para uma das muitas propriedades de sua família. Tommy Michener talvez fosse, já que parecia gostar de História, seus trabalhos eram sempre inteligentes e perspicazes, mas era mais provável que a pressão dos amigos o mantivesse em casa, infeliz e desejando Kerry, totalmente inconsciente da atração que ele mesmo provocava em Emma Kirk.

— Ei, Tommy! — chamei.

Ele se voltou para mim.

— Sim, srta. Em?

Esperei um pouco até que o resto da turma saísse.

— Está tudo bem com você?

Ele sorriu com certa tristeza.

— Está, sim... Só a mesma porcaria de sempre.

— Você pode conseguir alguém melhor do que Kerry — falei com delicadeza.

Ele bufou.

— É isso o que meu pai diz.

— Está vendo? Dois dos seus adultos favoritos concordam.

— É... Só que não podemos escolher por quem nos apaixonamos, não é mesmo, srta. Em?

Fiz uma pausa.

— É verdade, não podemos.

Tommy foi embora e eu fiquei arrumando meus papéis. História era uma matéria difícil para ensinar. Afinal, a maior parte dos adolescentes mal se lembrava do que acontecera no mês anterior, quanto mais há um século e meio. Mas, ainda assim, eu gostaria que, ao menos uma vez, eles sentissem como a História impactara o mundo em que viviam. Principalmente a Guerra Civil, minha parte favorita da História Americana. Queria que entendessem o risco que representara, que imaginassem a dor, a incerteza e a aflição que o presidente Lincoln com certeza experimentara, a sensação de perda e de terem sido traídos, vividas pelos sulistas que haviam se separado...

— Olá, Grace. — Ava estava parada na porta da minha sala, com o sorriso sonolento que era sua marca registrada cintilando no rosto, seguido por três piscadas de olhos lentas e sedutoras. A primeira... então a segunda... e lá estava a terceira.

— Ava! Como está você? — eu disse, forçando um sorriso.

— Estou muito bem, obrigada. — Ela inclinou a cabeça, de modo que seus cabelos sedosos caíssem para um lado. — Já soube das novidades?

Hesitei. Ava, ao contrário de mim, sabia de tudo o que ser referia às políticas da escola Manning. Eu era uma dessas professoras que detestavam ficar de conversa fiada com os membros do conselho administrativo e ex-alunos ricos da escola, preferindo passar meu tempo planejando aulas e orientando os alunos que precisavam de uma ajuda extra. Ava, por outro lado, sabia como funcionava o sistema. Acrescente-se a isso, o fato de que eu não morava no campus da escola (Ava tinha uma casinha no extremo do campus, e as más línguas diziam que ela dormira com o responsável pela administração das casas para conseguir isso) e o resultado era que a mulher, sem dúvida, sabia das coisas.

— Não, Ava. Que novidades são essas? — perguntei, tentando manter o tom de voz agradável. A blusa dela era tão decotada que eu conseguia ver o ideograma chinês tatuado em seu seio direito. O que significava que todos os alunos que haviam comparecido à aula dela também tinham visto a tatuagem.

— O dr. Eckart está se afastando do cargo de chefe do Departamento de História. — Ava deu um sorriso felino. — Ouvi de Theo. Nós andamos nos vendo muito ultimamente. — Que maravilha... Theo Eisenbraun era o presidente do conselho administrativo da Academia Manning.

— Nossa... que interessante — comentei.

— Ele vai anunciar sua decisão até o final da semana. Theo já pediu que eu me candidatasse ao cargo. — Sorriso. Piscada. Piscada. E... era só esperar... mais uma piscada.

— Que ótimo. Bem, preciso correr para casa para almoçar. Nos vemos mais tarde.

— Que pena que você não mora no campus, Grace. Pareceria muito mais comprometida com a Manning se morasse.

— Obrigada pela preocupação — respondi, enquanto jogava meus papéis em minha velha bolsa de couro. As notícias de Ava haviam tocado um ponto sensível. Sim, o dr. Eckart era um senhor, mas já era um senhor há muito tempo. Fora ele quem me contratara seis anos atrás, quem ficara ao meu lado quando um pai ou uma mãe me pressionavam para aumentar a nota do pequeno Peyton ou da pequena Katherine, quem aprovava de coração meus esforços para envolver meus alunos com o tema das aulas. Achei que ele me diria se estivesse indo embora. Mas era difícil dizer. Escolas particulares são lugares estranhos, e eu era obrigada admitir que as informações de Ava costumavam ser confiáveis.

Kiki me encontrou do lado de fora do prédio Lehring.

— Oi, Grace, quer almoçar comigo?

— Não posso — falei. — Preciso correr até em casa antes da aula de História Colonial.

— É aquele seu cachorro, não é? — ela perguntou desconfiada. Kiki era a orgulhosa dona de um gato siamês diabético que atendia pelo nome misterioso de sr. Sortudo. O bicho era cego de um olho, já perdera vários dentes e era dado a vomitar bolas de pelo, além de ter síndrome do intestino irritável.

— Bem... sim, Angus estava com o intestino um pouco solto, se você me entende, e não quero chegar em casa à noite e descobrir que ele não conseguiu se segurar.

— Cachorros são tão nojentos.

— Não vou nem me dignar a respondê-la, a não ser para dizer que tem cupons de desconto na loja Stop & Shop para ração para gatos da marca Fresh Step.

— Oh, obrigada! — disse Kiki. — Meu estoque já está acabando. Ei, Grace, eu lhe contei que conheci uma pessoa?

Enquanto caminhávamos para nossos carros, Kiki desfiou o rosário de virtudes de um cara chamado Bruce, que era bom, generoso, atencioso, engraçado, sexy, inteligente, trabalhador e absolutamente honesto.

— E quando você conheceu esse cara? — perguntei, mudando meus papéis de mão enquanto abria a porta do carro.

— Nós tomamos um café no sábado. Oh, Grace, acho que esse é "O Cara". Sei que já disse isso antes, mas ele é perfeito.

Mordi minha língua.

— Boa sorte — desejei, fazendo uma anotação mental para separar algum tempo para Kiki, dali a uns dez dias, quando o tal Bruce provavelmente já teria mudado o número de telefone e minha amiga estaria chorando no sofá. — Ei, Kiki, você ouviu alguma coisa sobre o dr. Eckhart?

Ela balançou a cabeça, negando.

— Por quê? Ele morreu?

— Não — respondi. — Ava me contou que ele está se aposentando.

— E Ava sabe disso porque está dormindo com ele? — Kiki, assim como Ava, morava no campus, e as duas às vezes saíam juntas.

— Pare com isso.

— Bem, se for verdade, é ótimo para você, Grace! Apenas Paul tem mais tempo de escola do que você, não é? Você vai se candidatar ao cargo, não vai?

— É um pouco cedo para falar a respeito — eu disse, colocando a questão de lado. — Só queria saber se você tinha ouvido alguma coisa. Até logo!

Sai do estacionamento dirigindo com cuidado — os alunos da Manning costumavam dirigir carros que custavam mais do que o meu salário anual, e passei pelo rio Farmington de volta para as ruas sinuosas de Peterston, pensando no dr. Eckart. Se a aposentadoria dele fosse mesmo verdade, então eu me candidataria para o cargo de nova chefe do nosso departamento. Para ser honesta, achava o currículo de História da Academia Manning muito chato. Os alunos precisavam sentir a importância do passado e, sim, às vezes precisavam que o enfiássemos por suas gargantas. Com delicadeza e carinho, é claro.

Estacionei na minha garagem e vi a verdadeira razão pela qual eu passara em casa, além dos intestinos de Angus. Meu vizinho estava parado em seu pátio da frente com uma serra elétrica ou alguma outra ferramenta. Sem camisa. Os músculos dos ombros saltavam sob a pele, os bíceps fortes e salientes... firmes... dourados... *Muito bem, Grace! Já basta!*

— Olá, vizinho! — eu disse, me encolhendo assim que as palavras deixaram a minha boca.

Ele desligou a serra e retirou os óculos de segurança. Me encolhi novamente. O olho dele estava horrível. Agora já conseguia abrir um ou dois centímetros, o que era um progresso, pois na véspera o olho estava tão inchado que não abria de jeito nenhum, e até onde eu podia ver, o branco dos olhos estava muito vermelho. Uma mancha roxo-azulada cobria o rosto dele da testa ao malar. *Olá, bad boy!* Sim, era inegável que fora eu quem provocara aquele machucado nele — na verdade eram "machucados", no plural, já que havia uma leve marca vermelha no maxilar do homem, bem onde eu o atingira com o ancinho. Meu vizinho tinha a aparência rude e ardente de Marlon Brando no filme *Sindicato dos Ladrões*. Ou Clive Owen em *Sin City*. Ou ainda Russel Crowe em tudo o que ele já fez.

— Oi — ele falou, apoiando as mãos nos quadris. O movimento deixou a curva de seu braço ainda mais bonita.

— Como está seu olho? — perguntei, tentando não encarar o peito largo e musculoso.

— Como parece que está? — ele grunhiu.

Muito bem, então ele não havia superado o acontecido.

— Escute, nós começamos mal — eu disse com o que esperava ser um sorriso triste. De dentro da minha casa, Angus ouviu minha voz e começou a latir de alegria. *Au! Au! Au! Auauauauau!* — Podemos começar de novo? Sou Grace Emerson. Moro na casa ao lado. — Engoli em seco e estendi a mão.

Meu vizinho ficou me encarando por um momento. Então andou até onde eu estava e pegou a minha mão. Meu Deus! A eletricidade subiu pelo meu braço como se eu estivesse segurando um fio desencapado. As mãos dele, com certeza, eram mãos de trabalhador braçal. Calosas, duras, quentes...

— Callahan O'Shea — ele falou.

Ohh... Oh, uau! Que *nome*... Regiões da minha anatomia há muito tempo negligenciadas, se fizeram presentes com uma palpitação quente.

Auauauauau! Percebi que estava encarando Callahan O'Shea (suspiro!) e que ainda estava segurando sua mão. E ele estava sorrindo. Só um pouquinho, mas o bastante para suavizar belamente aquela aparência de bad boy.

— Então — eu disse com a voz fraca, e soltei a mão dele com relutância. — De onde você está vindo?

— Da Virgínia. — Ele estava me encarando. Era difícil pensar.

— Virgínia. Ahn... De onde, na Virgínia? — perguntei. *Auauauauau!* Angus agora estava quase histérico. *Calma, meu bem*, pensei. *Mamãe está enlouquecendo de desejo.*

— De Petersburg — falou Callahan. Ele não era o cara mais falante do mundo, mas não tinha problema. Com músculos como aqueles... com aqueles olhos... bem, eu me refiro ao olho que não estava machucado... se o outro fosse como aquele, eu estava me candidatando.

— Petersburg — repeti fracamente, ainda encarando-o. — Já estive lá. Houve algumas batalhas da Guerra Civil na cidade. A Batalha Petersburg, entre elas. Isso mesmo.

Ele não respondeu. *Au! Au! Au!*

— Então, o que você fazia em Petersburg? — perguntei.

Callahan cruzou os braços.

— Cumpria minha pena.

Auauauauau!

— Como? — perguntei.

— Eu estava cumprindo uma pena de três a cinco anos a que fui condenado, na Prisão Federal de Petersburg — ele respondeu.

Eu levei algum tempo para registrar, enquanto meu coração disparava no peito. *Tum!... Tum!... Tum!...* Santo Deus!

— Prisão? — perguntei com a voz muito aguda. — E, ahn... uau! Prisão! Imagine só.

Ele não disse nada.

— Então... quando... quando você saiu?

— Na sexta-feira.

Sexta-feira. *Sexta-feira.* Ele acabara de sair da cadeia! Era um criminoso! E que tipo de crime será que cometera? Talvez eu tenha ido longe demais com as minhas perguntas! E eu ainda atacara o homem! Santa Mãe de Deus! Havia atacado um ex-presidiário e o mandara para a cadeia! Eu o mandara para... oh, Deus... o mandara para a cadeia na noite seguinte em que ele saíra do presídio... Com certeza isso não contaria pontos para mim com Callahan O'Shea, ex-presidiário. E se ele quisesse vingança?

Minha respiração estava ofegante. Sim, não havia dúvidas de que estava hiperventilando um pouco. *Auauauauauau!* Finalmente a parte de *correr* do instinto de *lutar ou correr* me atingiu.

— Uau! Escute só o meu cachorro! É melhor eu ir. Tchau! Tenha um bom dia! Preciso... preciso ligar para o meu namorado. Ele está esperando a minha ligação. Sempre nos falamos ao meio-dia para checar se está tudo bem. Preciso ir. Tchau.

Consegui me controlar para não correr até em casa. No entanto, tranquei a porta assim que entrei. Com as duas trancas. E chequei a porta da frente. E tranquei-a. Fiz o mesmo com as janelas. Angus corria ao redor da casa em suas tradicionais voltas de vitória, mas eu estava atordoada demais para dar a atenção a que ele estava acostumado.

Três a cinco anos de sentença! Na prisão! Eu estava morando ao lado de um ex-presidiário! Quase o convidei para jantar!

Peguei o telefone e disquei o número do celular de Margaret. Ela era advogada, poderia me dizer o que fazer.

— Margs, meu vizinho é um ex-presidiário! O que devo fazer?

— Estou a caminho do tribunal, Grace. Um ex-presidiário? E qual foi o crime dele?

— Não sei! É por isso que preciso de você.

— Bem, o que você sabe?

— Ele estava em Petersburg, na Virgínia. Três anos? Cinco? Três a cinco anos? Nem sei direito o que isso significa... Não é nada horrível, certo? Nada assustador?

— Pode ser qualquer coisa. — A voz de Margaret era despreocupada. — As pessoas são condenadas a menos tempo por estupro e agressão.

— Oh, meu bom Deus!

— Acalme-se, acalme-se. Petersburg, certo? É uma prisão de segurança mínima, pelo que sei, para presos que não são perigosos. Escute, Grace, não posso ajudá-la agora. Me ligue mais tarde. Jogue o nome dele no Google. Preciso ir.

— Está certo. Google. Boa ideia — falei, mas ela já havia desligado. Corri para o meu computador, suando. Quando relanceei o olhar pelas janelas da sala de jantar, vi que Callahan O'Shea voltara a trabalhar. Os degraus arrebentados na varanda da frente da casa dele haviam sido arrancados e a maior parte das telhas também havia sido retirada. Eu o imaginei quebrando pedras ao longo de alguma rodovia estadual, usando o macacão laranja típico dos presidiários americanos. Droga!

— Vamos — murmurei, enquanto esperava que meu computador voltasse à vida. Quando a tela do Google finalmente apareceu, digitei *Callahan O'Shea* e esperei. Bingo!

Callahan O'Shea, primeiro-violinista do grupo folclórico irlandês We Miss You, Bobby Sands, sofreu ferimentos leves quando atiraram lixo na banda que se apresentava no Sullivan's Pub, em Limerick, na Irlanda.

Muito bem. Aquele provavelmente não era o cara que eu procurava. Continuei a ler os outros resultados da busca. Infelizmente, aquela banda teve bastante divulgação nos últimos tempos... eles haviam irritado a plateia ao tocar "Rule Brittania", uma canção patriótica britânica e os irlandeses não reagiram bem.

Foi nesse instante que minha conexão com a internet, que nunca fora das mais confiáveis, decidiu cair. Droga!

Dei outra olhada assustada para a porta e deixei Angus sair para o quintal cercado, então voltei para a cozinha para preparar alguma coisa para almoçar. Agora que meu choque inicial havia passado, o pânico também diminuíra. Recorri ao meu vasto conhecimento legal, adquirido graças a muitas horas felizes assistindo ao seriado *Lei & Ordem*, a dois parentes advogados e a um ex-noivo que tinha a mesma profissão. Ao que me parecia, uma sentença de três a cinco anos normalmente não era o que aplicavam a homens assustadores e violentos. E se ele realmente havia feito alguma coisa assustadora... bem. Eu me mudaria.

Engoli rapidamente o almoço, chamei Angus para dentro de casa, lembrei a ele que era o melhor cachorro do universo e pedi para que nem olhasse para o ex-presidiário grandão da porta ao lado, e peguei as chaves do meu carro.

Callahan O'Shea estava martelando alguma coisa quando me aproximei do meu carro. Ele não *parecia* assustador. Parecia lindo, isso sim. O que não significava que não fosse perigoso. Prisão de segurança mínima, isso era reconfortante. Além do mais, aquela era a minha casa, minha vizinhança. Não seria coagida. Endireitei meus ombros e decidi marcar meu território.

— Então, pelo que foi condenado, sr. O'Shea? — perguntei.

Ele endireitou o corpo, levantou os olhos para mim, então saltou da varanda, me assustando um pouco com a graça ágil do movimento. Muito... predatório. Callahan caminhou até a cerca que dividia nossas propriedades e cruzou novamente os braços. Uau! *Pare com isso, Grace.*

— Pelo que você acha que fui condenado? — ele perguntou.

— Assassinato? — sugeri. Era melhor começar logo pelo meu pior medo.

— Por favor. Você não assiste a *Lei & Ordem*?

— Assalto e agressão?

— Não?

— Roubo de identidade?

— Está esquentando.

— Preciso voltar para o trabalho — me apressei a dizer. Ele ergueu uma sobrancelha e eu permaneci em silêncio. — Você cavou um buraco em seu porão e manteve uma mulher acorrentada ali.

— Bingo! Você acertou. Uma pena de três a cinco anos por acorrentar uma mulher.

— Bem, o negócio é o seguinte, Callahan O'Shea. Minha irmã é advogada. Posso pedir a ela para investigar e descobrir seu passado sórdido. — *Na verdade, já fiz isso*, pensei. — Ou você pode simplesmente me dizer se preciso comprar um Rottweiler.

— Me parece que aquele seu cachorrinho do tamanho de um rato já faz um bom trabalho sozinho — ele falou, passando a mão pelos cabelos molhados de suor e eriçando-os.

— Angus não tem o tamanho de um rato! — protestei. — Ele é um cachorro de raça, um West Highland Terrier. De uma ninhada muito doce e carinhosa.

— Sim. Doce e carinhoso foi exatamente o que pensei quando ele enterrou os dentinhos no meu braço na noite passada.

— Oh, por favor. Ele só pegou a manga da sua blusa.

O sr. O'Shea esticou o braço e mostrou duas marcas de dentes em seu pulso.

— Droga — resmunguei. — Está certo, então. Contrate um advogado, se é que um ex-presidiário pode fazer isso. Vou ligar para a minha irmã. E no instante em que chegar na escola, vou jogar seu nome no Google.

— Todas as mulheres dizem isso — ele retrucou. Então virou-se para a serra, me ignorando. Me peguei dando uma boa olhada em seu traseiro. *Muito* bonito. Me dei um tapa mentalmente e segui para o carro.

O teimoso Callahan O'Shea podia não ser muito comunicativo em relação a seu passado sórdido, mas eu sentia que tinha a obrigação de saber exatamente que tipo de criminoso vivia na porta ao lado. Assim que a aula sobre Século XX dos meus alunos do segundo ano terminou, fui até minha pequena sala e entrei na internet. Dessa vez, tive sorte.

O jornal *Times-Picayune*, de Nova Orleans, publicara a seguinte informação dois anos antes:

"Callahan O'Shea foi considerado culpado das acusações de apropriação fraudulenta e sentenciado a cumprir de três a cinco anos de pena em um presídio de segurança mínima. Tyrone Blackwell foi considerado culpado das acusações de roubo."

Os outros resultados da busca sempre se referiam à fracassada banda irlandesa.

Apropriação fraudulenta. Muito bem. Isso não era assim tão ruim, certo? Não que fosse bom, é claro... mas não era nada violento ou assustador. Me perguntei quanto dinheiro o sr. O'Shea havia desviado. E também fiquei curiosa para saber se ele era solteiro...

Não. A última coisa de que eu precisava era de um envolvimento com um ex-presidiário grosseiro. Estava procurando por alguém com quem eu pudesse ter um relacionamento de longo prazo. Um pai para os meus filhos. Um homem de moral e íntegro, que também tivesse ótima aparência e que beijasse muito bem. E que soubesse se comportar nos eventos da Academia Manning. Queria um namorado que fosse como um general Maximus moderno, se é que me entendem. Não queria perder tempo com Callahan O'Shea, por mais bonito que fosse seu nome, ou por melhor que ele ficasse sem camisa.

Capítulo sete

— Muito bom, sra. Slovananski, um, dois, três, rápido. Quatro, cinco, seis, sete, lento. Você conseguiu, garota! Muito bem, agora nos observe. — Julian e eu fizemos o passo básico de salsa mais duas vezes. Eu exibia um sorriso largo no rosto e requebrava os quadris, fazendo a minha saia girar. Então ele me rodou para a esquerda, puxou-me de volta contra o seu corpo e nos inclinou para trás. — Tchã-rããã!

A audiência foi à loucura, aplaudindo com entusiasmo com as mãos artríticas. Era o Baile da Terceira Idade, o evento semanal favorito na casa de repouso Golden Meadows, e Julian estava em seu elemento. Quase todas as semanas eu era sua parceira de dança e professora assistente. Mémé também morava ali e embora ela fosse tão agradável quanto um tubarão que come seus filhotes, um senso puritano de dever de família fora inculcado em mim há muito tempo. Afinal, éramos descendentes dos pioneiros que chegaram aos Estados Unidos, no Mayflower. Ignorar parentes insuportáveis era para outros mais sortudos. Além do mais, as oportunidades para dançar eram cada vez menores e eu adorava dançar. Principalmente com Julian, que era bom o bastante para chegar até a participar de competições.

— Todos entenderam? — perguntou Julian, observando nossos casais. — Um, dois, três, rápido... pro outro lado, sr. B... cinco, seis, sete, não esqueçam da pausa, pessoal. Muito bem, vamos ver se conseguimos fazer com a música! Grace, dance com o sr. Creed e mostre a ele como se faz.

O sr. e a sra. Bruno já estavam na pista de dança. A osteoporose deles e suas juntas artificiais não permitiam que explorassem toda a sensualidade de movimentos que a salsa costumava requerer, mas eles compensavam isso com a expressão de seus rostos... amor, puro e simples, e felicidade, alegria, gratidão. Era tão comovente, tão lindo que acabei perdendo a conta dos passos, e o sr. Creed tropeçou.

— Me desculpe — eu disse, segurando com um pouco mais de firmeza. — Foi minha culpa. — De sua cadeira da morte, minha avó deixou escapar um som de desprezo. Como muitos dos moradores da Golden Meadows, ela aparecia toda semana para observar os dançarinos. Então a sra. Slovananski pediu meu lugar — os boatos diziam que ela estava de olho há algum tempo no sr. Creed — e fui até um dos senhores que estava assistindo, enquanto Julian inclinava a sra. Helen Pzorkan para trás com muito cuidado para não agravar o problema de bexiga solta de sua parceira.

— Olá, sr. Donnelly, e então, está com disposição para umas voltas na pista de dança? — disse para um dos senhores que viera assistir, aproveitando a música de outra época, mas muito tímido ou incapacitado para se aventurar.

— Eu adoraria, Grace, mas meu joelho não é mais o que costumava ser — ele falou. — Além do mais, não sou um bom dançarino. Só não fazia vergonha quando minha esposa estava comigo, me dizendo o que fazer.

— Tenho certeza de que isso não é verdade — animei-o, dando um tapinha carinhoso em seu braço.

— Bem... — ele falou, olhando para os pés.

— Como o senhor e sua esposa se conheceram? — perguntei.

— Oh — ele disse, sorrindo, os olhos encarando à distância. — Ela era minha vizinha. Não me lembro de um só dia em que não estivesse apaixonado por ela. Eu tinha apenas doze anos quando deixei claro para os outros garotos que era eu quem a acompanharia ao colégio.

A voz dele era tão melancólica que senti a garganta apertada.

— Que sorte a de vocês, se conhecerem tão jovens — murmurei.

— Sim. Tivemos sorte — ele falou, ainda sorrindo por causa da lembrança. — Realmente muita sorte.

Sei que parece muito nobre e altruísta dar aula de dança para idosos, mas a verdade era que aquela costumava ser a melhor noite da minha semana. A maior parte das noites eu passava em casa, corrigindo trabalhos e preparando provas. Mas às segundas-feiras, eu vestia uma saia rodada de cor vibrantes (normalmente com babados, imagine só) e me arrumava para ser a bela do baile. Eu costumava chegar cedo para ler um pouco para alguns pacientes que não falavam, o que sempre me dava uma sensação abençoada, maravilhosa.

— Gracie — chamou Julian, vindo em minha direção. Olhei para o relógio. Como imaginara, já eram nove da noite, hora de dormir para a maior parte dos moradores. Julian e eu terminávamos o baile com uma pequena exibição, um número de dança em que realmente nos exibíamos.

— O que vai ser essa noite? — perguntei.

— Pensei em um foxtrote — ele disse. Julian trocou o CD, caminhou até o meio da pista de dança e ergueu os braços com um floreio. Fui até ele, mexendo sinuosamente o corpo, e estendi a mão, que ele segurou com determinação. Viramos nossas cabeças para a plateia e esperamos que a música começasse. Ah... A música era "There Goes my Baby", do The Drifters. Enquanto deslizávamos pela pista, lento-lento-rápido-rapidíssimo, Julian olhou bem dentro dos meus olhos. — Fiz matrículas para nós dois em um curso.

Inclinei a cabeça para trás, enquanto orientávamos nossos passos de modo a não esbarrar no andador do sr. Carlson.

— Que tipo de curso? — quis saber.

— "Encontrando o homem certo", ou coisa parecida. Eles garantem que devolvem o dinheiro se não gostarmos. Você me deve sessenta dólares. Uma noite apenas, duas horas de aula, por isso não precisa surtar, está bem? É uma aula motivacional.

— Você está levando essa história a sério, não está? — eu falei.

— Muito a sério. Precisamos conhecer pessoas. E você está inventando um namorado. Pode muito bem sair com alguém que pague a conta de vez em quando.

— Está bem, está bem. É só que parece um pouco... bobo.

— E o namorado inventado é uma ideia assim tão esperta? — Não respondi. — Somos dois bobos, Grace, pelo menos no que diz respeito a homens, ou não passaríamos três noites da semana juntos assistindo a programas como *Dancing with the Stars* e *Project Runway*. E esse é o ponto alto do nosso calendário social. Concorda?

— Como você está resmungão, hoje... — resmunguei.

— E também estou certo. — Ele me girou e me trouxe de volta. — Cuidado, querida, você quase pisou no meu pé.

— Bem, para dizer a verdade, tenho um encontro marcado para daqui a meia hora. Portanto, estou ganhando de você no jogo do namoro.

— Bom para você. Esta saia que você está usando é de arrasar. Lá vamos nós! Dois, três, quatro, gira, desliza, tchã-rããã!

Nosso número de dança terminou e a plateia aplaudiu mais uma vez.

— Grace, você não nega o seu nome, é pura graça na pista! — me mimou Dolores Barinski, uma das minhas favoritas.

— Oh, que é isso... — respondi, adorando o elogio. Os senhores e senhoras me achavam adorável, admiravam minha pele jovem e meus membros flexíveis. É *claro* que ali tinha que ser o ponto alto da minha vida social. E era tão *romântico*... Todos que moravam na Golden Meadows tinham uma história absolutamente romântica de como haviam conhecido os amores de suas vidas. Nenhum deles precisara entrar na internet e preencher formulários que perguntavam se você era alguém da religião sique procurando um católico, ou se achava piercings excitantes. Ninguém precisara ter aulas para aprender como fazer um homem notá-la.

Dito isso, eu realmente tinha um encontro com alguém indicado por um dos sites de relacionamento na internet. Dave, um engenheiro que trabalhava em Hartford, queria me conhecer. Quando fui checar a foto dele, vi que, apesar do corte de cabelo antigo, conservador, ele era bem bonitinho. Respondi ao e-mail, dizendo que adoraria que nos encontrássemos para um café. E pronto. Dave confirmou o encontro. Quem poderia imaginar que seria tão fácil? E por que eu esperara tanto?

A verdade era que, enquanto beijava bochechas enrugadas e recebia tapinhas gentis de mãos carinhosas, sentia meu peito se encher de esperança. Dave e Grace. Gracie e Dave. Ainda naquela noite, eu conheceria "O Cara". Eu entraria no Rex Java's, nossos olhares se encontrariam, ele se enrolaria com seu café na hora de se levantar para me cumprimentar, o rosto ruborizado e, ouso dizer, sentindo-se um pouco zonzo. Bastaria um olhar e já saberíamos. Daqui a seis meses estaríamos planejando nosso casamento. Ele prepararia meu café da manhã aos sábados e nós daríamos longas caminhadas. Então, um dia, eu contaria a ele que estava grávida e lágrimas de gratidão encheriam seus olhos... Não que eu estivesse adiantando as coisas ou algo assim.

Mémé saiu antes que a dança terminasse, por isso não fui obrigada a aturar suas críticas habituais em relação à minha técnica como dançarina, ou aos meus cabelos, ou à minha escolha de roupas. Fui me despedir de Julian.

— Ligarei para você, passando a data e a hora do curso — ele falou, e me deu um beijo no rosto.

— Está certo. Temos que cobrir todas as possibilidades.

— Essa é a minha garota. — Julian piscou para mim e pendurou a bolsa no ombro, acenando em despedida.

Meu cabelo parecia um pouco cheio demais, por isso passei no banheiro para aplicar um pouco mais do antifrizz/controlador de cachos/água benta, antes de meu encontro com Dave.

— Olá, Dave, sou Grace — disse para o meu reflexo no espelho. — Não, não, é natural. Oh, você adora cabelos encaracolados? Nossa, obrigada, Dave!

Quando deixava o banheiro, vi de relance alguém no fim do corredor, se afastando de mim. O homem se virou, indo na direção da ala médica. Era

Callahan O'Shea. O que ele estava fazendo ali? E por que eu estava ruborizada como uma menina que que foi pega fumando no banheiro do colégio? E por que ainda estava olhando para ele quando tinha um encontro de verdade me esperando? Com isso em mente, me encaminhei para o meu carro.

O Rex Java's já estava quase cheio quando entrei, sendo que a maior parte dos frequentadores era de estudantes — embora não tivesse ninguém da Academia Manning, que ficava em Farmington. Olhei ao redor, furtivamente. Dave não parecia estar ali... Havia um casal de cerca de quarenta anos em um canto, de mãos dadas, rindo. O homem pegou um pedaço do bolo da mulher e ela deu um tapinha na mão dele, sorrindo. Exibidos, pensei com um sorriso. Todo mundo podia ver o quanto estavam felizes. Perto da outra parede, estava sentado um homem mais velho, de cabelos brancos, lendo um jornal. Mas Dave não estava ali.

Pedi um cappuccino descafeinado e me sentei, imaginando se deveria ter trocado a blusa antes de sair. Dei um gole na espuma de leite e lembrei a mim mesma de controlar minhas expectativas. Dave podia ser legal ou ser um idiota. Mas a foto dele era boa. Muito promissora.

— Com licença, você é Grace?

Levantei os olhos. Era o senhor de cabelos brancos. Ele me parecia familiar... será que já estivera no Baile da Terceira Idade? Afinal, era um evento aberto ao público. Ou será que já o vira na Manning?

— Sim, sou Grace — falei, curiosa.

— Sou Dave! Prazer em conhecê-la!

— Oi... ahn... — Eu não conseguia fechar a boca. — Você é Dave? O Dave do site de relacionamentos?

— Sim! Prazer em conhecê-la? Posso me sentar?

— Ahn... Eu... claro — falei lentamente.

Pisquei, confusa, enquanto observava Dave se sentar, mantendo a perna esticada para fora da mesa. O homem à minha frente tinha no mínimo 65 anos. Talvez setenta. Os cabelos brancos eram ralos, o rosto enrugado, as mãos cheias de veias. E eu estava enlouquecendo ou o olho esquerdo dele era mesmo de vidro?

— Esse lugar é muito agradável, não? — ele disse, ajeitando a cadeira e olhando ao redor. Bingo. O olho esquerdo não se movia. Sem dúvida era artificial.

— Sim. Ahn, escute, Dave — eu comecei, optando por um sorriso simpático, mas confuso. — Me perdoe por dizer isso, mas sua foto... bem, você parecia tão... jovem.

— Oh, isso — ele riu. — Obrigado. Então você disse que gosta de cachorros? Eu também. Tenho uma Golden Retriever, a Maddy. — Ele se inclinou para frente e senti um cheiro forte de Gelol. — Você disse que também tinha um cachorro?

— Ahn, sim. É verdade, eu tenho. O Angus. Um West Terrier. Então, quando foi tirada a foto?

Dave pensou por um instante.

— Hmmm, deixe-me ver... Acho que usei a que tirei pouco antes de ir para o Vietnã. Você gosta de comer fora? Eu adoro. Comida italiana, chinesa, tudo. — Ele sorriu. Tinha todos os dentes, pelo menos isso, embora a maioria fosse amarelada, com manchas de nicotina. Tentei não fazer uma careta.

— Sim, quanto a foto, Dave... Escute. Talvez você devesse atualizá-la, não acha?

— Acho que sim — ele respondeu. — Mas você não teria saído comigo se soubesse a minha verdadeira idade, teria?

Fiz uma pausa.

— Essa... essa é exatamente a questão, Dave — eu disse. — Realmente estou procurando alguém da minha idade. Você disse que estava próximo dos quarenta anos.

— Eu *estive* próximo dos quarenta! — Dave riu. — Um dia. Mas escute, doçura, há vantagens em namorar um homem mais velho e achei que vocês, garotas, iriam se abrir mais para essas vantagens se me conhecessem pessoalmente — O sorriso dele ficou mais largo.

— Estou certa de que há vantagens, sim, Dave, mas a questão é que...

— Oh, com licença — ele interrompeu. — Eu realmente preciso esvaziar meu coletor de urina. Você não se incomoda, não é? Fui ferido em Khe Sanh.

Khe Sanh. Por ser professora de História, eu sabia muito bem que Khe Sahn fora uma das batalhas mais sangrentas da guerra do Vietnã. Meus ombros desmoronaram.

— Não, é claro que não me importo. Vá em frente.

Ele piscou o olho verdadeiro, se levantou e caminhou até o banheiro, mancando levemente. Ótimo. Agora eu precisava ficar ali, porque não poderia abandonar um Coração Púrpura — como eram chamados os militares feridos em combate e condecorados pelo governo. Poderia? Não seria nada patriótico. Eu não poderia simplesmente dizer: *Sinto muito, Dave, mas não namoro com veteranos idosos e feridos que não conseguem urinar sozinhos.* Isso não seria nem um pouco gentil da minha parte.

Portanto, em homenagem ao meu país, passei mais uma hora ouvindo sobre a procura de Dave por uma mulher-troféu, uma jovem que pudesse exibir, sobre os cinco filhos que tivera com três mulheres diferentes, sobre o incrível desconto que ele conseguira por ser aposentado na compra de sua poltrona reclinável e sobre os tipos de cateteres que funcionavam melhor para ele.

— Bem, agora preciso ir — falei, no instante em que senti que já havia cumprido meu dever para com a América. — Ahn, Dave, você tem excelentes qualidades, mas realmente estou procurando alguém mais próximo da minha idade.

— Tem certeza de que não gostaria de sair de novo? — ele perguntou, o olho bom fixo em meus seios e o artificial olhando um pouco mais ao norte. — Achei você muito atraente. E você disse que gosta de dança de salão, por isso aposto que é muito... flexível.

Tentei controlar o estremecimento de terror que percorreu meu corpo.

— Adeus, Dave.

O curso que Julian sugerira estava parecendo cada vez melhor.

— Ainda não foi dessa vez que arrumei um papai para você — eu disse para Angus depois que voltei para casa. — Mas sou tudo de que você precisa, certo? — perguntei a ele. Angus deu um latido, concordando, e então começou a saltar na porta dos fundos para sair. — Sim, meu amor. Senta... senta. Pare de pular. Venha, rapaz, você está rasgando a minha blusa. Senta. — Ele não sentou. — Está certo, você pode sair. Mas na próxima vez vai se sentar. Entendeu? — Quando abri a porta, Angus saiu em disparada na direção da cerca dos fundos.

Havia uma mensagem na secretária eletrônica.

— Grace, é Jim Emerson — disse a voz do meu pai.

— Mais conhecido como papai — eu disse para a máquina, revirando os olhos e sorrindo.

A mensagem continuava.

— Passei por aí essa noite, mas você não estava. Suas janelas precisam ser trocadas. Vou cuidar disso. Será meu presente de aniversário. Aliás, seu aniversário foi no mês passado, não foi? De qualquer modo, está combinado. Vejo você na Bull Run. — A máquina fez um bip.

Não pude deixar de sorrir diante da generosidade do meu pai. Era verdade que eu ganhava o bastante para pagar as minhas contas, mas como professora não ganhava tanto quanto os outros membros da família. Natalie provavelmente ganhava três vezes mais do que eu e aquele era apenas seu primeiro ano de trabalho. Já Margaret ganhava o bastante para comprar um pequeno país. Papai vinha de uma família abastada, como Mémé gostava de nos lembrar, e ainda recebia um salário bastante confortável. Minha situação o fazia sentir-se paternal e ele costumava pagar pelos consertos na minha casa. Se possível, papai gostaria de fazer ele mesmo os reparos, mas sua tendência a se machucar com ferramentas o impedia — fato de que ele só se convenceu após levar dezenove pontos por causa de um incidente que até hoje chama de uma serra radial "maluca".

Voltei para a sala de estar, sentei em meu sofá e olhei ao redor. Talvez estivesse na hora de repintar algum cômodo... eu costumava fazer isso quando estava melancólica. Mas não. Depois de quase um ano e meio de reformas ininterruptas, a casa estava perfeita. As paredes da sala de estar eram de um lavanda pálido com rodapés de um branco cintilante e com uma luminária da Tiffany em um canto. Eu comprara um sofá vitoriano de encosto curvo em um leilão e reformei em tons de verde, azul e lavanda. A sala de jantar era de um verde pálido e tinha uma mesa de nogueira em estilo colonial no centro. A casa não precisava de nada, a não ser pelas janelas novas. Eu provavelmente estava precisando de outro projeto. Quase invejava Callahan O'Shea, o vizinho, que estava começando uma reforma.

Au! Au! Auauau!

— Muito bem, o que foi agora, Angus? — resmunguei, levantando do sofá. Abri a porta deslizante da cozinha e não vi sinal do meu bebê peludo e branquinho, que costumava estar sempre à vista. *Au! Au!* Fui até as janelas da sala de jantar para ter outro ângulo de visão.

Lá estava ele. Droga! Como adorava fazer, sempre que tinha uma oportunidade, Angus passara por baixo da cerca e agora estava no quintal da casa vizinha, latindo para alguém. Três chances para acertar para quem ele latia... Callahan O'Shea estava sentado na varanda da frente, agora sem escada, e estava encarando meu cachorro, que latia do quintal, enquanto girava e pulava, tentando morder as pernas do homem. Dei um suspiro e me encaminhei pela porta da frente.

— Angus! Angus! Venha, meu bem! — Não me surpreendi quando meu cachorro não me obedeceu. Resmungando por causa de Angus, atravessei o pátio da frente da minha casa e entrei no número 36 da rua Maple. A última coisa de que eu precisava era de outro confronto com o vizinho ex-presidiário, mas com Angus latindo e rosnando para ele, não me restava outra escolha. — Me desculpe — eu falei. — Ele tem medo de homens.

Callahan desceu da varanda, e me dirigiu um olhar cínico.

— Sim, pânico. — Quando ele disse essas palavras, Angus se atirou sobre as botas pesadas de Callahan, cravando os dentes no couro e rosnando de um jeito adorável. *Grrrrr. Grrrrr.* Callahan balançou o pé, e se soltou de Angus por um instante, mas logo depois meu cachorrinho voltou a atacar a bota com renovado vigor.

— Angus, não! Você está sendo muito desobediente. Me desculpe, sr. O'Shea.

Callahan O'Shea não disse nada. Eu me inclinei, segurei Angus pela coleira e puxei, mas ele não soltou a bota. *Por favor, Angus, obedeça.*

— Vamos, Angus — chamei com mais determinação. — Está na hora de entrar. Hora de dormir. Hora do biscoito. — Puxei a coleira novamente, mas os dentes de trás de Angus eram tortos e adoráveis e eu não queria correr o risco de arrancar nenhum.

No entanto, eu estava abaixada e minha cabeça estava na altura da virilha do sr. O'Shea e... Sabem como é... eu estava começando a sentir certo calor.

— Angus, solte. Solte, rapaz.

Angus balançou a cauda e a cabeça, mostrando os cadarços da bota pesada presos em seus dentinhos tortos. *Grrrrr. Grrrrr.*

— Me desculpe — falei novamente. — Ele não costuma ser tão... — Eu endireitei o corpo e...bang! O topo da minha cabeça bateu em alguma coisa dura. O queixo de Callahan O'Shea. Os dentes dele se chocaram uns com os outros em um estalo audível e ele jogou a cabeça para trás. — Jesus, mulher! — exclamou o homem, esfregando o queixo.

— Oh, Deus! Me desculpe! — exclamei. O topo da minha cabeça doía com o impacto.

Com uma expressão de irritação no rosto, Callahan abaixou, agarrou Angus pela parte de trás do pescoço, levantou-o — ouviu-se um pequeno estalo quando os cadarços foram arrancados da boca de Angus — e o entregou para mim.

— Você não deveria levantá-lo assim — eu disse, acariciando o pobre pescocinho de Angus enquanto meu cachorro lambia meu queixo.

— E ele também não deveria me morder — falou Callahan, sem sorrir.

— Muito bem... — Abaixei os olhos para o meu cachorro e beijei sua cabeça. — Me desculpe pelo seu, ahn... queixo.

— De todos os machucados que você já me causou, esse foi o que doeu menos.

— Oh. Que bom, então. — Meu rosto já estava queimando de tão vermelho. — Então... você vai morar aqui, ou a casa é um investimento ou alguma coisa assim?

Ele fez uma pausa, obviamente imaginando se eu valia o esforço de uma resposta.

— Vou revendê-la.

— Oh — deixei escapar, aliviada. Angus viu uma folha voando pelo gramado e se agitou para ser colocado no chão. Depois de um segundo de hesitação, soltei-o, e fiquei aliviada ao vê-lo correr para caçar a folha. — Bem, boa sorte com a casa. Ela é muito bonita.

— Obrigado.

— Boa noite.

— Boa noite.

Andei alguns passos na direção da minha casa, então parei.

— A propósito — acrescentei, me voltando novamente para o meu vizinho —, coloquei seu nome no Google e descobri que você foi preso por apropriação fraudulenta.

Callahan O'Shea não disse nada.

— Preciso dizer que estou um pouco desapontada. Hannibal Lecter ao menos é interessante.

Callahan sorriu de repente, um sorriso perigoso que fez aparecerem ruguinhas ao lado de seus olhos e iluminou seu rosto. Diante disso, senti um calor em minhas entranhas que pareceu explodir na direção do meu vizinho musculoso. Aquele sorriso prometia todo tipo de perversidades, de calor, e descobri que estava respirando com dificuldade, quase ofegante.

Então ouvi um barulho e Callahan O'Shea também ouviu. Um barulhinho... Ambos olhamos para baixo. Angus estava de volta, com a perna levantada, fazendo xixi na bota que tentara comer alguns momentos antes.

O sorriso de Callahan O'Shea desaparecera. Ele ergueu os olhos para mim.

— Não sei qual de vocês dois é pior — disse o meu vizinho. Então virou-se e voltou para a casa dele.

Capítulo oito

Treze meses, duas semanas e quatro dias depois de Andrew ter cancelado nosso casamento, eu achava que estava indo muito bem. O verão logo depois do rompimento fora bem difícil, sem a presença diária dos meus alunos, mas me dediquei inteiramente à minha casa e me tornei uma jardineira. Quando me sentia inquieta, costumava sair andando a esmo pelo bosque estadual que ficava atrás da minha casa, seguindo quilômetros acima ou abaixo do rio Farmington, sendo picada por mosquitos ou arranhada por galhos, com Angus trotando ao meu lado em sua coleira enfeitada, a língua rosa provando a água do rio, o pelo branco sujo de lama.

Passei o feriado de 4 de julho em Gettysburg — a Gettysburg verdadeira, na Pensilvânia —, com vários outros membros de grupos de encenação da Guerra Civil Americana, tentando esquecer a dor em meu peito ao menos pelos poucos dias em que estava envolvida na empolgação da batalha. Quando voltei, Julian me colocou para trabalhar na Jitterbug's, dando aulas básicas de dança de salão. Mamãe e papai me convidavam com frequência para a casa deles, mas como ficavam com medo de me aborrecer acabavam sendo exageradamente educados um com o outro, e isso era tão tenso e esquisito que me pegava desejando que simplesmente voltassem ao normal e brigassem como sempre. Margaret e eu saímos em um passeio de carro pela costa do Maine, até chegarmos tão ao norte que o sol não se punha antes das dez horas da noite. Passamos alguns dias ali, vendo os barcos de pesca de lagosta oscilando no ancoradouro e não falando de Andrew.

Graças a Deus eu tinha a casa. Pisos para lixar, rodapés para pintar, liquidações para checar, para que eu pudesse encher minha linda casinha com coisas bonitas e bem escolhidas, que não tivessem nenhuma ligação com Andrew. Uma coleção de imagens de São Nicolau que eu alinharia sobre o aparador da lareira na época do Natal. Duas maçanetas de latão com uma gravação onde se lia *Escola Pública, Cidade de Nova York*. Fiz cortinas, pintei paredes, instalei luminárias. Até tive um ou dois encontros. Bem, tive um encontro. E foi o bastante para me mostrar que eu ainda não queria me envolver com ninguém.

As aulas começaram e nunca amei tanto meus alunos. Eles podiam ter seus defeitinhos, seus mimos e terríveis vícios de linguagem, como *tipo* e *tá ligado* ou *cara*. Mas eram tão fascinantes, tão cheios de potencial... e tinham o futuro todo pela frente. Mergulhei na escola, como sempre fazia, procurando entre os tantos acomodados por um ou dois que tivessem uma centelha, um brilho que me mostrasse alguém que gostasse tanto de saber sobre o passado tanto quanto eu havia gostado quando era garota, alguém que conseguisse sentir o quanto a História era importante para o presente.

O Natal veio e foi, o Ano-Novo também. No Dia dos Namorados, Julian apareceu na minha casa armado com um arsenal de filmes de ação, comida tailandesa e sorvete, e rimos até nossos estômagos doerem, ambos fingindo ignorar o fato de que aquele deveria ser meu primeiro aniversário de casamento e que Julian não tinha um encontro há oito anos.

E meu coração foi cicatrizando. De verdade. O tempo fez seu trabalho e Andrew passou a ser uma dor embotada. Na maioria das vezes, eu só pensava nele quando estava deitada na cama, sozinha. Eu o havia esquecido? Dizia a mim mesma que sim.

Então, algumas semanas antes do casamento de Kitty, a Prima Que Cortava Cabelos, Natalie e eu saímos para jantar. Eu nunca contei a ela a verdadeira razão por que Andrew e eu havíamos terminado. Na verdade, Andrew nunca dissera as palavras em voz alta. Não precisava.

Natalie havia escolhido o lugar. Ela estava trabalhando na Pelli Clarke Pelli, em New Haven, uma das maiores firmas de arquitetura do país. Nat precisara trabalhar até tarde e sugerira que nos encontrássemos no Omni Hotel, que tinha um restaurante com uma bela vista e bons drinques.

Quando a encontrei lá, fiquei um pouco chocada com a transformação de Natalie. Em algum momento naqueles últimos tempos, minha irmãzinha se transformara de uma garota linda em uma mulher deslumbrante. Sempre que eu a via na faculdade, ou em casa, ela estava usando jeans ou moletons, roupas típicas de estudante, e os cabelos longos, lisos e louros soltos. Natalie era a típica garota americana, saudável e adorável. Mas quando começara a trabalhar de verdade, investira em algumas roupas e em um corte de cabelo mais sofisticado, começara a usar um pouco de maquiagem e... uau! Ela parecia uma Grace Kelly dos dias de hoje.

— Oi, Bumppo! — eu falei, abraçando-a com orgulho. — Você está linda!

— Você também — ela retribuiu com generosidade. — Cada vez que a vejo, penso que venderia minha alma por esse cabelo.

— Esse aqui é o cabelo do diabo. Não seja louca — respondi, mas ficara satisfeita. Só Natalie conseguia ser sincera a esse respeito, o anjinho.

Pedi meu Gim-tônica genérico de sempre, já que não era uma bebedora muito sofisticada. Nat pediu um Dirty Martini.

— Que tipo de vodca prefere? — perguntara o garçom.

— Belvedere, se você tiver — ela respondeu com um sorriso.

— Temos, sim. Excelente escolha — comentou o homem, obviamente impressionado. Sorri, imaginando quando a minha irmãzinha aprendera a beber boa vodca.

Então nos dedicamos a colocar a conversa em dia. Natalie me contou sobre a equipe com que estava trabalhando na Pelli, sobre a casa que estavam projetando e que daria vista para a baía de Chesapeake, sobre o quanto adorava seu trabalho. Em comparação, me senti um pouco... bem, um pouco chata, eu acho. Não que ensinar não fosse absolutamente gratificante, porque era. Adorava meus alunos, a matéria que eu ensinava, e sentia que a Academia Manning, com seus prédios de tijolos antigos e árvores majestosas, era parte da minha alma. Mas apesar do interesse genuíno de Natalie em ouvir que o dr. Eckart adormecera durante a reunião de departamento, enquanto eu sugeria um reforço no currículo de aulas, ou por que me incomodava o fato de Ava nunca dar nenhuma nota abaixo de "B-", minhas novidades pareciam sem graça.

Foi nesse momento que ouvi uma explosão de risadas. Nos viramos e vimos um grupo de seis ou oito homens que haviam acabado de sair do elevador e entravam no bar. Na frente do grupo estava Andrew.

Eu não o via desde o dia em que ele me abandonara, e vê-lo agora foi como um soco no estômago. O sangue pareceu sumir de meu rosto, e então voltou rapidamente, me deixando muito ruborizada. Senti um zumbido no ouvido e minha pele ficou muito quente, depois muito fria, então quente novamente. Andrew. Não muito alto, não tão bonito assim, ainda muito magro, os óculos escorregando do nariz pontudo, o pescoço doce e vulnerável... Meu corpo inteiro reagiu à presença dele, mas minha mente estava vazia. Andrew sorriu para um de seus colegas e disse alguma coisa, então, mais uma vez, o grupo caiu na gargalhada.

— Grace? — sussurrou Natalie. Não respondi.

Então Andrew se virou e nos viu. Então a mesma coisa que acontecera comigo, aconteceu com ele. Andrew ficou branco, então vermelho, os olhos arregalados. Ele se forçou a sorrir e veio em nossa direção.

— Quer ir embora? — perguntou Nat. Eu me virei para ela e vi, sem muita surpresa, que ela parecia... bem, absolutamente linda. Um tom rosado coloria seu rosto, com suavidade, e não com o tom vermelho forte do meu. Uma de suas sobrancelhas estava arqueada, com uma expressão preocupada. Suas mãos delicadas, com as unhas sem esmalte, tocaram as minhas.

— Não! Não, é claro que não. Estou bem. Ei, como vai? — eu disse, me levantando.

— Grace — falou Andrew, a voz tão familiar que era quase uma parte de mim.

— Que boa surpresa — comentei. — Você se lembra de Nat, é claro.

— É claro — ele confirmou. — Olá Natalie.

— Olá — ela quase sussurrou, e afastou os olhos.

Não sei bem por que convidei Andrew para se juntar a nós por alguns minutos. Ele logo concordou e nos sentamos juntos, tão civilizados e simpáticos que poderíamos muito bem estar tomando chá no Castelo de Windsor. Andrew engoliu em seco ao saber que Nat morava na mesma cidade em que ele trabalhava, mas disfarçou bem. *Na Ninth Square... foi feita uma bela reforma ali. Oh, é mesmo, você está na Pelli? Que empolgante... Engraçado como o mundo é pequeno. E você, Grace? Como está na Academia Manning? Os alunos são bons esse ano? Ótimo. Ahn... como estão seus pais? Bom, bom. E Margaret e Stu? Ótimo.*

E ficamos ali, sentados, Nat, Andrew, eu e o proverbial elefante de quatro toneladas que parecia estar sapateando na mesa. Andrew tagarelava como um mico nervoso e, embora eu não conseguisse ouvi-lo direito por causa do zumbido nervoso em meus ouvidos, conseguia ver a cena tão claramente quanto se estivesse sob o efeito de alguma droga que aguçava os sentidos. As mãos de Natalie tremiam levemente e, para esconder o fato, ela as cruzou com força sobre a mesa. Quando relanceava o olhar para Andrew suas pupilas se dilatavam, embora ela estivesse se esforçando para simplesmente não olhar para ele. A pele exposta acima da gola da blusa de seda que ela usava estava muito ruborizada. Até seus lábios pareciam mais vermelhos. Era como assistir a um programa do Discovery Channel sobre a ciência da atração.

Se Natalie estava se sentindo... bem, afetada, Andrew estava apavorado. A testa dele estava úmida de suor e as pontas de suas orelhas estavam tão vermelhas que pareciam ter sido queimadas pelo fogo. Ele falava mais rápido do que o normal e estava determinado a sorrir para mim com frequência, embora parecesse não conseguir me encarar diretamente.

— Bem — falou Andrew no instante em que conseguiu escapar —, agora preciso voltar para junto dos meus colegas. Hmmm... Grace, você... você está ótima. Foi muito bom vê-la. — Ele me deu um abraço rápido e eu senti o calor úmido do seu pescoço, o cheiro doce, quase infantil, de sua pele, como o de um bebê na hora da soneca. Então Andrew se afastou rapidamente. — Natalie, ahn... se cuide.

Ela ergueu o olhar, que até então estava fixo na mesa, e o elefante pareceu tropeçar, cair e se arrebentar em cima da mesa. Porque naquele momento, cintilando nos olhos lindos e azuis da minha irmã havia um mundo de infelicidade, culpa, amor e desespero. E eu, que não amava ninguém como amava a minha irmã, sentia como se me acertassem com uma pá na cabeça.

— Cuide-se, Andrew — ela disse bruscamente.

Nós duas o observamos se afastar para se juntar aos amigos, do outro lado do restaurante que, para nossa sorte, era bem grande.

— Quer ir a outro lugar? — sugeriu Natalie quando Andrew já não podia nos ouvir.

— Não, não. Estou bem. Gosto daqui — falei com sinceridade. — Além do mais, nosso jantar já deve estar chegando. — Nós sorrimos uma para a outra,

— Você está bem? — ela perguntou com delicadeza.

— Oh, sim — menti. — Claro. Quero dizer, eu o amei e tudo o mais, ele realmente é um cara incrível, mas... você sabe. Andrew não era "O Cara". — Fiz o gesto de aspas com os dedos.

— Ele não era?

— Não. É como eu disse, Andrew é um homem incrível, mas... — Fiz uma pausa, fingindo que estava pensando. — Não sei. Faltava alguma coisa.

— Oh — ela falou, os olhos pensativos.

Nosso jantar chegou. Eu pedira um bife e Nat pedira salmão. As batatas estavam ótimas. Nós comemos e conversamos sobre filmes e sobre nossa família, sobre livros e programas de TV. Quando pedimos a conta, Nat fez questão de pagar e eu deixei. Então nos levantamos. Minha irmã não olhou na direção de Andrew, apenas saiu andando calmamente para a porta, na minha frente.

Mas eu olhei para trás. E vi Andrew encarando Natalie como um viciado que precisa da droga, o desejo e o desespero expostos, nus. Ele nem me viu olhando, só tinha olhos para Nat.

Alcancei minha irmã.

— Obrigada, Nattie — falei.

— Oh, Grace, não foi nada — ela respondeu, talvez um pouco sentimental demais para as circunstâncias.

Meu coração saltava no peito enquanto descíamos de elevador. Lembrei do meu quarto aniversário. Lembrei dos grampos de cabelo, do aconchego nos sábados de manhã, do rosto dela quando parti para a universidade. Lembrei da sala de espera daquele hospital, do cheiro de café velho, do brilho das luzes enquanto eu prometia a Deus qualquer coisa, *qualquer coisa*, se Ele salvasse a minha irmã.

Revi a expressão nos olhos de Natalie quando ela olhou para Andrew e me perguntei o quanto de abnegação era necessária para darmos as costas ao que talvez fosse o amor da nossa vida pelo bem de outra pessoa. Como seria sentir como se um grande kabum nos atingisse e não poder pensar a respeito e imaginei se eu teria o desprendimento necessário para um ato dessa magnitude. Me perguntei que tipo de coração eu tinha. Que tipo de irmã eu era de verdade.

— Sabe, tive uma sensação engraçada — eu disse, enquanto caminhávamos de braços dados, de volta ao apartamento de Natalie.

— Você tem o hábito de ter sensações engraçadas — ela respondeu, quase do jeito como sempre costumávamos implicar uma com a outra.

— Bem, essa foi estranha mesmo, mas acho que está certa — continuei, parando na esquina do parque New Haven Green. — Natalie, acho que você deveria... — Fiz uma pausa. — Acho que deveria sair com Andrew. Tenho a impressão de que ele conheceu a irmã errada primeiro.

Aqueles olhos incríveis de Natalie cintilaram novamente. Choque, culpa, tristeza, sofrimento... e esperança. Sim. Esperança.

— Grace, eu jamais... — ela começou a dizer.

— Eu sei. De verdade — murmurei. — Mas acho que você e Andrew deveriam conversar.

Encontrei com Andrew para jantar alguns dias depois. Disse a ele a mesma coisa que já havia dito a Natalie. As mesmas emoções que haviam iluminado o rosto dela, agora iluminavam o dele, com uma a mais. Gratidão. Ele fez algumas objeções, por mero cavalheirismo, então se entregou, como eu sabia que faria. Sugeri que os dois se encontrassem pessoalmente, em vez de conversarem por telefone ou trocarem e-mails. Ele aceitou a minha sugestão. Natalie me ligou no dia seguinte ao primeiro encontro deles e me contou em um tom de suave deslumbramento que os dois caminharam pelo New Haven e terminaram tremendo, sentados em um banco sob as belas árvores da Wooster Square, onde ficaram só conversando. Ela perguntara várias vezes se eu realmente não me incomodava com a situação e reassegurei-a de que não me incomodava nem um pouco.

E isso seria verdade, se não fosse por um único problema. Eu não estava certa de já ter esquecido Andrew completamente.

Capítulo nove

No sábado de manhã, Angus me acordou de repente, com seus latidos enlouquecidos, enquanto pulava sobre a porta como se existisse um bife guardado atrás dela.

— O que foi? Quem é? — perguntei, ainda meio adormecida. Quando olhei para o relógio, vi que ainda eram sete da manhã. — Angus! É melhor que a casa esteja pegando fogo, ou vai estar encrencado. — Meu cachorro costumava ficar bem satisfeito por dormir espalhado no meio da minha cama, onde conseguia ocupar dois terços do espaço, apesar de pesar apenas oito quilos.

Uma rápida olhada no espelho me mostrou que meu novo creme reparador de cabelos (que custara cinquenta dólares) havia perdido o efeito depois de uma da manhã, que foi a hora em que fui dormir na véspera. Por isso, se Angus realmente estivesse salvando a minha vida e nossa foto realmente acabasse na primeira página do jornal, era melhor fazer alguma coisa com aquele cabelo antes de escapar das chamas. Peguei um elástico e prendi os cabelos em um rabo de cavalo antes de colocar a mão na maçaneta. Estava fria. Abri uma fresta e não havia cheiro de fumaça. Droga! Lá se ia a minha chance de conhecer um bombeiro atraente, que me levantaria nos braços como se eu pesasse menos que uma pluma e me salvaria do fogo. Mas acho que era melhor que minha casa não fosse sucumbir a um incêndio.

Angus desceu as escadas com a rapidez de uma bala, e começou a fazer sua característica Dança das Visitas diante da porta da frente, pulando de um jeito que suas quatro patas saiam do chão. Oh, sim. Aquele era o dia da Batalha de Bull Run, e Margaret estava chegando. Ao que parecia, ela sentira necessidade de levantar cedo, mas eu precisava de café antes de matar algum Johnny Rebs (apelido dado aos confederados pelos soldados da União). Ou hoje era dia de matar Bluebellies (que era o modo como os confederados chamavam os soldados da União)?

Peguei Angus no colo e abri a porta.

— Oi, Margaret — resmunguei, cega pela luz.

Era Callahan O'Shea quem estava na minha varanda.

— Não me machuque — ele disse logo.

O machucado ao redor do olho de Callahan estava bem mais claro e agora o roxo havia dado lugar a tons mais discretos de amarelo e marrom. Percebi que os olhos dele eram azuis e que eram daquele tipo um pouco caído para baixo, dos lados, o que o fazia parecer um pouco... triste. Intenso. Sexy. Ele estava usando uma camiseta vermelha e jeans. Pronto, lá vinha de novo aquela pontada irritante de desejo.

— E então, está aqui para me processar? — perguntei. Angus latiu, *Au!*, no meu colo.

Callahan sorriu e a pontada de desejo ficou mais aguda.

— Não. Estou aqui para trocar suas janelas. A propósito, belo pijama.

Olhei para baixo. Droga! Era o pijama do Bob Esponja, um presente de Natal de Julian. Tínhamos uma tradição de trocar presentes horrorosos na data... por sinal, eu havia dado a ele uma daquelas cabeças de bonecos com cabelos de grama. Então as palavras dele finalmente me atingiram.

— Me desculpe, mas... você disse que vai trocar as minhas janelas?

— Sim — respondeu Callahan, enfiando a cabeça pela porta e dando uma olhada na sala de estar. — Seu pai me contratou no outro dia. Ele não lhe disse?

— Não — respondi. — Quando?

— Quinta-feira — ele falou. — Você havia saído. Bela casa a sua. Foi seu pai que comprou para você?

Fiquei boquiaberta.

— Ei!

— E então, vai dar licença para eu entrar?

Segurei Angus com um pouco mais de força.

— Não. Escute, sr. O'Shea, não acho realmente que...

— O quê? Não quer um ex-presidiário trabalhando para você?

Fechei rapidamente a boca.

— Bem, na verdade... eu... — Parecia grosseiro dizer em voz alta. — Não, obrigada. — Forcei um sorriso, sentindo-me tão sincera quanto um candidato à presidência prometendo uma reforma econômica. — Prefiro contratar outra pessoa... ahn, alguém que já tenha trabalhado para mim antes.

— Já fui contratado. Seu pai inclusive me adiantou metade do pagamento. — Ele estreitou os olhos para mim e eu cerrei os dentes.

— Bem, isso é um inconveniente, mas você terá que devolver o dinheiro. — Angus latiu no meu colo, me apoiando. Bom cachorro.

— Não.

Voltei a ficar boquiaberta.

— Bem, me desculpe, sr. O'Shea, mas não o quero trabalhando aqui. — *Me vendo de pijamas, me deixando toda agitada. E talvez até roubando as minhas coisas.*

Ele inclinou a cabeça e me encarou.

— Que tocante, srta. Emerson, perceber que não gosta de mim. E irônico também, já que se alguém tem motivo para não gostar de alguém aqui, eu diria que seria eu.

— Você não tem razão alguma, camarada! Não lhe pedi para...

— Mas como sou mais bem educado do que você, vou guardar meu julgamento para mim mesmo e dizer apenas que não aprecio sua propensão para a violência. No entanto, já aceitei o dinheiro do seu pai, e se quiser que essas janelas sejam trocadas antes que congele aqui dentro, preciso encomendá-las em um lugar especializado, no Kansas. E, para ser honesto, preciso trabalhar. Tudo bem? Portanto vamos deixar os ultrajes femininos de lado, ignorar o fato de que a vi em seus não mencionáveis... — Nessa hora ele percorreu meu corpo de cima a baixo com os olhos. — ... e começar a trabalhar. Preciso tirar a medida das janelas. Quer que eu comece pelas de cima ou pelas de baixo?

Nesse momento, o BMW de Natalie parou na garagem, fazendo com que Angus voltasse a se descontrolar. Eu o segurei contra mim, sentindo seu corpinho tremer, enquanto ele tentava se soltar dos meus braços, seus latidos ecoando dentro do meu cérebro.

— Não consegue controlar a pequena fera? — perguntou Callahan O'Shea.

— Fique quieto — resmunguei. — Não você, Angus, querido. Oi, Natalie.

— Oi — ela disse, subindo os degraus da frente. Minha irmã parou e lançou um olhar inquisitivo na direção do meu vizinho. — Olá, sou Natalie Emerson, irmã de Grace.

Meu vizinho pegou a mão que ela estendia e um sorriso apreciativo surgiu nos cantos de sua boca, me fazendo gostar ainda menos dele.

— Callahan O'Shea — ele murmurou. — Sou o carpinteiro de Grace.

— Ele não é, não — insisti. — O que a traz aqui, Nat?

— Pensei que poderíamos tomar uma xícara de café — ela falou, com um sorriso cintilante. — Estou louca de vontade de ouvir sobre esse cara com quem está saindo. Ainda não tivemos oportunidade de conversar desde a exposição de mamãe.

— Um namorado? — falou Callahan. — Imagino que ele goste de um pouco de violência.

Natalie ergueu levemente as sobrancelhas bem feitas e sorriu, seus olhos examinando o olho roxo dele.

— Vamos, Grace, que tal um café? Callahan, não é? Gostaria de uma xícara?

— Adoraria — ele respondeu, sorrindo para a minha bela e subitamente irritante irmã caçula.

Cinco minutos mais tarde, eu olhava desolada para a cafeteira enquanto minha irmã e Callahan O'Shea se tornavam os melhores amigos.

— Então Grace realmente bateu em você? Com um bastão de hóquei? Oh, Grace? — Ela caiu na gargalhada, aquele som rouco e sedutor que os homens adoravam.

— Foi para me defender — falei, pegando algumas xícaras no armário.

— Ela estava bêbada — explicou Cal. — Bem, na primeira vez, ela estava bêbada. Na segunda vez, com o ancinho, estava apenas avoada.

— Eu *não* estava avoada — refutei, apoiando a cafeteira sobre a mesa e abrindo a geladeira para pegar o creme, que coloquei sobre a mesa com bastante força. — Nunca fui descrita como avoada.

— Não sei, não, Natalie... — disse Callahan, inclinando a cabeça. — Esse pijama não parece típico de uma mulher avoada? — Os olhos dele voltaram a examinar de cima a baixo meu pijama do Bob Esponja.

— Acabou, irlandês. Você está despedido. De novo. Ainda. Tanto faz.

— Oh, vamos lá, Grace — disse Natalie, rindo melodicamente. — Ele tem razão. Espero que Wyatt não a veja usando isso.

— Wyatt adora o Bob Esponja.

Nat serviu uma xícara de café para Callahan, e não percebeu que eu o fuzilava com os olhos.

— Cal, você já conheceu o namorado novo de Grace? — ela perguntou.

— Sabe de uma coisa? Ainda não o vi... — ele respondeu, erguendo a sobrancelha na minha direção. Tentei ignorá-lo. Não era fácil. Callahan ficava tão... escrotamente... bonito, sentado ali na minha cozinha alegre, com Angus mastigando seus cadarços, enquanto ele tomava o café em minha xícara de centáureas azuis, uma edição limitada da marca Fiestware. O sol cintilava em seu cabelo curto, revelando algumas mechas douradas atraentes que se destacavam no castanho escuro. O homem parecia cintilar com tanta masculinidade, os ombros muito largos, os músculos fortes, e prestes a consertar coisas na minha casa... Droga! Quem não ficaria excitada?

— Então, como ele é? — perguntou Natalie. Por um instante, pensei que ela estava falando de Callahan O'Shea.

— Hein? Oh, Wyatt? Bem, ele é muito... bonito.

— Bonito é bom. E como foi seu encontro na noite passada? — ela continuou, enquanto colocava açúcar no café, como se para se tornar ainda mais doce. Droga! Nat havia ligado na véspera e eu pude ouvir Andrew falando atrás dela. Por isso, encurtei a conversa dizendo que precisava encontrar Wyatt em Hartford. Oh, a rede de mentiras estava se embaralhando... Os olhos azuis melancólicos de Callahan estavam me encarando. Com uma expressão absolutamente zombeteira.

— O encontro foi ótimo. Muito agradável. Bom mesmo. Nós comemos, bebemos, nos beijamos, esse tipo de coisa.

Tão eloquente, Grace! Callahan ergueu a sobrancelha mais uma vez.

— Vamos, Grace! — disse a irmã de quem eu não gostava tanto assim naquele momento. — Como ele é? Quero dizer, sei que é um cirurgião pediátrico, e é óbvio que é maravilhoso, mas seja um pouco mais específica.

— Ele é adorável! Sua personalidade é adorável — falei em um tom de voz um pouco alto. — Ele é muito... — outro olhar para Cal —, cavalheiro. Simpático. Incrivelmente gentil. Ajuda os sem-teto... e, ahn, cuida de... Gatos vira-latas, abandonados. — Uma vozinha interior suspirou, deplorando minha terrível capacidade de mentir.

— Parece perfeito — ela falou, aprovando. — Tem senso de humor?

— Oh, sim — respondi. — É muito engraçado. Mas de um modo gentil, não é debochado. Nem irritante, ou sarcástico, ou rude. É divertido de um jeito delicado, amoroso.

— Então é um caso de opostos que se atraem? — perguntou Callahan.

— Achei que eu havia acabado de demitir você — falei.

Os olhos dele se estreitaram com um sorriso e meus joelhos traiçoeiros ficaram moles como geleia.

— Acho que ele parece ser um homem incrível — comentou Natalie com um lindo sorriso.

— Obrigada — falei, sorrindo também. Por um segundo, me vi tentada a perguntar a ela sobre Andrew, mas com o ex-presidiário fortão na cozinha, achei melhor não fazer isso.

— Você vai à batalha hoje, Grace? — perguntou a minha irmã, tomando um gole de café. Sinceramente, tudo o que ela fazia parecia estar sendo filmado... era graciosa, equilibrada e adorável.

— Batalha? — perguntou Callahan.

— Não conte a ele — ordenei. — E, sim, vou.

— Bem, sinto dizer que terei que voltar para New Haven — disse Natalie, aborrecida, deixando a xícara de lado. — Foi um prazer conhecê-lo, Callahan.

— O prazer foi meu — ele respondeu, levantando-se. Ora, ora, ora. O ex-presidiário tinha boas maneiras... ao menos quando Natalie estava por perto.

Caminhei até a porta com ela e abracei-a.

— Está tudo bem com Andrew? — perguntei, tomando o cuidado de manter um tom despreocupado.

Ver o modo como o rosto dela se iluminou era como observar um lindo pôr do sol.

— Oh, Grace... sim.

— Que ótimo — falei, enquanto ajeitava uma mecha de seus cabelos sedosos. — Fico feliz por você, meu bem.

— Obrigada — ela murmurou. — Também estou tão feliz por você, Grace! Wyatt parece perfeito! — Natalie me abraçou com mais força. — Nos vemos logo?

— Pode apostar — Eu a abracei de volta, meu coração inchando de amor, e a observei deslizar até seu carrinho elegante e sair da minha garagem. Natalie acenou e desceu a rua. Meu sorriso se apagou. Margaret percebera no mesmo instante que Wyatt Dunn fora inventado, e até Callahan O'Shea, um perfeito estranho, também parecia ter percebido. Mas Natalie, não. É claro, ela tinha muito interesse em me ver com um cara incrível, não tinha? Se eu estivesse comprometida, isso significava que... bem. Eu sabia o que significava.

Suspirei alto e voltei para a cozinha.

— Então. — Cal estava recostado na cadeira, com as mãos cruzadas atrás da cabeça. — Seu namorado cuida de gatinhos abandonados.

Eu sorri.

— Sim, é verdade. Há um problema com gatos vira-latas nessa área. Muito triste. Ele os resgata, coloca-os em caixas e arruma lares adotivos para eles. Você gostaria de ter um?

— Um gato vira-lata?

— Ahã. Dizem que seu bicho de estimação deve combinar com sua personalidade.

Ele riu, um som travesso que deixou minhas pernas ainda mais bambas do que quando eu assistira a um show do Bruce Springsteen.

— Não, obrigado, Grace.

— Então me diga, sr. O'Shea — falei, de repente. — Quanto dinheiro desviou? E de quem?

Ele cerrou levemente os lábios ao ouvir a pergunta.

— O valor foi de 1,6 milhão de dólares. Do meu estimado patrão.

— Um milhão e... Santo Deus!

Subitamente me dei conta de que meu talão de cheques estava bem ali, sobre a bancada ao lado da geladeira. Eu provavelmente deveria tirá-lo dali, não é? Não que eu tivesse um milhão de dólares ou coisa parecida. Callahan seguiu meu olhar assustado e ergueu mais uma vez a sobrancelha do lado que não estava machucado.

— Muito tentador — ele falou. — Mas virei essa página. Embora vá ser difícil resistir a isso. — Callahan acenou com a cabeça para uma estante com a minha coleção de cachorros de ferro, antigos. Então ele se levantou, e minha cozinha pareceu ficar muito menor. — Posso subir e medir as janelas, Grace?

Abri a boca para protestar, mas logo voltei a fechá-la. Não valia a pena. Quanto tempo levaria para trocar as janelas? Uns dois dias?

— Hmmm, está bem. Espere um segundo, deixe-me apenas me certificar de que... hmmm...

— Por que você não vem comigo? Assim, se eu ficar tentado a esvaziar sua caixa de joias, você mesma pode me deter.

— Eu só queria me certificar de que a cama estava feita — menti. — Por aqui.

Pelos três minutos seguintes, lutei contra sentimentos conflitantes de desejo e irritação, enquanto Callahan O'Shea media as janelas do quarto. Então, ele passou para o quarto de hóspedes e fez a mesma coisa, com movimentos elegantes e eficientes, esticando a fita métrica nas molduras, e anotando coisas em um caderno. Eu me recostei no batente da porta, e fiquei olhando para suas costas (para o traseiro dele, para ser honesta), enquanto Callahan abria a janela e olhava para fora.

— Posso ter que trocar algumas dessas molduras quando trocar as janelas — ele falou. — Mas não terei certeza disso até retirá-las. Essas são bem antigas.

Me forcei a olhar para o rosto dele.

— Está certo. Claro. Não tem problema.

Callahan caminhou na minha direção e eu prendi a respiração. Deus. O homem estava parado a uns dois centímetros de mim. O calor cintilava do corpo dele, e meu próprio corpo parecia oscilar e amolecer em resposta. Sentia meu coração disparado. A mão dele, ainda segurando a fita métrica, roçou as costas da minha, e de repente precisei respirar pela boca.

— Grace?

— Sim? — sussurrei de volta. Eu via a veia pulsando em sua garganta. Imaginei como seria beijar aquele pescoço, ou deslizar meus dedos pelos cabelos curtos, ou...

— Você pode me dar licença? — ele perguntou.

Fechei a boca subitamente.

— Claro! Claro! Estava só... pensando.

Os olhos dele voltaram a se estreitar naquele sorriso de quem sabia demais.

Descemos novamente a escada e, para meu desapontamento, pouco tempo depois, Callahan O'Shea partia.

— Vou fazer o pedido e avisarei a você quando o material chegar — ele disse.

— Ótimo — respondi.

— Tchau. Boa sorte na batalha.

— Obrigada — falei, ruborizando sem nenhuma razão aparente.

— Certifique-se de trancar bem as portas. Ficarei em casa durante o dia todo.

— Muito engraçadinho. Agora vá — eu disse. — Tenho ianques para matar.

Capítulo dez

O canhão rugiu em meus ouvidos e o cheiro de fumaça era intenso e revigorante. Vi quando seis soldados da União caíram. Atrás da primeira fila, os Bluebellies recarregaram suas armas.

— Isso é tão esquisito — resmungou Margaret, entregando-me a pólvora para que eu pudesse recarregar meu canhão.

— Oh, fique quieta — disse com voz apaixonada. — Estamos honrando a nossa História. E pare de reclamar. Logo, logo estará morta mesmo. Amaldiçoado seja, sr. Lincoln! — gritei, acrescentando um pedido de desculpas silencioso ao gentil Abe, o melhor presidente que nossa nação já teve. E é claro que ele me perdoaria, já que eu tinha uma miniatura do Lincoln Memorial em meu quarto e conseguia (aliás, costumava fazer isso com frequência), recitar o Discurso de Gettysburg de cor.

Mas o "Brother Against Brother" era um grupo que levava suas batalhas muito a sério. Tínhamos cerca de duzentos voluntários, e cada encontro era planejado para ser o mais fiel possível, historicamente falando. Os soldados ianques atiraram e Margaret caiu no chão, revirando os olhos verde-mar. Eu fui acertada no ombro, gritei e desabei perto dela.

— Vou levar horas para morrer — disse à minha irmã. — Por septicemia, principalmente. Na verdade não há opções de tratamento. Mesmo se eu fosse levada a um hospital de campanha, provavelmente morreria. E, de qualquer modo, seria uma morte lenta e dolorosa.

— Repito que isso é muito esquisito — disse Margaret, abrindo o celular para checar as mensagens.

— Sem modernidades! — rugi.

— O quê?

— O telefone! Você não pode usar nada moderno na encenação. E se acha tão esquisito, por que veio? — perguntei.

— O papai atormentou Junie (a sofrida secretária de muitos anos de Margaret) sem parar até ela finalmente me implorar para que eu aceitasse, apenas para que ele parasse de ligar e de aparecer por lá. Além do mais, eu queria sair um pouco de casa.

— Bem, você está aqui, portanto pare de choramingar. — Estendi a mão para ela, imaginando um soldado rebelde procurando conforto em seu irmão caído. — Estamos ao ar livre, está um lindo dia e estamos deitadas sobre trevos perfumados. — Margaret não respondeu. Olhei em sua direção e vi que ela examinava o telefone celular, então seu rosto assumiu uma expressão de raiva relativamente habitual, mas seus lábios tremiam de modo suspeito. Como se ela estivesse prestes a chorar. Sentei de repente. — Margs? Está tudo bem?

— Oh, está tudo fantástico... — ela respondeu.

— Vocês não deveriam estar mortas? — perguntou meu pai, cavalgando até onde estávamos.

— Desculpe, papai. Quero dizer, desculpe general Jackson — falei, voltando a cair obedientemente na relva.

— Margaret, por favor. Guarde isso. Muitas pessoas trabalharam duro para que essa encenação parecesse autêntica.

Margaret revirou os olhos.

— A Batalha de Bull Run se passando em Connecticut... Realmente muito autêntico.

Papai grunhiu, aborrecido. Um oficial amigo surgiu apressado ao seu lado.

— O que devemos fazer, senhor? — ele perguntou.

— Então, senhor, nós lhe daremos a baioneta! — vociferou papai. Um arrepio percorreu meu corpo ao ouvir as palavras históricas. Que guerra! Os dois oficiais confabularam, então se afastaram para reunir os atiradores na encosta da colina.

— Acho que talvez eu precise dar um tempo do Stuart — falou Margaret.

Sentei sem pensar, mais uma vez, e acabei esbarrando em um companheiro confederado que estava mudando meu canhão de lugar.

— Desculpe — falei para ele. — Vá pegá-los! — O homem e outro confederado ergueram a frente do canhão e o rolaram adiante, entre tiros esporádicos e gritos dos oficiais comandantes. — Margaret, está falando sério?

— Preciso me afastar um pouco dele — ela respondeu.

— O que aconteceu?

Minha irmã suspirou.

— Nada. Esse é o problema. Estamos casados há sete anos, certo? E nada mudou. Fazemos as mesmas coisas todos os dias. Chegamos em casa. Ficamos encarando um ao outro na mesa do jantar. Ultimamente, quando ele está falando sobre o trabalho ou sobre alguma notícia, fico olhando e penso: "Então é isso?"

Uma borboleta ousada pousou no botão de metal do meu uniforme, flexionou as asas e voou novamente. Um oficial confederado passou apressado por nós.

— Estão mortas, garotas? — ele perguntou.

— Oh, sim, estamos. Desculpe. — Voltei a me deitar, puxando a mão de Margaret até que ela se juntasse a mim. — Aconteceu mais alguma coisa, Margs? — perguntei.

— Não. — Ela desviou o olhar, negando as próprias palavras. Mas Margaret não costumava contar nada antes que estivesse preparada. — É só que... bem, fico imaginando se ele realmente me ama. Se eu realmente o amo. Se casamento é assim mesmo, ou se só escolhemos a pessoa errada.

Ficamos deitadas na relva e não falamos mais nada. Minha garganta estava apertada. Eu adorava Stuart, um homem tranquilo e gentil. Tinha que admitir que não nos conhecíamos assim tão bem. Eu o via esporadicamente no trabalho, na maioria das vezes de longe. Os alunos da Manning o adoravam, isso era certo. Mas as refeições em família costumavam girar em torno das briguinhas de papai e mamãe, ou dos solilóquios de Mémé sobre o que estava errado no mundo de hoje. Stuart não conseguia falar muito. Mas o que eu sabia com certeza, era que ele era bondoso, inteligente e que tinha muita consideração com minha irmã. Era possível até dizer que ele a idolatrava um pouco demais, cedendo às vontades dela em quase tudo.

O som da fuga dos soldados da União e os gritos triunfantes dos soldados rebeldes encheram o ar.

— Podemos ir agora? — perguntou Margaret.

— Não. Papai está montando os treze canhões na linha defensiva, nesse momento. Espere... espere... — Ergui o corpo e me apoiei nos cotovelos para conseguir ver, já sorrindo em antecipação.

— E lá está Jackson, em pé como um muro de pedra! — foi o grito de Rick Jones, que fazia o papel do coronel Bee.

— Viva! Viva! — Embora supostamente estivesse morta, não consegui me conter e me juntei aos gritos. Margaret balançou a cabeça, mas estava sorrindo.

— Grace, você realmente está precisando preencher a sua vida — ela falou, levantando-se.

— Então, o que Stuart pensa disso? — perguntei, aceitando a mão que ela estendia.

— Ele diz que está disposto a fazer o que eu precisar que faça, para que organize meus pensamentos. — Margaret balançou a cabeça, ou por admiração, ou por desprezo. Conhecendo-a, achei que provavelmente era por desprezo. — Portanto, Grace, escute-me. Você acha que eu poderia ficar com você por uma ou duas semanas. Talvez um pouco mais?

— Claro — eu disse. — Pelo tempo que você precisar.

— Oh, mais uma coisa. Estou arrumando um encontro para você com um cara chamado Lester, eu o conheci na exposição de mamãe, na semana passada. Ele é artesão de metais, ou alguma porcaria assim.

— Um artesão de metais? Chamado Lester? — perguntei. — Oh, Margaret, por favor... — Então fiz uma pausa. Com certeza o artesão de metais não poderia ser pior do que o meu amigo veterano. — Ele é bonitinho?

— Bem, não sei. Não exatamente bonitinho, mas atraente à sua própria maneira.

— Lester, o artesão de metais, atraente à sua própria maneira. Isso não está soando muito promissor.

— E daí? Cavalo dado não se olha os dentes. E você disse que queria conhecer alguém. Então faça isso. Está certo? Certo. Vou dizer a ele para telefonar para você.

— Está bem — resmunguei. — Ei, Margs, você checou aquele nome que eu lhe dei?

— Que nome?

— O do ex-presidiário. Callahan O'Shea, que é meu vizinho. Ele se apropriou indevidamente de mais de um milhão de dólares.

— Não, não chequei. Me desculpe. Vou tentar essa semana. Apropriação fraudulenta. Não é tão ruim, certo?

— Também não é bom, Margs. E foram mais de um milhão de dólares.

— Ainda é melhor do que estupro e assassinato — Margs comentou, animada. — Veja, há donuts ali. Graças a Deus, estou faminta.

E com isso, saímos andando pelo campo onde o resto das tropas já estava de pé, bebendo café do Starbucks e comendo donuts Krispy Kreme. Sem dúvida não era uma cena historicamente precisa, mas era muito melhor do que carne de mula e bolo de milho.

Naquela noite, passei uma hora, amansando meus cachos e vestindo minha roupa nova. Eu havia marcado dois encontros seguidos através do site de relacionamentos... bem, não seriam encontros exatamente, mas saídas para descobrir se havia potencial para tentar um encontro. O primeiro era com

Jeff, que parecia até bem promissor. Ele era dono de seu próprio negócio na indústria de entretenimento, e tinha uma aparência muito agradável. Assim como eu, Jeff gostava de fazer caminhadas, de jardinagem, e de filmes históricos. Infelizmente, seu filme favorito era *300* — o que isso dizia a seu respeito? Mas decidi relevar isso a princípio. Eu só não sabia direito o que era exatamente seu negócio. Indústria de entretenimento... hmmm. Talvez fosse um agente ou alguma coisa assim. Ou talvez fosse dono de uma gravadora, ou de uma boate. Na verdade, parecia bastante glamouroso.

Jeff e eu íamos nos encontrar para um drinque em Farmington, e depois eu comeria alguma coisa com Leon. Este último era professor de Ciências, por isso eu já sabia que teríamos muito sobre o que conversar... na verdade, os três e-mails que havíamos trocado até então haviam sido sobre ensinar, as alegrias e problemas dessa profissão. Estava esperando ansiosamente para ouvir mais sobre a vida pessoal de Leon.

Fui de carro até o lugar combinado, um desses restaurantes que fazem parte de uma rede com vários outros, que tem um monte de falsas peças Tiffany e decorações de esporte. Reconheci Jeff pela foto que vira no site — ele era baixo e bem bonitinho, cabelos e olhos castanhos, com uma covinha atraente na bochecha esquerda. Trocamos aquele breve abraço constrangido, típico de quem não tinha certeza de até onde podia ir e nossos rostos apenas se tocaram, como se fossemos duas matronas da sociedade. Mas Jeff reconheceu o constrangimento com um sorrisinho, o que me fez gostar dele. Nós seguimos o maître até uma mesa pequena, pedimos uma taça de vinho e começamos a conversar... e foi aí que as coisas começaram a dar errado.

— Então, Jeff, estou curiosa sobre seu trabalho. O que exatamente você faz? — perguntei, dando um gole no vinho.

— Sou dono do meu próprio negócio — ele disse.

— Entendo. De que tipo? — quis saber.

— Entretenimento. — Jeff sorriu furtivamente e ajeitou o saleiro e o pimenteiro que estavam sobre a mesa.

Fiz uma pausa.

— Ah. E exatamente que tipo de entretenimento?

Ele riu.

— *Desse* tipo! — falou Jeff afastando o corpo para trás. Então, com um floreio repentino das mãos, ele colocou fogo na mesa.

Mais tarde, depois que os bombeiros já haviam apagado o fogo e que foi seguro voltar ao restaurante — ainda coberto pela espuma usada para apagar o fogo causado pelo "entretenimento" — Jeff virou-se para mim com um ar suplicante.

— Ninguém mais gosta de mágica? — perguntou, olhando para mim com uma expressão tão confusa nos olhos como um cachorrinho que houvesse levado um chute sem saber por quê.

— Você tem o direito de permanecer em silêncio — recitou um policial.

— Eu não tinha intenção de que o fogo fosse tão grande — Jeff informou ao policial, que pareceu não lhe dar muita atenção.

— Então você é mágico? — perguntei, enquanto examinava a ponta de um cacho dos meus cabelos que fora levemente queimada.

— É o meu sonho — ele falou, enquanto o policial o algemava. — A mágica é a minha vida.

— Ah... — eu disse. — Que você tenha melhor sorte da próxima vez.

Era impressão minha, ou muitos homens acabavam saindo algemados quando eu estava por perto? Primeiro Callahan O'Shea, agora Jeff. Mas eu tinha que admitir que Callahan ficava bem melhor naquela situação do que o pobre Jeff, que parecia um furão preso. Sim, no que dizia respeito a algemas, Callahan O'Shea era... interrompi o rumo dos meus pensamentos. Eu tinha outro encontro. Leon, o professor, era o próximo da fila. Então, lá fui eu, feliz por que os bombeiros de Farmington eram tão eficientes que eu não estava nem atrasada.

Leon era muito mais promissor. Calvo, daquele jeito atraente de Ed Harris, com lindos olhos azuis cintilantes e uma risada travessa. Ele pareceu encantado ao me ver, o que obviamente achei muito atraente. Conversamos por cerca de meia hora, falando sobre nossos empregos como professores, reclamando de pais superprotetores e enaltecendo as mentes brilhantes dos alunos.

— Então, Grace, deixe eu lhe perguntar uma coisa — ele falou, afastando as batatas recheadas com cheddar e bacon que comíamos para tocar minha mão. Fiquei muito feliz por ter ido à manicure naquela semana. O rosto de Leon ficou muito sério. — O que você diria que é a coisa mais importante da sua vida?

— Minha família — respondi. — Somos muito próximos. Tenho duas irmãs, uma mais velha e uma...

— Entendo. E o que mais, Grace? O que vem a seguir?

— Hmmm, bem... meus alunos, eu acho. Sou muito apegada a eles, e quero muito que se interessem pela matéria que leciono. Eles...

— Ahã. Mais alguma coisa, Grace?

— Bem... — eu disse, um pouco irritada por já ter sido interrompida duas vezes. — É claro. Trabalho como voluntária em uma casa de repouso de idosos. Nós fazemos dança de salão, junto com meu amigo Julian, que é professor de dança. Às vezes leio para eles, para os que já não podem ler sozinhos.

— Você é religiosa? — perguntou Leon.

Fiz uma pausa. Eu era uma dessas pessoas que se classificavam como *espiritualista*, em vez de *religiosa*.

— Um pouco. Sim, eu acho. Vou à igreja... bem, talvez uma vez por mês...

— Estou curioso para saber quais são seus sentimentos sobre Deus.

Pisquei, confusa.

— Deus? — Leon assentiu. — Hmmm, bem Deus é... bem, Ele é ótimo. — Imaginei Deus revirando os olhos ao ouvir isso. *Vamos lá, Grace. Eu disse: "Que se faça a luz". E tchã rã! Lá estava a luz! Não consegue encontrar nada melhor para dizer do que "Ele é ótimo", pelo amor de Deus? Entendeu? Pelo amor de* Deus? (Sempre imaginei que Deus deve ter um enorme senso de humor. Ele precisava, certo?)

Os olhos brilhantes (fanáticos?) de Leon se estreitaram.

— Sim, Ele é ótimo. Você é cristã? Aceitou Jesus como seu salvador?

— Bem... claro. — Eu com certeza não conseguia me lembrar de ninguém em minha família (descendentes dos pioneiros que vieram no Mayflower, lembram-se?) jamais ter usado o termo *salvador*... Somos congregacionalistas e as coisas tendiam a ficar no nível mais filosóficas. — Jesus também é tão... bom. — E agora vi Jesus erguendo a cabeça, pendurado na cruz. *Uau. Obrigada, Grace. Isso é o que eu ganho por morrer aqui?*

— Jesus é meu copiloto — disse Leon com orgulho. — Grace, eu gostaria de levá-la à minha igreja, para que você possa experimentar o verdadeiro sentido do sagrado.

A conta, por favor!

— Na verdade, Leon, eu já frequento uma igreja — falei. — E é muito boa. Não estou interessada em ir à nenhuma outra.

Os olhos azuis fanáticos se estreitaram um pouco mais.

— Não sinto que você abraçou verdadeiramente a Deus, Grace. — Ele franziu o cenho.

Muito bem. Para mim bastava.

— Muito bem, Leon, vamos ser honestos. Você me conhece há 42 minutos. Como diabos pode saber disso?

Ao ouvir a palavra que começava com D-I e terminava com O-S, Leon afastou o corpo.

— Blasfêmia! — ele sibilou. — Sinto muito, Grace! Não vejo como termos um futuro juntos! Você vai direto para "você sabe onde". — Ele se levantou de súbito.

— Não julgarás — lembrei a ele. — Prazer em conhecê-lo, e boa sorte em sua busca por alguém — eu falei. Tive certeza de que Deus estava orgulhoso de mim. Não apenas havia citado o Livro Sagrado, mas ainda oferecera a outra face e tudo o mais.

Já segura em meu carro, percebi consternada que ainda eram apenas oito horas da noite. Apenas oito horas e eu já estivera no meio de um incêndio e já fora condenada ao inferno... mas namorado que era bom, nada. Suspirei.

Bem... eu conhecia uma boa cura para a solidão, e o nome dela era Golden Meadows. Vinte minutos mais tarde, estava sentada no quarto 403.

"Sua camisola branca de cetim deslizou para o chão em um sussurro sedutor." Fiz uma pausa e olhei para a minha plateia de uma pessoa só. Então continuei. *"Os olhos azuis dele ficaram escuros de desejo, seu ventre ardia diante da visão do colo cremoso. 'Sou sua, meu senhor', ela disse. Os lábios cheios eram uma promessa ardente. Ao estender a mão para tocar os seios dela, a mente dele estava em disparada...* Espera aí, essa é uma das piores construções de frase que já ouvi. Eu lhe asseguro que a mente dele não estendeu a mão para tocar os seios dela.

Outro olhar na direção do sr. Lawrence, revelou o mesmo nível de atenção de antes... melhor dizendo, nenhum. O sr. Lawrence era um homem calado, pequeno, o corpo encolhido, de cabelos brancos e olhos vazios, as mãos constantemente puxando o tecido das roupas e dos braços de sua poltrona. Em todos esses meses em que vinha lendo para ele, nunca o ouvi falar. Com sorte, o sr. Lawrence vinha gostando das nossas sessões de leitura e não ficava implorando mentalmente por James Joyce.

— Bem. Voltando à nossa história. *A mente dele disparou. Ousaria aceitar aquela promessa de paixão proibida e encaixar a espada rígida do seu desejo no paraíso macio que era o tesouro escondido dela?*

— Acho que ele não devia pensar duas vezes.

Tive um sobressalto e deixei cair o livro barato. Callahan O'Shea estava parado na porta, fazendo o quarto parecer bem menor.

— Irlandês! O que está fazendo aqui? — perguntei.

— É melhor eu perguntar o que você está fazendo aqui.

— Estou lendo para o sr. Lawrence. Ele gosta. — Com um pouco de sorte, o sr. Lawrence não iria quebrar seu silêncio de dois anos e negar o fato. — Ele faz parte do meu programa de leitura.

— É mesmo? Pois ele é meu avô — disse Callahan, cruzando os braços.

Virei a cabeça rapidamente para encará-lo, surpresa.

— Ele é seu avô? — perguntei.

— Sim.

— Oh. Bem... eu costumo ler para os pacientes, às vezes.

— Para todos?

— Não — respondi. — Apenas para os que não recebem... — Eu me interrompi no meio da frase.

— Que não recebem visitas — Callahan terminou para mim.

— Isso mesmo — confirmei.

Eu havia começado meu pequeno programa de leitura a cerca de quatro anos, quando Mémé se mudara para Golden Meadows. Receber visitas era um enorme símbolo de status no lugar e, um dia, estava andando por aquela ala — a ala médica — e descobri que havia vários pacientes sozinhos, pois as famílias viviam muito longe para visitá-los, ou não conseguiam suportar a tristeza daquela ala. Então comecei a ler para eles. Com certeza, *O Desejo Libidinoso do Meu Senhor* não era um clássico — pelo menos não em termos literários — mas parecia bom para manter cativa a atenção dos meus ouvintes. A sra. Kim, do quarto 309, havia até chorado quando Lorde Barton gritara com Clarissia.

Callahan entrou no quarto.

— Oi, vô — ele disse, dando um beijo na cabeça do homem. O avô não deu sinal de reconhecê-lo. Meus olhos arderam ao ver Cal olhar com carinho para o velho frágil que estava, como sempre, usando uma calça e um cardigã elegantes.

— Bem, vou deixar vocês dois a sós — eu disse, e me levantei.

— Grace.

— Sim?

— Obrigado por visitá-lo. — Ele hesitou, então levantou os olhos e sorriu. Meu coração pareceu inchar de prazer. — Ele costumava gostar de ler biografias.

— Muito bem — falei. — Pessoalmente, acho que o duque e a prostituta são personagens mais revigorantes, mas se você está dizendo. — Fiz uma pausa. — Vocês dois eram próximos? — me peguei perguntando.

— Sim — ele respondeu. A expressão de Callahan era indecifrável, os olhos ainda fixos no rosto do avô, enquanto o sr. Lawrence continuava a puxar o suéter. Callahan pousou a mão sobre a do avô, acalmando o movimento nervoso, constante. — Ele nos criou, a mim e a meu irmão.

Hesitei, querendo ser educada, mas a curiosidade acabou levando a melhor.

— O que aconteceu aos seus pais? — perguntei.

— Minha mãe morreu quando eu tinha oito anos — ele respondeu. — E nunca conheci meu pai.

— Sinto muito. — Ele assentiu, agradecendo. — E quanto ao seu irmão? Ele mora por aqui?

A expressão no rosto de Cal endureceu.

— Acho que ele está para os lados do Oeste. Ele está... Está afastado. Sou apenas eu. — Callahan parou, a expressão mais suave ao olhar para o avô.

Engoli em seco. Subitamente, minha família me pareceu maravilhosa, apesar das constantes brigas de mamãe e papai e das constantes críticas de Mémé. As tias e tios, a boa e velha prima Kitty... e minhas irmãs, é claro, aquele amor primitivo, feroz, que eu sentia pelas minhas duas irmãs. Não conseguia me imaginar afastada das duas, nunca.

— Sinto muito — disse novamente, quase em um sussurro.

Cal ergueu os olhos, então deu uma risada triste.

— Mas eu tive uma infância bastante normal. Jogava beisebol, acampava, pescava, fiz tudo o que um garoto costuma fazer.

— Isso é bom — eu disse. Sentia meu rosto arder. O som da risada de Callahan reverberava em meu peito. Não havia como negar. Eu achava o sr. O'Shea muito atraente.

— Então, com que frequência você vem aqui? — perguntou Callahan.

— Bem, uma ou duas vezes por semana. Dou aulas no Baile da Terceira Idade, com meu amigo Julian. Todas as segundas, de 19h30 às nove horas da noite. — Eu sorri. Talvez ele aparecesse. E visse o quanto eu ficava bonitinha nas minhas saias ondulantes, girando, girando, para o deleite dos residentes da casa de repouso. Talvez...

— Aula de dança é? — ele comentou. — Você não parece o tipo.

— O que quer dizer com isso? — perguntei.

— Você não tem a constituição física de uma dançarina — ele comentou.

— Provavelmente é melhor você ir parando por aí — aconselhei.

— Você tem um pouco mais de carne sobre os ossos do que aquelas garotas que vemos na TV.

— Com certeza é melhor você parar de falar. — Olhei furiosa para ele. Callahan sorriu.

— E dançarinas não costumam ser graciosas? — ele continuou. — Acho que não costumam sair por aí acertando pessoas com ancinhos e coisas parecidas, não é?

— Talvez você simplesmente atraia coisas como bastões de hóquei — sugeri, sarcástica. — Afinal, eu nunca acertei Wyatt com nada.

— Ainda — respondeu Callahan. — E por falar nisso, onde está o homem perfeito? Ainda não o vi pela vizinhança. — Os olhos dele tinham uma expressão zombeteira, como se ele soubesse muito bem o motivo. Porque não havia nenhum cirurgião pediátrico bonitão, apaixonado por gatos, que fosse se apaixonar por uma professora de História de cabelos rebeldes, que gostava de fingir que sangrava até a morte nos fins de semana. Meu orgulho respondeu antes que meu cérebro tivesse a chance de fazê-lo.

— Wyatt está em Boston essa semana, apresentando um trabalho sobre um novo protocolo de recuperação para pacientes com menos de dez anos de idade — falei. Santo Deus. De onde tirei aquilo? Aparentemente de todos aqueles programas do canal Discovery Health que eu costumava assistir.

— Oh. — Ele pareceu adequadamente impressionado... ou ao menos eu tive essa impressão. — Bem. Há mais alguma coisa prendendo-a aqui?

Estava sendo dispensada.

— Não. Nada. Então... Até logo sr. Lawrence. Terminarei de ler o livro quando seu neto encantador não estiver por perto.

— Boa noite, Grace — disse Callahan, mas eu não respondi. Optei por uma retirada brusca (e graciosa, maldição!).

Meu humor estava péssimo enquanto eu dirigia de volta para casa. Estava irritada por Callahan O'Shea estar completamente certo em duvidar da existência de Wyatt Dunn. Com certeza se um homem daqueles existisse, ele poderia gostar de mim. Não parecia impossível, certo? Talvez, apenas talvez, em algum lugar houvesse mesmo um cirurgião pediátrico de verdade, com covinhas e um lindo sorriso. E não apenas mágicos com tendências incendiárias, religiosos com trabalhos malucos e ex-presidiários sabe-tudo.

Pelo menos Angus me idolatrava. Quando Deus inventou os cães, ele com certeza devia estar pensando nas mulheres solteiras. Eu aceitei o presente que meu cãozinho me deu, um rolo de papel toalha arruinado e um tênis roído, dei os parabéns a ele por não ter destruído mais nada e fui direto para a cama.

Me imaginei contando a Wyatt Dunn sobre meu dia. Como ele riria por causa dos encontros arruinados — bem, a verdade é que não haveria encontros arruinados se ele fosse uma pessoa real, mas ainda assim... Ele riria, nós conversaríamos e faríamos planos para o fim de semana. Nosso relacionamento seria doce, gentil e atencioso. Raramente brigaríamos. Ele me acharia a criatura mais adorável da face da terra. Gostaria até mesmo do meu cabelo. E me mandaria flores só para que eu soubesse que estava pensando em mim.

E mesmo sabendo muito bem que Wyatt não era real, me senti melhor. O velho namorado imaginário estava cumprindo seu papel. Eu sabia que era uma pessoa boa, inteligente, de valor. Se o site de relacionamentos não havia conseguido providenciar uma escolha que valesse a pena, qual era o problema de visualizar um pouco? Não era isso o que os atletas olímpicos faziam? Se imaginavam dando um mergulho perfeito, ou descendo do cavalo com maestria para conseguirem alcançar esse objetivo? Wyatt Dunn seguia o mesmo raciocínio.

O fato de o rosto de Callahan O'Shea não sair da minha mente era apenas uma coincidência. Eu estava certa disso.

Capítulo onze

— Foi Jeb Stuart? — Tommy Michener sugeriu.

— Correto! — eu disse, sorrindo. Os colegas de classe aplaudiram e Tommy, que era o capitão do seu time, ficou ruborizado de orgulho. — Escolha novamente, Tom!

— Vou ficar com os líderes da Guerra Civil, srta. Em — ele falou.

— Líder de milhares. Esse vice-presidente da Confederação foi doente durante toda a sua vida. Ele nunca pesou mais do que cinquenta quilos.

O time de Hunter apertou a campainha.

— Jefferson Davis — sugeriu Mallory.

— Não querido, sinto muito ele foi o *presidente* da Confederação. Tommy, seu time tem um palpite? — Os garotos se juntaram para confabular.

Emma Kirk, a estudante externa que tinha uma queda por Tommy, sussurrou alguma coisa no ouvido dele. Eu havia me certificado de que os dois ficassem no mesmo time. Ele lhe fez uma pergunta. Ela assentiu.

— Foi Alexander "Little Aleck" Stephens — disse Emma.

— Sim, Emma! Muito bem!

Tommy bateu a mão na de Emma em comemoração e a menina quase levitou de prazer.

Eu sorri para os meus alunos. O jogo de perguntas e respostas sobre a Guerra Civil era um sucesso. Dei uma olhada para o relógio e fiquei chocada ao perceber que nosso tempo estava quase acabado.

— Muito bem, pergunta final! Para todos. Prontos? Escritor, vencedor do prêmio Pulitzer, cujo livro detalha a ascensão e queda do Sul pelos olhos de uma mulher. Nunca escreveu outro romance.

Eu cantarolei o tema de um famoso programa de perguntas e respostas com prazer, enquanto andava por entre os dois grupos de alunos. O time de Tommy estava arrasando, mas a verdade era que meu aluno favorito estava se exibindo para Kerry, que estava no outro time e provavelmente ele arriscaria tudo.

— Abaixem as canetas. Muito bem, Hunter, seu time tem nove mil pontos. Sua aposta? Apostou tudo. Audacioso. Está certo, Hunter. Sua resposta, por favor?

Ele ergueu a lousa do time. Eu fiz uma careta.

— Não. Sinto muito, Hunter. Stephen Crane não é a resposta certa. Mas ele realmente escreveu um livro sobre a Guerra Civil, foi *Sob a Bandeira da Coragem*, sobre a Batalha de Chancellorsville. Portanto, boa tentativa. Tommy, o que você aposta?

— Apostamos tudo, srta. Em — ele falou orgulhoso, olhando para Kerry e piscando. O sorriso de Emma se apagou.

— E sua resposta, Tom?

O garoto virou-se para o seu time.

— Margareth Mitchell! — disseram em coro.

— Correto! — gritei.

Quem olhasse a cena imaginaria que eles haviam acabado de ganhar um campeonato mundial ou coisa parecida. Foram gritos de vitória, mãos batendo umas nas outras, alunos dançando, alguns abraços. Enquanto isso, o time de Hunter Graystone gemia de frustração.

— Time do Tommy... sem dever de casa para vocês! — anunciei. Mais aplausos e cumprimentos. — Time do Hunter... sinto muito, garotos. Quero três páginas sobre Margaret Mitchell, e se vocês não leram *E o Vento Levou*, deveriam se envergonhar! Muito bem, turma dispensada.

Dez minutos mais tarde, eu estava sentada na sala de conferências no prédio Lehring, com meus companheiros do Departamento de História: dr. Eckart, chefe do departamento; Paul Boccanio, o seguinte em importância; Wayne Diggler, nosso mais novo professor, de nome estranho, contratado no ano anterior assim que se formou; e Ava Machiatelli, gatinha sexy.

— Sua turma estava parecendo completamente descontrolada hoje — murmurou Ava, no sussurro sexy que era sua marca registrada. — Que caos! Minha turma mal conseguia pensar.

Não que eles precisem disso para que você lhes dê um "A", disse para mim mesma.

— Estávamos fazendo um jogo de perguntas e respostas! — respondi com um sorriso. — Muito animado.

— E muito barulhento também. — Uma piscada de reprovação... outra... e, sim, uma terceira piscada.

O dr. Eckart se arrastou até a cabeceira da mesa e sentou-se, uma atividade que exigiu um tempo e um esforço consideráveis. Então foi a vez da marca registrada dele, um pigarro insistente, parecendo um latido, que fazia com que os alunos do primeiro ano saltassem em seus lugares mesmo dois meses depois do início das aulas. Um cavalheiro distinto, com uma lamentável aversão pelo banho diário, o dr. Eckart era dos velhos tempos das escolas particulares, quando as crianças ainda usavam uniformes e podiam ser trancadas em armários quando se comportavam mal, isso quando não eram espancadas com uma régua. Ele costumava lembrar com carinho desses anos felizes. Mas, tirando isso, era um homem brilhante.

Agora, o dr. Eckart endireitou o corpo na cadeira e cruzou as mãos artríticas à sua frente.

— Esse será meu último ano como chefe do Departamento de História da Manning, como, sem dúvida, todos vocês já sabem.

Meus olhos ficaram marejados. Não conseguia imaginar a Manning sem o velho dr. E. Quem ficaria em um canto comigo nos eventos do conselho administrativo, ou no temido Jantar do Diretor? Quem me defenderia dos pais furiosos reclamando sobre os "B+" que seus filhos haviam recebido?

— O diretor Stanton me convidou para ser conselheiro do comitê de seleção e, é claro, encorajo todos vocês a se candidatarem ao cargo, já que a Manning sempre se orgulhou de promover os próprios funcionários. — Ele se virou para o membro mais jovem da nossa equipe. — Sr. Diggler, o senhor é obviamente muito inexperiente, por isso, por favor, poupe sua energia para as suas aulas.

Wayne, que achava que seu diploma de Georgetown o colocava à frente de todos nós juntos, afundou na cadeira, de cara feia.

— Ótimo — resmungou. — Eu já estava mesmo inclinado a ir para Exeter, de qualquer modo. — Wayne com frequência prometia se demitir quando as coisas não corriam à sua maneira, o que acontecia umas duas vezes por semana.

— Complete suas frases, por favor, sr. Diggler, até que chegue esse dia feliz. — O dr. Eckart sorriu para mim e voltou a pigarrear. Não era segredo que eu era um tipo de mascote do nosso coordenador, graças a entregas regulares dos meus Incríveis Brownies Cheios de Chocolate e à minha condição de membro do "Brother Against Brother".

— Na verdade, por falar em Phillips Exeter — Paul começou a falar, com o rosto levemente ruborizado. Ele era um homem calvo e brilhante, que usava óculos e tinha uma memória fotográfica para datas.

— Oh, meu querido — suspirou o dr. Eckart. — Devemos parabenizá-lo, sr. Boccanio?

Paul sorriu.

— Temo que sim.

Não era incomum que uma escola particular se interessasse pelos professores da outra, e Paul tinha um excelente currículo, principalmente se fosse levado em consideração que ele havia trabalhado no mundo real antes de se tornar professor. Acrescente-se a isso sua formação impressionante — Stanford/Yale, pelo amor de Deus — e não era de estranhar que ele tenha sido cobiçado pela outra escola.

— Traidor — murmurei. Eu realmente gostava de Paul. Ele piscou para mim.

— Assim restam minhas duas estimadas colegas — ofegou o dr. Eckart. — Muito bem, damas, espero que submetam suas requisições. Gostaria dos currículos escritos à mão, nada dessa bobagem de computadores, por favor, detalhem suas qualificações e ideias para melhorias, como devem ser, para o Departamento de História da Academia Manning.

— Obrigada por essa oportunidade, senhor — murmurou Ava, piscando como se fosse a própria Scarlett O'Hara.

— Muito bem — falou o dr. Eckart, ajeitando a camisa manchada. — A seleção começará na próxima semana, quando já devemos anunciar a abertura pelas vias de informação apropriadas.

— Sentiremos terrivelmente a sua falta, dr. Eckart — eu disse com a voz rouca.

— Ah. Obrigada, Grace.

— Oh, sim. Não será o mesmo sem o senhor — Ava apressou-se a acrescentar.

— Realmente! — Ele se ergueu com dificuldade da cadeira na terceira tentativa e saiu caminhando lentamente em direção à porta. Engoli com dificuldade.

— Boa sorte, meninas — disse Paul animado. — Se quiserem disputar o cargo em uma daquelas lutas com gel, ficarei feliz em ser o juiz.

— Vamos sentir tanto a sua falta... — eu disse, sorrindo.

— É muito injusto — choramingou Wayne. — Quando eu estava na Georgetown, jantei com C. Vann Woodward!

— E eu fiz sexo com Ken Burns — zombei, fazendo com que Paul quase engasgasse. — Isso para não mencionar o fato de que fiz figuração em *Tempo de Glória*. — Essa parte era verdade. Eu tinha onze anos e papai me levara a Sturbridge para que eu fizesse parte da cena da multidão quando o 54º Regimento de Massachusetts partiu para o Sul. — Foi o melhor momento da minha infância — acrescentei. — Melhor ainda do que quando aquele cara que fazia o MacGyver inaugurou o novo shopping.

— Você é patética — resmungou Wayne.

— Cresça, rapazinho — sussurrou Ava. — Você não tem o que é necessário para chefiar um departamento.

— E você tem, Marilyn Monroe? — ele atacou. — Sou bom demais para esse lugar!

— Ficarei feliz em aceitar sua demissão quando for a chefe de departamento — falei graciosamente. Wayne bateu com as mãos na mesa e saiu pisando firme, sua partida sempre bem-vinda.

— Bem — suspirou Ava. — Sorte para você, Grace. — Ela deu um sorriso falso.

— Desejo-lhe o mesmo — eu disse. Não desgostava realmente de Ava. Escolas particulares eram universos tão rarefeitos, tão isoladas do resto do mundo, que as pessoas que trabalhavam nelas eram quase uma família. Mas a ideia de trabalhar sob a coordenação de Ava, de ser ela a aprovar ou desaprovar meus planos de aula, isso me irritava muito. Observei-a sair da sala com Paul, o traseiro ondulando vigorosamente sob uma saia apertada demais, e percebi que cerrava os dentes com força.

Por mais um ou dois minutos, fiquei sentada sozinha na sala de conferência e me permiti sonhar um pouco acordada. Sonhar que eu conseguia o cargo de chefe de departamento. E que contratava um novo professor fantástico para ocupar o cargo de Paul. Eu revitalizaria o currículo das aulas, elevaria o nível de exigência para as notas, de modo que um "A" em História na Manning significasse algo muito especial. O número de alunos que fariam o exame de qualificação para as universidades aumentaria — e eles passariam. Conseguiria aumentar o orçamento para ter condições de fazer viagens de campo.

Bem, era bom eu começar a preparar minha apresentação, como o dr. Eckart sugerira. Apesar das blusas justas e a facilidade para dar notas "A", Ava tinha uma mente brilhante e era uma criatura muito mais política do que eu, o que sem dúvida a ajudava. Agora desejava ter fofocado um pouco mais no último coquetel do conselho administrativo da escola, no último outono, em vez de ficar escondida em um canto, bebendo um vinho Merlot de péssima qualidade e brincando de perguntas e respostas sobre fatos obscuros da História com o dr. Eckart e com Paul.

Eu adorava a Academia Manning. Adorava os alunos, adorava trabalhar naquele lindo campus, especialmente naquela época do ano, quando as árvores floresciam e a Nova Inglaterra exibia o que tinha de melhor. As folhas novas eram de um verde-pálido, e os canteiros de narciso emolduravam os gramados verde-esmeralda. Os alunos completavam a decoração do gramado, em suas roupas de cores chamativas, rindo, flertando, cochilando.

Vi uma figura solitária caminhando pelo gramado. Ele estava de cabeça baixa e parecia ignorar completamente a beleza do dia. Stuart. Margaret havia me mandado um e-mail dizendo que ficaria comigo por um tempo, por isso deduzi que as coisas não estavam melhores entre eles.

Pobre Stuart.

— Sejam bem-vindos ao "Encontrando o Príncipe *Encantado*" — disse nosso professor.

— Não posso acreditar que fomos reduzidos a isso — sussurrei para Julian, que me lançou um olhar nervoso.

— Meu nome é *Lou* — nosso professor continuou, muito simpático —, e tenho um *casamento* feliz há dezesseis *maravilhosos* anos! — Me perguntei se ele esperava que aplaudíssemos. Lou sorriu para nós. — Cada *pessoa* deseja encontrar O *Escolhido*. Aquele que nos faça sentir *inteiros*. Sei que minha *Felicia*... — Ele fez mais uma pausa e, quando não aplaudimos, continuou. — Minha Felicia faz isso por *mim*.

Julian, Kiki e eu estávamos sentados na sala de aula no Centro Comunitário de Blainesford. (O homem perfeito de Kiki a abandonou na quarta-feira, depois que ela ligara para o celular dele catorze vezes em uma hora.) Havia duas outras mulheres, além do próprio Lou, um homem bonitão na casa dos quarenta anos, com uma aliança de casado de cerca de três centímetros de largura, para que não houvesse nenhum mal-entendido. O jeito ritmado dele de falar o fazia parecer um rapper branco. Lancei um olhar fuzilante para Julian, que fingiu me ignorar.

Lou sorriu para nós com todo o otimismo solar de um pastor mórmon.

— Todos vocês estão *aqui* por uma razão, e não há nenhuma *vergonha* em admitir isso. Vocês querem um *homem*... ahn, estou correto ao presumir que o senhor também quer um homem? — ele perguntou, interrompendo o discurso melódico para olhar para Julian.

Julian, que vestia uma blusa rosa de babados, calça preta brilhante e tinha os olhos maquiados com delineador, relanceou o olhar para mim.

— Correto — ele murmurou.

— Isso é *ótimo*! Não há nada *errado* com isso! Esse método funciona para, ahn... qualquer um. Então vamos seguir em *frente* e nos *apresentarmos*, certo? Vamos ficar muito *íntimos*, portanto é bom que sejamos todos *amigos* — Lou nos instruiu, animado. — Quem gostaria de começar?

— Oi, meu nome é Karen — disse uma mulher. Ela era alta e bastante atraente, com cabelos escuros e vestia roupa de ginástica. Devia ter cerca de quarenta ou quarenta e cinco anos. — Sou divorciada, e vocês não acreditariam nos loucos que já encontrei. O último cara com quem eu saí, perguntou se podia chupar meus dedos dos pés. No restaurante, entendem? Quando eu disse que não, ele me chamou de vaca frígida e foi embora. E ainda tive que pagar a conta.

— Uau — murmurei.

— E esse foi o melhor encontro que tive em um ano, está certo?

— Não por muito *tempo*, Karen, não por muito *tempo*. — Lou anunciou com uma enorme confiança.

— Sou Michelle — disse a outra mulher. — Tenho 42 anos e tive 67 encontros nos últimos quatro meses. Isso mesmo, 67 encontros. Querem saber quantos segundos encontros eu tive? Nenhum. Porque todos esses primeiros encontros foram com idiotas. Meu ex agora está casado de novo. Com Bambi, uma garçonete do Hooters. Ela tem 23 anos, entendem? Mas eu, eu não conheci um único cara decente, por isso sei do que está falando, Karen.

Karen assentiu, com um sorriso simpático e triste.

— Oi, sou Kiki — disse minha amiga. — Sou professora em uma escola local, por isso espero que haja um acordo de confidencialidade em relação a essa aula. Quero dizer, ninguém vai me parar na rua, está bem?

Lou, riu, sempre animado.

— Não há *vergonha* alguma em participar desse *curso*, Kiki, mas se isso fizer você se sentir mais *confortável*, acho que todos podemos concordar em manter nosso *encontro confidencial*! Por favor, continue. O que a trouxe a essa *aula*? Você já passou dos *trinta*? Tem medo de nunca encontrar o Príncipe *Encantado*?

— Não, eu o encontro o tempo todo. É que só tenho a tendência a... talvez... apressar um pouco as coisas... — Ela olhou para mim, e assenti, apoiando-a. — Eu os assusto — admitiu Kiki.

Julian foi o próximo.

— Sou Julian. Ahn... eu... eu só tive um namorado, há uns oito anos. Fico um pouco... assustado. Não que não consiga encontrar um homem... Me convidam para sair o tempo todo. — É claro que sim, ele era a cara do Johnny Depp e eu já podia ver aquela expressão especulativa nos olhos de Karen... *Hmmm, será que eu conseguiria fazer esse aí mudar de lado?*

— Então, você tem medo de se *comprometer*, medo de que as coisas não *funcionem*. Assim, se você não *tentar*, não pode *falhar*, certo? Muito bem! —

disse Lou, sem esperar por uma resposta. — E você, mocinha? Qual é o seu nome?

Respirei fundo.

— Oi. Sou Grace. — Fiz uma pausa. — No momento, estou fingindo que tenho um namorado. Minha irmã está namorando o meu ex-noivo e, para convencer a todos de que não tenho problemas com isso, contei à minha família que estava namorando esse cara fabuloso. Não é patético? E, assim como você, Karen, tive alguns encontros assustadores, e estou ficando um pouco nervosa, porque o relacionamento entre minha irmã e Andrew está ficando cada vez mais sério. Eu realmente gostaria de conhecer alguém. Logo. Logo mesmo.

Houve um momento de silêncio.

— Eu também já inventei namorados — disse Karen, balançando a cabeça lentamente. — O melhor homem com quem já namorei só existia na minha cabeça.

— Obrigada! — exclamei.

— Eu também já fiz isso — falou Michelle. — Cheguei até a comprar um anel de noivado para mim. Era lindo. Exatamente o que eu queria. Usei o anel por três meses. Eu dizia a todo mundo que conhecia que ia me casar. A coisa foi tão longe que já estava experimentando vestidos no fim de semana. Doentio. Lembrando agora, no entanto, foi um dos momentos mais felizes da minha vida.

— Isso nos traz a uma das minhas *estratégias* — anunciou Lou. — Homens adoram mulheres *comprometidas*, por isso, Grace, sua pequena *artimanha* não é a pior ideia do *mundo*. Na verdade, é uma ótima maneira de deixar um homem *intrigado*. Uma mulher que é desejada por outros *homens* mostra que tem algum *atrativo*!

— Ou que não é muito *honesta* — eu disse.

Lou deu uma gargalhada. Ao meu lado, Julian se encolheu.

— Me desculpe — ele sussurrou. — Achei que podia valer a pena.

— Foram só sessenta dólares — sussurrei de volta. — E, além do mais, podemos tomar Margaritas depois daqui.

— Vamos continuar com a *aula*. Algumas dessas *coisas* talvez pareçam um pouco *tolas*, um pouco *antiquadas*, mas o nome desse curso é "Encontrando o Príncipe *Encantado*", e meus métodos *funcionam*. — Ele fez uma pausa. — Para você, Julian, não tenho tanta certeza. Mas tente e me avise se está funcionando, está certo?

— Claro — Julian respondeu mal-humorado.

Durante a hora seguinte, mordi meu lábio para controlar a vontade de bufar, e não olhei para Julian, que parecia estar fazendo a mesma coisa. Tudo o que Lou dizia parecia tolo. Em alguns momentos, completamente idiota. Era como voltar no tempo, para os anos 1950 ou coisa semelhante. *Seja feminina e elegante*. Uma imagem minha atacando Callahan O'Shea com o bastão de hóquei surgiu em minha mente. Tão elegante, tão feminina... *Não falem palavrões, não fumem e não bebam mais do que uma pequena taça de vinho, que não deve ser esvaziada. Façam o homem se sentir forte. Mostrem-se o mais atraentes possível. Maquiagem o tempo todo. Saias. Sejam acessíveis. Sorriam. Riam, mas sempre baixo. Pisquem sedutivamente. Façam biscoitos com frequência. Transpirem serenidade e graça. Peçam ajuda ao homem e elogiem suas opiniões.*

Argh.

— Por exemplo — disse Lou —, vocês deveriam ir a uma loja de *ferragens*. Há muitos *homens* em uma loja de *ferragens*. Finjam que não sabem que *lâmpada* escolher. Perguntem a *opinião* do homem.

— Pelo amor de Deus! — disparei. — Lou, por favor! Quem iria querer uma mulher que não consegue escolher suas próprias lâmpadas?

— *Sei* o que está *pensando*, Grace — cantarolou Lou. — *Eu* não sou assim. Mas vamos encarar a realidade. *Vocês* não estão funcionando, ou *vocês* não estariam neste *curso*. Estou certo?

— Agora ele nos pegou — Karen admitiu com um suspiro.

— Aquilo foi bastante *humilhante* — falei, imitando o jeito de falar arrastado de Lou, quando nos sentamos no Blackie's, meia hora mais tarde, para tomarmos Margaritas.

— Pelo *menos* acabou — Julian imitou também.

— Muito bem, parem, vocês dois. Ele não deixa de ter razão. Escutem isso — disse Kiki, lendo um dos folhetos. — Quando estiver em um restaurante ou em um bar, estique os ombros, olhe ao redor cuidadosamente e diga a si mesma *Sou a mulher mais desejável aqui*. Isso a ajudará a reunir a autoconfiança necessária para fazer com que os homens a notem. — Ela franziu o cenho, concentrando-se.

— Sou a mulher mais desejável aqui — disse Julian, com uma seriedade zombeteira.

— O problema é que você é mesmo — respondi, cutucando as costelas dele.

— É lamentável que você não seja heterossexual — falou Kiki. — Então nós dois poderíamos nos acertar.

— Se eu fosse heterossexual, Grace e eu já estaríamos casados e teríamos seis filhos — retrucou Julian heroicamente, passando o braço ao meu redor.

— Uau — eu disse, encostando minha cabeça no ombro dele. — Seis? Parece bastante.

— Vou tentar seguir a recomendação de Lou — Kiki voltou ao assunto. — É nosso dever de casa, certo? Então lá vai. A propósito, *sou* a mulher mais atraente aqui, e estou exalando autoconfiança. — Ela sorriu, se levantou e foi caminhando até o bar. Lá, cruzou os braços e se debruçou no balcão, realçando os seios, que pareciam ondas altas no oceano durante uma enorme tempestade.

Um homem notou-a imediatamente. Ele se virou para Kiki com um sorriso apreciativo no rosto e disse alguma coisa.

Era Callahan O'Shea.

Meu rosto ficou muito vermelho.

— Droga — sussurrei. Que Deus não permitisse que Kiki mencionasse o curso. Primeiro, porque Callahan saberia que eu não estava namorando ninguém; e segundo porque... bem... se Kiki estava disposta a entrar em uma nova fase com os homens, ela não deveria saber que Callahan saíra da prisão recentemente? E ele não deveria saber que ela costumava ser um pouco insana no que se referia aos homens?

— Talvez eu devesse avisá-la — murmurei para Julian, sem tirar os olhos dos dois. — Aquele é o meu vizinho. O ex-presidiário. — Eu havia contado a Julian sobre o passado de Cal.

— Oh, não sei... Desvio de dinheiro não parece uma coisa assim tão séria — disse Julian, dando um gole em sua Piña Colada. — E Santo Deus, Grace... Você não havia me dito que ele era tão gostoso.

— Sim, bem... — Minha voz falhou. Kiki havia dito alguma coisa, Callahan respondeu e Kiki jogou a cabeça para trás, gargalhando. Estreitei os olhos. — Já volto — eu disse.

Fui até o bar e toquei o braço de Kiki.

— Kiki, posso falar com você um instante? — eu disse. E virei-me para o meu vizinho. — Oi, Callahan. — Eu já estava ruborizada. E imaginando como estaria o meu cabelo. Maldição! Eu queria parecer bonita porque Callahan estava olhando para mim.

— Oi, Grace — ele falou. E sorriu... só um pouquinho, mas o bastante. Não era justo que o homem fosse tão atraente.

— Oh, vocês dois se conhecem? — perguntou Kiki.

— Sim. Somos vizinhos. Acabei de me mudar.

Eu hesitei, sem saber se estava fazendo a coisa certa. Mas Kiki já era minha amiga há anos. Será que eu gostaria de saber que um cara por quem eu estivesse interessada havia acabado de sair da prisão? Se ela soubesse, poderia tomar sua própria decisão. Certo?

Callahan estava me observando. Maldição! Eu podia apostar que ele sabia no que eu estava pensando.

— Kiki, Julian e eu estamos com uma dúvida — eu disse por fim.

— Claro — ela respondeu, insegura. Eu a puxei comigo por alguns passos, sem olhar para Cal. — Ahn, Kiki — sussurrei —, aquele cara acabou de sair da prisão. Esteve envolvido no desvio de mais de um milhão de dólares. — Mordi meu lábio.

Ela fez uma careta.

— Droga! — disse Kiki. — Isso não é típico? Eu esbarrar logo com um criminoso. Porcaria. Mas ele é lindo, também, não é?

— E ele parece... bem, ele é... eu só achei que você deveria saber.

— Não, você está certa, Grace. Já passei por muita coisa até hoje, certo? Não preciso sair com um ex-presidiário.

Kiki voltou para o bar, comigo logo atrás, e pegou seu drinque com o barman. Callahan estava nos observando. Ele já não sorria mais.

— Cal, prazer em conhecê-lo — despediu-se Kiki com educação.

Os olhos dele encontraram os meus e sua expressão dizia que ele sabia o que acontecera, mas só o que ele fez foi inclinar a cabeça de uma maneira cortês.

— Tenham uma boa noite — falou Callahan, voltando-se para o jogo de beisebol que estava passando na TV acima do bar. Kiki e eu voltamos rapidamente para a nossa mesa.

Nosso petisco de alcachofras havia chegado e Julian já estava comendo, enquanto fixava seus olhos intensos de cigano em um louro bonito que retribuía o olhar com igual intensidade.

— Vá em frente — eu disse, acenando na direção do louro. — Você é a mulher mais atraente aqui.

— Ele parece com aquele jogador de futebol americano, o Tom Brady — murmurou Julian.

— Como você sabe quem é Tom Brady? — perguntei.

— Todo homem gay nos Estados Unidos sabe quem é Tom Brady — ele falou.

— Talvez ele *seja* Tom Brady — falou Kiki. — Nunca se sabe. Vá em frente, tente. Faça-o se sentir másculo e esperto. Use aqueles truques femininos.

Por um instante, Julian pareceu considerar a hipótese, então deixou os ombros caírem.

— Não... — ele falou. — Por que preciso de um homem, quando tenho duas belas garotas?

Passei o resto da noite olhando rapidamente para as costas de Callahan O'Shea enquanto ele comia um hambúrguer e assistia ao jogo de beisebol. Callahan não olhou para trás.

Capítulo doze

No sábado de manhã, fui mais uma vez arrancada da cama pela histeria de Angus e desci as escadas cambaleando para abrir a porta. Dessa vez, era Margaret, com uma mala na mão e uma expressão amarga no rosto.

— Estou aqui — ela disse — Tem café?

— Claro, claro, deixe preparar — respondi, ainda sem conseguir abrir direito os olhos. Eu ficara acordada até tarde na noite anterior, assistindo aos gloriosos e tendenciosos 229 minutos de *Deuses e Generais*, chorando copiosamente enquanto o general Jackson gritava suas últimas ordens delirantes para o Primeiro Regimento de Cavalaria da Virginia. Acho que é justo dizer que tive uma ressaca confederada, portanto receber Margaret de manhã cedo, com toda a sua irritação... ai. Eu a segui, enquanto ela ia batendo o pé até a cozinha.

— Então, o que aconteceu? — perguntei, enquanto media o pó de café.

— O negócio é o seguinte, Grace — disse Margaret em sua voz mais autoritária. — Nunca se case com um homem a quem você ama como a um irmão, certo?

— Irmão, ruim. Acho que entendi.

— Estou falando sério, espertinha. — Ela se abaixou e pegou Angus, que estava mordiscando seu sapato, no colo. — Eu disse para Stuart na noite passada "Como nunca fizemos sexo na mesa da cozinha?" e sabe o que ele me disse? — Margaret me encarou, com uma expressão acusatória nos olhos.

— O quê? — perguntei, sentando-me à mesa com ela.

Margaret abaixou o tom de voz para imitar o marido.

— "Não sei se é muito higiênico". Você pode acreditar em uma coisa dessas? Quantos homens iriam se recusar a fazer sexo na mesa da cozinha? Quer saber quando Stuart e eu transamos?

— Não, com certeza não — respondi.

— Às segundas, quartas, sextas e aos sábados — ela falou mesmo assim.

— Uau — falei — Isso parece muito bom para...

— Está na agenda dele. Stuart coloca uma estrelinha às 21 horas nesses dias para se lembrar. Sexo com a Esposa. Feito.

— Mas, ainda assim, é bom que ele...

— Esse é o grande problema, Grace. Não há paixão o bastante. Por isso estou aqui.

— Na casa da paixão — murmurei.

— Bem, eu simplesmente não podia ficar lá! Talvez agora ele me note um pouco mais! Talvez não! A essa altura já não estou nem me importando. Tenho 34 anos, Grace. Quero fazer sexo na mesa da cozinha! Isso é tão errado assim?

— Eu com certeza não diria isso — disse uma voz. Nós duas nos viramos. Callahan O'Shea estava parado na porta da cozinha. Angus explodiu em sua exibição usual de som e fúria, lutando para sair dos braços de Margaret. — Eu bati — disse Cal, sorrindo. — Oi, sou Callahan. O vizinho bonitão.

A expressão de Margaret passou rapidamente da fúria para a gula, como um leão espreitando uma zebrinha de apenas três patas.

— Oi, Callahan, o vizinho bonitão — ela disse em uma voz sedutora. — Sou Margaret, a irmã tarada.

— A irmã tarada *casada* — acrescentei. — Margaret, esse é Callahan O'Shea. Cal, minha irmã, muito bem casada há vários anos, nesse momento está passando pelo que imagino ser a crise dos sete anos.

— Ei, já foram sete anos, não foram? — Margaret atacou, deslumbrada. — Então, você é o fraudador, hein?

— Isso mesmo. — Cal inclinou a cabeça e se virou para mim. — Não sou uma companhia decente, certo, Grace?

Meu rosto ficou muito vermelho. Ah, sim. Kiki e meu aviso a ela. A expressão de Callahan era definitivamente fria.

— Grace, suas janelas chegaram ontem à tarde. Se quiser, posso começar hoje.

Fechei os olhos e tentei imaginar aquele homem roubando a minha coleção Papais Noéis vitorianos.

— Claro.

— Que tal se eu só trabalhar aqui quando você estiver por perto? — ele sugeriu. — Assim, você pode ficar de olho em seu talão de cheques e em suas relíquias de família. Talvez queira até me revistar antes de eu sair.

— Ou eu posso fazer isso — se ofereceu Margaret.

— Muito engraçado — eu disse. — Instale as janelas. Quanto tempo vai levar?

— Três dias. Talvez cinco, dependendo de como saírem as antigas. Posso precisar de uma ajuda, se seu namorado estiver por aqui, hoje.

Santo Deus. Eu quase havia me esquecido daquele namorado inconveniente. Margaret me fuzilou com os olhos.

— Ahn. Ele está trabalhando — falei, alertando a minha irmã com o olhar.

— Pelo que percebi, ele não costuma aparecer muito por aqui. — Cal cruzou os braços grandes e ergueu uma sobrancelha.

— Bem, ele é muito ocupado — respondi.

— O que ele faz mesmo?

— Ele é... — Naquele momento desejei ter escolhido alguma profissão menos exagerada. — Cirurgião pediátrico — falei, por fim.

— Tão nobre — murmurou Margaret, sorrindo dentro da xícara de café.

Os cabelos de Callahan estavam desarrumados em um dos lados, e meus dedos começaram a imaginar como seria passear por aquela massa rebelde, sedosa e adorável. Disse a meus dedos para pararem de sonhar acordados.

— Então... claro que pode começar hoje, Cal — eu disse. — Gostaria de tomar uma xícara de café, antes?

— Não. Obrigado. — ele respondeu, recusando minha oferta de paz. — Por onde quer que eu comece? E quer fazer um inventário do que tem no cômodo, antes que eu entre?

— Muito bem, escute. Sinto muito se disse a minha amiga que você havia acabado de sair da prisão. Mas você *é* mesmo um criminoso confesso, portanto...

— Portanto? — perguntou Callahan.

Eu suspirei.

— Portanto, acho que pode começar por aqui mesmo.

— Pela cozinha, então. — Ele se virou e desceu pelo corredor até a porta da frente.

Quando meu vizinho já estava a uma distância segura, do lado de fora, ao que parecia pegando minha primeira janela, Margaret se inclinou para a frente.

— Vocês dois estavam brigando? E por que você disse a ele que tem namorado? — ela perguntou. — Ele é lindo. Eu transaria com ele sem nem pestanejar.

— Não estávamos brigando! Mal nos conhecemos. E, sim, ele é lindo, mas isso não vem ao caso.

— Por quê? Achei que você estava querendo alguém para levá-la para a cama.

— Psssiu! Abaixe a voz. Eu disse a ele que estava saindo com alguém.

— Por que falou isso? — perguntou Margaret, dando um gole no café.

Dei um suspiro.

— Natalie passou por aqui na semana passada, fazendo todas aquelas perguntas sobre Wyatt... — Margaret, a menos extravagante das pessoas, nunca havia entendido o conforto que me traziam meus namorados imaginários. — De qualquer modo, não acho ruim que ele pense que um homem passa por aqui de vez em quando. Só para o caso de Callahan estar de olho em mim.

— Eu não me importaria se ele estivesse de olho em mim. — Eu olhei feio para ela. — Vamos lá, ele é um gato. Será que estaria interessado em ter um caso?

— Margaret!

— Relaxe. Estou só brincando.

— Margs, falando de casos, você não ia me arrumar um encontro com o ferreiro? Estou começando a ficar meio desesperada...

— Claro, claro. O artesão de metais. Lester. Esquisito. Vou ligar para ele.

— Ótimo — resmunguei. — Mal posso esperar.

Ela deu outro gole no café.

— Você tem alguma coisa para comermos? Estou faminta. Ah, e trouxe algumas roupas sujas para lavar aqui, espero que não se importe. Eu simplesmente precisava sair de casa. E se Stuart ligar, não quero falar com ele, certo?

— É claro. Mais alguma coisa, Majestade?

— Você poderia pegar um pouco de leite desnatado? Esse semidesnatado vai me matar. — Margaret era uma dessas pessoas que comia queijo sem gordura e não tinha nem ideia de que estava perdendo alguma coisa.

Callahan entrou na cozinha carregando uma janela nova e apoiou-a contra a parede.

— Você é casado, vizinho bonitão? — perguntou Margs.

— Não — ele respondeu. — Isso é uma proposta?

Margaret deu um sorriso maldoso.

— Talvez — ela murmurou.

— Margaret! Deixe-o em paz.

— Por quanto tempo você realmente esteve preso, Al Capone? — perguntou Mags. — Deus, olhe só o traseiro do homem nesse jeans — ela sussurrou para mim, sem tirar os olhos das costas dele.

— Pare com isso — sussurrei de volta.

— Dezenove meses — respondeu Cal. — E obrigado. — Ele piscou para Margaret. Meu útero pareceu se contorcer em resposta.

— Dezenove meses de uma sentença de três a cinco anos? — quis saber Margs.

— Sim. Você fez seu dever de casa, hein? — falou Callahan, sorrindo para a minha irmã. Minha linda irmã. Linda, de cabelos vermelhos, com o raciocínio rápido como um chicote e a inteligência afiada como uma navalha, com um salário enorme e esguia como uma modelo.

— Bem, Grace me pediu para dar uma checada em você, já que você ameaçava a segurança dela.

— Cale a boca, Margaret — pedi, ruborizando.

— Mais alguma pergunta? — quis saber Cal, paciente.

— Já esteve com uma mulher desde que saiu da prisão? — Margaret perguntou, enquanto examinava as unhas.

— Santo Deus! — gritei.

— Quer saber se parei no bordel local no caminho para a cidade? — disse Cal.

— Isso mesmo — afirmou Margaret, ignorando meus grunhidos ofendidos.

— Não. Nenhuma mulher.

— Uau. E lá na penitenciária? Nenhuma namorada? — ela continuou o interrogatório. Fechei os olhos.

Callahan, no entanto, riu.

— Não era esse tipo de penitenciária.

— Você deve estar se sentindo tão solitário — falou Margaret, sorrindo com ainda mais maldade às costas de Cal.

— Já terminou de interrogá-lo? — perguntei irritada. — Ele tem que trabalhar, Margaret.

— Estraga-prazeres — reclamou Margaret. — Mas você está certa. E preciso ir para o escritório. Sou advogada, Callahan. Grace lhe contou? Defensora criminal. Gostaria de ficar com o meu cartão?

— Estou completamente recuperado — ele falou, oferecendo a ela um sorriso que prometia todo tipo de comportamentos ilícitos.

— Conheço pessoas no escritório de condicional. Conheço muito bem, na verdade. Vou ficar de olho.

— Faça isso — ele respondeu.

— Vou ajudar você a se acomodar — me ofereci, puxando Margaret para que se levantasse da cadeira e pegando sua mala. — Você não pode ter um caso com ele — sussurrei quando já estávamos no andar de cima. — Não vai trair Stuart. Ele é maravilhoso, Margaret. E está com o coração partido. Eu o vi na escola outro dia e o pobre homem parecia um cachorrinho abandonado.

— Ótimo. Pelo menos agora ele está prestando atenção em mim.

— Oh, pelo amor de Deus. Você é mimada demais.

— Preciso ir para o escritório — ela falou, ignorando meu último comentário. — Vejo você no jantar, certo? Está com vontade de cozinhar?

— Oh. — Respirei fundo. — Não vou estar em casa.

— Por quê? Tem um encontro com Wyatt? — ela perguntou, levantando a sobrancelha bem feita.

Passei a mão pelos meus cabelos rebeldes.

— Ahn, não. Bem, sim. Vamos sair para jantar com Nat. Os dois casais, entende?

— Santa Maria Santíssima, Grace — murmurou a minha irmã.

— Eu sei, eu sei. Wyatt vai acabar tendo que correr para uma cirurgia de emergência, abençoado seja seu coração talentoso.

— Você é uma idiota. Ei, obrigada por me deixar ficar por aqui — disse Margs da porta do quarto de hóspedes, lembrando-se vagamente de que deveria mesmo ser grata.

— Fique à vontade — eu disse. — E deixe Callahan em paz.

Pelos próximos minutos, arrumei coisas para fazer no andar de cima, para me manter longe do meu vizinho. Tomei um banho. Enquanto a água quente caía sobre meu corpo, imaginei o que aconteceria se Callahan O'Shea entrasse. Ele tiraria a camisa e o cinto, despiria o jeans desbotado e entraria ali comigo, envolvendo-me em seus braços musculosos, a boca quente e exigente, o... — achei melhor parar por ali, esfriei bastante a água e terminei o banho.

Margaret saiu para o escritório, despedindo-se animadamente de Callaham e de mim e parecendo alegre demais para quem estava prestes a deixar o marido. Preparei um jogo de perguntas e respostas sobre a Reconstrução para meus alunos mais velhos, preferindo usar o notebook do que o computador do andar de baixo. Também corrigi trabalhos dos meus alunos mais novos sobre o governo de Roosevelt. Enquanto isso, ouvia o barulho da serra e do martelo no andar de baixo, misturando-se ao assobio desafinado de Callahan O'Shea em uma cacofonia agradável.

Angus, embora ainda rosnasse de vez em quando, desistiu de tentar se enfiar por baixo da porta do meu quarto e deitou de costas sob uma poça de sol, o dentinho torto parecendo ainda mais adorável. Me concentrei nos trabalhos dos meus alunos, fazendo anotações nas margens e comentários no final, aplaudindo-os pelos momentos de clareza, e destacando trechos que poderiam ter sido mais bem elaborados.

Desci um pouco mais tarde. Quatro das oito janelas do andar de baixo já estavam colocadas. Cal olhou em minha direção.

— Acho que não vou precisar trocar os peitoris. Se as janelas do andar de cima forem tão fáceis de trocar quanto essas do andar de baixo, terminarei na segunda ou na terça.

— Oh. Está certo — falei. — Elas parecem ótimas.

— Fico feliz por você ter gostado.

Ele me olhou, sem sorrir, sem se mover. Eu o encarei de volta. Cal continuou a olhar. E olhou mais. Ele tinha um rosto rude e, sim, lindo, mas eram os olhos dele que me tiravam do sério. Callahan O'Shea contava histórias com aqueles olhos.

O ar parecia ter ficado mais pesado entre nós e eu senti meu rosto — e outras partes do meu corpo — ficando muito quente.

— É melhor eu voltar para o trabalho — ele falou por fim, e me deu as costas.

Capítulo treze

No instante em que abri a porta, soube que Natalie e Andrew estavam morando juntos. O apartamento de Natalie tinha o cheiro dele, aquele perfume doce de xampu de bebê, e quase recuei ao senti-lo.

— Oi! — falei, abraçando minha irmã e acariciando seus cabelos lisos.

— Oi! Oh, é tão bom vê-la! — Nat me abraçou com força, então se afastou. — Onde está Wyatt?

— Oi, Grace! — Andrew chamou da cozinha.

Senti um friozinho no estômago. Andrew na casa de Natalie. Que fofinho...

— Oi, Andrew — respondi. — Wyatt ficou preso no hospital, vai se atrasar um pouco. — Minha voz estava tranquila e controlada. Ponto para mim.

— Mas ele virá? — perguntou Nat, as sobrancelhas erguendo-se de preocupação.

— Oh, claro que sim. Ele só vai se atrasar um pouco.

— Fiz uma torta de creme fantástica para a sobremesa — Nat riu. — Quero mesmo causar uma boa impressão, entende?

O apartamento de Natalie ficava na Ninth Square, em New Haven, uma parte recuperada da cidade que não ficava muito longe da empresa onde ela trabalhava no centro da cidade. Eu já estivera ali, é claro, ajudara Nat a se mudar, fora eu quem dera a ela aquele cavalo de metal como presente para a nova casa. Mas o lugar estava diferente agora. Há quanto tempo Nat e Andrew estavam juntos? Um mês? Seis semanas? Ainda assim, as coisas dele já estavam espalhadas aqui e ali... um paletó no cabideiro, seus tênis de corrida perto da porta, o New York Law Journal perto da lareira. Se ele ainda não estava morando ali, com certeza estava passando muito tempo na casa de Nat.

— Como vai você? — disse Andrew, saindo da cozinha. Ele me deu um abraço rápido, e pude sentir seus ossos por baixo da pele. Ossos que agora me pareceram repugnantes.

— Estou bem — falei, forçando-me a sorrir. — E você, como está?

— Ótimo! Aceita um drinque? Um Gimlet? Um Appletini? Um White Russian? — Os olhos verdes de Andrew sorriam animados por trás dos óculos

los. Ele sempre sentira orgulho de ter trabalhado como barman para ajudar a pagar sua faculdade de Direito.

— Eu adoraria um copo de vinho — falei, apenas para negar a ele o prazer exibicionista de me preparar um coquetel.

— Branco ou tinto? Temos um excelente Cabernet Sauvignon aberto.

— Branco, por favor — respondi. Forcei-me a manter o sorriso no rosto. — Mas Wyatt gosta de Cabernet.

Nesse momento, senti-me imensamente grata ao jovem médico Wyatt Dunn. Aquela noite teria sido terrível sem ele, mesmo que Wyatt não existisse no mundo real. Caminhei até o sofá, enquanto Natalie tagarelava sobre como ela não havia conseguido encontrar tilápia em lugar algum naquele dia e que tivera que ir a Fair Haven, até um pequeno mercado de peixes perto do rio Quinnipiac. Tive que controlar um suspiro ao imaginar Natalie, a própria imagem da elegância e beleza, descendo de bicicleta até o mercado italiano onde, sem dúvida, o dono lhe passara uma cantada e lhe dera alguns biscotti, só por ela ser tão bonita. Natalie, com seus cabelos perfeitos e seu emprego fantástico. Natalie com seu adorável apartamento e com sua linda mobília. Natalie com meu ex-noivo, me dizendo como estava louca para conhecer meu namorado imaginário.

Não gostava do fato de estar mentindo para Natalie — e também para meus pais, minha avó e até mesmo para Callahan O'Shea —, mas isso era muito melhor do que ser a Pobre Grace, trocada pela irmã. Era moralmente errado mentir, mas espere um pouco! Se em algum momento uma mentira era justificada, eu diria que era nesse.

Por um breve segundo, outro cenário passou por minhas velhas células cerebrais. Callahan O'Shea sentando ao meu lado, revirando os olhos ao ver como Andrew tentava se exibir na cozinha, picando salsa como um macaco maníaco. Cal passaria seu braço musculoso ao redor dos meus ombros e murmuraria "Não posso acreditar que você ficou noiva desse idiota magricela."

Até parece... Isso tinha tanta chance de acontecer quanto eu tinha chance de ganhar na loteria e ainda descobrir que era a filha bastarda de Margaret Mitchell e de Clark Gable.

Para me distrair, dei uma olhada na sala de estar de Nat. Meu olhar parou de repente no console sobre a lareira.

— Eu me lembro disso — falei com dificuldade. — Andrew, esse não foi o relógio que eu lhe dei? Uau!

E era. Um relógio de mesa lindo, cor de uísque, com o miolo redondo e números cheios de detalhes, e uma chave de metal para dar corta. Eu o conseguira em uma loja de antiguidades em Litchfield e o dera de presente a Andrew em seu aniversário de trinta anos, dois anos atrás. Eu planejara uma bela festa, boa noivinha que era. Um piquenique às margens do rio Farmington. Os amigos dele do trabalho — nossos amigos, naquela época — e também Ava, Paul, Kiki e o dr. Eckart, Margaret e Stuart, Julian, mamãe e papai, além dos pais esnobes de Andrew, que pareceram vagamente estarrecidos diante da ideia de comer em uma mesa pública de piquenique. Fora um grande dia... É claro que naquela época ele ainda me amava. Antes de conhecer a minha irmã.

— Oh, sim... Adoro esse relógio — ele comentou, constrangido, me entregando o copo de vinho.

— Que bom, afinal custou uma fortuna — anunciei, com uma pontada de prazer mórbido. — É um exemplar único.

— E é... é lindo — balbuciou Andrew.

Eu sei que é, imbecil.

— Então. Vocês dois estão parecendo muito à vontade aqui. Você está morando no apartamento de Nat agora, Andrew? — perguntei, minha voz apenas levemente aguda.

— Bem, ahn... não... ainda tenho mais alguns meses do contrato de aluguel do meu apartamento. Então, não, não estou realmente morando aqui. — Ele trocou um olhar rápido e nervoso com Natalie.

— Ahã. Mas obviamente, já que suas coisas estão se mudando para cá... — Dei um bom gole no meu Chardonnay.

Nenhum deles disse nada. Continuei a falar, me certificando de que meu tom era agradável.

— Isso é bom. Economiza dinheiro de aluguel, também. É bem lógico. — E *rápido*. Mas é claro, eles estavam apaixonados. Quem não estaria apaixonado por Natalie, a mais bela flor da nossa família? Nat era a mais nova. Loura, de olhos azuis. A mais alta, a mais bonita, a mais inteligente. Céus, como eu gostaria que Wyatt Dunn fosse real! Gostaria que Callahan O'Shea estivesse aqui! Qualquer coisa seria melhor do que essa sensação de rejeição que simplesmente não me abandonava. Tentei relaxar meu maxilar cerrado, sentei perto da minha irmã e a examinei.

— Meu Deus, nós não somos nada parecidas mesmo, não é? — falei.

— Oh, acho que somos, sim! — ela exclamou, sentida. — A não ser pela cor dos cabelos. Grace, você se lembra de quando eu estava no Ensino Médio e fiz aquele permanente nos cabelos? E depois pintei-os de castanho? — Ela riu e apoiou a mão no meu joelho — Fiquei arrasada quando não ficaram iguais aos seus.

Pois é, eu não conseguia ficar zangada com Natalie. Era quase como se não tivesse *permissão* para ficar zangada com Natalie, nunca. Não era justo, mas era a mais absoluta verdade. Me lembrei do dia o qual minha irmã se referia. Ela realmente fizera permanente nos cabelos, naqueles cabelos tão lindos, e então os tingira de um marrom horroroso. Nat tinha catorze anos na época e chorara desconsolada em seu quarto quando percebera que não conseguira atingir os resultados desejados. Uma semana mais tarde, seus cabelos estavam lisos de novo, e ela se tornara a única morena na escola com raízes louras.

Ela queria ser como eu. Natalie pensava que éramos parecidas. Eu, cinco centímetros mais baixa, sete quilos mais pesada, com os cabelos tão detestados e os olhos cinza indistintos.

— Sem dúvida há uma semelhança — disse Andrew. *Não enche, companheiro*, pensei. *Aqui estou eu tendo que fazer um curso para aprender como conseguir um marido, catando homens na internet, morrendo de desejo por um ex-condenado e você com essa* pérola, *seu idiota indigno*. Uau. Acho que a raiva ainda não havia passado afinal. Não a raiva que Andrew provocara.

Ele pareceu ler meus pensamentos.

— É melhor eu checar o risoto. Não acho que ele vá conseguir encorpar sem fortes orações. — E com isso ele se escondeu na cozinha como um caranguejo apavorado.

— Grace, está tudo bem? — Natalie perguntou baixinho.

Respirei fundo.

— Oh, claro. — Fiz uma pausa. — Bem, Wyatt e eu tivemos uma briguinha.

— Oh, não!

Fechei os olhos. Eu realmente estava me tornando Phd em mentira.

— Sim. Ele é muito devotado às crianças, sabe? — *Sim, Grace, tão babaca, esse seu cirurgião pediátrico.* — Quero dizer, ele é maravilhoso. Sou louca por ele. Mas é tão difícil conseguir vê-lo...

— Acho que são ossos do ofício — murmurou Natalie, com uma expressão doce e simpática nos olhos.

— Sim.

— Mas ele a compensa por isso, né? — perguntou Nat, e respondi que sim, que ele realmente fazia questão de compensar suas ausências. Café na cama... morangos, e os waffles um tantinho queimados, mas era tão bonitinho da parte dele, era como um menino... as flores que ele me mandava (na verdade, eu mesma me mandara algumas flores). O modo como ele me ouvia... como adorava saber sobre as aulas que eu dava. A linda echarpe que me trouxe de presente no último fim de semana (na verdade, eu tinha mesmo uma linda echarpe nova, só que eu mesma a comprara naquele dia em que saíra com Julian para fazer compras).

— Oh, e eu lhe contei que estou me candidatando ao cargo de chefe do Departamento de História? — eu contei, mudando de assunto.

— Oh, Grace, que maravilha! — comemorou minha irmã. — Você poderia fazer tanto por aquele lugar! O departamento ganharia vida nova com você no comando.

Então, no momento certo, meu telefone celular tocou. Eu levantei, peguei-o em minha bolsa e o abri.

— É Wyatt — disse sorrindo para Nat.

— Que bom! Vou lhe dar um pouco privacidade. — Ela começou a se levantar.

— Não, fique! — eu pedi, então atendi ao celular. Afinal, ela precisava ouvir essa conversa... ou ao menos o final dela.

— Oi, meu amor — eu disse.

— Oi, gatinha — disse Julian. — Estou pensando em mudar meu nome.

— Oh, não! Ele está bem? — perguntei, lembrando de franzir o cenho, preocupada, como havia praticado no espelho retrovisor, no caminho para a casa de Natalie.

— Para um nome mais másculo, sabe? Como Will, ou Jack. Spike talvez, o que você acha?

— Acho que ele tem sorte por ter você como médico — respondi com firmeza, sorrindo para a minha irmã.

— Mas talvez esses nomes sejam masculinos demais. Talvez Mike. Ou Mack. Bem, provavelmente não farei nada disso. Minha mãe me mataria.

— Não, não, está tudo bem, querido! Eu compreendo. É claro que ela vai entender! Não, eles sabem qual é o seu trabalho! Não é como se você fosse um... — Fiz uma pausa. — Um carpinteiro ou coisa assim. Ou um mecânico. Você está salvando vidas!

— Menos, garota — Julian disse.

— Você está certo — eu falei.

— O que será servido no jantar? — perguntou meu amigo.

— Risoto com aspargos e tilápia. E uma torta deliciosa que a minha irmã preparou.

— Vou mandar um pouco pela Grace! — falou Natalie.

— Certifique-se de que eu ganhe um pedaço dessa torta — disse Julian. — Fiz por merecer. Precisamos continuar a tagarelar? Quer que eu a peça em casamento?

— Não, não, querido, está tudo bem. Tenha uma ótima noite — me despedi.

— Amo você — falou Julian. — Agora diga o mesmo.

— Oh, ahn, eu também. — Meu rosto ficou muito quente... não estava preparada para declarar meu amor para um namorado imaginário. Nem mesmo eu iria tão longe. Então fechei o telefone e suspirei. — Bem, ele não vai conseguir vir. A cirurgia foi mais complicada do que havia pensado e Wyatt quer ficar por perto até que o garotinho esteja fora de perigo.

— Que pena! — suspirou Natalie, a expressão de seu rosto chegando muito próxima da adoração. — Oh, Grace, sinto muito por ele não poder vir, mas... Deus, ele parece ser tão maravilhoso!

— Ele é — eu disse. — Wyatt é realmente maravilhoso.

Depois do jantar, Natalie foi comigo até a garagem, onde eu deixara meu carro.

— Bem, sinto tanto por não ter podido conhecer Wyatt — ela falou. — Mas foi ótimo tê-la aqui. — A voz de Natalie ecoou na garagem de cimento.

— Obrigada — falei, destrancando o carro. Coloquei o pote com a generosa fatia de torta que eu daria para Julian no assento traseiro e me virei novamente para a minha irmã. — Então as coisas estão realmente sérias entre você e Andrew?

Ela hesitou.

— Sim. Espero que você não se incomode.

— Bem, eu não queria que fosse só um flerte, Nat — retruquei com certa acidez. — Quero dizer, *isso* teria me magoado, entende? Eu só... estou feliz. Isso é bom.

— Tem certeza?

— Sim, tenho.

Ela sorriu, aquele sorriso sereno e abençoado que era tão dela.

— Obrigada. Sabe, preciso agradecer a Wyatt, quando finalmente conhecê-lo. Para dizer a verdade, acho que teria terminado com Andrew se você não estivesse namorando ninguém. Iria parecer tão errado, entende?

— Ahã — falei. — Bem... preciso ir. Tchau, Nattie. Obrigada pelo jantar delicioso.

A chuva caía forte enquanto eu voltava para casa, os limpadores de para-brisa do meu carrinho batalhando valentemente por visibilidade. Estava uma noite terrível, mais fria do que o normal, o vento muito forte, muito parecida com a noite em que meu pneu havia estourado. A noite em que conheci Wyatt Dunn. Bufei ao pensar isso.

Imaginei, por um segundo imensamente prazeroso, que eu havia conseguido manter a minha boca fechada no banheiro, no dia do casamento de Kitty. Que eu havia deixado a culpa fazer sua mágica e admitira que, sim, era errado uma mulher namorar um homem que já fora noivo da sua irmã. Andrew agora estaria fora da minha vida para sempre e eu não teria que ver os olhos dele se acenderem ao ver o rosto de Natalie, com aquela expressão de gratidão e espanto — uma expressão que eu podia dizer com a mais pura honestidade que jamais vira antes. Não, quando Andrew olhava para mim, na época em que estávamos juntos, era com afeição, humor, respeito e tranquilidade. Todas coisas boas, mas não um kabum. Eu o amara. Ele não me amara do mesmo modo.

Apesar de ter Margaret dormindo no quarto de hóspedes quando cheguei em casa, e embora Angus tenha feito seu melhor para me garantir que eu era a criatura mais maravilhosa desse mundo de Deus, a casa parecia vazia. Se ao menos eu tivesse mesmo aquele médico gentil para quem ligar... Se ao menos ele estivesse indo para a minha casa agora. Eu lhe entregaria um copo de vinho e massagearia seus ombros e ele sorriria para mim, agradecido. Talvez nós nos aconchegássemos no sofá e depois fôssemos para a cama. Angus não morderia Wyatt Dunn porque ele, ao menos nessa fantasia, era um excelente juiz de caráter e simplesmente adorava Wyatt.

Escovei meus dentes, lavei meu rosto e fiz uma careta para os meus cabelos. Então me peguei pensando se o sótão não precisava, bem... de uma visitinha. Sim, claro que precisava. Afinal, estava muito molhado lá fora, embora a chuva mais forte já tenha parado quando eu estava perto de Hartford. Agora havia apenas névoa e um chuvisco. Com certeza Callahan O'Shea não estaria em seu telhado a uma hora daquelas. Afinal, ele pretendia revender a casa, era apenas um imóvel... mas talvez alguma janela estivesse aberta no meu sótão. E podia voltar a chover mais tarde. Nunca se sabe.

Callahan O'Shea *estava* lá fora. *Bom para você, Cal,* pensei. Não era do tipo que deixava que uma mudançazinha no tempo da Nova Inglaterra o impedisse de fazer suas coisas.

Ele provavelmente sentira falta de ficar ao ar livre durante o tempo que passara na prisão. Ao que parecia, Callahan estivera em alguma prisão federal mais sofisticada, mas quando eu o imaginava lá, o via em um macacão laranja, ou em uma roupa de listras pretas e brancas, em uma cela com barras e um beliche de metal. (Não havia muitos filmes passados em prisões federais sofisticadas, por isso o cenário que eu imaginava era a prisão do filme *Um Sonho de Liberdade*.)

Por um instante, imaginei como seria estar lá embaixo com Callahan O'Shea, seu braço ao redor dos meus ombros, minha cabeça apoiada em seu ombro... E a visualização foi tão poderosa que eu pude até sentir o bater do coração dele sob a minha mão, seus dedos brincando com meus cabelos. Em algum momento, um de nós murmuraria alguma coisa para o outro, mas de um modo geral apenas ficaríamos quietos.

— Não perca seu tempo — sussurrei para mim mesma com sabedoria. — Mesmo se não fosse um ex-presidiário, ele não é seu tipo. — *Além do mais*, aquela vozinha interna irritante me disse, *ele nem mesmo gosta de você*. Acrescente a isso aquele desconforto irritante que eu sentia quando estava perto do homem grande e musculoso da casa ao lado... não. Eu queria conforto, segurança, estabilidade. E não uma tensão permanente e excesso de sex appeal. Não importava o quanto isso tudo parecesse maravilhoso olhando dali de cima.

Capítulo catorze

— Grace? — Angus rosnou com firmeza, e então disparou para atacar uma mariposa. Levantei os olhos dos amores-perfeitos que estava plantando no pátio dos fundos. Era domingo de manhã, e Callahan O'Shea estava de volta, parado na porta de correr, de vidro, da cozinha. Ele chegara com disposição para trabalhar naquela manhã. Margaret estava fora, correndo (ela corria maratonas, por isso não havia como dizer quando estaria de volta), portanto, aparentemente Cal não tinha motivos para ficar andando pela casa e flertando.

— Preciso afastar a estante que está em frente à janela. Você quer tirar as suas... coisinhas?

— Claro — falei, levantando e limpando as mãos.

As minhas "coisinhas" eram em sua maior parte DVDs e bibelôs. Sem dizer nada, coloquei tudo no sofá... uma lata de tabaco dos anos 1880, um canhão em miniatura, um bibelô de porcelana reproduzindo Scarlett O'Hara em seu vestido feito de cortinas verdes de veludo e um dólar confederado emoldurado.

— Parece que você gosta da Guerra Civil — ele comentou, examinando as caixas dos filmes. *Tempo de Glória*, *Cold Mountain*, *Sob a Bandeira da Coragem*, *Shenandoah*, *North and South*, *Josey Wales — O Fora da Lei*, *Deuses e Generais*, *Gettysburg*, e a edição especial em DVD do documentário de Ken Burns, que eu ganhara de Natalie em um Natal.

— Sou professora de História — falei.

— Entendo. Isso explica tudo — ele falou, olhando os filmes mais de perto. — *E o Vento Levou* nunca foi aberto. Você tem mais de uma cópia?

— Oh, isso. Minha mãe me deu o DVD, mas sempre pensei que deveria ver o filme primeiro na tela grande do cinema, entende? Dar o valor que ele merece.

— Então você nunca o viu?

— Não. Mas li o livro catorze vezes. E você?

— Eu vi o filme. — Ele deu um sorrisinho.

— No cinema?

— Não. Na TV.

— Isso não conta — falei.

— Entendo — Ele deu outro sorrisinho, e senti um aperto no peito. Nós afastamos a estante. Ele pegou a serra e esperou que eu saísse do caminho. Não saí.

— Então, Cal... Por que você desviou um milhão de dólares? — perguntei.

— Na verdade foram 1,6 milhão de dólares — ele falou, ligando a serra. — Por que alguém rouba alguma coisa?

— Não sei — respondi. — Por que você fez?

Ele me olhou com aqueles olhos azul-escuros, pensando antes de responder. Também esperei. Havia alguma coisa na expressão do rosto dele que contava uma história, e eu queria ouvi-la. Ele estava me examinando, pensando no que me contar e como. Esperei.

— Querida, cheguei! — A porta da frente bateu. Margaret estava parada lá, suada, ruborizada e linda. — Más notícias, soldados. Mamãe está a caminho. Vi o carro dela na Confeitaria da Lala. Rápido. Quase quebrei um recorde mundial para conseguir chegar aqui antes dela.

Minha irmã e eu disparamos para o porão.

— Callahan, ajude-nos! — ordenou Margs.

— Qual é o problema? — perguntou Cal, nos seguindo. Ao pé das escadas do porão, ele se deteve subitamente. — Oh, meu Deus. — Callahan olhou lentamente ao redor.

Meu porão era o depósito de esculturas. Infelizmente, mamãe era muito generosa com sua arte, por isso meu porão estava cheio de partes íntimas femininas de vidro.

— Adoro isso aqui — falou Callahan com voz distante.

— Apresse-se. Pegue algumas esculturas e leve lá para cima. Não temos tempo para conversar — Margaret ordenou mais uma vez. — Nossa mãe terá um ataque se souber que Grace esconde as peças dela. Falo por experiência própria. — Minha irmã agarrou *O Lar da Vida* (um útero) e *Ninho nº 12* (um ovário) e voltou a subir rapidamente as escadas.

— Você não quer alugar esse espaço? — perguntou Callahan.

— Pare — falei, tentando disfarçar um sorriso. — Apenas leve isso lá para cima e coloque em uma prateleira ou coisa parecida. Faça com que pareça pertencer ao lugar. — Coloquei *Seios em Azul* nas mãos dele. Era pesado. Eu deveria ter avisado e, por um instante, Callahan quase deixou a escultura cair. Eu a agarrei e ele também, ao mesmo tempo, e o resultado final foi que nós dois acabamos segurando-a, nossas mãos se cruzando para firmá-la. Levantei os olhos para os dele, e Callahan sorriu.

Kabum!

Meus joelhos quase se dobraram. Ele cheirava a madeira, sabonete e café, suas mãos eram grandes e quentes e — Oh, Deus! — o modo como aqueles olhos azuis me encaravam, o calor do corpo dele me chamando por sobre *Seios em Azul* e apenas... sabe... entende. Na verdade, quem se importava se ele era um ex-presidiário? Se havia roubado, desviado dinheiro, o que fosse.. Embora eu provavelmente devesse mudar minha expressão de *inegavelmente excitada* para alguma coisa como *vizinha simpática*, estava paralisada.

Um carro buzinou. Lá em cima, Angus começou uma pequena tempestade de latidos, jogando o corpo contra a porta da frente.

— Vocês dois aí embaixo, apressem-se! — gritou Margaret. — Você sabe como ela é, Grace!

O encanto fora quebrado. Cal pegou aquela escultura e mais uma e subiu as escadas. Eu fiz o mesmo, ainda com o rosto muito vermelho.

Arrumei *Tesouro Escondido* na estante e coloquei *Portal em Verde* sobre a mesa de centro onde ela pareceu se espalhar de modo quase obsceno.

— Olá, vocês! — Mamãe gritou da varanda. — Angus, sentado. Sentado. Quieto, querido. Não. Quieto, querido. Não lata.

Peguei meu cachorro e abri a porta, meu coração ainda saltando no peito.

— Olá, mamãe! O que a traz aqui?

— Trouxe guloseimas da confeitaria! — ela anunciou. — Olá Angus! Quem é o cachorrinho mais querido? Olá, Margaret, querida. Stuart disse que eu a encontraria aqui. E, oh, olá. Quem é você?

Olhei para trás. Cal estava parado na porta da cozinha.

— Mamãe, esse é meu vizinho, Callahan O'Shea. Callahan, minha mãe, a renomada escultora, Nancy Emerson.

— É um prazer. Sou um grande fã do seu trabalho. — Cal apertou a mão da minha mãe e ela se virou para mim com um olhar questionador.

— Papai o contratou para colocar algumas janelas novas — expliquei.

— Entendo — disse mamãe, desconfiada.

— Preciso dar uma passada em casa e depois irei a uma loja de ferragens, Grace. Você precisa de alguma coisa? — disse Cal, virando-se para mim.

Preciso ser beijada.

— Hmmm, não. Nada de que eu consiga me lembrar — falei, voltando a ficar ruborizada.

— Vejo você mais tarde, então. Prazer em conhecê-la, sra. Emerson. — As três mulheres observaram enquanto Callahan se afastava.

Mamãe foi a primeira a falar.

— Muito bem. Margaret, precisamos conversar. Venham, meninas, vamos nos sentar na cozinha. Oh, Grace, isso não deveria estar aqui! Não é engraçado. Esse é um trabalho de arte sério, querida.

Callahan O'Shea colocara Seio em Azul na minha fruteira, entre as laranjas e peras. Eu sorri. Margaret deu uma gargalhada e abriu o embrulho da confeitaria.

— Oba. Pães com sementes de papoula! Quer um Grace?

— Sentem-se, meninas. Margaret. Que história é essa de deixar Stuart, pelo amor de Deus?

Suspirei. Mamãe não estava ali para me ver. Eu era a filha que não trazia problemas. Enquanto crescíamos, Margaret fora (e ainda era, orgulhosamente) a rainha do drama, cheia de rebeldia adolescente e de certezas em relação à universidade. Fora uma aluna brilhante e sempre gostara de um confronto. Natalie, é claro, era a menina de ouro desde que nasceu e, depois de seu encontro com a morte, cada coisa que fazia era vista como um milagre.

Até então, a única coisa excepcional que acontecera comigo fora meu rompimento com Andrew. É claro que meus pais me amavam, mas também é verdade que ambos viram minha escolha de ser professora como a opção pelo caminho mais fácil ("Quem pode, faz", dissera meu pai quando eu anunciei que estava deixando a faculdade de direito e que pretendia tirar o diploma que me permitisse dar aulas de História Americana. "E quem não pode, ensina".) Minhas férias de verão eram tratadas como uma afronta àqueles que "realmente trabalhavam". O fato de que eu trabalhava como uma escrava durante o ano escolar — fazendo orientação dos alunos, corrigindo trabalhos e preparando planos de aula, ficando até muito depois do meu horário para receber estudantes em minha sala, treinando a equipe de debate, participando de eventos escolares, acompanhando bailes e viagens de campo, procurando sempre estar em dia com o que havia de novo na área de ensino e lidando com pais excessivamente sensíveis, que acreditavam que seus filhos deveriam se sobressair de qualquer maneira — era visto como irrelevante quando comparado a todo aquele meu delicioso tempo de férias.

Mamãe se recostou na cadeira e encarou a filha mais velha.

— E então? Fale, Margaret!

— Eu não o deixei de vez — disse Margaret, dando uma enorme mordida no pão. — Estou só... passando um tempo aqui.

— Meu Deus, isso é um absurdo — mamãe bufou de raiva. — Seu pai e eu com certeza temos nossos problemas, mas você não me vê correndo para a casa de sua tia Mavis, vê?

— Isso porque a tia Mavis é muito chata — argumentou Margaret. — Grace não é nem a metade tão chata quanto Mavis, certo, Gracie?

— Oh, obrigada, Margs. E deixe-me registrar o imenso prazer que senti ao ver suas roupas sujas espalhadas por toda parte no meu quarto de hóspedes essa manhã. Devo lavá-las para você, sua Majestade?

— Bem, já que você não tem um emprego de verdade, claro que sim — ela disse.

— Emprego de verdade? É melhor do que ter que ficar atrás de um bando de traficantes de drogas...

— Já basta, meninas. Você está mesmo deixando Stuart? — perguntou mamãe.

Margaret fechou os olhos.

— Não sei — ela disse.

— Céus, acho isso um absurdo. Você se casou com ele, Margaret. Não se abandona um casamento assim. Você deve ficar e tentar ajeitar as coisas até que se sinta feliz novamente.

— Como você e papai? — sugeriu Margaret. — Prefiro morrer, então. Grace quer fazer as honras?

— Seu pai e eu somos perfeitamente... — A voz dela falhou. Mamãe abaixou os olhos para a xícara de café com uma expressão de quem finalmente estava entendendo.

— Talvez você também devesse vir morar com Grace — sugeriu Margaret, erguendo uma sobrancelha.

— Certo, certo, muito engraçado da sua parte. Não, você não pode vir morar aqui, mamãe. — Lancei um olhar ameaçador na direção de Margs. — Estou falando sério, mamãe — falei bem devagar. — Você e papai se amam, certo? Vocês apenas gostam de ficar implicando um com o outro.

— Oh, Grace — ela suspirou. — O que o amor tem a ver com isso?

— Obrigada, Tina Turner — comentou Margaret com sarcasmo.

— Espero que o amor tenha tudo a ver com isso — protestei.

Mamãe suspirou.

— Quem sabe o que é o amor? — ela fez um gesto com a mão, afastando o assunto.

— O amor é um campo de batalha — murmurou Margaret.

— Tudo o que você precisa é de amor — citei os Beatles.

— O amor é uma droga.

— Cale-se, Margs — falei. — Mamãe, o que você estava dizendo mesmo?

Ela suspirou de novo.

— Acabamos tão acostumados com uma pessoa... que nem sei. Há dias em que tenho vontade de matar seu pai com uma faca cega. Ele é um velho advogado tributário tedioso, pelo amor de Deus. Sua ideia de diversão é ficar deitado se fingindo de morto em uma daquelas estúpidas batalhas da Guerra Civil.

— Ei! Eu adoro essas batalhas estúpidas — interrompi-a, mas ela me ignorou.

— Mas eu não pego as minhas coisas e simplesmente vou embora, Margaret. Afinal de contas, nós juramos amar e cuidar um do outro, mesmo se isso acabar nos matando.

— Meu Deus, que lindo... — disse Margaret.

— Mas se querem saber, ele me dá nos nervos quando faz piada com a minha arte! O que *ele* faz? Corre por aí fantasiado e disparando armas. *Eu crio. Eu* homenageio as formas femininas. *Eu* sou capaz de me expressar de outras formas que não através de resmungos e frases sarcásticas. *Eu...*

— Mais café, mamãe? — perguntou Margs.

— Não. Preciso ir. — No entanto, ela continuou sentada onde estava.

— Mamãe — perguntei com cautela —, *por que* você, ahn, homenageia as formas femininas, como disse? Como isso começou? — Margaret me fuzilou com o olhar, mas a verdade era que eu estava mesmo curiosa. Estava na faculdade quando mamãe se descobrira, se posso colocar assim.

Ela sorriu.

— A verdade é que foi um acidente. Eu estava tentando fazer uma dessas pequenas bolas de vidro que costumamos pendurar nas janelas ou na árvore de Natal, sabe? E estava tendo dificuldade para acertar na finalização, quando seu pai apareceu e disse que aquilo estava parecendo um mamilo. Então eu disse a ele que era mesmo um mamilo e seu pai ficou roxo. Daí eu pensei, por que não? Se seu pai tivera aquele tipo de reação, o que as outras pessoas pensariam? Resolvi levar a peça para a Galeria de Arte Chimera, e eles adoraram.

— Ahã — murmurei. — Como não amar?

— Estou falando sério, Grace. O *Hartford Courant* me chamou de feminista pós-moderna com o apelo estético de Mapplethorpe e a acidez de O'Keeffe.

— Tudo isso por causa de um enfeite de Natal que deu errado — interrompeu Margaret.

— O primeiro foi acidental, Margaret. O resto é uma homenagem ao milagre fisiológico que é a mulher — declarou mamãe. — Eu adoro o que faço, mesmo que vocês, garotas, sejam puritanas demais para apreciar devidamente a minha arte. Tenho uma nova carreira e as pessoas me admiram. E se isso ainda tortura seu pai, é lucro.

— Sim — disse Margs. — Por que não torturar o papai? Ele só lhe deu tudo.

— Bem, Margaret, querida, eu argumentaria dizendo que foi ele quem teve tudo, e você entre todas as pessoas deveria apreciar minha posição. Eu havia me tornado um objeto de decoração, meninas. O pai de vocês ficava satisfeito apenas de chegar em casa, receber o Martini que eu servia e comer o jantar que eu passara horas me matando para fazer, em uma casa imaculada, com filhas inteligentes, bonitas e bem-educadas. Então era só se jogar na cama e fazer um sexo rápido.

Margaret e eu recuamos horrorizadas.

Mamãe se voltou com uma expressão dura para Margaret.

— Ele era completamente mimado, e eu era invisível. Portanto, se o estou torturando, Margaret, minha querida primogênita, você entre todas as pessoas deveria dizer "Muito bem, mamãe". Porque ao menos agora ele me nota e eu nem preciso sair correndo para a casa da minha irmã.

— Ui! — disse Margaret. — Estou sangrando, Grace. — Por mais estranho que parecesse, minha irmã estava sorrindo.

— Por favor, parem de brigar vocês duas — falei. — Mamãe, temos muito orgulho de você. É uma, ahn, uma visionária. De verdade.

— Obrigada, querida — disse mamãe, levantando-se. — Bem, tenho que correr agora. Vou dar uma palestra na biblioteca, vou falar sobre a minha arte e sobre o que me inspira.

— Apenas para adultos, imagino — murmurou Margaret, pegando Angus do meu colo para brincar com ele.

Mamãe suspirou e olhou para o teto.

— Grace, há teias de aranha no teto. E não sente tão curvada, querida. Leve-me até o carro, está bem?

Eu obedeci e deixei Margaret dando migalhas de pão para Angus.

— Grace — falou mamãe —, quem era aquele homem que estava aqui?

— Callahan? — perguntei. Ela assentiu. — Meu vizinho, como eu lhe disse.

— Bem. Não vá estragar uma coisa boa se deixando envolver com um trabalhador braçal, querida.

— Meu Deus, mamãe! — gritei. — Você nem mesmo o conhece! Ele é uma ótima pessoa.

— Estou só lembrando que você está tendo um belo relacionamento com aquele médico maravilhoso, não está?

— Eu não vou namorar com Callahan, mamãe — disse meio irritada. — Ele é apenas um cara que papai contratou para colocar as janelas.

Droga... lá estava ele, entrando na caminhonete. E com certeza ouvira tudo. A julgar por sua expressão, Callahan ouvira a parte do "é apenas um cara que papai contratou..." e não a parte do "é uma ótima pessoa".

— Muito bem, então. — A voz de mamãe agora era mais tranquila. — É só porque desde que você e Andrew terminaram, você vem andando por aí como um fantasma, meu bem. E é bom ver que seu namorado conseguiu colocar novamente um pouco de cor em seu rosto.

— Pensei que você era uma feminista — eu disse.

— Eu sou — ela respondeu.

— Pois quase me enganou! Talvez o que tenha acontecido é que já se passou tempo o bastante e eu esqueci Andrew. Talvez seja a primavera. Talvez eu esteja apenas passando por um bom momento no trabalho. Você sabe que me candidatei a chefe do departamento? Talvez eu apenas esteja muito bem por minha própria conta e isso não tenha nada a ver com Wyatt Dunn.

— Hummm. Bem. Como quiser — falou mamãe. — Agora tenho que ir, querida. Tchau! E endireite a postura.

— Ela ainda vai acabar me matando — anunciei, assim que voltei para dentro de casa. — Isso se eu não matá-la antes.

Margaret desatou a chorar.

— Santo Deus! — eu disse. — Não estava falando sério... Margs, qual é o problema?

— O meu marido idiota! — ela soluçou, passando a mão no rosto para secar as lágrimas.

— Está certo, está certo, querida. Agora se acalme — estendi um guardanapo para que ela assoasse o nariz e dei um tapinha em seu ombro, enquanto Angus era só alegria lambendo suas lágrimas. — O que está realmente acontecendo, Margs?

Ela respirou fundo.

— Ele quer que tenhamos um bebê.

Fiquei boquiaberta.

— Oh... — foi só o que consegui dizer.

Margaret nunca quis ter filhos. Na verdade, ela dizia que a lembrança de Natalie presa a um respirador era o bastante para esmagar qualquer instinto maternal que pudesse ter. Minha irmã sempre parecera gostar bastante de crianças — gostava de segurar nossos primos bebês no colo, nas reuniões de família, e conversava com os mais velhos de um jeito simpático fazendo com que se sentissem adultos. Mas ela também era a primeira a dizer que era egoísta demais para ser mãe algum dia.

— Então essa questão foi levantada? — perguntei. — Como se sente?

— Muito bem, Grace... — Ela respondeu irritada, em tom de deboche. — Estou escondida na sua casa, flertando com seu vizinho atraente, não estou falando com meu marido e ainda tenho que ouvir a mamãe me dar sermões sobre casamento! Não é meio óbvio como estou me sentindo?

— Não. — respondi com firmeza. — Você também está quase encharcando o pelo do meu cachorro. Portanto pode falar, meu bem. Eu não vou contar para ninguém.

Ela me lançou um olhar agradecido e cheio de lágrimas.

— Me sinto meio... traída — ela admitiu. — Como se ele estivesse dizendo que não sou o bastante. E você sabe, Stuart... ele pode ser bem irritante, entende? — Ela começou a soluçar de novo. — E ele não é exatamente a pessoa mais animada do mundo, é?

Eu murmurei que não, é claro que ele não era.

— Então sinto como se ele tivesse me dado uma paulada na cabeça.

— Mas o que você pensa a respeito, Margs? Acha que pode querer ter um bebê? — perguntei.

— Não! Não sei! Talvez! Oh, droga. Vou tomar um banho. — Ela se levantou, me entregou Angus, que aproveitou para comer o último pedaço de pão do meu prato e arrotou. E, com aquilo, terminou a conversa íntima e sincera entre as irmãs.

Capítulo quinze

Na quarta-feira à noite, eu estava me preparando para o encontro com Lester, o artesão de metais. Ele finalmente telefonara e parecera bastante normal. Mas vou ser honesta: com um nome como Lester, sendo membro de uma comunidade de artesãos e tendo sido descrito como *atraente à sua própria maneira*... bem, eu não tinha muitas esperanças.

Mesmo assim, achei que sair um pouco de casa não seria a pior coisa do mundo. Eu poderia praticar meus ardis femininos com ele, tentar algumas das técnicas que Lou havia ensinado durante nossa aula de Encontrando o Príncipe Encantado. Sim, eu estava desesperada.

Margaret estava trabalhando — desde nossa conversa no fim de semana, ela não falara mais nada a respeito do marido. Angus observava com uma expressão resignada enquanto eu seguia as orientações de Lou... uma saia curta o bastante para mostrar que, sim, eu tinha pernas fantásticas. Um pouco de batom, um pouco de água benta no cabelo e eu estava pronta para sair. Dei vários beijos em Angus, perguntei a ele se não estava com ciúmes, sentindo-se solitário ou deprimido e lhe disse que podia assistir o canal HBO e pedir uma pizza. Então me dei conta de que estava começando a parecer a típica "Mulher louca dos cães" e saí.

Lester e eu havíamos marcado de nos encontrar no Blackie's e resolvi ir andando. Estava uma linda noite, apesar de um pouco fria, e mais para oeste ainda havia uma linha muito fina, vermelha, já que o sol estava se pondo um pouco mais tarde. Fiquei um tempo olhando para a minha casa. Deixara a luminária da Tiffany acesa para Angus, assim como a luz da varanda. Os canteiros de peônias prometiam explodir em botões perfumados, dali a umas duas semanas, e o perfume encheria a casa toda. O caminho pavimentado de ardósia era ladeado por canteiros de lavanda, samambaias e urzes, enquanto hostas se agrupavam em uma densa massa verde na base da caixa de correio.

Era uma casa perfeita, interessante o bastante para ser capa de uma revista de decoração — aconchegante, bonita, única. Só estava faltando uma coisa ali: um marido. E filhos. Toda a adorável família que eu sempre desejara... a família que parecia ficar cada vez mais difícil de conseguir.

Você pode estar se perguntando por que eu não vendi a casa depois que Andrew terminou comigo. Afinal, aquela supostamente deveria ser a nossa casa. Mas eu a adorava, e achava que o lugar tinha tanto potencial... A mera ideia de não ouvir o rio Farmington sussurrando gentilmente à distância, ou de deixar alguma outra pessoa plantar canteiros e pendurar samambaias na varanda da frente... eu simplesmente não conseguia suportar. E, sim, talvez eu estivesse me agarrando ao último fragmento do que houvera entre Andrew e eu. Havíamos planejado ser felizes aqui...

Então, em vez de se tornar nossa casa, esta se tornou a minha casa. Esta casa era minha terapia de luto e, enquanto eu a arrumava com todo capricho e a transformava em um santuário de conforto, beleza e pequenos prazeres deliciosos, podem apostar que eu aproveitava para imaginar um modo de me vingar de Andrew. Eu imaginava que encontrava outra pessoa, alguém melhor, mais inteligente, mais alto, mais divertido, mais rico, mais bonito... alguém que me adorasse loucamente, de preferência. Então Andrew se daria conta da enorme perda que sofrera. E ficaria solitário e infeliz pelo resto de sua vida idiota.

Obviamente, as coisas não aconteceram dessa forma, ou eu não estaria parada ali na calçada, com um namorado inventado em uma das mãos e um artesão de metais na outra, além de um ex-presidiário que fazia as minhas partes femininas arderem de desejo.

— Tenho que ir — disse a mim mesma. Margaret podia estar um pouco amarga nesses últimos dias, mas ela não me arranjaria um encontro com uma pessoa ruim. Lester, o artesão de metais. Era meio difícil conseguir ficar animada com ele. Lester. Les. Não. Nada.

O Blackie's estava cheio e eu logo me arrependi de ter marcado o encontro ali. O que deveria fazer, simplesmente começar a dar tapinhas nos ombros dos homens e perguntar se eles eram Lester, o artesão de metais? *Há algum artesão de metais nesse lugar? Por favor, se você é um artesão de metais, compareça ao bar imediatamente.*

— O que posso lhe servir? — perguntou o barman, enquanto eu abria caminho até o bar.

— Um Gim-tônica, por favor? — perguntei.

— Saindo — ele disse.

Bem, ali estava eu, mais uma vez tentando demonstrar O Olhar, que passava a confiança, o sex appeal, a expressão de "*sou apenas uma observadora tranquila da vida*". E não o olhar que dizia "*absurdamente ansiosa para encontrar um namorado para que não tenha que ficar sozinha quando a irmã se casar com meu ex-noivo, o que, ao que parece, logo irá acontecer. Droga. Seria bom se também fosse um bom dançarino".*

— Com licença, você é Grace? — ouvi uma voz por sobre o meu ombro. — Sou Lester.

Eu me virei e arregalei os olhos. Meu coração parou de bater completamente por um segundo. Então disparou com força, a umas 180 batidas por minuto.

— Você é Grace, certo? — perguntou o homem.

— Obrigada — murmurei, querendo dizer, na verdade, "obrigada, *Deus*!" Então fechei a boca e sorri. — Oi. Quero dizer, sim, sou Grace. Olá. Estou bem, obrigada.

E lá estava eu, balbuciando como uma idiota. Você faria a mesma coisa se visse aquele cara. Santo Deus do Céu, oh, Margaret, obrigada! Porque diante de mim estava um homem que qualquer mulher na face da terra iria querer devorar com chantilly e calda de chocolate. Cabelos negros. Olhos negros de cigano. Covinhas de matar qualquer uma. A camisa aberta, revelando a pele morena e um pescoço que dava vontade de lamber. Um pouco parecido com Julian, só que mais perigoso, menos fofinho. Mais moreno, mais alto, heterossexual. Bendito seja.

O barman me entregou meu drinque, e eu o paguei com uma nota de vinte dólares, completamente zonza.

— Fique com o troco — murmurei.

— Consegui uma mesa para nós — disse Lester. — Lá no fundo, pode ser?

Ele foi na frente, o que permitiu que eu desse uma boa olhada em seu traseiro, enquanto abríamos caminho pela multidão. Jurei para mim mesma que mandaria flores para Margaret, que lavaria suas roupas e assaria brownies para ela, e a agradeci mentalmente por ter me arrumado aquele encontro com Lester, o artesão de metais, que era muito mais do que "atraente à sua própria maneira".

— Fiquei realmente animado quando Margaret ligou — disse Lester, quando nos sentamos. Ele já segurava um copo de cerveja e deu um gole na bebida. — Ela é tão legal.

— Oh — disse, ainda meio zonza. — Isso é... sim. Ela é. Adoro a minha irmã.

Ele sorriu, e senti minha garganta apertada.

— Então você trabalha em uma escola? — perguntou Lester.

Dei uma sacudidela mental em mim mesma.

— Sim, trabalho — respondi. — Sou professora de História na Academia Manning.

Consegui completar as frases e dizer o que eu fazia e onde, mas ainda não conseguira relaxar. Aquele homem era bonito demais. O cabelo era cheio e meio comprido, ondulando charmosamente ao redor de seu rosto. Ele tinha mãos incríveis, fortes e morenas com dedos longos e um machucadinho que estava cicatrizando que logo tive vontade de beijar.

— Então, Lester, que tipo de trabalho com metal você faz? — perguntei, engolindo em seco.

— Bem, na verdade, trouxe uma de minhas peças para você. Um pequeno presente de agradecimento por aceitar se encontrar comigo. — Lester enfiou a mão dentro de uma bolsa de couro surrada que estava perto dele, procurando alguma coisa.

Um presente. Oh! Eu derreti como... bem, como um monte de metal derretido, é claro. Ele *fizera* alguma coisa para mim.

Lester endireitou o corpo e colocou o objeto sobre a mesa.

Era lindo. Feito de ferro, a escultura abstrata de uma pessoa, erguendo-se da base, o metal se torcendo graciosamente em um arco fluido, os braços erguidos para o céu, cabelos de metal flutuando, como se estivessem recebendo a brisa de um dia de verão.

— Oh, meu Deus — sussurrei. — É lindo.

— Obrigado — ele falou. — Faz parte de uma série que estou fazendo agora, e as peças estão vendendo muito bem. Mas a sua é especial, Grace. — Lester fez uma pausa e me encarou com aqueles olhos muito escuros. — Achei você fantástica. Espero que realmente possamos nos entender. É um presente para nos trazer boa sorte.

— Uau — falei. — Sim. — Como se eu dissesse *Sim, aceito me casar com você e ser mãe de quatro lindos filhos.*

Ele sorriu novamente, e eu peguei meu drinque e bebi-o todo de uma vez.

— Você pode me dar licença por um instante? — perguntou Lester. — Preciso fazer uma ligação rápida. Mas voltarei logo. Sinto muito.

— Oh, não, não tem problema — consegui dizer. Eu poderia usar aquele tempo para recuperar o autocontrole, já que estava quase à beira de um orgasmo. Mas também, quem poderia me culpar? O Lindo Cigano *gostara* de mim. Queria ter um *relacionamento* comigo. As coisas poderiam mesmo ser tão fáceis? Me imaginei levando-o à casa dos meus pais para apresentá-lo à turma! Me imaginei tendo-o como acompanhante na próxima vez em que

Natalie e Andrew me convidassem para jantar. Imaginei Callahan O'Shea me vendo com o Lindo Cigano. Isso seria demais! Bom Deus!

Peguei meu telefone celular na bolsa e digitei o número da minha casa.

— Margaret — murmurei apressada quando ela atendeu. — Eu o amo! Obrigada! Ele é incrível! E não é atraente à sua própria maneira! É inacreditavelmente lindo!

— Acabei de começar a ver *Deuses e Generais* — falou Margaret. — Você realmente assiste a essa porcaria?

— Ele é fantástico, Margs!

— Está certo. Fico feliz por servi-la. Ele parecia bem animado para encontrá-la. Na verdade, Lester convidou a mim para sair primeiro, mas mostrei a aliança de casada. Me arrependo agora — ela comentou, soando levemente surpresa.

— Oh, ele está voltando. Obrigada mais uma vez, Margs. Preciso ir. — Apertei a tecla de desligar e sorri quando Lester voltou a se sentar. Meu corpo todo palpitava de desejo.

Pela meia hora seguinte, nós conseguimos conversar. Na verdade, era eu quem estava tendo dificuldade de me concentrar, por isso tentei mostrar que era uma boa ouvinte, apesar de mal estar prestando atenção. Graças ao desejo que queimava em minhas veias. Com a vista turva, ouvi Lester me contar sobre sua família, sobre como se tornara artesão de metais, onde costumava expor em Nova York e São Francisco. Ele estivera em um relacionamento estável por um longo tempo (com uma mulher, o que afastou qualquer medo latente), mas não havia dado certo. Agora Lester estava querendo assentar. Ele adorava cozinhar e mal podia esperar para me preparar um jantar. Ele queria filhos. Ele era perfeito.

Então o telefone celular dele tocou.

— Oh, droga, sinto muito, Grace — falou Lester, com um sorriso de desculpas ao checar a tela do celular. — Estava esperando por esse telefonema.

— Não tem problema, atenda — eu disse, dando mais um gole no meu drinque. *Faça o que quiser, gatinho. Sou sua.*

Lester abriu o celular.

— O que você quer, sua vaca? — ele perguntou, seu rosto se contorcendo de fúria.

Eu engasguei, cuspindo parte da bebida, e recuei no meu assento. Ao nosso redor, os clientes ficaram muito quietos. Lester ignorou a todos nós.

— Muito bem, quer saber onde estou? — ele vociferou, afastando-se levemente de mim. — Estou em um *bar*, com uma *mulher*! Está vendo, sua vagabunda desprezível? E vou levá-la para a nossa casa e vou fazer *sexo* com ela! — A voz dele ficava cada vez mais alta e mais intensa. — É isso mesmo! No *sofá*, na nossa *cama*, no *chão* da cozinha, na maldita *mesa da cozinha*! O que acha disso sua traidora miserável? — Então Lester fechou o telefone, olhou para mim e sorriu. — Então, onde estávamos? — perguntou em uma voz simpática.

— Ahn... — falei, olhando ao redor horrorizada. — Era sua ex? — perguntei.

— Ela não significa mais nada para mim — falou Lester. — E então, quer dar um pulo na minha casa? Posso preparar o jantar para nós.

Todos os meus órgãos internos pareceram se encolher de horror. De repente, eu já não queria mais fazer nada na cozinha de Lester, muito obrigada.

— Bem... ahn, Lester. Você acharia que estou sendo invasiva se sugerisse que vocês dois, bem, que o relacionamento de vocês ainda não acabou realmente? — Tentei sorrir.

O rosto de Lester pareceu desmoronar.

— Oh, droga! — ele soluçou. — Eu ainda a amo! Eu a amo e isso está me matando! — Ele abaixou a cabeça e bateu com a testa na mesa várias vezes, soluçando, fungando, as lágrimas escorrendo de seus olhos.

Olhei para a nossa garçonete que passava e apontei para o meu drinque.

— Vou querer outro — pedi.

Uma hora e meia depois, finalmente levei Lester até o carro dele, depois de ter ouvido tudo sobre Stefania, a russa de coração frio que o deixara por outra mulher... como ele fora até a casa dela e berrara seu nome várias vezes, até que a polícia aparecesse e o levasse embora... como ele ligara para ela 107 vezes em uma única noite... como ele vandalizara a Rússia em um mapa antigo na biblioteca pública e fora obrigado a cumprir cem horas de serviço comunitário. Eu assenti, murmurei, bebi muitos drinques muito necessários (eu voltaria caminhando para casa, então qual o problema?). *Artistas*, pensei, enquanto ouvia suas desgraças. Eu também fora abandonada, mas ninguém me via sujando o gramado de ninguém. Talvez Kiki gostasse dele...

— Bem, então... Boa sorte, Les — falei, esfregando meus braços. A noite ficara muito fria e a neblina cercava os postes de luz.

— Odeio o amor — ele declarou aos céus. — Por que não me manda um raio, agora? Mate-me universo!

— Mantenha a cabeça erguida — falei. — E... bem. Obrigada pelos drinques.

Eu o observei sair de carro do estacionamento — por nada nesse mundo eu iria entrar no carro dele, não importava o quanto houvesse sido bem intencionada sua oferta de carona. Suspirei e chequei o relógio. Dez horas da noite de uma quarta-feira. Outro homem a menos.

Droga. Eu esquecera minha estatueta dentro do bar e, sendo o artista que a criara louco ou não, eu gostara dela. Na verdade, a peça talvez tivesse mais valor no futuro. *Artesão de metais é internado em hospício. Preços disparam.* Fiz uma anotação mental para me lembrar de estrangular Margaret assim que chegasse em casa. Afinal de contas, ela era advogada. Talvez na próxima vez em que me arrumasse alguém, pudesse dar uma breve checada no passado dele antes.

Voltei para dentro do bar, resgatei minha estatueta, abri caminho novamente em meio à multidão que se aglomerava no Blackie's e empurrei a porta para sair. Estava presa. Empurrei com mais força e a porta acabou abrindo de repente, jogando-me contra o corpo de alguém que estava tentando entrar ao mesmo tempo.

— Opa — ele disse.

Fechei meus olhos.

— Olhe por onde anda — murmurei.

— Eu deveria ter imaginado que era você — disse Callahan O'Shea — Enchendo a cara, Grace?

— Eu tive um encontro, muito obrigada por perguntar. E você não está em posição de apontar o dedo para ninguém. Um irlandês em um bar. Que novidade.

— Ao que vejo está bêbada de novo. Espero que não esteja dirigindo. — O olhar dele passou por mim e seguiu em direção ao bar. Virei-me para olhar. Uma loura atraente acenou para ele e sorriu.

— Não estou bêbada! E não estou de carro, portanto não precisa se preocupar. Aproveite seu encontro. Diga a ela para pedir um duplo — E com isso, passei por ele e saí na noite fria.

Callahan O'Shea podia ser um homem arrogante, irritante, mas eu tinha que admitir que ele estava certo sobre a minha capacidade de beber. Devo dizer que havia planejado comer alguma coisa, mas quando a garçonete aparecera para pegar o pedido, Lester estava no auge de seu desespero por amor, e pedir asinhas de frango pareceu meio insensível. Mas eu também não estava exatamente bêbada, só um pouquinho tonta. Acrescente-se a isso o cheiro forte dos lilases e a sensação era até bem agradável.

A neblina estava mais pesada agora e eu não queria nem pensar em como deveriam estar meus cabelos, mas já podia senti-los armados como uma juba. Inspirei com força o ar perfumado de lilases e tropecei — era o preço de fechar os olhos nas calçadas acidentadas de Peterston — mas me recuperei de um modo bastante elegante.

— Não posso acreditar que seu namorado deixou que voltasse sozinha para casa nessas condições, Grace. Que grosseria...

Olhei de cara feia.

— Você novamente... O que está fazendo aqui?

— Acompanhando você até em casa. Vejo que ganhamos um prêmio Emmy — falou Callahan, inclinando a cabeça para examinar melhor a minha estatueta.

— Foi um presente muito gentil. De Wyatt. Ele comprou para mim. E você não precisa me acompanhar até em casa.

— Alguém tem que fazer isso. É sério, onde está seu namorado?

— Ele terá que fazer uma cirurgia amanhã de manhã e precisava ir embora. Então foi.

— Ahã — respondeu Callahan. — Por que ele nem ao menos levou-a de carro para casa? Ainda tinha que recolher algum gato abandonado?

— Eu queria caminhar. Insisti, na verdade. E por falar nisso, e sua namorada? Você simplesmente deixou-a sozinha no bar? Tsc, tsc.

— Ela não é minha namorada.

— Mas eu a vi acenar para você com uma expressão de puro reconhecimento e antecipação.

— Ainda assim, ela não é minha namorada — ele repetiu.

— Acho difícil de acreditar — falei. — Então, quem é ela?

— Minha agente da condicional. — Callahan riu. — Agora conte a verdade para o tio Cal, Grace. Você teve uma briguinha com seu namorado essa noite?

— Não, nós não brigamos. E essa é a mais pura verdade. — Talvez esse fosse um bom momento para mudar de assunto. — Você é mesmo irlandês?

— O que você acha, gênio?

Acho que você é um idiota. Ops. Talvez eu tenha dito isso em voz alta.

— Talvez você devesse ficar apenas na Coca-Cola na próxima vez que sair, não? — ele sugeriu. — Quantos drinques tomou?

— Tomei dois Gim-tônica... na verdade, um e meio... e não costumo beber com frequência. Portanto, sim, talvez eu esteja sentindo os efeitos. É só isso. — Chegamos a uma pequena ponte que cruzava a linha do trem.

— Então você não tem resistência ao álcool. Quantos quilos você pesa?

— Cal, é um pecado capital perguntar o peso de uma mulher, portanto retire o que disse, companheiro.

Ele soltou aquela risada travessa e deliciosa.

— Adoro quando me chama de "companheiro". E eu a chamarei de "boa de copo", o que acha?

Suspirei alto.

— Escute, Callahan O'Shea dos duendes, obrigada por me acompanhar até aqui. Agora só faltam umas poucas quadras até em casa. Por que não volta para a sua mulher?

— Porque essa não é a melhor das vizinhanças e não quero que você volte sozinha para casa.

Opa. Aquela era mesmo uma das partes mais perigosas da cidade... na verdade, quando um traficante era preso, isso normalmente acontecia bem ali, sob a ponte. Dei uma olhada para o rosto de Cal. Além de ele ser bonito demais, eu tinha que admitir que também estava sendo realmente... bem, atencioso.

— Obrigada — falei. — Tem certeza de que sua namorada não se importa?

— Por que ela deveria se importar? Estou fazendo um serviço de utilidade pública.

Quando descia os degraus de metal da ponte, escorreguei. Callahan agarrou rapidamente meu braço antes que eu me machucasse e, por um instante, fiquei amparada pelos braços dele. Quentes, sólidos, seguros. Não me importaria nem um pouco de ficar ali a noite toda. Ele também tinha um cheiro gostoso, maldição, de sabonete e madeira.

Callahan estendeu a mão e retirou delicadamente alguma coisa dos meus cabelos... uma folha. Ele ficou olhando para ela por um segundo antes de jogá-la fora. Então voltou a me abraçar, sua mão quente sobre o meu braço.

— Então, sua namorada — falei de repente. — Hummm... Ela parece ser legal. E também é bem bonita. — Meu coração saltava no peito como um peixe tentando voltar para a água.

Cal soltou meus braços.

— Ela é legal, e é bonita. Mas não é minha namorada. Como eu já lhe disse.

— Oh. — O alívio deixou meus joelhos bambos, latejando dolorosamente. Não. Eu não queria que Callahan O'Shea estivesse namorando ninguém. E o que isso queria dizer? Voltamos a caminhar, lado a lado, a neblina nos protegendo da luz forte dos faróis e abafando o som dos carros que passavam. Respirei fundo e arrisquei. — Então, Cal, você está... ahn... saindo com alguém?

Ele me olhou com uma expressão indecifrável.

— Não, Grace, não estou.

— Imagino que não seja do tipo casamenteiro... Não quer se acomodar ainda, certo?

— Eu adoraria me acomodar — ele falou. — Uma esposa, um casal de filhos, um gramado para aparar.

— É mesmo? — perguntei. Quase uivei, na verdade. Callahan me parecia o tipo de homem que quando entrava em uma sala, começava a tocar "Bad to the Bone". Aparar o gramado enquanto as crianças brincavam? Não sei, não...

— É verdade — Ele enfiou as mãos nos bolsos. — Não é isso que você e o dr. Maravilha querem?

— Oh. Ahn, claro. Acho que sim. Não sei. — Aquele não era o tipo de conversa que eu queria ter enquanto estava levemente embriagada. — Seria difícil casar com um cara que já é casado com seu trabalho — completei, desajeitada.

— Entendo.

— Como vê, as coisas não são tão maravilhosas quanto parecem — acrescentei, surpreendendo a mim mesma.

— Entendo. — Cal virou-se para mim, deu um leve sorriso e eu abaixei os olhos de repente. Não sabia nada sobre aquele cara. Apenas que era inegavelmente atraente. E que queria se assentar na vida. E que cumprira pena por atos criminosos.

— Ei, Cal, você se arrepende de ter desviado aquele dinheiro? — perguntei de súbito.

Ele inclinou a cabeça e me avaliou por um tempo.

— É complicado.

— Por que não fala de uma vez, irlandês? O que você fez?

Ele riu.

— Talvez algum dia eu lhe conte. Além do mais, já estamos quase em casa.

Já estamos quase em casa. Como se morássemos juntos. Como se ele pudesse entrar e Angus não fosse mordê-lo. Como se eu, ou ele, pudéssemos preparar um lanche e sentarmos juntos para assistir a um filme. Ou não. Ou apenas subiríamos as escadas... Tiraríamos algumas peças de roupa... Faríamos um pouco de exercício...

— Chegamos — falou Callahan, subindo até a entrada da minha casa comigo. O corrimão de ferro da varanda estava escorregadio e frio e a mão de Callahan nas minhas costas parecia ainda mais quente em comparação. A *mão* dele nas minhas *costas*. Ele estava me tocando e...uau... era bom, como se um pequeno raio de sol estivesse descansando ali, irradiando calor para regiões mais distantes do meu corpo.

Virei-me para ele, prestes a dizer alguma coisa — o quê, eu não tinha ideia. Porque ao ver seu sorriso, seus olhos adoráveis e perigosos, tudo pareceu fugir de minha mente.

Meus joelhos voltaram a ficar bambos e meu coração pareceu inchar enquanto uma onda de calor me invadia. Por um segundo, pude sentir como seria beijar Callahan O'Shea, e a força daquela imagem fez com que eu sentisse um frio no estômago. Meus lábios se abriram levemente, meus olhos se fecharam. Ele era como um imã, me atraindo.

— Boa noite, minha pequena boa de copo — ele disse.

Abri os olhos de repente.

— Ótimo! Boa noite, companheiro. Obrigada por me acompanhar até em casa.

Ele deu mais um sorriso que pareceu derreter meus ossos, virou-se e partiu, de volta para a mulher que não era sua namorada e me deixando sem saber se me sentia imensamente aliviada, ou muito desapontada.

Capítulo dezesseis

— *Oi, papai* — cumprimentei, uma noite, depois da escola. Eu tinha o hábito de dar uma passada pela casa dos meus pais — às vezes simplesmente não conseguimos aprender com a experiência, certo? A verdade era que, individualmente, meus pais eram ótimas pessoas. Papai era metódico e confiável, como acho que devem ser os pais, e seu amor pela Guerra Civil Americana fazia com que tivéssemos um vínculo especial. E minha mãe era uma mulher vibrante e inteligente. Enquanto crescíamos, ela fora uma mãe devotada, do tipo que costurava nossas fantasias de Halloween e preparava os biscoitos. Era verdade que meus pais sempre haviam feito as coisas separadamente, eu tinha muito poucas lembranças dos dois saindo sozinhos. Eles tinha amigos e costumavam sair bastante socialmente, mas no que se referia a um amor ou uma paixão profundos e intensos... vamos dizer que, se havia, eles escondiam muito bem.

Isso me preocupava. E se eu acabasse com um casamento como aquele, me sentindo o tempo todo reprimida e irritada com meu marido, desejando ter escolhido outra vida? Veja Margaret. Veja Mémé e seus três maridos, nenhum dos quais ela se lembrava com carinho.

Papai estava sentado na mesa da cozinha, com seu copo diário de vinho tinto (apenas para fins medicinais) ao seu lado. Soltei a guia de Angus para que meu cachorrinho pudesse correr para sua segunda pessoa favorita no mundo.

— Olá, Pudinzinho — ele falou, levantando os olhos do Wall Street Journal. Então viu meu cachorro. — Angus! Como está, camarada? — Angus saltou no ar, latindo de puro amor. — Quem é o meu rapaz, hein? Você é um bom cachorrinho?

— Na verdade não é, não — admiti. — Ele mordeu meu vizinho, o carpinteiro.

— Oh, e como está indo a colocação das janelas? — perguntou papai, levantando Angus para mimá-lo melhor.

— Está terminada, na verdade. — E eu tinha que admitir que estava desapontada. Não haveria mais Callahan O'Shea na minha casa. — Ele fez um grande trabalho. Obrigada mais uma vez, papai.

Ele sorriu.

— De nada. Ei, ouvi dizer que você será Jackson em Chancellorsville.

— Vou ter um cavalo e tudo o mais — falei, sorrindo com modéstia. Entre os membros do "Brother Against Brother" havia um dono de haras que emprestava os cavalos de vez em quando, desde que passássemos por uma aula de equitação. Eu, por sinal, só conseguira permissão para montar Snowlight, um pônei branco, gordo e velho, com a crina macia e uma tendência narcoléptica a se deitar quando ouvia barulhos altos, o que tornava minha cavalgada para reunir as tropas um pouco mais dramática do que o planejado. No entanto, como coronel Jackson, eu levaria um tiro nessa batalha, portanto a narcolepsia de Snowlight viria bem a calhar.

— A propósito, você esteve ótimo em Bull Run — comentei. Ele assentiu, concordando, e virou a página do jornal. — Onde está a mamãe?

— Na garagem — respondeu o papai,

— No ateliê! — A voz de mamãe podia ser ouvida claramente do seu *ateliê*. Ela detestava quando alguém se referia ao lugar como garagem, achava que estavam menosprezando sua autoexpressão.

— Ela está no *ateliê*! Fazendo suas estátuas pornográficas! — Papai gritou de volta, largando o jornal sobre a mesa. — Que Deus me ajude, Grace, se eu soubesse que sua mãe enlouqueceria depois que vocês, meninas, fossem para a faculdade...

— Sabe, papai, você poderia dar um pouco mais de apoio ao trabalho da...

— Não é pornografia! — Minha mãe estava parada na porta, o rosto muito vermelho por causa do calor do forno para fundir vidro. Angus entrou em disparada na garagem para latir para as obras de arte dela.

— Oi, mamãe — cumprimentei. — Como estão indo, ahn, as esculturas?

— Olá, querida — respondeu mamãe, me dando um beijo no rosto. — Estou tentando usar um vidro mais leve. O último útero que vendi pesava quase dez quilos. Só que esse mais leve quebra o tempo todo. Angus, não! Fique longe desse ovário, querido!

— Angus! Biscoito! — chamei. Meu cachorro correu de volta para a cozinha e mamãe fechou a porta que dava para a garagem. Então ela foi até a jarra onde guardava os biscoitos de cachorro especiais, que sempre tinha à mão para Angus (ela ainda não tinha netos, você entende...)

— Aqui está, coisinha querida! — falou mamãe carinhosamente. Angus se sentou e ergueu as patinhas no ar, quase fazendo com que minha mãe desmaiasse de alegria. — Que gracinha! Sim, você é uma gracinha! É um menininho muito querido! É meu pequeno Angus! — Ela finalmente se ergueu e olhou para sua filha biológica. — Então, o que a traz aqui, Grace?

— Oh, só estava querendo saber se vocês dois andaram conversando com Margaret por esses dias — falei. Angus, despeitado ao ver que já não contava com a atenção exclusiva, se afastou para destruir alguma coisa. Desde nossa última conversa emotiva na cozinha, eu mal falara com a minha irmã, que vinha mergulhando no trabalho ainda mais do que antes.

Mamãe lançou um olhar azedo na direção de papai.

— Jim, nossa filha está nos visitando. Acha que pode deixar um pouco o jornal de lado e dar atenção a ela?

Papai revirou os olhos e continuou lendo.

— Jim!

— Mamãe, está tudo bem. Papai está só relaxando um pouco. Mas ele está ouvindo, não é mesmo, papai?

Meu pai assentiu e ergueu um olhar resignado para mamãe.

— Bem, quanto a Margaret e Stuart, quem sabe? — disse mamãe. — Mas eles vão encontrar uma solução. Casamento é uma coisa complicada, querida. Um dia você vai descobrir. — Ela deu um peteleco no jornal do papai e ganhou um olhar irritado. — Não é mesmo, Jim? Complicado.

— Com você, é mesmo — resmungou ele.

— Falando em casamento, querida, Natalie queria saber se todos estaríamos livres para o café da manhã de domingo, ela falou com você?

— O que casamento tem a ver com isso? — Minha voz saiu muito aguda.

— O quê?

— Você disse "falando em casamento". Eles estão noivos?

Papai abaixou o jornal e me encarou por cima dos óculos bifocais.

— Você teria algum problema com isso, Pudinzinho?

— Ahn, não! É claro que não! Ela disse isso? Por que Natalie não me contou nada.

Mamãe deu um tapinha no meu ombro.

— Não, não, ela não disse nada. Mas, Gracie, querida... — Ela fez uma pausa. — Parece que é o que vai acontecer logo.

— Oh, eu sei... Claro que sei! Espero mesmo que se casem. Os dois são fantásticos juntos.

— E agora você tem Wyatt, então não vai doer tanto, certo? — disse mamãe.

Por um instante, quase contei tudo sobre Wyatt Dunn, o médico sagrado. *Na verdade, eu simplesmente inventei esse cara para que Nat não se sentisse tão culpada, mamãe, papai. E, ah, sim, a propósito, acho que estou sentindo alguma coisa pelo meu vizinho ex-presidiário*. Mas então o que eles diriam? Já podia até imaginar a expressão em seus rostos, a consternação, a preocupação, o medo de que eu estivesse louca. A certeza de que eu ainda não superara a perda de Andrew, que fora machucada além de qualquer possibilidade de recuperação, que uma paixonite por Cal só comprovava meu estado emocional deplorável.

— É verdade — disse lentamente. — Tenho Wyatt. E também tenho trabalhos de alunos para corrigir.

— E eu preciso terminar minha *arte* — provocou mamãe, dando outro peteleco no jornal de papai. — Portanto, cuide de seu próprio jantar.

— Ótimo! Vou adorar! Você está cozinhando cada vez pior, sabe, desde que se tornou *artista*.

— Cresça, Jim. — Mamãe se virou para mim. — Espere, querida. Queremos muito conhecer Wyatt. — Ela pegou o calendário que estava pendurado perto da geladeira. — Vamos marcar um dia agora mesmo.

— Oh, mamãe, você sabe como é. Wyatt é tão ocupado... Além do mais, ele está trabalhando em Boston alguns dias da semana, ahn, atendendo a pacientes. Ops, preciso ir. Até logo. Depois retornarei com uma data.

Fui até o centro da cidade para resolver algumas coisas, com Angus no meu colo, ajudando-me a dirigir. No caminho, sentia como se as histórias de todos — as histórias de "como haviam se conhecido" — ecoassem em minha cabeça. Meus próprios pais haviam ficado juntos quando papai era salva-vidas e mamãe estava nadando no lago Waramaug, fingindo para as amigas que estava se afogando. Ela tinha dezesseis anos na época, e estava só brincando. Se papai fosse uma pessoa menos literal, provavelmente teria percebido isso. Mas do jeito que ele era, correu para salvá-la das águas do lago e, ao ver que não havia água em seus pulmões, repreendeu-a com tanta firmeza que ela desatou a chorar. E, de repente, ele se apaixonou.

Margaret e Stuart se conheceram durante uma simulação de incêndio em Harvard. Era uma noite gelada de janeiro, e Margs estava vestindo apenas um pijama. Stuart envolveu-a com seu casaco e deixou que ela se sentasse em seu colo, para que os pés de Margs não tocassem na neve. Depois, a carregou de volta para o dormitório (direto para a cama, era o que contavam).

Eu também queria uma história. Não queria ter que contar: "Oh, papai e eu nos conhecemos através de um site da internet, porque ambos estávamos tão desesperados que não conseguíamos pensar em mais nada". Ou "Eu fiz seu pai se casar comigo fingindo que não conseguia escolher minhas próprias lâmpadas e usando maquiagem o tempo todo".

Andrew e eu havíamos tido uma história. Uma bela história até. Afinal, quantas pessoas podiam dizer que haviam conhecido seus maridos enquanto estavam caídas no chão, mortas, na Batalha de Gettysburg? Foi bem bonitinho. E, é claro, lembrei a mim mesma com amargura, afastando delicadamente a cabeça de Angus para que eu conseguisse enxergar, Natalie e Andrew também tinham uma grande história. *Eu estava noivo da irmã dela, mas bastou um olhar para Natalie e soube que havia escolhido a garota Emerson errada! Hahaha!*

— Pare com isso — disse a mim mesma, a voz áspera. — Você vai encontrar alguém. Vai sim. Ele não precisa ser perfeito. Basta ser bom o bastante. E, sim, Natalie e Andrew provavelmente vão se casar. Nós sabemos disso. Não estamos surpresos. Vamos aceitar a notícia muito bem.

Mas eu não conseguia afastar o pânico que se abatera sobre mim enquanto resolvia várias coisas... mercado, lavanderia, a loja de vinhos para comprar um Chardonnay bom e barato. Em cada lugar que eu entrava, imaginava uma história. Na loja de vinho: "*Ele recomendou um vinho, nós começamos a conversar... guardei a garrafa de lembrança*". Olhe, está ali na prateleira. Infelizmente, o homem atrás do balcão na loja de vinhos tinha cerca de sessenta anos, usava aliança e ainda tinha uns cinquenta quilos a mais do que deveria. No mercado: "*Nós nos esbarramos na geladeira onde ficavam os sorvetes Ben & Jerry, discutimos sobre qual o melhor sabor, se baunilha ou café, e até hoje ainda não chegamos a um acordo*". Mas, não, a única pessoa na frente da geladeira de sorvete era uma garota de cerca de doze anos, louca por sorvete de canela, ao que parecia. Então, na lavanderia: "*Ele estava pegando um terno, eu precisava do meu uniforme de oficial confederado...*" No fim, a única pessoa na lavanderia era a dona do lugar, uma mulher pequena e gentil.

— Cuidado para não levar um tiro! — ela disse, me entregando meu uniforme cinza.

— Mas a graça é levar o tiro — eu respondi, meu sorriso saiu forçado.

Quando cheguei em casa, arrumei as compras, tirei uma caixa de absorventes de perto de Angus e lhe dei um biscoito canino. Então, me servi de um copo de vinho para fins absolutamente medicinais e subi ao sótão com meu uniforme. Eu costumava guardar meu uniforme no sótão? Bem, não, pelo menos não até o inverno, mas naquela noite isso parecia uma boa ideia. E não acendi a luz, porque sabia o caminho de cor.

Lá estava ele. Callahan O'Shea estava de volta ao telhado, as mãos cruzadas atrás da cabeça, os olhos erguidos para o céu.

Nos conhecemos quando eu o acertei com meu bastão de hóquei. Achei que ele estava querendo roubar a casa vizinha. No fim não era isso, seu pai era apenas um cara que acabara de sair da prisão. Quer saber por que ele estivera preso? Oh, ele roubara mais de um milhão de dólares.

Suspirei, me afastei da janela e desci novamente as escadas. Imaginei Wyatt Dunn entrando em casa, me abraçando, apoiando o queixo em meus cabelos. Angus não o morderia, nem sequer latiria. Nós nos sentaríamos em minha sala de jantar que raramente era usada, eu lhe serviria um copo de vinho e ele perguntaria sobre meus alunos. Então Wyatt se divertiria me ouvindo contar como dividira a turma entre cidadãos da Confederação e da União e pedira para que debatessem por que o seu lado estava certo, contaria também como todo o lado que representava o sul falara com o sotaque arrastado típico e como todos haviam dado gargalhadas quando Emma Kirk dissera "Tolices", imitando Scarlett O'Hara.

Meu devaneio era tão real para mim que quando ouvi alguém batendo na porta quase esperei ver Wyatt, quase imaginei ter conseguido conjurá-lo de algum modo. Angus entrou em seu frenesi de pulos e latidos, eu o peguei no colo e abri a porta. Era Callahan O'Shea que havia descido do telhado. Meu rosto imediatamente ficou vermelho como um pimentão.

— Oi — eu disse, segurando Angus com força enquanto ele rosnava sem parar.

— Oi — disse Callahan, apoiando o corpo no batente da porta.

— Está tudo bem? — Afinal, já estava escuro.

— Sim. — Ele só ficou me encarando com aqueles olhos azul-escuros, e pela primeira vez percebi que suas íris tinham pontos dourados. A camisa dele era de um verde suave e o cheiro de madeira recém-cortada invadiu minhas narinas.

— O que posso fazer por você? — perguntei, minha voz rouca.

— Grace.

— Sim? — sussurrei.

— Quero que você pare de me espionar — ele falou.

Maldição! Reprimi um suspiro culpado.

— Espionar? Eu não estou... Eu... Eu não...

— Do sótão. Você tem algum problema com o fato de eu ficar no meu telhado?

— Não! Eu estava apenas... — *Grrrr. Grrrr. Au!* Angus lutava para escapar dos meus braços, me dando uma ótima desculpa para balbuciar. — Espere um instante. Ou entre, se quiser. Tenho que colocar Angus no porão.

Eu prendi Angus, respirei fundo algumas vezes então me virei para encarar meu vizinho que estava parado logo depois da porta, com uma sobrancelha sarcástica erguida. Se é que sobrancelhas podiam ser sarcásticas...

— Cal, eu estava só colocando algumas coisas lá em cima. Vi você e, sim, fiquei curiosa por você estar no telhado, certo? Sinto muito?

— Grace, ambos sabemos que você estava me espionando. Assuma.

— Uau, alguém tem um ego e tanto, hein? — falei. — Eu estava guardando meu uniforme confederado. Suba e cheque se quiser. — Angus latiu do porão, me apoiando.

Callahan chegou mais perto e me olhou de cima — literal e figurativamente, imaginei. Os olhos dele passaram pelos meus cabelos, então... oh, Deus... para a minha boca.

— O que eu realmente quero saber — ele falou —, é por que esse seu namorado a deixa tanto tempo sozinha? — a voz dele era gentil.

Todo o meu corpo reagiu, pulsando, quente.

— Oh... bem... — Minha voz estava ofegante. — Não sei se esse namoro vai funcionar. Nós estamos, ahn... reavaliando.

Conte a ele que está sozinha, Grace. Diga simplesmente que você e Wyatt terminaram.

Eu não fiz isso. Honestamente, estava assustada demais. Todo o meu corpo tremia por causa da proximidade de Callahan. Eu tinha medo de que ele estivesse brincando comigo e estava bastante consciente de que estava a um passo de arrastá-lo para o chão e rasgar suas roupas.

Aquela imagem hilariante quase imediatamente foi substituída por outra, muito menos sedutora: Cal me afastando e dizendo com muita firmeza, *Não, obrigado*, com aquela expressão sardônica no rosto atraente.

— Então — Minha voz era ríspida, o tom professoral. — Mais alguma coisa, sr. O'Shea?

— Não. — Mas ele olhou para mim, realmente olhou, e vou lhe dizer, estava ficando muito difícil manter o contato visual. Não havia dúvida de que eu estava ruborizando, já que sentia meu rosto muito quente.

— Não me espione mais — Callahan disse por fim, a voz gentil. — Entendeu?

— Sim — sussurrei. — Me desculpe.

Então ele se virou e saiu, me deixando parada no meio da minha sala de estar, trêmula e sentindo que meu corpete estava muito apertado.

Está certo, está certo, eu admitia que estava me sentindo desesperadamente atraída por Callahan O'Shea. E isso não era uma boa coisa. Primeiro, porque que eu não estava muito certa se ele gostava de mim. Segundo... bem. Não era só pelo fato de ele ser um ex-presidiário. Claro, se houvesse espancado alguém com um cano ou alguma coisa assim, obviamente estaria fora de cogitação. Está certo, desvio de dinheiro também era crime. Mas não tão ruim assim, não é? Se ele se arrependera... e mais, o homem pagara sua dívida com a sociedade e toda essa bobagem...

Não. O problema não era o passado dele embora, obviamente, eu colocasse um grande peso no passado. Era o fato de que durante toda a minha vida, eu soubera o que queria. Pensara que Andrew era O Cara, e veja como as coisas terminaram. O que eu queria agora, que Deus me ajude, era outro Andrew, só que sem toda aquela complicação de se apaixonar pela minha irmã.

Callahan O'Shea era absurdamente atraente, mas eu nunca conseguia relaxar quando ele estava por perto. Cal não era do tipo que olharia para mim com adoração. Ele... ele... ah, droga, ele simplesmente era demais. Era grande demais, bonito demais, atraente demais, excitante demais. Eu sentia coisas demais quando estava perto dele. Era perturbador, na verdade. Ele me fazia sentir irritada, excitada, impetuosa quando tudo o que eu queria era ser doce, amorosa e suave. Eu queria ser... bem, como Natalie. E queria um homem que me olhasse do modo como Andrew olhava para Nat. Não como Callahan, que parecia conhecer todos os segredos que eu escondia.

Capítulo dezessete

Uma noite, eu estava trabalhando até mais tarde na Academia Manning, organizando minha apresentação para o conselho administrativo, quando Stuart apareceu para me visitar.

— Oi, Stuart! — exclamei, levantando-me para dar um beijo em seu rosto.

— Como você está, Grace? — ele perguntou educadamente.

— Estou bem — falei. — Sente-se. Aceita um café ou alguma outra coisa?

— Não, obrigado. Só queria alguns minutos do seu tempo.

Stuart estava com uma péssima aparência. Tinha olheiras e uma expressão cansada nos olhos e sua barba parecia mais grisalha do que há algumas semanas. Embora trabalhássemos na mesma escola, a sala de Stuart ficava no prédio Caybridge, um prédio mais novo no lado sul do campus, longe do Lehring, onde o Departamento de História ficava adequadamente instalado no prédio mais antigo da Manning. Eu raramente encontrava Stuart na escola.

Voltei a sentar atrás da minha mesa e respirei fundo.

— Você quer falar sobre Margaret? — perguntei com delicadeza.

Ele abaixou os olhos.

— Grace... — Ele balançou a cabeça. — Ela lhe contou por que estamos... separados?

— Ahn... — Fiz uma pausa, insegura sobre o quanto deveria revelar. — Ela não falou muito.

— Eu levantei a ideia de termos um bebê — Stuart falou baixinho. — E ela simplesmente explodiu. Parecia que, de uma hora para a outra, estávamos tendo todo tipo de problemas e eu nem tinha consciência disso. Ao que parece, sou completamente entediante. E também não falo o bastante sobre o meu trabalho. Ela sente como se vivesse com um estranho. Ou com um irmão. Ou com um homem de noventa anos de idade. Não nos divertimos o bastante, não nos dispomos a simplesmente pegar nossas escovas de dente e sumir para as Bahamas... E é ela quem trabalha setenta horas por semana, Grace! Se eu sugerisse que viajássemos para algum lugar, ela me mataria!

Ele sem dúvida tinha razão naquele ponto. Margaret era instável, isso para dizer o mínimo.

Stuart deu um suspiro cansado.

— Tudo o que eu queria era que conversássemos, apenas, sobre a ideia de ter um bebê. Decidimos que não teríamos filhos quando tínhamos 25 anos, Grace. Foi há muito tempo. Achei que poderíamos conversar novamente a respeito. E agora ela disse que está dando entrada no pedido de divórcio.

— Divórcio? — falei com a voz muito aguda. — Oh, maldição. Eu não sabia disso, Stuart. — Fiquei quieta por um instante, então disse. — Mas você conhece Margaret, meu amigo. Ela é explosiva. Duvido que realmente queira... — Minha voz falhou. Eu não tinha ideia do que Margaret realmente queria. Por um lado, não podia imaginá-la divorciando-se de Stuart daquele jeito. Mas por outro, a verdade era que ela sempre fora impulsiva. E absolutamente incapaz de admitir quando estava errada.

— O que devo fazer? — ele perguntou, a voz ligeiramente trêmula.

— Oh, Stuart. — Levantei da cadeira, fui até ele e dei tapinhas constrangidos em seu ombro. — Escute — murmurei —, uma coisa que ela me disse foi que... — *você só faz sexo em dias agendados*. Fiz uma careta. — Ahn, talvez as coisas entre vocês tenha caído um pouco... na rotina? Então, quem sabe uma surpresinha de vez em quando... — *sobre a mesa da cozinha* — ... não fosse ruim. Só para mostrar que você realmente... a nota.

— Mas eu noto Margaret — ele protestou, secando os olhos com uma das mãos, do jeito que os homens fazem. — Eu a amo, Grace. Sempre a amei. Não entendo por que isso não é o bastante.

Graças a Deus, minha irmã não estava em casa quando eu voltei. Como Stuart ressaltara, ela trabalhava até bem tarde. Confusa, preparei qualquer coisa para jantar e subi para me trocar para o Baile da Terceira idade.

Callahan estava ocupado com sua própria casa naqueles dias, e eu não o vira mais desde que me proibira de espioná-lo. Olhei pela janela para as novas telhas no telhado dele, e para o pequeno e adorável deque em curva nos fundos. Nos últimos dois dias, Cal andara fazendo alguma coisa lá dentro, por isso eu não pudera ficar de olho nele. Uma pena.

— Vamos Angus, meu rapaz. Vamos lá — falei. Então peguei minhas coisas e saí de casa com Angus pulando feliz ao meu lado. Ele sabia o que a saia rodada da mamãe significava. Entrei no carro, dei ré e saí para a rua, como já fizera milhares de vezes antes.

Só que ao contrário dessas milhares de outras vezes, agora ouvi um barulho horrível de metal sendo amassado.

A caminhonete de Callahan estava estacionada na rua, bem perto da minha garagem. Bem, está certo, talvez não tão perto, mas eu estava acostumada com a saída totalmente livre desde que me mudara para lá. Por isso, acho que fiz a curva de um jeito meio... sim. Está bem, a culpa fora minha.

Saí do carro para examinar o estrago. Droga. Logo imaginei que Callahan não ficaria nada satisfeito quando eu lhe dissesse que havia destruído sua lanterna traseira esquerda. Para minha sorte, meu próprio carro tinha uma carroceria alemã robusta e havia apenas um leve arranhão no lugar onde atingira a caminhonete.

Relanceei o olhar para o relógio, suspirei, então resolvi cumprir logo com meu dever e desci a entrada da casa dele para confessar o que fizera.

Bati rapidamente na porta. Ninguém respondeu.

— Callahan? — chamei. — Acabei de bater em sua caminhonete! — Nada. Que ótimo... ele havia saído. Eu não tinha nenhuma caneta à mão, droga, e se entrasse novamente em casa me atrasaria para o baile. Já estava atrasada.

Ele teria que esperar. Desci novamente até meu carro, mandei Angus sair do assento do motorista e parti para a Golden Meadows.

No caminho, com Angus sentado no meu colo e suas adoráveis patas dianteiras descansando sobre o volante, me peguei desejando ser do tipo que não se importava em ser mãe solteira. Bastaria passar em um banco de esperma e bingo! Não seria necessário homem algum. A vida seria tão mais simples.

Passei pelo lago. O sol estava se pondo e um par de gansos do Canadá cruzava a água, prestes a aterrissar, os pescoços negros e graciosos esticados. No minuto em que tocaram a água, um nadou na direção do outro para checar se estavam a salvo. Que lindo... Aquele era o tipo de ternura que eu buscava. Que beleza... Agora eu estava com inveja de gansos.

Quando parei o carro no estacionamento de visitante da Golden Meadows, já me sentia melhor. Aquele lugar fazia bem para a alma.

— Olá, Shirley — cumprimentei a recepcionista quando entrei.

— Olá, Grace. — Ela sorriu. — E quem está aqui? Céus, é Angus! Olá, meu bem! Olá querido! Olá! Quer um biscoito? — Observei encantada enquanto Shirley se desmanchava de prazer ao ver meu cachorro, que era extremamente popular ali. Angus, sabendo que tinha uma audiência cativa, ergueu a pata direita e inclinou a cabecinha para o lado, enquanto Shirley quase desmaiava de alegria.

— Tem certeza de que não se importa de tomar conta dele? — perguntei enquanto Angus comia seu biscoito educadamente (afinal, estávamos em público).

— Se eu me importo? É claro que não! Adoro Angus! Sim, adoro!, Adoro você, rapaz!

Desci o corredor sorrindo.

— Olá para todos! — cumprimentei quando entrei na sala de recreação, onde toda semana acontecia o Baile da Terceira Idade.

— Olá, Grace! — responderam em couro. Distribuí abraços, beijos e carinhos e meu coração se acalmou um pouco mais.

Julian também estava lá e, só de ver meu velho amigo, tive vontade de romper em lágrimas.

— Senti saudades, feio — disse para ele. Não houvera Baile da Terceira Idade na semana anterior, por causa de um conflito de horários com uma ação gratuita para medir a pressão dos velhinhos.

— Também senti saudades — ele falou. Então fez uma careta. — Essa coisa de encontros não está funcionando para mim, Grace. Esqueça essa história.

— O que aconteceu?

— Uma grande quantidade de coisa nenhuma — ele respondeu. — É só que... não nasci mesmo para ficar com ninguém, eu acho. Romanticamente, ao menos. Ficar sozinho também não é a pior coisa do mundo, certo?

— Não — menti. — De jeito nenhum! Apareça lá em casa para ver *Project Runaway* amanhã, está bem?

— Obrigado. Tenho me sentido tão solitário... — Julian me deu um sorriso triste.

— Eu também, meu amigo. — Apertei a mão dele para consolá-lo.

— Muito bem, pessoal! — chamou Julian, dando um tapinha carinhoso na minha cabeça e apertando o Play do aparelho de som. — Tonny Bennett quer que o ouçam cantar "Sing, You Sinners"! Gracie, agora um pouco de swing, vamos dançar o jitterbug!

Três músicas mais tarde, já vermelha e suada, sentei perto da minha avó.

— Olá Mémé — falei, e lhe dei um beijo no rosto.

— Você está parecendo uma vagabunda — ela sussurrou.

— Obrigada, Mémé! Você também está linda hoje! — falei em voz alta.

Minha avó era estranha... seu maior prazer na vida era colocar as outras pessoas para baixo, mas eu sabia que ela também ficava orgulhosa por eu ir ali, e por todos me adorarem. Mémé podia não ter uma única palavra bondosa para dizer, mas gostava de me ter por perto. Em algum lugar em sua velha alma azeda, eu acreditava que existia uma Mémé Boa, uma mulher que tinha que sentir um pouco de afeição ao menos por suas três netas. Até agora, no entanto, a Mémé Má havia mantido a Mémé Boa amarrada e amordaçada, mas nunca se sabe.

— Então, quais são as novidades, Mémé? — perguntei, sentando-me ao lado dela.

— E desde quando você se importa?

— Eu me importo. Um pouco. E me importaria ainda mais se você fosse mais gentil comigo de vez em quando.

— Para quê? Você só está atrás do meu dinheiro — ela falou, acenando com a mão cheia de manchas senis, em desprezo.

— Achei que duzentos anos de vida dura já teriam acabado com seu dinheiro a essa altura — respondi.

— Pois bem, ainda tenho o bastante. Enterrei três maridos, mocinha, e de que adianta se casar se não for para ter dinheiro?

— Que romântico, Mémé... É sério. Meus olhos estão marejados.

— Oh, cresça, Grace. Uma mulher da sua idade não tem mais tempo a perder. E você deveria ter mais respeito. Eu ainda posso cortá-la do meu testamento.

— Quer saber de uma coisa, Mémé — falei, dando um tapinha no ombro magro dela —, pegue a minha parte e gaste. Saia em um cruzeiro, ou compre alguns diamantes. Contrate um gigolô.

Ela bufou, mas não olhou para mim. Ao invés disso, estava observando os dançarinos. Eu podia estar errada, mas parecia que ela estava acompanhando a música "Papa Loves Mambo" com o dedinho mínimo. Meu coração se derreteu com um carinho que eu nem desejava sentir.

— Quer dançar, Mémé? — perguntei baixinho. Afinal de contas, ela conseguia andar muito bem. A cadeira de rodas era mais pelo efeito que causava, afinal, era mais fácil para ela bater nas pessoas quando seu centro de gravidade estava mais baixo.

— Dançar? — ela rosnou. — Com quem, sua estúpida?

— Bem, eu poderia...

— Onde está o homem de quem você está sempre falando? Já o assustou, não é? Não fico surpresa. Ou ele se apaixonou por sua irmã?

Me encolhi com o golpe.

— Jesus, Mémé! — falei, sentindo a garganta apertada com as lágrimas que ameaçavam cair.

— Oh, não ligue. Foi uma brincadeira. — Ela me olhou com desdém.

Me afastei, ainda chocada, e aceitei dançar uma valsa com o sr. Demming, que por sinal tinha o corpo duro na pista de dança. Mémé era minha única avó viva. Eu nunca conhecera meu avô biológico — ele fora o primeiro marido que Mémé enterrara, mas eu o amava na teoria, já que papai tinha um arsenal de histórias incríveis sobre ele. Os outros dois maridos de Mémé haviam sido homens adoráveis; vovô Jake, que morrera quando eu tinha doze anos, e vô Frank, que morrera quando eu estava na faculdade. Os pais da minha mãe haviam morrido com uma diferença de poucos meses de um para o outro, quando eu estava no Ensino Médio. Eles também eram pessoas maravilhosas. Mas como o destino era cruel, de todos, a única sobrevivente era a avó mais malvada possível.

Quando o Baile da Terceira Idade terminou, Julian me deu um beijo no rosto e se despediu. Mémé nos observava, espreitando como uma águia, para que eu a acompanhasse, como uma escrava, até seu apartamento. Eu sabia por experiência própria que se lhe dissesse que ela havia ferido meus sentimentos, ela me magoaria ainda mais, me diria que eu não tinha senso de humor e ligaria para o meu pai para reclamar de mim. Conformada, empurrei a cadeira de rodas dela lentamente pelo corredor.

— Edith — Mémé quase gritou, parando uma senhora que andava com dificuldade e tinha uma aparência assustada. — Essa é minha neta, Grace. Ela está me visitando. Grace, Edith é nova aqui. — Um sorriso cruel se espalhou por seu rosto. — *Você* recebeu alguma visita essa semana, Edith?

— Bem, na verdade, meu filho e sua...

— Grace vem toda semana, não é mesmo, Grace?

— Venho, sim. Eu ajudo a dar aulas de dança no Baile — falei. — A senhora é muito bem-vinda para aparecer lá.

— Oh, adoro dançar! — gritou Edith. — É mesmo? É só aparecer?

— De 19h30 às nove horas da noite — respondi com um sorriso. Vou esperar pela senhora na próxima semana.

Mémé, irritada por não ter conseguido fazer Edith se sentir inferior, começou sua tosse encomendada para chamar novamente a atenção para si.

— Foi um prazer conhecê-la — eu disse, e retomei minha tarefa de empurrar a cadeira de rodas. Nós continuamos pelo saguão.

— Pare — ordenou Mémé. Eu obedeci. — Você aí! O que quer aqui?

Um homem estava descendo um dos corredores que levavam ao saguão principal. Era Callahan O'Shea.

— Se está achando que esse é um bom lugar para roubar alguma coisa, deixe-me ser bem clara com você, meu jovem. Temos câmeras de segurança, sabia? E alarmes! A polícia estará aqui em segundos.

— Vocês duas devem ser parentes — disse Cal, secamente.

Eu sorri.

— Minha avó. Eleanor Winfield, apresento-lhe meu vizinho, Callahan O'Shea.

— Ah, o irlandês — ela resmungou. — Nunca empreste dinheiro a ele, Grace. Ele gastará tudo em bebida. E, pelo amor de Deus, não o deixe entrar em sua casa. Eles roubam.

— Foi o que ouvi dizer — respondi, sorrindo. Cal sorriu de volta e... pronto! Lá estava aquela sensação suave e quente no meu ventre.

— Tivemos uma empregada irlandesa quando eu era criança — continuou Mémé, olhando de mau humor para Callahan. — O nome dela era Eileen. Ou Irene. Talvez Colleen. Você a conhece?

— Minha mãe — ele disse na mesma hora. E eu quase sufoquei com uma risada.

— Ela roubou sete colheres nossas antes que meu pai a pegasse. Sete.

— Nós adorávamos aquelas colheres — ele disse. — Meu Deus, como nos divertimos com suas colheres! Comendo, batendo na cabeça um do outro, jogando-as para os porcos na cozinha. Bons tempos...

— Isso não tem graça nenhuma, rapazinho — Mémé voltou a resmungar.

Eu havia achado muito engraçado. Na verdade, estava secando os olhos, porque chorara de tanto rir.

— Está visitando seu avô, Callahan? — consegui dizer, finalmente.

— Isso mesmo — ele respondeu.

— Como ele está? Acha que ele quer que eu volte e termine a história do duque e Clarissia?

Cal sorriu.

— Tenho certeza de que ele quer sim.

Eu também sorri.

— Por um instante, achei que você estava aqui por causa da sua caminhonete.

O sorriso dele se apagou.

— O que houve com a minha caminhonete?

Senti meu rosto quente.

— Mal dá para perceber...

— O que houve, Grace? — A voz dele agora era mais firme.

— Foi só um amassadinho — respondi, me encolhendo um pouco. — Talvez uma lanterna quebrada. — Ele fez uma cara feia. — Na verdade, definitivamente é... ei! Tenho seguro.

— Você precisa ter seguro — ele murmurou.

— Grace! Leve-me de volta ao meu apartamento — ordenou Mémé.

— Calma, faraó — falei. — Estou conversando com o meu vizinho.

— Pois fale com ele de manhã. — Ela levantou os olhos para Callahan, irritada. Ele retribuiu o olhar também irritado, e me peguei rindo novamente. Gostava de um homem que não tinha medo de Mémé. E não havia muitos por aí, assim.

— Como chegou aqui, Cal? Presumo que não veio de carro.

— Vim de bicicleta — ele respondeu.

— Quer uma carona? Já está escuro — ofereci.

Ele me encarou por um instante. Então o canto de sua boca se ergueu em um sorriso, e minhas partes femininas pareceram se acender mais uma vez.

— Claro. Obrigado, Grace.

— Você não deveria dar carona a ele, Grace! — atacou Mémé. — Ele pode muito bem estrangulá-la e jogar seu corpo no lago.

— Isso é verdade? — perguntei a Callahan.

— Andei pensando nisso — ele admitiu.

— Bem. Seu terrível segredo foi desmascarado.

Ele sorriu.

— Permita-me. — E Callahan assumiu a direção da cadeira de rodas de Mémé. — Por onde, madames?

— É aquele irlandês que está me empurrando? — quis saber Mémé, virando o pescoço para vê-lo.

— Oh, por favor, Mémé — falei, dando um tapinha carinhoso em seu ombro. — Ele é um homem grande, musculoso, de boa aparência. Fique sentada quietinha e aproveite o passeio.

— Você fala como uma vagabunda — ela murmurou. Mas acabou fazendo o que eu dizia e, quando chegou na porta do seu apartamento, se despediu de nós com um boa noite seco. Mémé ficou encarando Callahan, de forma nada sutil, até que ele entendeu e se afastou alguns passos. Ela provavelmente não queria que ele visse as pilhas de ouro amontoadas em seu covil de dragão e se sentisse tentado a roubá-la.

— Boa noite, Mémé — falei, respeitosamente.

— Não confie naquele homem — ela sussurrou. — Não gosto do modo como ele olha para você.

Olhei para o corredor, sentindo-me tentada a perguntar como ele me olhava.

— Está certo, Mémé.

— Que senhora tão doce — disse Callahan quando voltei a me juntar a ele.

— Ela é terrível — admiti.

— Você a visita sempre? — ele perguntou.

— Oh, sim, temo que sim...

— Por quê?

— Dever de neta — respondi.

— Você faz muito pela sua família, não é? — comentou Callahan. — Eles fazem alguma coisa por você?

Eu me voltei rapidamente para encará-lo.

— Sim. Eles são fantásticos. Somos todos muito próximos. — Por alguma razão, o comentário me incomodou. — Você não conhece a minha família. Não deveria ter dito isso.

— Ahã — ele murmurou, erguendo a sobrancelha. — Santa Grace, a Mártir.

— Não sou uma mártir! — exclamei.

— Sua irmã se mudou para a sua casa e fica lhe dando ordens; sua avó a trata como lixo, mas você não se defende; você mente para a sua mãe sobre gostar das esculturas dela... sim, me parece mesmo uma mártir.

— Você não tem ideia do que está falando — disse irritada. — Até onde sei, você tem dois parentes, um deles não fala com você e o outro não pode falar. Então, o que sabe sobre família?

— Vejam só! Ela sabe morder, afinal — Ele soava perversamente satisfeito.

— Sabe, você não tem a menor obrigação de aceitar minha oferta de carona, Callahan O'Shea. Fique à vontade para voltar pedalando a sua bicicleta, espero que consiga ser atingido por algum carro.

— Com você na estrada, há mesmo uma boa chance de que isso aconteça, não é mesmo?

— Repito. Cale-se, ou vá sozinho para casa.

— Está certo, está certo. Acalme-se — ele disse. Saí andando rápido, irritada, meus sapatos de dança fazendo barulho no chão de cerâmica.

Voltamos até a mesa da recepção para pegar minha pequena fera que estava com Shirley.

— Ele foi um bom menino? — perguntei.

— Oh, ele é um anjo! — ela paparicou. — Não é mesmo?

— Que sedativo você usou? — perguntou Callahan.

— Você é o único de quem ele não gosta — menti, quando Angus mostrou seu dentinho torto para Callahan O'Shea e soltou aquele rosnadinho que quase parecia um ronronar. — Ele é um excelente juiz de caráter.

Estava chovendo quando saímos do prédio. Uma chuva de aroma doce que com certeza teria feito minhas peônias (e meus cabelos) crescerem uns cinco centímetros até de manhã. Esperei, ainda ofendida, enquanto Cal soltava a corrente da bicicleta que estava presa a um poste e rodava-a até o meu carro. Abri a mala e esperei, mas Cal ficou parado onde estava, cada vez mais encharcado de chuva, me encarando.

— E então? — perguntei. — Coloque-a aí.

— Você não precisa me dar carona se não quiser, Grace. Eu a deixei furiosa. Posso voltar pedalando para casa.

— Não estou furiosa. Não seja tolo. Coloque sua bicicleta no carro. Angus e eu estamos ficando encharcados.

— Sim, madame.

Observei enquanto ele erguia a bicicleta e a colocava dentro da mala. Não ficou bem encaixado, por isso, fiz uma anotação mental para dirigir devagar, senão acabaria amassando duas formas de transporte de Callahan em uma única noite. Finalmente entrei no carro com meu cachorro. Um rápido olhar pelo espelho retrovisor me assegurou de que, sim, meu cabelo realmente estava possuído por espíritos malignos. Suspirei.

— Você fica bonitinha quando está zangada — disse Callahan quando entrou no carro.

— Não estou zangada — respondi.

— Para mim não tem problema se estiver — ele respondeu, prendendo o cinto de segurança.

— Não estou! — praticamente gritei.

— Fique à vontade — disse Callahan. O braço dele esbarrou no meu, e uma descarga quente de eletricidade percorreu todo o meu corpo. Fiquei olhando para a frente, esperando que a sensação passasse.

Cal olhou para mim.

— Esse cachorro sempre senta no seu colo quando você está dirigindo?

— Como ele vai aprender se não praticar? — Callahan sorriu, e senti minha raiva (está bem, está bem, eu ainda estava um pouco furiosa) desaparecer. O desejo permaneceu. Sai de ré (cuidadosamente) da minha vaga. Callahan O'Shea tinha um perfume gostoso. Quente, de certo modo. Quente e com perfume de chuva, além do sempre presente aroma de madeira... era uma combinação fantástica. Me peguei imaginando se ele se incomodaria se eu enfiasse o rosto em seu pescoço por um instante. Provavelmente eu não deveria fazer isso enquanto estivesse dirigindo.

— Então, como tem andado seu avô? — perguntei.

— Está na mesma — respondeu Cal, olhando para fora, pela janela.

— Você acha que ele o reconhece? — quis saber, percebendo tarde demais que aquilo não era problema meu.

Callahan demorou um pouco para responder.

— Acho que não.

Uma centena de perguntas parecia prestes a escapar de minha boca. *Ele sabe que você esteve na prisão? O que você fazia antes da prisão? Por que seu irmão não fala com você? Por que você fez o que fez, Cal?*

— Então, Cal — comecei a falar, dobrando a esquerda na rua Elm, Angus me ajudando a girar o volante. — Como está indo a reforma da sua casa?

— Está indo bem — ele disse. — Você precisa aparecer para dar uma olhada.

Dei uma rápida olhada na direção dele.

— Claro. — Hesitei, então decidi seguir adiante. — Callahan, eu estava pensando... o que você fazia antes de ser preso?

Ele olhou para mim.

— Eu era contador — respondeu.

— É mesmo? — Eu teria imaginado alguma coisa ao ar livre, como um cowboy, por exemplo. Não um trabalho em escritório. — Você não quer voltar a fazer isso? É meio tedioso, não é?

— Perdi minha licença quando infringi a lei, Grace.

Oh, droga, é mesmo...

— Então, *por que* mesmo infringiu a lei? — perguntei.

Cal simplesmente continuou a me olhar.

— Por que você quer tanto saber isso?

— Porque quero! — respondi. — Não é todo dia que somos vizinhos de um ex-presidiário.

— Talvez eu não queira que pensem em mim como um ex-presidiário, Grace. Talvez eu prefira ser visto como a pessoa que sou agora. Compensar o tempo perdido, deixar o passado para trás, toda essa bobagem.

— Ah, que bonitinho. Bem, sou professora de Históra, sr. O'Shea. O passado importa muito para mim.

— Tenho certeza de que sim. — A voz dele era fria.

— "O comportamento passado é o melhor indicador do comportamento futuro" — recitei.

— Quem disse isso? Abraham Lincoln?

— Na verdade foi o dr. Phil, o psicólogo famoso, aquele do programa de TV. — Eu sorri. Ele não sorriu de volta.

— O que está querendo dizer, Grace? Está achando que eu vou roubar seu dinheiro?

— Não! É só que... bem, você obviamente sentiu necessidade de infringir a lei, o que isso quer dizer? Porque com certeza quer dizer alguma coisa, mas como você não quer abrir a boca e falar, não sei o quê.

— O que seu passado diz sobre você? — ele perguntou.

Meu passado era Andrew. O que ele dizia? Que eu não era uma boa juíza de caráter? Que eu perdia, quando comparada com Natalie? Que eu não era boa o bastante? Que Andrew era um idiota?

— Lá está o lago — comentei. — Se estiver planejando jogar meu corpo nele, é melhor começar o serviço.

Vi o canto da boca de Callahan se erguer em um meio sorriso, mas ele não disse nada.

Estacionamos na nossa rua.

— Quanto à sua caminhonete — eu falei. — Realmente sinto muito. Vou ligar para a minha seguradora, amanhã.

— Acredito que você tenha até discagem rápida — implicou Callahan.

— Engraçadinho.

Ele riu. Foi uma risada seca, baixa que me atingiu diretamente no ventre.

— Obrigado pela carona, Grace — falou ele.

— Se algum dia quiser confessar seus pecados, estou à disposição.

— Agora você foi de mártir a padre. Boa noite, Grace.

Capítulo dezoito

— É... Ahn, lindo — eu falei, piscando ao olhar para o anel. Oh, maldição, era mesmo. O diamante tinha cerca de um quilate, talvez um pouco mais, era uma pedra vistosa, em formato de pera, com um belo engaste. Eu o adorara. Na verdade, ele era *meu*. Bem isso não era totalmente verdade. O *meu* anel era o irmão gêmeo daquele, e continuava a morar em minha caixa de joias, em casa, esperando que eu o penhorasse. Pelo amor de Deus! Andrew não poderia ter sido um pouco mais original? Nossa! O homem já escolhera duas irmãs para serem suas noivas, não podia ao menos ter escolhido anéis de noivado diferentes?

— Obrigada — disse Nat, sem perceber, graças a Deus, que agora tínhamos anéis iguais, dados pelo mesmo homem. Estávamos sentadas no pátio dos fundos na casa de nossos pais, apenas minha irmã e eu. O resto do bando estava dentro de casa: Andrew, Mémé, Margaret, mamãe e papai.

— Você tem certeza de que não tem problema com isso? — perguntou Natalie, colocando a mão na minha.

— O único problema é você não parar de me perguntar se tem problema — eu disse, com um pouco mais de aspereza do que pretendia. — É sério, Natalie. Por favor, pare. — Então, sentindo-me culpada pela irritação que sentia, apertei a mão dela. — Fico feliz por você estar feliz.

— Você é simplesmente incrível, Grace. Aceitar que eu e Andrew fiquemos juntos é... é mais do que qualquer um poderia esperar.

Nem me diga. Bufei e olhei para a minha irmã caçula. A luz do sol fazia seus cabelos cintilarem, seus cílios de um dourado escuro acariciaram suas bochechas quando ela abaixou os olhos para o anel.

— Então, já marcaram uma data? — perguntei.

— Bem, eu queria perguntar sua opinião sobre isso — ela disse, erguendo os olhos para mim. — Andrew e eu gostaríamos que fosse logo. Para resolver isso de uma vez, entende? Para estarmos logo casados. Nada muito grande. Apenas a família, uns poucos amigos e um jantar depois. O que acha?

— Parece ótimo — falei.

— Grace — ela começou, hesitante. — Eu estava imaginando se você se incomodaria de ser minha madrinha, sei que as circunstâncias são meio esquisitas, mas precisava lhe perguntar. E se você não quiser aceitar, é claro que vou entender. Mas desde pequena sempre quis que fosse você. Margaret como dama de honra, é claro, mas você é a número um, sabe?

Era impossível dizer não.

— Claro — murmurei. — Ficaria honrada. — Meu coração batia em um ritmo desordenado, fazendo com que eu me sentisse um pouco doente.

— Obrigada — sussurrou Nat, me abraçando. Por um minuto, era como se fôssemos pequenas novamente, o rosto dela quente e macio contra o meu pescoço, enquanto eu acariciava seus cabelos longos e sedosos e sentia o perfume doce de seu xampu.

— Não posso acreditar que você vai se casar — sussurrei, sentindo duas lágrimas escorrerem de meus olhos. — Ainda quero carregá-la nas costas e fazer tranças nos seus cabelos.

— Amo você, Grace — ela murmurou.

— Amo você, também, Nattie Bumppo — falei, apesar de estar sentindo a garganta apertada. Minha irmãzinha, em quem eu ajudara a dar banho, de quem trocara as fraldas, para quem eu lera e a quem aconchegara no colo, estava me deixando de uma das maneiras mais profundas que uma irmã podia deixar a outra. Por 25 anos, eu fora a pessoa favorita de Natalie e ela fora a minha. Agora isso estava mudando. Quando eu estava com Andrew, vamos encarar a verdade, ele não depusera Natalie do trono que ela ocupava em meu coração. É claro, eu o amava... mas Natalie era *parte* de mim. Parte da minha alma e do meu coração, de um modo que apenas as irmãs podiam ser.

Dezenas de lembranças inundaram minha mente. Eu, aos dez anos, quando fui operada para retirar as amígdalas, acordando de um sono inquieto, induzido por medicamentos, e descobrindo que Natalie havia feito dezoito desenhos de cavalos para mim, e os deixara no chão do meu quarto, os apoiara na minha cadeira e na minha mesa, de modo que para onde eu olhasse, via cavalos. Ou a vez em que eu batera em Kevin Nichols, quando ele colara chiclete nos cabelos dela. Ou quando eu partira para a Universidade William & Mary, e Natalie ficara sorrindo com o rosto contorcido, em um esforço para que eu não visse que ela estava, de fato, chorando.

Eu a amava, e sempre a amaria, por mais que isso doesse. E não poderia deixar — não iria deixar que Andrew se colocasse entre nós.

Natalie me apertou com força, então sentou-se.

— Não posso acreditar que ainda não conhecemos Wyatt — ela disse.

— Eu sei — concordei. — Ele está morrendo de vontade de conhecer vocês, também. — Wyatt, por sinal, estava em uma convenção médica em São Francisco. Eu flertara brevemente com a ideia de dizer à minha família que nós havíamos rompido o namoro, mas acabei decidindo que precisava dele por mais algum tempo. Naquela manhã, havia digitado *convenções médicas* e cirurgiões no Google e encontrei uma em São Francisco. Muito conveniente.

— Está tudo bem entre vocês dois? — perguntou Nat.

— Oh, acho que sim. Ele trabalha demais. Se há um empecilho para nós, é esse. — Meu plano maléfico era plantar essas sementes, de modo que mais tarde pudesse convencer tranquilamente a todos de que havíamos rompido. — Ele está sempre no hospital, e agora está em Boston... Wyatt é devotado demais ao trabalho. Acho que é a reclamação clássica das esposas de médicos.

Opa. Eu não tivera a intenção de deixar escapar a última frase. O rosto de Natalie se iluminou, ainda mais bonito, se é que isso era possível.

— Você acha que vocês vão se casar?

Droga...

— Ahn, bem... não sei. Temos que resolver essa questão com o trabalho antes de pensarmos nisso. E, é claro, já me dei mal com essa história antes.

De novo... Eu também não tivera a intenção de dizer a última frase. Natalie se encolheu.

— Quero dizer que escolhi o cara errado antes, por isso quero ser muito cuidadosa. Quero ter certeza de que ele é o cara certo.

— Mas você acha que ele é?

Inclinei a cabeça para o lado, fingindo considerar a pergunta. Afinal, Wyatt e eu íamos acabar rompendo o namoro. Na verdade, estava percebendo que quanto mais rápido fizesse isso, melhor seria, já que obviamente eu não conseguiria manter aquela situação para sempre.

— Ele é... — Sorri para Natalie no que imaginei que fosse uma expressão de modesta adoração. — Ele é maravilhoso, Nat. Só gostaria que pudéssemos passar mais tempo juntos.

Ouvimos a porta dos fundos bater, e Margaret se juntou a nós.

— Grace, seu cachorro acaba de quebrar uma vulva. De qualquer modo, mamãe quer que vocês entrem para comer. — Ela apoiou as mãos cerradas nos quadris. — E já ocorreu às duas que posso estar com ciúmes desse clubinho de vocês? Jesus Cristo e suas cinco feridas sagradas, meninas! Não posso ser incluída, ao menos de vez em quando?

— Ela blasfema como uma ex-freira que resolveu se tornar marinheira — murmurou Natalie.

— Sim, isso me faz questionar como ela deve passar seu tempo livre — acrescentei.

— Pare de choramingar — falou Nat para nossa irmã mais velha. — Vocês duas estão morando juntas, portanto não venha me falar de clubinhos, está bem?

Margaret andou até onde estávamos sentadas.

— Chegue para lá, favorita — ela resmungou, empurrando meu ombro para poder se sentar também. — Está tudo bem por aqui? Estava espiando as duas pela janela...

— Está tudo ótimo. Vou ser a madrinha de casamento de Nattie — falei. Aquilo soou bem. Sim. Ficaria tudo bem.

— Pelas sandálias de Cristo, Natalie! Você quer que a ex-noiva de Andrew seja sua maldita madrinha?

— Sim — Nat respondeu calmamente. — Mas só se ela quiser.

— E eu quero — falei, e mostrei a língua para Margaret.

— E eu? O que eu serei, Nat? Talvez possa varrer a igreja para você? Ou quem sabe lavar os pratos durante a recepção e talvez dar uma espiadinha em você de vez em quando, se não achar que posso acabar cega com sua beleza dourada, sua Majestade.

— Santo Deus, escute o que ela está dizendo... — Nat ria sem parar. — Você aceitaria ser minha dama de honra, Margaret querida?

— Oh, Deus, obrigada, sim, quero. Mal posso esperar. — Margaret me fuzilou com o olhar. — Dama de honra, né? Bizarro.

— Margs, você já conheceu Wyatt, não é? — perguntou Natalie.

Margaret ficou quieta por um instante.

— Claro — ela respondeu. Fechei os olhos.

— O que você achou dele? — Nat endireitou o corpo, sorrindo, ela sempre adorava conversas só de meninas.

— Bem, a não ser pelo sexto dedo que ele tem no pé esquerdo, até que Wyatt é bem bonitinho — disse Margs.

— Engraçadinha — respondi. — É só uma pequena saliência, Natalie.

Nat estava às gargalhadas.

— O que mais, Margs?

— Bem, o jeito que ele fica lambendo a orelha de Grace é bem nojento. Principalmente na igreja. Argh.

— Vamos, estou falando sério — pediu Nat, ofegante, secando as lágrimas de riso.

— Os olhos vesgos me assustam...

Quando nossa mãe apareceu para descobrir o que estava nos prendendo lá fora, nos encontrou às gargalhadas no banco sob a árvore de bordo.

Eu continuava de ótimo humor quando voltei com Angus para casa, caminhando às margens do rio Farmington. Uma trilha passava através do bosque que margeava o rio e, embora tivesse muitos insetos ali, eles costumavam ser bastante inofensivos se os ignorássemos. Angus disparou na frente, esticando a guia da coleira e parando de vez em quando para fazer xixi, ou para farejar alguma coisa, e novamente para fazer xixi, certificando-se de que todos os outros cachorros que passassem por aquele caminho saberiam que Angus McFangus havia estado ali antes deles.

Natalie e Andrew haviam finalmente marcado uma data, depois de checarem na agenda da mamãe. Dia 4 de junho, o dia seguinte à formatura na Academia Manning. Dali a quatro semanas. Portanto eu teria quatro semanas para romper com meu namorado imaginário, quatro semanas para tentar encontrar um acompanhante para outro casamento. Me imaginei indo sozinha a esse. Nããão. Mas a ideia de ter que me virar para encontrar alguém era igualmente desagradável.

Angus latiu e estremeceu. Mais acima, alguém pescava no rio, calçando botas próprias para pescar, altas e impermeáveis, a linha longa do anzol voando em um arco dourado, e sinuoso. A luz do sol iluminava os cabelos revoltos e eu sorri, de certo modo, nem um pouco surpresa ao ver o meu vizinho.

— Está conseguindo pegar alguma coisa ou só está tentando aparecer? — chamei.

— Olá, vizinha — ele gritou de volta. — Ainda não peguei nada.

— Pobre coitado. — Subi pelas pedras para chegar mais perto. — Tente não me cegar com o anzol, está certo?

— Por quê? Parece que lhe devo alguns cortes e manchas roxas — ele disse, espirrando água na minha direção. Angus começou a latir. — Você, fique quieto — disse Cal com firmeza, o que deixou Angus ainda mais histérico. — *Auauauau! Auauauauau!*

— Você tem tanto jeito com animais... — comentei. — Os bebês abrem o berreiro quando o veem?

Ele riu.

— O que está fazendo aqui, Grace?

— Oh, estou indo para casa — respondi.

— Quer sentar um pouco? Eu trouxe biscoitos — ele sugeriu, tentadoramente.

— Feitos em casa? — perguntei.

— Se por *feitos em casa* você quer dizer *comprados na confeitaria*, então sim — ele respondeu. — São gostosos. No entanto, não se comparam aos seus brownies. Eles não são desse mundo. Valeram todo o sofrimento por que tive que passar para consegui-los.

— Oh... Bem, esse foi um elogio tão gentil que talvez eu até possa fazer mais alguns para você. — Sentei em uma pedra que se projetava sobre o rio, segurando Angus no colo, enquanto ele continuava a rosnar para o homem à nossa frente.

— Por que não solta a guia de Angus? — sugeriu Cal.

— Oh, não — eu falei. — Ele iria direto para a água e seria levado pela correnteza. — Abracei meu cachorrinho com mais força. — E não queremos que você se afogue, não é, meu docinho? Hein? Não. Não queremos.

— Alguns de nós querem... — disse Callahan. Os biscoitos eram da Confeitaria da Lala... Era mesmo triste que eu conseguisse reconhecer pães e doces em um raio de vinte quilômetros... Eram biscoitos de manteiga de amendoim, crocantes e deliciosos, com cobertura de açúcar.

Callahan ofereceu um biscoito a Angus que o pegou rapidamente, mordendo também uma parte do dedo de Cal. Meu vizinho puxou a mão rapidamente, suspirou, olhou para a extremidade machucada e estendeu o dedo para que eu visse. Havia duas pequenas gotas de sangue.

— Pobrezinho... — falei. — Quer que eu chame a emergência?

— Por que não chama um advogado? — ele disse, erguendo uma sobrancelha. — Quem sabe Margaret. Seu cachorro está se tornando uma ameaça. No meio de vocês dois, não sei como ainda estou vivo.

— É trágico, realmente. Bem, mas você vai se mudar logo, não é?

— Sim. Estou certo de que vai sentir saudades de mim.

Maldição... Eu iria mesmo sentir saudades dele. A luz do sol cintilava nos cabelos de Cal, realçando os vários tons de castanho, caramelo e dourado. Não era justo que aquele homem tivesse aquela aparência de modelo de anúncio de revistas de vida ao ar livre, transpirando sex appeal de botas impermeáveis e camisa de flanela. As mangas da camisa estavam enroladas, revelando os antebraços bronzeados. Os cílios de Cal eram dourados, longos, e ele era tão atraente que todas as minhas partes femininas imploravam para que eu fizesse alguma coisa.

Pigarreei.

— Então, Cal, como anda a sua vida amorosa? Por acaso o vi novamente com aquela loura do bar.

— Espionando de novo, Grace? Achei que tínhamos um acordo.

Suspirei de pura irritação.

— Ela estava na sua varanda da frente. Eu estava limpando meu jardim. — Fiz uma pausa. — Você a beijou.

— No rosto — ele disse.

— Ahã. Coisa que muitas mulheres acham romântico. — Ele não disse nada. — E então? E quanto àquele gramado que você quer aparar?

— Essa é uma maneira bem grosseira de se referir ao sexo, não é, Grace?

Pisquei, então ri.

— Estava me referindo ao que você disse daquela vez. Que queria uma esposa, um casal de filhos e um gramado para aparar.

— E quero. — Ele voltou a jogar a linha, sem olhar para mim.

— Então, como está indo a procura? — perguntei.

— Nada mal — respondeu Cal, depois de jogar a linha mais duas vezes. Angus rosnou.

Nada mal. O que isso significava?

— Bem. — Eu levantei e limpei minha calça jeans. — Obrigada pelo biscoito, senhor. Boa sorte com a sua pescaria... da esposa *e* da truta.

— Tenha um bom dia, Grace.

— Você também.

Enquanto eu seguia pelo resto do caminho até em casa, tentei chegar a um acordo comigo mesma em relação ao desejo que sentia por Callahan O'Shea. Tentei lembrar a mim mesma que ele não entrava na categoria de marido, ao menos não para mim. Não éramos compatíveis. Porque... ahn... bem, porque...

Eu precisava encarar a verdade. Callahan O'Shea era muito interessante de olhar, essa era a verdade. Talvez ele gostasse de mim. Ele *flertava* comigo... ao menos um pouco. Às vezes. Para ser sincera, Cal flertava mais com Margaret. Eu os vira conversando outro dia, por cima da cerca, rindo como se fossem velhos amigos. Infelizmente eu estava no telefone, nesse momento, portanto não pude ouvir a conversa.

No então, uma coisa era certa. Eu não me sentia segura quando ele estava por perto. Não que achasse que ele poderia me roubar, não, claro que não. Mas se Andrew partira meu coração, eu não gostava nem de imaginar o que Callahan O'Shea poderia fazer. Esmagá-lo, até que não sobrasse nada.

Vamos ser honestos. Para alguém como eu — a professorinha que dançava com idosos, adorava filmes sobre a Guerra Civil Americana e brincava de inventar namorados — ficar com alguém como Callahan, um homem vigoroso, vagamente perigoso, que irradiava sex appeal... não podia ser uma boa ideia. Na verdade, era um desastre esperando para acontecer.

Eu só desejava conseguir parar de pensar nisso.

Capítulo dezenove

Foi um imenso alívio ter Julian de volta à minha rotina. E não apenas ele, mas também o belo e encantador Tim Gunn, já que *Project Runaway* estava de volta. Margaret se dignara a descer, eu fizera pipoca e brownies e me sentia mais feliz do que há muito tempo.

Aquela semana havia sido dura na escola. Os garotos estavam com vontade de fazer tudo, menos aprender, e o último ano havia basicamente acabado já que eles haviam recebido notícias das universidades a que haviam se candidatado. Eu compreendia, e exibi o filme *Tempo de Glória*, em vez de colocá-los para trabalhar. Mas ainda assim... Também não podia fazer o que Ava estava fazendo... deixando os alunos do último ano ficarem trocando mensagens de texto com os amigos e conversando, apesar do fato de que as aulas só terminariam dali a semanas.

E por falar em Ava, a apresentação que ela fizera ao conselho (pelo que ela mesma diz) fora deslumbrante. O fato de Ava estar dormindo com o presidente do conselho (informação passada por Kiki, confirmada por Paul e sugerida pela própria Ava) certamente não fazia mal a ela. Minha apresentação seria dentro de pouco tempo e eu estava ficando um pouco tensa, imaginando se deveria recuar em relação às mudanças que queria fazer, e me ater um pouco mais ao status quo.

No terreno dos encontros, o site de relacionamentos me oferecera um agente funerário que tinha paixão por taxidermia (o que era compreensível, imagino, mas isso não queria dizer que eu teria que conhecê-lo) e um desempregado que morava no porão da casa dos pais e colecionava cards de Pokémon. Pelo amor de Deus! Eu já estava cansada de procurar. Está certo que não estava fazendo isso há muito tempo, mas queria um tempo. Eu romperia com Wyatt e simplesmente diria à minha família que ele dava atenção demais ao trabalho e fim. Então poderia relaxar e aproveitar a vida. Achei que era um ótimo plano.

— Quem é esse, mesmo? — perguntou Margaret, enfiando mais pipoca na boca. Ela supostamente deveria estar trabalhando em um caso e até estava com o bloco amarelo oficial ao seu lado, mas ele fora esquecido quando ela sucumbira ao canto da sereia do meu programa preferido.

— Esse é aquele que fez um vestido para a mãe quando tinha seis anos de idade — respondeu Julian, acariciando as costas de Angus. — O prodígio. Ele é muito bonitinho, também. Acho que deve ser gay.

— É mesmo? — Margaret comentou — Hmmm... Um cara que cria roupas femininas. Gay. Quem poderia imaginar...

— Pode parar. Não precisa apelar para os estereótipos — Julian repreendeu.

— Falou o professor de dança gay — acrescentou Margaret, sorrindo.

— E respondeu a defensora criminal heterossexual, irritada e impulsiva — contra-atacou Julian.

— Retrucou o homem que passa trinta minutos por dia cuidando dos cabelos, que tem três gatos e tricota seus suéteres para eles — continuou Margaret.

— Atacou a linda e amarga workaholic que abandonou o marido doce e gentil, essencialmente castrando-o — retrucou Julian. Eles sorriram com carinho um para o outro.

— Você venceu — disse Margaret — A heterossexual irritada concede à fadinha dançarina. — Julian deu uma piscadinha com seus belos cílios para ela.

— Crianças. Parem de brigar, ou não ganharão sorvete — falei, assumindo mais uma vez meu carma de irmã do meio, sempre disposta a fazer a paz entre as pessoas. — Oh, vejam, Tim está dizendo a eles qual é o desafio. — Ficamos todos em silêncio, atentos a cada palavra de Tim Gunn. É claro, naquele instante o telefone tocou.

— Não atenda — Julian pediu, irritado com a interrupção. Ele pegou o controle remoto e aumentou a TV.

Desobedeci quando dei uma olhada no identificador de chamadas.

— Oi, Nat.

— Oi, Gissy. Como você está?

— Estou ótima — falei, ainda tentando ouvir o programa. Oh. Vestidos feitos de materiais encontrados no depósito de lixo. Aquilo seria bom.

— O que você está fazendo? — perguntou Natalie.

— Oh, ahn, estamos assistindo *Project Runaway* — respondi.

— Ele está aí? Wyatt está aí? — Natalie perguntou com voz aguda.

— Não, Julian está aqui. Wyatt está em, ahn... em Boston.

Julian virou a cabeça rapidamente para me olhar e chegou mais perto de mim para conseguir escutar. Estava no intervalo do programa.

— Bem, escute, queria lhe pedir um favor. Andrew e eu estamos organizando um jantar de família na sexta-feira. Os Carson e vocês, e queria ter certeza de que você poderia comparecer. Com Wyatt.

Eu me encolhi.

— Acho que ele finalmente vai poder aparecer, não é, Grace? Quero dizer, há outros médicos em Boston, certo? — Ela riu.

— Ahn, jantar? Com os Carson? — Foi a vez de Margaret se encolher ao ouvir o nome. Julian parecia desolado. Eles se lembravam dos Carson. Eu fingi que dava um tiro em minha testa.

— Ahn... sexta-feira? — Gesticulei para Margaret e Julian pedindo ajuda. — Nossa, nós, ahn... já havíamos feito outros planos.

— Grace, pelo amor de Deus! — falou Natalie. — Isso já está ficando ridículo.

Você nem tem ideia, pensei.

Margaret veio rapidamente de onde estava e arrancou o telefone da minha mão.

— Nat, é Margs. — Margaret ouviu por um instante. — Bem... droga, Nat, você já pensou que Grace pode estar com medo de que Wyatt também se apaixone por você?

— Pare! Isso não foi legal, Margaret! Me devolva o telefone. — Peguei novamente o aparelho da mão da minha irmã mais velha e me apressei a tranquilizar a irmã caçula. — Sou eu de novo, Nattie.

— Grace, isso não é verdade, é? — ela sussurrou.

— É claro que não! Não! — Lancei um olhar furioso na direção de Margaret e abaixei o tom de voz. — Posso lhe contar isso, porque sei que você entenderá. — Margaret suspirou alto. — Nat — continuei —, você sabe que Wyatt e eu não estamos conseguindo passar muito tempo juntos. E eu disse a ele que estava perdendo a paciência. Por isso ele fez planos especiais...

Nat ficou quieta por um instante.

— Bem, acho que vocês precisam de algum tempo juntos, sozinhos.

— Exatamente. Você entende. Mas dê lembranças minhas aos Carson, e é claro que logo os verei no casamento e tudo o mais.

— Está certo. Amo você, Grace.

— Amo você, também, querida. — Desliguei o telefone e me virei para minha outra irmã e para meu amigo. — Wyatt e eu vamos ter uma briga daquelas — anunciei.

— Pobre infeliz. Se ao menos ele não estivesse tão comprometido em curar tantas crianças... — falou Margaret.

— Tenho certeza de que ele ficará de coração partido — Julian disse em um tom gentil.

Fui até a cozinha para tomar um copo de água gelada, com Angus nos meus calcanhares, esperando ganhar um biscoito. Fiz a vontade dele — ajoelhei no chão da cozinha e pedi que meu cachorrinho se sentasse para receber seu petisco. Então lhe dei o biscoito e acariciei sua cabeça.

Estava cansada de Wyatt, cansada de Margaret, também, e das brigas de meus pais... cansada da maldade da velha Mémé, e ainda de Natalie e Andrew. Por um segundo, lembrei de Callahan O'Shea me perguntado se minha família não fazia nada por mim. Aliás, estava cansada de pensar nele, também, porque me deixava excitada e irritada e me fazia pulsar em lugares há muito negligenciados e, além disso, eu não conseguia dormir bem, o que me deixava mais cansada do que nunca.

Quando o casamento de Natalie passasse, iria tirar umas longas e boas férias. Talvez fosse até o Tennessee, para ver alguns dos campos de batalha de lá. Talvez fosse para a Inglaterra, ou para Paris, onde talvez eu pudesse conhecer um Jean-Philippe real.

Angus apoiou a cabecinha sobre meu pé.

— Amo você, McFangus — falei. — Você é o garotinho mais querido da mamãe.

Me levantei, mas não pude deixar de checar a casa de Callahan O'Shea, buscando sinais de vida. Havia uma luz suave acesa em uma das janelas do andar de cima. Talvez a janela de um quarto. Talvez ele estivesse fazendo sexo com uma esposa em potencial. Se eu subisse... para o sótão, por exemplo, talvez conseguisse ver... ou se eu comprasse binóculos de boa qualidade... ou se subisse na árvore de lilases e fosse me arrastando pela calha, então, sim, eu teria uma vista perfeita daquele cômodo. Santo Deus, como eu era patética.

— Grace. — Margaret estava de pé na porta da cozinha. — Ei, você está bem?

— Oh, sim, claro — falei.

— Escute, vou pagar um jantar para você e para Julian, está certo? Como uma forma de agradecimento por me deixar ser uma intrometida e ficar aqui. — A voz dela estava muito mais gentil do que o normal.

— Isso é muito gentil da sua parte.

— Vou pedir para Junie fazer as reservas, está certo? Em algum lugar realmente elegante. Peçam muitos drinques, duas sobremesas, tudo. — Ela andou até onde eu estava e passou o braço ao redor dos meus ombros. Isso, para a irmã-ouriço, era um gesto terrivelmente terno. — E você pode se divertir ainda mais pensando no quanto sente falta dos Carson.

Na sexta-feira à noite, Julian e eu fomos levados a uma excelente mesa no Soleil, um lindo restaurante com vista para o rio Connecticut, em Glastonbury. Era o tipo de lugar onde eu nunca ia, muito caro e moderno. No caminho para a nossa mesa, passamos não apenas por uma adega com paredes de vidro, mas também por uma geladeira especial, também de vidro, cheia de vodca de uma marca cara. Em um extremo, a cozinha ficava exposta, assim podíamos ver os chefs trabalhando loucamente, passando os pratos para que fossem servidos e conversando em francês. Nosso garçom, que se chamava Cambry, nos entregou um cardápio atrás do outro — carta de vinhos, pratos especiais do dia, cardápio tradicional, as escolhas da equipe, todos encadernados em couro e impressos em uma fonte elegante.

— Aproveitem sua refeição — ele falou, olhando fixamente para Julian. Meu amigo ignorou-o, como era seu costume.

— Olhe para esse lugar, Grace — disse Julian, enquanto escolhíamos um drinque. — É bem o tipo de lugar onde Wyatt a levaria.

— Você acha? É um pouco chique demais para mim.

— Mas ele quer impressioná-la. Ele a adora.

— Isso não é o bastante, Wyatt — falei, com uma seriedade zombeteira. — Entendo o quanto é devotado ao seu trabalho, mas quero mais. Você é um homem adorável. Boa sorte. Sempre vou gostar de você, mas adeus.

Julian colocou ambas as mãos sobre o coração.

— Oh, Grace, sinto tanto. Sempre a amarei e sinto muito por meu trabalho ter ficado entre nós, mas não posso abandonar aquelas pobres criancinhas para que sejam cuidadas por algum cirurgião de mão pesada, quando eu tenho todas as condições... — Julian virou rapidamente a cabeça para acompanhar um garçom que passava. — Oh, aquilo estava com uma ótima aparência. O que era, salmão? Acho que talvez peça aquele prato. — Ele voltou a olhar para mim. — Onde eu estava?

— Não importa. Está terminado. Minha família vai ficar arrasada. — Meu amigo riu. — Julian — falei mais baixo —, sabe aquilo que você disse sobre não ficarmos procurando um homem?

— E... — ele disse, franzindo o cenho.

— Bem, ainda quero um homem.

Ele se recostou na cadeira e suspirou.

— Eu sei. Eu também quero. Só que é tão difícil...

Também me recostei na cadeira.

— Estou meio obcecada pelo meu vizinho. O ex-presidiário.

— Quem não estaria? — murmurou Julian.

— Ele é só um pouquinho...

— Demais? — sugeriu meu amigo.

— Exatamente — concordei. — Acho que ele talvez até se interesse por mim, mas não tenho coragem de tentar, acho que sou...

— Covardona?

— Sim — admiti. Julian assentiu em solidariedade. — Mas e quanto a você, Julian? Chovem homens interessados em você. O garçom não para de olhá-lo. Ele é tão bonitinho. Você poderia ao menos conversar com ele.

— Bem, talvez eu faça isso.

Olhei pela janela, que dava vista para o rio. O sol afundava em um incrível colchão de nuvens, e o céu era uma pintura em tons pálidos de rosa. Era lindo e me senti relaxando.

— Então, Grace, tente — falou Julian, depois que pedimos o jantar (ele ignorou o garçom bonitinho) e estávamos bebericando os Martinis gelados a que não estávamos habituados. — Lembre-se de Lou do Encontrando o Príncipe Encantado? Já sabemos a regra número um.

— Sou a mulher mais atraente daqui — disse obedientemente.

— Sim, Grace, mas você precisa sentir isso de verdade. Sente-se direito. Não fique encurvada.

— Sim, mamãe — falei, dando outro gole.

— Regra número dois. Olhe ao redor do salão e sorria, porque você sabe que todo homem aqui seria muito sortudo se a tivesse, e você pode ter o homem que quiser.

Fiz o que ele dizia. Meus olhos se detiveram em um homem bem mais velho, já na casa dos oitenta anos. Com certeza, *ele* teria sorte de me ter. Como ficara provado com Dave do Coletor de Urina, eu tinha um certo *je ne sais quoi* no que dizia respeito a homens mais velhos. Mas será que o barman que se parecia inacreditavelmente com um jovem Clark Gable *sem* bigode também se sentia assim?

— Acredite em você mesma — enfatizou Julian. — Não, Grace, você está fazendo do jeito errado. Ei! Qual é o problema?

Revirei os olhos.

— O problema é que isso é uma grande bobagem, Julian. Coloque-me perto de... não sei... de Natalie, por exemplo, ou de Margaret, também, e verá que não sou a mulher mais atraente dessa sala. Pergunte a Andrew se ele teve sorte em me ter e ele provavelmente diria que sim! Porque se não fosse por mim, ele jamais teria conhecido sua querida futura esposa.

— Ooh! Estamos naqueles dias do mês? Sente e observe, querida — disse Julian, ignorando minhas lamentações. Olhei emburrada enquanto meu amigo se recostava na cadeira e olhava ao redor do salão. Bing, bang, boom. Três mulheres em três mesas diferentes pararam no meio de uma frase e ruborizaram.

— Está certo, você é ótimo com as *mulheres* — disse. — Mas você não quer namorar *mulheres*. Acha que não vi que quase se enfiou embaixo da mesa quando nosso garçom estava dando em cima de você? Tente com rapazes, Julian.

Ele estreitou os olhos adoráveis para mim.

— Está certo. — Julian enrubesceu um pouco, mas eu tinha que lhe dar o crédito por tentar.

E como era de se prever, seus olhos logo encontraram os do nosso garçom que pegou rapidamente uma bandeja e quase voou em direção à nossa mesa.

— Aqui estão — ele ofegou. — Ostras a Rockefeller. Bom apetite.

— Obrigado — disse Julian, erguendo os olhos para o rapaz. Os lábios do garçom se entreabriram. Julian não afastou o olhar.

Bem, bem. Será que meu amigo finalmente iria romper o autoimposto voto de castidade e encontraria seu Príncipe Encantado? Sorrindo, dei uma mordida nas ostras — que estavam deliciosas — e resolvi checar minhas mensagens enquanto os dois belos homens se encaravam emocionados. Que graça! Julian realmente estava engatando uma conversa com o garçom! As maravilhas nunca cessavam.

Eu havia desligado meu telefone no último tempo de aula, quando estava dando uma prova para os alunos do primeiro ano e não o ligara mais. Para ser honesta, não era uma amante de celulares. Não eram poucos os dias em que esquecia completamente de ligá-lo. Mas espere... Isso era estranho... Havia seis mensagens.

Eu nunca havia tido seis mensagens antes. Acontecera alguma coisa? Será que Mémé morrera? Uma inesperada onda de tristeza me atingiu diante da ideia. Digitei a senha para receber mensagens de voz, olhei pela janela e esperei enquanto Julian e Cambry, o garçom, flertavam.

— *Você tem seis novas mensagens. Mensagem um.* — Ouvi a voz de minha irmã mais velha. — Grace, é Margaret. Escute, querida, não vá ao Soleil hoje à noite, está bem? Sinto muito mesmo, mas acho que Junie contou à mamãe onde você estaria esta noite, quando mamãe ligou para o meu escritório hoje à tarde. Acho que mamãe está determinada a conhecer Wyatt, por isso fez reservas no restaurante para esta noite. Com os Carson. Portanto não apareça por lá. Vou escolher outro lugar para você, mas carregue o celular. E me ligue quando ouvir essa mensagem.

A mensagem havia sido deixada às 15h45.

Oh... meu... Deus.

Mensagem dois.

— Grace, é Margs de novo. Mamãe acaba de me ligar. O jantar será mesmo no Soleil, por isso vá para outro lugar, certo? Ligue-me. — Esse fora deixado às 16h15.

As próximas três mensagens eram iguais, percebi ainda tonta com a novidade, embora a linguagem de Margaret fosse ficando cada vez mais pesada. O horror crescia dentro de mim em uma onda gelada. A mensagem seis era assim:

— Grace, onde diabos está você? Estamos saindo para o maldito restaurante agora. Os Carson, Andrew, Nat, mamãe, papai e Mémé. Me ligue! Nossa reserva é para as dezenove horas.

Chequei as horas no meu relógio. Eram 18h53.

Julian e Cambry estavam rindo agora enquanto Cambry anotava o número de seu telefone em um pedaço de papel.

— Julian — chamei em um tom de voz que era quase um sussurro.

— Só um segundo, Grace — falou Julian. — Cambry e eu... — Então ele reparou na minha expressão. — O que foi?

— Minha família está a caminho. Daqui — contei.

Ele arregalou os olhos.

— Droga!

Cambry nos olhava confuso.

— Algum problema? — ele perguntou.

— Precisamos ir embora, agora — falei. — Imediatamente. Emergência familiar. Tome aqui. — Procurei dentro da minha agenda até achar o vale-presente que a secretária de Margaret imprimira da internet. Estava gelada de medo. Eu não podia ser encontrada ali! Não podia! Depois, simplesmente diria à minha família que havíamos decidido ir para outro lugar. Era isso. Sem problema.

No instante em que me levantei, ouvi o terrível som da risada social e nervosa da minha mãe. *Hahaha. Hahaha. Ooooh. Hahaha.* Olhei para Julian.

— Corra — sussurrei.

— Precisamos de outra saída — Julian disse para Cambry.

— Pela cozinha — o garçom respondeu na mesma hora. Os dois saíram na frente e eu ia logo atrás, mas a alça da minha bolsa de noite prendeu na cadeira de um homem que jantava perto de nós. Ele levantou os olhos.

— Ops — disse o homem. — Você foi pega, querida. — *De mais de uma maneira, senhor.* Dirigi um sorriso rápido e assustado na direção dele e puxei a alça. Ela não se soltou.

Anos de dança haviam tornado Julian rápido e flexível como uma cobra. Ele ziguezagueou através das mesas na direção da cozinha cheia e aberta, sem perceber que eu não o seguia.

— Pronto — disse o senhor, soltando a alça das costas da cadeira dele. E no instante em que me virava para sair correndo atrás do meu amigo, ouvi a voz da minha mãe.

— Grace! Você está aí!

Minha família inteira entrou. Margaret, de olhos arregalados. Andrew e Nat de mãos dadas. Papai empurrando a cadeira de rodas de Mémé, seguido por mamãe. E os Carson, Letitia e Ted.

Minha mente parecia vazia.

— Oi, pessoal! — Me ouvi dizendo, como se estivesse fora do meu corpo. — O que estão fazendo aqui?

Nat me deu um abraço.

— Mamãe insistiu para que aparecêssemos. Só para dar um oi, não para estragar sua noite especial. — Ela se afastou para olhar para mim. — Sinto muito, mesmo. Disse milhões de vezes à mamãe para não fazer isso, mas você sabe como ela é.

O olhar de Margaret encontrou o meu e ela deu de ombros. Bem, a verdade era que ela tentara. Eu podia sentir meu coração aos pulos no peito e uma risada histérica parecia prestes a explodir de minha garganta.

— Grace, querida! Você anda tão reservada! — falou mamãe, animada, os olhos já na mesa que eu ocupara, onde dois Martinis e uma porção de ostras Rockefeller jaziam abandonados. — Eu contei a Letitia sobre seu maravilhoso namorado médico e ela disse que mal podia esperar para encontrá-lo, então tive que dizer que nós ainda não o conhecíamos. Então pensei, bem, vamos matar dois coelhos de uma só vez. Você se lembra dos Carson, não é, querida?

É claro que eu me lembrava deles. Estive há três semanas de me tornar nora dos dois, pelo amor de Deus. Algum dia, dali a muito, muito tempo, eu talvez perdoasse a minha mãe. Mas pensando melhor, acho que não. Pela minha experiência, o sr. e a sra. Carson eram pessoas distantes, contidas, completamente desprovidas de humor. Eles nunca haviam expressado nada que não a mais fria polidez em relação a mim.

— Olá, sra. Carson, sr. Carson. É bom vê-los de novo. — Os Carson sorriram para mim sem um pingo de sinceridade e eu retribui o sorriso com a mesma afeição.

— O que vocês estão comendo? Aquilo são ostras? Não como frutos do mar — disparou Mémé. — Bichos nojentos, viscosos, cheios de bactérias. Tenho síndrome do estômago irritável.

— Grace, querida, sinto muito se estamos nos intrometendo — murmurou papai, me dando um beijo no rosto. — Sua mãe ficou um pouco aborrecida quando soube que você não viria. Como está bonita! Então, onde está ele? Já que estamos aqui...

O olhar de Andrew agora encontrou o meu. Afinal, ele me conhecia muito bem. Andrew inclinou a cabeça para um lado e sorriu com curiosidade.

— Ele está... ahn... está no banheiro — falei.

Margaret fechou os olhos.

— Certo. Ahn... ele não estava se sentindo muito bem, na verdade. É melhor eu ir dar uma olhada nele. Vou dizer que estão aqui.

Meu rosto parecia queimar enquanto eu caminhava (e caminhava, e caminhava, Deus, parecia estar demorando uma eternidade) pelo restaurante. No saguão de entrada, Cambry gesticulou para o final do corredor, na direção dos banheiros. Como eu esperara, lá estava Julian, observando por uma fresta, dentro do banheiro masculino.

— O que vamos fazer? — ele sussurrou. — Eu contei a Cambry o que está acontecendo. Ele pode nos ajudar.

— Eu simplesmente disse a eles que Wyatt não está se sentindo bem. E você vai fazer o papel de Wyatt. — Olhei para trás, na direção do salão de jantar. — Jesus, Maria, José, lá vem meu pai! Entre em um reservado. Rápido!

A porta se fechou e ouvi o som da porta do reservado batendo também quando papai chegava ao fim do corredor.

— Querida, como ele está?

— Oh... não muito bem, papai. Hmmm, ele deve ter comido alguma coisa que não lhe fez bem.

— Pobre rapaz. Que péssimo jeito de conhecer a família da namorada. — Papai se apoiou tranquilamente contra a parede. — Quer que eu veja se ele está bem?

— Não! Não, não. — Abri um pouco a porta do banheiro masculino. — Querido? Você está bem?

— Ahããã — respondeu Julian com a voz fraca.

— Estou aqui se precisar de mim — falei, fechando novamente a porta. — Papai, eu realmente preferia que vocês não tivessem vindo. Isso é... — *uma farsa ridícula*. — Essa é nossa noite especial.

Ele teve a decência de parecer envergonhado.

— Bem, sua mãe... você sabe como ela é. Acha que a família toda deveria estar aqui para mostrar aos Carson... bem, que você está aceitando tudo tranquilamente.

— Muito bem. E estou — disse, amaldiçoando-me. Eu deveria simplesmente ter ido ao estúpido jantar e dito que Wyatt tinha um compromisso, ou uma cirurgia de emergência, ou qualquer coisa. Em vez disso, ali estava eu, mentindo para o meu pai. Meu querido e velho pai que me amava, que encenava a Guerra Civil Americana comigo e pagava as minhas janelas novas.

— Papai — comecei, hesitante. — Sobre Wyatt...

Ele deu um tapinha carinhoso no meu ombro.

— Não se preocupe, Pudinzinho. Sei que é embaraçoso, mas ninguém vai usar uma pequena diarreia contra ele.

— Bem, a questão é que...

— Estamos tão felizes por você estar saindo com alguém, querida. Não me importo de admitir que estava preocupado com você. Romper com Andrew, bem isso é uma coisa. O coração de todo mundo já se partiu uma ou duas vezes. E eu sabia que não havia sido por sua iniciativa, querida.

Fiquei boquiaberta.

— Sabia? — Eu havia sofrido tanto para dizer a todos que fora consensual, que apenas não tínhamos certeza se éramos a pessoa certa um para o outro...

— É claro, Pudinzinho. Você o amava, isso era claro como o dia. Deixar que sua irmã o namorasse... — Papai suspirou. — Bem, ao menos você encontrou outra pessoa. Durante todo o caminho até aqui, Natalie não parava de tagarelar sobre como o seu namorado era maravilhoso. Acho que ela ainda se sente um pouco culpada.

Bem, lá se ia meu desejo febril de confessar a verdade. Um homem que vinha descendo o corredor parou, olhando para nós.

— O namorado da minha filha está passando mal — explicou papai. — Diarreia. — Fechei os olhos.

— Ah — disse o homem. — Hmmm... obrigado. Acho que posso esperar. Ele deu meia volta e voltou para o salão de jantar.

Papai abriu um pouco a porta.

— Wyatt, meu filho. Sou o pai de Grace, Jim Emerson.

— Olá, senhor — murmurou Julian em uma voz mais baixa do que o normal.

— Alguma coisa que eu possa fazer por você?

— Não, obrigado. — Julian deixou escapar um gemido para dar mais autenticidade. Papai se encolheu e fechou a porta.

— Por que não voltamos para a mesa também, papai? — sugeri. Abri uma fresta da porta novamente. — Querido? Voltarei em um instante.

— Está certo — disse Julian com a voz rouca, então tossiu. Sinceramente, achei que ele estava exagerando um pouco, mas e daí? A verdade é eu devia meu primogênito ao homem. Dei a mão a papai e apertei a mão dele de leve, em agradecimento, enquanto voltávamos ao salão para encontrar a família, que agora estava sentada em uma mesa grande. Os Carson franziam o cenho para o cardápio, Mémé inspecionava a prataria, mamãe parecia prestes a levitar com a quantidade de energia nervosa que zumbia através dela. Andrew, Nat e Margaret levantaram os olhos para mim.

— Como ele está? — perguntou Natalie.

— Nada bem — eu disse. — Uma ostra ruim, ou coisa parecida.

— Eu disse a vocês. Ostras são pedaços nojentos de muco — anunciou Mémé, causando ânsias de vômito visíveis em uma pessoa que estava sentada perto dela.

— Você está com ótima aparência, Grace — disse a sra. Carson, erguendo os olhos do cardápio. Ela inclinou um pouco a cabeça, como se estivesse impressionada por eu não haver cortado minha própria garganta quando o filho dela me deixou.

— Obrigada, sra. Carson — falei. Por cerca de um mês, eu a chamara de Letty. Nós havíamos chegado a almoçar juntas uma vez para conversar sobre o casamento.

— Eu tenho um remédio aqui na bolsa que pode ajudar — disse mamãe, procurando na bolsa.

— Não, não, está tudo bem. É mais... Bem, nós vamos para casa. Sinto tanto. Wyatt simplesmente adoraria encontrar a todos, mas vocês entendem... — Deixei escapar um suspiro. Não apenas estava namorando um homem imaginário, como ele também tinha diarreia. Quanta classe. Sem dúvida o tipo de coisa que deixaria Andrew morrendo de ciúmes...

Espere um pouco. Até onde eu sabia, Wyatt Dunn não havia sido inventado para causar ciúmes em ninguém. Olhei para Andrew. Ele estava olhando para mim, ainda segurando a mão de Natalie, com alguma coisa diferente no olhar. Afeição? Um dos cantos da sua boca se ergueu em um meio sorriso e desviei os olhos.

— Vou levar vocês até o carro — disse Natalie.

— Fique aqui — Margs só faltou latir. — Ele não quer encontrar vocês nessas circunstâncias, tola. — Natalie afundou de volta na cadeira, parecendo magoada.

Dei um beijo no rosto de minha mãe, acenei para Mémé e finalmente deixamos o salão de jantar. Cambry, o garçom, esperava do lado de fora do banheiro.

— Vocês podem sair pelos fundos — ele murmurou, e abriu a porta do banheiro. — Julian, terreno livre.

— Me desculpe — eu disse para o meu amigo. — E obrigada — acrescentei, colocando uma nota de vinte dólares na mão de Cambry. — Você foi muito legal.

— Não foi nada. Na verdade, foi até divertido — falou Cambry. Ele nos levou até a outra saída, bem longe do salão principal, e trocou um aperto de mãos com Julian, segurando a mão do meu amigo entre as suas um pouco além do normal.

— Bem, eu me diverti — anunciou Julian quando saíamos de carro do estacionamento. — E sabe de uma coisa, Grace? Marquei um encontro! Portanto, sempre há esperança.

Olhei para o meu amigo.

— Você foi fantástico lá dentro — eu disse.

— Fingir que estou com diarreia é um talento especial meu — ele falou. E com isso tivemos uma crise de riso tão grande que precisei encostar o carro.

Capítulo vinte

— Por que você ensinaria Revolução Americana ao mesmo tempo em que Guerra do Vietnã? — perguntou o diretor Stanton, franzindo o cenho.

Dez de nós — o diretor, o dr. Eckart, sete membros do conselho administrativo e eu — estávamos sentados ao redor da ampla mesa de conferência de nogueira, no Bigby Hall, o principal prédio administrativo da Manning. Era ele que aparecia na capa dos nossos folhetos promocionais. Eu estava fazendo a minha apresentação para o conselho administrativo, e me sentia péssima. Ficara acordada até às duas horas da manhã, aperfeiçoando meu discurso, praticando sem parar até achar que estava tudo certo. Naquela manhã, levantei às seis horas, me vesti com uma das roupas que comprara para Wyatt, tomando cuidado de combinar tradicionalismo e criatividade, domei meus cabelos, tomara um bom café da manhã, apesar da azia que sentia e agora me perguntava por que havia me importado com tudo isso.

As coisas não estavam indo bem. Eu terminara minha apresentação e sete membros do conselho, incluindo Theo Eisenbraun, o suposto amante de Ava, olhavam para mim com expressões que transmitiam os mais diversos graus de confusão. O dr. Eckart parecia estar cochilando, percebi com um pânico crescente.

— Essa é uma excelente pergunta — falei, em meu melhor tom professoral. — A Revolução Americana e a Guerra do Vietnã têm muito em comum. A maior parte dos Departamentos de História costuma ensinar seguindo uma ordem cronológica, o que, para ser honesta, acho um pouco ultrapassado. Mas na Revolução, temos uma situação em que um exército estrangeiro invade o país e ataca um pequeno grupo de pobres cidadãos armados, que ganham a guerra através da esperteza, se prevalecendo do terreno que ocupavam e simplesmente se recusando a desistir. O mesmo pode ser dito do Vietnã.

— Mas os dois fatos aconteceram em séculos diferentes — ressaltou Adelaide Compton.

— Tenho plena consciência disso — respondi, com certa irritação. — Acho que ensinar por temas e não apenas por uma linha cronológica é o caminho certo. Ao menos em alguns casos.

— Você quer dar uma aula chamada "O Abuso do Poder"? — perguntou Randall Withington, que fora senador americano por nosso estado algum tempo atrás. Seu rosto naquele momento parecia ainda mais vermelho do que o habitual.

— Acho que esse é, sim, um aspecto muito importante da História — falei, me encolhendo por dentro. O senador Withington fora expulso do cargo por acusações de corrupção e, ahn..., abuso de poder.

— Bem, isso tudo é muito interessante — disse Hunter Graystone III, que era ex-aluno da Academia Manning e pai de Hunter IV. Ele indicou o documento de 54 páginas que eu entregara, contendo meu currículo dos últimos quatro anos, os cursos requeridos, eletivas, créditos, orçamentos, viagens de estudo, sugestões de equipe, estratégias de ensino, minha opinião sobre o papel dos pais, a ideia de mesclar o currículo de História com outros assuntos. Eu montara um código de cores, incluíra fotos, gráficos, mapas, imprimira tudo e mandara encadernar. O sr. Graystone ainda não abrira o material. Eu dera um conceito "B" ao filho dele no último semestre (devo dizer, que muito justo) e o sr. Graystone me lembrara exatamente desse fato quando eu me apresentara há cerca de meia hora. — Por que não resume as coisas para nós, srta. Emerson?

O dr. Eckart levantou os olhos — ele não estava dormindo, graças a Deus — e fez um gesto com a cabeça, me encorajando.

— Claro — falei, tentando sorrir. — Vamos lá, em poucas palavras. — Respirei fundo e decidi dar tudo de mim, sem me importar com os rostos sem expressão da minha audiência. — Quero que os alunos da Manning compreendam o impacto da História no momento que vivemos hoje. Quero que o passado ganhe vida para eles, e que assim consigam apreciar os sacrifícios que foram feitos para que chegássemos a esse ponto. — Olhei ao redor, para cada membro do conselho, desejando que eles sentissem meu amor pelo tema. — Quero que nossos alunos aprendam com o passado de um modo muito mais profundo do que um mero decorar de datas. Quero que sintam como o mundo todo mudou por causa dos atos de uma única pessoa, seja ela Henrique VIII, que criou uma nova religião, ou o dr. King, clamando por igualdade nas escadas do Memorial Lincoln.

— E quem é dr. King? — perguntou Adelaide, franzindo o cenho.

Fiquei boquiaberta.

— Martin Luther King Jr... O ativista de direitos civis...

— É claro, lógico. Continue.

Respirei fundo novamente para recuperar o equilíbrio e continuei.

— Muitos garotos e garotas hoje se sentem isolados até mesmo de seu passado recente, desconectados das políticas de seu país, vivendo em um mundo onde há distrações demais para que busquem o verdadeiro conhecimento. Mensagens de texto, videogames, chats on-line... eles acabam não dando valor ao mundo em que vivem e não o compreendem. Esses adolescentes precisam ver de onde viemos e como chegamos aqui. Isso é imprescindível! Porque é o nosso passado que determina o nosso futuro, como indivíduos, como nação, como *mundo*. Eles precisam entender o passado, porque esses adolescentes *são* o futuro.

Meu coração estava disparado no peito, minhas mãos tremiam. Eu respirei fundo mais uma vez e cruzei as mãos suadas. Havia terminado.

Ninguém disse nada. Nem uma palavra. Apenas silêncio... e não era um silêncio bom. Era justo dizer que se podia ouvir o proverbial som dos grilos.

— Então... você acredita que as crianças são o nosso futuro — disse Theo, disfarçando um sorriso.

Fechei os olhos por um instante.

— Sim — eu disse. — Eles são. E com sorte terão habilidade de pensar quando o destino os convidar a agir. Portanto... — Eu levantei e juntei os papéis à minha frente. — Muito obrigada a todos pelo tempo que me dedicaram.

— Sua apresentação foi... muito interessante — disse Adelaide. — Ahn.. boa sorte.

Fui avisada de que seria notificada se houvesse passado para a próxima etapa. E de que eles, é claro, estavam procurando fora de Manning também e todo aquele blá, blá, blá. Sabia que minhas chances de passar para a próxima etapa eram duvidosas, para dizer o mínimo.

Ao que parecia, meu discurso passional dera o que falar, porque quando cruzei com Ava mais tarde, naquele mesmo dia, na sala de professores do prédio Lehring, ela sorriu constrangida.

— Olá, Grace — falou. Piscada, piscada... e lá vinha... sim, mais uma piscada. — Como foi a sua apresentação para o conselho?

— Foi ótima — menti. — Muito positiva.

— Que bom para você — ela murmurou, lavando sua xícara de café e recitando enquanto fazia isso. — Acredito que as crianças são o nosso futuro... devemos ensiná-las bem e deixá-las assumir a liderança...

Cerrei os dentes.

— E como foi o seu Ava? Acha que levantar o sutiã toda hora fez com que o conselho ficasse a seu favor?

— Oh, Grace, sinto tanto por você — ela falou, servindo-se de mais café. — Não é do meu decote que eles gostam, querida. E, sim, do jeito que tenho para lidar com as pessoas. De qualquer modo... boa sorte.

Naquele momento, Kiki enfiou a cabeça na porta.

— Grace, tem um minuto? Oh, oi, Ava, como está você?

— Fantástica, obrigada — Ava meio que sussurrou. Piscada. Piscada. E mais uma piscada.

— Você está bem? — perguntou Kiki quando saí para o corredor e fechei a porta da sala.

— Estou ferrada, na verdade — falei.

— O que aconteceu?

— Minha apresentação para o conselho não foi muito bem — admiti. Todo aquele trabalho parecia reduzido a um melodrama. Para minha maior irritação, sentia a garganta apertada, com vontade de chorar.

— Sinto muito, garota. — Ela deu um tapinha carinhoso no meu braço. — Escute, quer ir à Noite de Dança dos Solteiros, do Julian, nessa sexta-feira? Para afastar a cabeça dos problemas? Ainda preciso conhecer alguém. Deus sabe por quê. Venho tentando aqueles métodos de Lou como se fossem mandados do Monte Sinai, entende?

— Kiki, não achou aquela aula uma bobagem? Realmente quer convencer um homem a sair com você fingindo que é uma pessoa que não é de verdade?

— Há algum outro modo? — ela perguntou. Eu suspirei. — Está bem, está bem, eu sei. Mas venha ao baile comigo. Por favor? Só para se distrair?

— Hmmm... — respondi. — Acho que não.

Ela abaixou o tom de voz.

— Talvez você conheça alguém para levar ao casamento de sua irmã — ela sugeriu, como a mulher má que era.

Eu fiz uma careta.

— Vale ao menos tentar — ela ainda tentava me convencer.

— Afasta-te de mim, Satanás — resmunguei. — Talvez. Não estou prometendo nada, mas talvez.

— Está certo, ótimo! — Kiki conferiu as horas no relógio. — Droga, preciso correr. O sr. Sortudo precisa da insulina dele e se chegar tarde ele suja a casa toda e ainda tem um ataque. Falo com você mais tarde! — E ela saiu correndo pelo corredor para atender ao desastre médico que era seu gato.

— Olá, Grace.

Virei-me.

— Oi, Stuart! Como você está? Como vão as coisas?

Ele suspirou.

— Estava esperando que você me dissesse.

Reprimi uma onda de impaciência.

— Stuart, ahn... escute. Você precisa fazer alguma coisa. Não sou sua intermediária, está certo? Quero muito que vocês se acertem, mas você precisa tomar uma atitude. Não acha?

— Só não sei que atitude tomar — ele protestou, tirando os óculos para esfregar os olhos.

— Bem, você foi casado com ela por sete anos, Stuart! Por favor! Pense em alguma coisa!

A porta da sala dos professores se abriu.

— Algum problema por aqui? — perguntou o peito de Ava. Bem, na verdade foi a boca que perguntou, mas com a quantidade de seios que ela exibia naquele dia, quem iria prestar atenção?

— Não há problema algum, Ava — respondi secamente. — Conversa particular.

— Como vai, Stu? — ela ronronou. — Ouvi dizer que sua esposa o deixou. Sinto tanto! Algumas mulheres simplesmente não sabem apreciar um homem decente. — Ela balançou a cabeça com tristeza, piscou, piscou e piscou, então saiu deslizando pelo corredor, balançando o traseiro.

Stuart acompanhou-a com o olhar.

— Stuart! — gritei. — Vá ver sua esposa. Por favor.

— Está certo — ele murmurou, afastando os olhos do traseiro de Ava. — Farei isso, Grace.

Mais tarde, naquela noite, fiz um círculo triplo, com caneta vermelha, destacando um erro em um trabalho de Kerry Blake e anotando a palavra correta na margem. Eu estava corrigindo trabalhos na cama, enquanto Margaret usava o computador para jogar palavras cruzadas no meu pequeno escritório no andar de baixo. Que erro bobo! Por favor!

Ela era uma garota bastante inteligente, mas já aos dezessete anos, sabia que nunca teria que trabalhar de verdade para ganhar a vida. A mãe dela tinha um diploma de Harvard e era sócia em uma firma de consultoria de

Boston. O pai era dono de uma empresa de softwares com filiais em quatro países, que ele costumava visitar em seu jatinho particular. Kerry com certeza entraria em uma das universidades da renomada Ivy League, sem precisar se preocupar com notas e qualificações. E, se por algum milagre ela resolvesse trabalhar em vez de seguir os passos de Paris Hilton, provavelmente conseguiria algum emprego muito bem pago em uma excelente empresa, onde tiraria três horas de almoço e iria de reunião para reunião, onde faria uma quantidade mínima de trabalho e levaria o crédito pelos recrutas que trabalhariam para ela. Se ela não soubesse conjugar direito um tempo verbal, ninguém se importaria.

A não ser por mim. Queria que Kerry usasse seu cérebro em vez de se acomodar em sua situação, mas ela não se importava nem um pouco com o que eu pensava. Isso estava muito claro. E o conselho diretor provavelmente compartilhava de seu tédio.

— Grace! — A voz de Margaret ecoou pela casa, fazendo Angus dar um pulo. Juro que minha irmã estava se tornando mais parecida com Mémé a cada dia que passava. — Vou fazer uma massa com brócolis para o jantar. Você vai querer?

Fiz uma careta.

— Não, obrigada. Vou preparar alguma coisa para mim mais tarde. — Alguma coisa com queijo. Ou com chocolate. Ou talvez com ambos.

— Entendido. Ah, droga. Stuart está aqui.

Graças a Deus. Corri até a janela, com Angus se balançando feliz atrás de mim. Era verdade, meu cunhado estava subindo o caminho para a minha casa. Estava quase escuro, mas sua camisa branca modelo oxford cintilava na luz mortiça. Eu fui até o corredor para conseguir bisbilhotar melhor e fechei a porta do quarto para que Angus não me denunciasse. Margaret saiu pisando duro para atender a porta. Stuart havia batido de leve. Eu só conseguia ver a parte de trás da cabeça de Margs.

— O que você quer? — ela perguntou sem a menor delicadeza. Mas percebi um certo prazer sob o tom rude... Stuart estava finalmente *fazendo* alguma coisa, e Margaret apreciava esse tipo de atitude.

— Margaret, acho que você deveria voltar para casa. — A voz de Stuart era baixa e eu precisava esticar a cabeça para ouvir. Ele não disse mais nada.

— É só isso? — rosnou Margaret, ecoando meus próprios pensamentos. — É tudo o que você tem a dizer?

— O que mais você gostaria que eu dissesse, Margaret? — ele perguntou desanimado. — Sinto saudades. Amo você. Volte para casa.

Senti meus olhos subitamente marejados.

— Para quê? Para que nós voltemos a passar as noites nos encarando, morrendo de tédio?

— Nunca me senti assim, Margaret. Eu era muito feliz — falou Stuart. — Se você não quiser ter filhos, não tem problema, mas todas essas outras preocupações... Não sei o que quer que eu faça. Não sou diferente do que era antes.

— Talvez esse seja o problema — retrucou Margaret, ácida.

Stuart suspirou.

— Se houver alguma coisa específica que você queira que eu faça, eu farei, mas precisa me dizer o que é. Se não, não é justo.

— Se eu lhe disser, não vai valer — respondeu Margaret. — É como planejar a espontaneidade, Stuart. Um paradoxo.

— Você quer que eu seja espontâneo, que a surpreenda — falou Stuart, a voz subitamente dura. — Gostaria que eu descesse correndo pela rua, nu? Que tal se eu começasse a usar heroína? Ou eu deveria ter um caso com a faxineira? Isso seria surpreendente o bastante?

— Você está sendo obtuso de propósito, Stuart. Até que descubra sozinho o que fazer, não tenho nada a dizer. Adeus. — Margaret fechou a porta e se apoiou nela. Então, um segundo mais tarde espiou pela fresta da janela. — Maldição! — ela resmungou. Ouvi o som do motor do carro sendo ligado. Ao que parecia, Stuart se fora.

Margaret me viu agachada no topo da escada.

— Então? — ela perguntou.

— Margaret — comecei com cautela —, ele a ama e quer que você seja feliz. Isso não conta, querida?

— Grace, não é tão simples! — ela falou. — Stuart adoraria se todas as noites de nossa vida fossem iguais. Jantar, uma conversa educada sobre literatura e sobre os últimos acontecimentos. Sexo nos dias marcados. Uma saída ocasional para jantar, onde ele leva meia hora para pedir uma garrafa de vinho. Fico tão entediada que seria capaz de gritar!

— Bem, vou lhe dizer o que penso, companheira — disse, a minha voz já mais dura. — Ele é um homem decente, inteligente e trabalhador e adora você. Acho que está agindo como uma pirralha mimada.

— Grace — retrucou Margaret, a voz muito firme. —, como você nunca foi casada, sua opinião realmente não conta muito nesse momento. Portanto, faça a gentileza de se meter com a sua própria vida.

— Oh, não se preocupe, Margs. Ah! A propósito, quanto tempo mais pretende ficar aqui? — Está certo, eu estava sendo uma vaca, mas a sensação era boa.

— Por quê? — perguntou Margaret. — Estou atrapalhando seus encontros com Wyatt? — E, com isso, ela saiu pisando firme em direção à cozinha.

Dez minutos mais tarde, sentindo que eu deveria assumir o controle da minha própria casa e não me esconder em meu quarto, desci para o andar de baixo. Margaret estava parada diante do fogão, mexendo a massa, as lágrimas escorrendo por seu rosto.

— Me desculpe — ela disse baixinho.

— Claro — suspirei, sentindo minha raiva evaporar. Margaret nunca chorava. Nunca.

— Eu o amo de verdade, Grace. Ou ao menos acho que amo, mas às vezes sinto que vou sufocar. Tenho a sensação de que se eu começasse a gritar, ele nem sequer perceberia. Não quero me divorciar, mas também não consigo ficar casada com uma folha de cartolina. É como se, na teoria, nós funcionássemos, mas quando realmente estamos juntos, sinto que vou morrer de tédio. Não sei o que fazer. Se ao menos ele conseguisse pensar fora da caixa, sabe? E a ideia de um bebê... — Ela começou a soluçar. — Parece que o fato de Stuart querer um bebê significa que já não sou mais o bastante para ele. E era ele quem deveria me adorar.

— Mas ele a adora, Margs!

Ela não ouviu.

— Além do mais, eu sou um monstro, Grace, quem iria me querer como mãe?

— Você não é um monstro. Ao menos não o tempo todo — assegurei a ela. — Angus a adora. Isso é um bom sinal, não é?

— Você quer que eu vá embora daqui? Que fique em um hotel ou alguma coisa assim?

— Não, é claro que não. Você sabe muito bem que pode ficar comigo o tempo que quiser — falei. — Venha cá, me dê um abraço.

Ela passou os braços ao meu redor e apertou com força.

— Me desculpe por ter mencionado Wyatt — ela murmurou.

— Tudo bem, tudo bem — respondi, acariciando as costas dela. Angus, ciumento ao ver que todo aquele amor não era direcionado a ele, começou a pular e ganir.

Margaret se afastou e pegou um lenço de papel para secar os olhos.

— Quer jantar? — ela ofereceu. — Fiz o bastante para nós duas.

Olhei para o que minha irmã chamava de jantar.

— Tento evitar comer barbante — comentei, e recebi um sorrisinho em resposta. — Na verdade, não estou com fome. Acho que vou só sentar lá fora um pouco. — Me servi de um copo de vinho, dei um tapinha carinhoso no ombro dela para assegurá-la de que não estava zangada e saí com meu cachorro para a noite perfumada.

Sentei-me na cadeira de jardim e olhei ao redor do meu quintal. Angus estava farejando a cerca dos fundos, patrulhando o perímetro como o bom cão de guarda que era. Todas as flores que eu plantara no último ano estavam desabrochando lindamente. As peônias ao longo da cerca estavam cheias de flores, o cheiro doce de seus botões enchendo a noite. Tufos de erva-cidreira se debruçavam sobre os pinheiros que me impediam de ver o número 32 da rua Maple, e no lado de Callahan, íris cresciam em linhas graciosas, azuis e brancas, um perfume de baunilha e uva no ar. Os lilases ao longo do lado direito da casa haviam murchado, mas seu aroma era adorável, calmante e revigorante ao mesmo tempo. O único som que se ouvia era do rio Farmington, cheio e rápido a essa época do ano, cobrindo as pedras. Um trem apitou em algum lugar, o som melancólico sublinhando a solidão que apertava meu coração.

Por que as pessoas não conseguiam ser felizes sozinhas? O amor faz seu coração refém. Eu venderia a minha alma por Margaret e Natalie, por meus pais, por Julian, até mesmo por meu doce e pequenino Angus, meu amiguinho fiel. Como ficara provado por minhas ações mais recentes, eu faria qualquer coisa para encontrar alguém que me amasse com a mesma entrega com que eu queria amar. Aqueles dias distantes com Andrew pareciam ter acontecido à outra pessoa. E mesmo se encontrasse alguém, que garantia eu tinha de que iria durar? Veja só meus pais, tão irritados um com o outro o tempo todo. Margaret e Stuart... sete anos se desmoronando. Kiki, Julian e eu, todos lutando para encontrar alguém.

Ao que parecia, eu estava chorando sem perceber. Sequei meus olhos na manga da blusa e tomei um bom gole de vinho. O amor era uma coisa estúpida. Margaret estava certa. O amor era uma grande porcaria.

— Grace?

Virei a cabeça rapidamente. Callahan O'Shea estava sentado em seu telhado, olhando para mim como um *deus ex machina* operário.

— Oi — eu disse.

— Está tudo bem? — ele perguntou.

— Oh... claro — falei. Soou pouco convincente até para mim.

— Quer subir aqui?

Minha resposta me surpreendeu.

— Está bem.

Deixei Angus examinando um canteiro de samambaias, fui até um portãozinho que separava meu quintal do jardim da frente e andei até o deque dos fundos de Callahan. As tábuas novas, bem cortadas e com cheiro de limpas, cintilavam na luz mortiça do anoitecer, e o metal do apoio da escada era frio sob a minha mão. Subi, e espiei para cima do telhado, onde meu vizinho estava.

— Oi — ele disse, pegando a minha mão para me ajudar a subir.

— Oi — respondi. A mão dele era quente e firme e fiquei feliz quando ele me segurou, já que nunca fui muito fã de escadas. Aquela mão me fez sentir segura. Apenas uma mão. Foi só o que bastou. Foi com grande relutância que a soltei.

Uma manta de cor escura estava aberta sobre as telhas.

— Seja bem-vinda ao telhado — disse Callahah. — Sente-se.

— Obrigada. — Sentei-me, constrangida. Cal se acomodou ao meu lado. — Então, o que faz aqui? — perguntei, minha voz soando um pouco alta demais no ar frio e silencioso.

— Apenas gosto de ficar olhando para o céu — respondeu. Mas ele não estava olhando para o céu. Estava olhando para mim. — Eu não conseguia fazer muito isso quando estava na prisão.

— O céu está bonito — comentei. *Que colocação inteligente, Grace. Genial mesmo.* Podia sentir o calor do ombro de Callahan próximo ao meu. — Sem dúvida.

— Sem dúvida. — Ele sorriu brevemente e senti um frio no estômago. Então Callahan se deitou na manta, cruzando as mãos atrás da cabeça. Depois de um segundo de hesitação, fiz a mesma coisa.

A noite estava mesmo bonita. As estrelas piscavam, o céu estava aveludado, com uma cor preciosa. A música exuberante do rio só era cortada pelo canto de algum pássaro noturno por alguns minutos a cada vez. E lá estava Callahan O'Shea, seu corpo quente e sólido a apenas poucos centímetros de mim.

— Você estava chorando agora há pouco? — A voz dele era gentil.

— Um pouco — admiti.

— Está tudo bem?

Fiquei calada por um tempo.

— Bem, Margaret e Stuart estão passando por um período difícil. E minha outra irmã, Nat, lembra-se dela? — Ele assentiu. — Ela vai se casar daqui a algumas semanas. Acho que estou apenas um pouco sentimental.

— Você e essa sua família... — ele comentou com voz suave. — Eles sem dúvida a mantém ocupada.

— Sem dúvida — concordei mal-humorada.

O pássaro voltou a cantar a distância. Angus deu um latido em resposta.

— Você já foi casada? — perguntou Callahan.

— Não — eu disse, os olhos fixos no brilho hipnótico das estrelas. — Mas fui noiva há uns anos. — Deus... Há uns anos. Isso parecia tanto tempo.

— Por que terminou o noivado?

Eu me virei para encará-lo. Era gentil que Callahan pensasse que a decisão havia sido minha. Gentil, mas não verdadeiro.

— Na verdade, não fui eu que terminei. Foi ele. Meu ex-noivo se apaixonou por outra pessoa. — Engraçado... dizer isso não doera tanto como eu esperara. *Ele se apaixonou por outra pessoa*. Foi o que aconteceu.

Callahan O'Shea se virou para me olhar.

— Pois ele deve ser um idiota — ele disse baixinho.

Oh. *Oh*. Lá estava de novo aquele calor se espalhando pelo meu corpo. Engoli em seco.

— Ele não era assim tão mal — falei, voltando a olhar para o céu. — E quanto a você, Callahan? Já esteve perto do altar?

— Eu estava saindo com uma pessoa antes de ir para a prisão. Acho que era sério. — A voz dele estava tranquila.

— E por que vocês dois terminaram? — perguntei.

— Bem, nós já andávamos brigando demais — ele respondeu. — Mas a minha prisão foi o último prego no meu caixão.

— Sente falta dela? — Eu não pude deixar de perguntar.

— Um pouco — disse Callahan. — Às vezes. Mas é como se os bons momentos que passamos juntos tivessem acontecido em outra vida. Mal consigo me lembrar deles.

Fiquei boquiaberta ao ver que a declaração dele parecia ecoar meus próprios pensamentos sobre Andrew, alguns momentos antes. Ele deve ter percebido minha expressão chocada, porque sorriu.

— O que foi? — perguntou Cal.

— Nada. É só que... sei como se sente. — Ficamos quietos por mais algum tempo, então fiz outra pergunta a ele, uma em que já pensara mais de uma vez. — Ei, Cal, li que você se declarou culpado. Por que não queria ir à julgamento?

Ele manteve os olhos no céu e não respondeu por algum tempo.

— Havia muitas evidências contra mim — ele disse por fim.

Como já acontecera antes, tive a impressão de que Callahan não estava me contando tudo o que havia para contar. Mas tratava-se do crime dele, do passado dele, e a noite estava muito agradável, ficar ali no telhado também estava bom, eu não iria pressioná-lo. Estava deitada no telhado ao lado de Callahan O'Shea e isso era o bastante. Na verdade, estava sendo uma delícia.

— Grace? — Santo Deus, eu adorava o modo como ele falava meu nome, a voz profunda e baixa, com apenas um toque de aspereza, um trovão distante em uma noite de verão.

Virei a cabeça para encará-lo, mas Cal olhava para as estrelas.

— Você terminou com o caçador de gatos abandonados?

Meu coração deu um pulo, minha respiração pareceu congelar nos pulmões. Por um instante, me imaginei contando a Callahan a verdade sobre Wyatt Dunn. Imaginei ele se virando para me olhar, a expressão de incredulidade em seu rosto, depois o desprezo, ele revirando os olhos e resmungando alguma coisa nada lisonjeira sobre meu estado emocional. E eu com certeza não queria isso. Callahan O'Shea estava perguntando se eu havia terminado com Wyatt porque ele... sim, não havia como negar... ele estava interessado. Em mim.

Mordi o lábio.

— Ahn... Wyatt... ele era melhor no papel do que na vida real — falei, engolindo com dificuldade. Não era exatamente uma mentira. — Por isso, sim. Nós rompemos o namoro.

— Que bom. — Então ele se virou para olhar para mim. Seu rosto estava sério, os olhos indecifráveis sob a luz fraca das estrelas. Meu coração pareceu bater bem devagar e, de repente, o perfume dos lilases era inebriante. Os cílios de Cal eram tão longos, os olhos tão adoráveis. E eram amedrontadores também, me encarando daquele jeito, tão de perto, inquisitivos, ao mesmo tempo quentes e firmes.

Muito lentamente, Callahan, esticou a mão para tocar meu rosto com a parte de trás dos dedos. Foi apenas uma carícia suave, mas prendi a respiração ao sentir o contato dos dedos dele em minha pele. Callahan ia me beijar. Oh, Deus. Meu coração agora batia descompassado. Cal sorriu.

Então a voz de Margaret cortou o silêncio da noite.

— Grace? Grace, onde está você? Nat está ao telefone!

— Estou indo! — gritei de volta, ficando de pé rapidamente. Quando percebeu que sua dona estava no telhado, Angus explodiu em latidos, quebrando de vez a tranquilidade reinante com vários decibéis de barulho. — Me desculpe, Cal. Eu... tenho que ir.

— Covarde — ele disse, mas estava rindo.

Dei outro passo na direção da escada, então parei.

— Talvez eu pudesse voltar aqui em cima outra vez, em outra hora — falei.

— Talvez pudesse — ele concordou, e se sentou em um movimento rápido e gracioso. — Espero que possa.

— Agora tenho que ir — sussurrei, então desci a escada o mais rápido que pude. A risada baixa e rouca de Cal me acompanhou, enquanto eu entrava correndo em meu quintal e Angus finalmente aquietou. Meu coração continuava disparado.

— O que você estava fazendo lá? — Margaret sussurrou quando entrei correndo no pátio dos fundos. — Você estava lá em cima com Callahan?

— Olá, Margaret — Cal cumprimentou do telhado.

— O que vocês estavam fazendo aí em cima? — ela perguntou a ele.

— Sexo selvagem — ele respondeu. — Quer tentar?

— Não me tente, Homem de Alcatraz — ela disse, colocando o telefone nas minhas mãos.

— Alô — arquejei.

— Oi, Grace. Me desculpe. Estou interrompendo alguma coisa? — Nat estava falando baixo.

— Oh, não. Eu estava só... — Pigarreei. — Só conversando com Callahan, meu vizinho. O que houve?

— Bem, estava querendo saber se estará livre neste sábado — ela falou. — Você tem algum evento programado na escola? Ou alguma batalha?

Entrei na cozinha e chequei minha agenda.

— Não tenho nada marcado.

— Acha que gostaria de ir comprar o vestido de noiva comigo?

— Claro! — eu disse emocionada. — A que horas?

— Hmmm, que tal por volta das três? — Nat parecia tão hesitante que tive certeza de que havia alguma coisa errada.

— Está ótimo — respondi.

— Tem certeza?

— Sim! É claro, Bumppo. Por que está assim, estranha?

— Margaret me disse que talvez eu devesse lhe dar um tempo, ir sem você.

A boa e velha Margs. Minha irmã mais velha estava certa — seria maravilhoso poder evitar aquele evento em particular relacionado ao casamento, mas eu tinha que ir.

— Quero ir, Nat — falei. E uma parte de mim realmente queria, apesar de tudo. — Vejo você às três horas.

— Por que você a mima tanto? — perguntou Margaret no instante em que desliguei. Angus entrou correndo, quase derrubando-a, mas ela o ignorou. — Diga a ela para abrir os olhos e pensar em alguma outra pessoa para variar. Ela não está mais deitada em uma cama de hospital, Grace.

— Sei disso, Margaret querida. Mas pelo amor de Deus! É o vestido de noiva dela. E já esqueci Andrew. Não me importo se ela vai se casar com ele. Nat é nossa irmã caçula e nós duas devemos estar presentes quando ela for escolher o vestido.

Margaret deixou-se cair em uma cadeira da cozinha e pegou Angus no colo. Meu cachorrinho começou a lamber o queixo dela em uma demonstração de grande afeição.

— Princesa Natalie. Que Deus a perdoe de pensar em alguma outra pessoa para variar.

— Ela não é assim! Santo Deus, Margs, por que você é tão dura com ela?

Margaret deu de ombros.

— Talvez porque eu ache que ela precise passar por dificuldades de vez em quando. Natalie vive uma vida encantada, Grace. É adorada, linda, inteligente. Ela consegue tudo.

— Ao contrário de você, pobre e órfã criatura horrenda? — perguntei.

— Sim, sou mesmo um doce, com pele de pêssego. — Ela suspirou. — Você sabe do que estou falando, Grace. Admita. Nat vem passando pela vida suspensa em uma linda nuvem branca com um maldito arco-íris sobre a cabeça e pássaros azuis cantando ao seu redor. Já eu venho marchando pela vida e você... você... — Margaret se interrompeu.

— Eu o quê? — perguntei, já ficando irritada.

Ela demorou um pouco para responder.

— Você deu de cara com algumas paredes.

— Está falando de Andrew?

— Bem, claro. Mas lembra-se de quando se mudou para Connecticut e se sentiu meio perdida lá? — É claro que eu me lembrava. Foi na época em que eu estava namorando Jack do Le Cirque. Margaret continuou. — E naquele ano em que você morou com papai e mamãe, depois da faculdade, quando trabalhou como garçonete por um ano?

— Eu estava me dando um tempo para descobrir o que realmente queria fazer — justifiquei. — Além do mais, sempre tive talento para garçonete.

— É claro. Não há nada errado com isso. É só que Nat nunca teve dúvidas, nunca se sentiu perdida, nunca duvidou de si mesma, nunca imaginou que a vida pudesse ser qualquer outra coisa que não perfeita para ela. Até encontrar Andrew e finalmente descobrir alguma coisa que não poderia ter... mas que no fim você acabou dando a ela. Por isso é que acho que ela é um pouquinho egoísta.

— Acho que você está com inveja de Natalie — disse, cutucando-a.

— É claro que tenho inveja dela, tonta — falou Margaret, com sentimento. Sinceramente, eu nunca conseguiria compreender Margaret. — Ei — ela acrescentou —, o que você estava fazendo lá em cima do telhado com o Vizinho Sexy e Bonitão?

Respirei fundo.

— Estávamos só olhando para o céu. E conversando.

Margaret estreitou os olhos ao me encarar.

— Está interessada nele, Grace?

Senti que ruborizava.

— Talvez. Sim. Definitivamente estou.

— Ahã... — Margaret me deu seu sorriso de pirata.

— E?

— E nada. Ele é um passo à frente e tanto em relação a Andrew, O Pálido. Deus, imagine fazer sexo com Callahan O'Shea... Só o nome dele quase me faz chegar ao orgasmo. — Ela riu e eu sorri relutante. Margaret se levantou e deu um tapinha no meu ombro. — Só se certifique de que não está fazendo isso para mostrar ao Andrew que há um homem louco para tirar suas calcinhas, certo?

— Nossa, que romântico! Acho que vou chorar.

Ela riu novamente como a pirata que deveria ter sido.

— Bem, estou exausta. Ainda tenho que trabalhar em um caso, e depois vou dormir. Boa noite, Gracie. — Ela me entregou meu cachorrinho que logo apoiou a cabeça no meu ombro e suspirou com a mais pura adoração. — E, Grace, mais uma coisa já que estou mesmo bancando a irmã mais velha. — Margs suspirou. — Veja, sei que você está tentando seguir adiante com a sua vida e todas essas bobagens, e não a culpo. Mas por mais maravilhoso que Cal pareça sem camisa, ele sempre será um ex-presidiário, e essas coisas costumam marcar a pessoa.

— Eu sei — admiti. Ava e eu havíamos conseguido passar para a segunda rodada de entrevistas para o cargo de chefe do departamento, para minha grande surpresa. Eu ainda não tinha muitas esperanças, mas Margs estava certa. O passado de Callahan O'Shea pesaria no que se referia à Academia Manning. Talvez não devesse pesar, mas a verdade é que pesaria.

— Apenas esteja certa de que sabe o que quer, menina — falou Margs. — É só isso que estou dizendo. Acho Cal uma diversão e tanto, e você, sem dúvida, está precisando se divertir. Mas não se esqueça de que é professora de uma escola particular, e que isso pode ser um problema para o pessoal da Manning. Isso para não mencionar mamãe e papai.

Eu não respondi. Como sempre, Margaret estava certa.

Capítulo vinte e um

— Fui contratada para fazer uma escultura de um bebê dentro de um útero para o New Haven's Children Hospital de Yale — anunciou mamãe, na noite seguinte, durante o jantar. Estávamos na casa da família, eu, Margaret, Mémé, mamãe e papai.

— Parece interessante, mamãe — eu disse, e coloquei um pedaço da excelente carne assada na boca.

— As coisas estão indo muito bem, se posso dizer — ela concordou.

— Você realmente diz isso, a cada meia hora — resmungou papai.

— Eu quase morri no parto — anunciou Mémé. — Tiveram que me dar anestesia. Quando voltei a mim, três dias mais tarde, me disseram que eu tinha um lindo filho.

— Esse é o meu tipo de parto — murmurou Margaret, virando o copo de vinho.

— O problema com a escultura é que a cabeça do bebê não para de quebrar...

— Não é muito confortador para as futuras mães, eu acho — comentou Margs.

— Que tal usar fita adesiva? — sugeriu papai. Reprimi uma gargalhada.

— Jim, você precisa mesmo diminuir constantemente o meu trabalho? Hein? Grace, pare de se curvar, querida. Você é tão bonita, por que está sempre se curvando?

— Sempre se pode dizer o pedigree olhando a postura — disse Mémé, pescando a cebolinha em seu Martini e colocando-a na boca. — Uma dama nunca fica com as costas arqueadas. Grace, o que há de errado com seu cabelo, hoje? Parece que você acabou de sair da cadeira elétrica.

— Oh, gostou, Mémé? Custa uma fortuna, mas, sim, eletrochoque era bem o que eu estava imaginando. Obrigada!

— Mamãe — falou meu pai — o que vai querer fazer para comemorar seu aniversário, esse ano?

Mémé ergueu uma sobrancelha rala.

— Oh, você se lembrou, não é? Achei que havia esquecido. Ninguém comenta a respeito.

— É claro que lembrei — disse ele, com a voz cansada.

— Ele alguma vez já esqueceu, Eleanor? — perguntou mamãe, ácida, em uma rara demonstração de solidariedade a papai.

— Oh, ele esqueceu uma vez — disse Mémé, azeda.

— Quando eu tinha seis anos — suspirou papai.

— Quando ele tinha seis anos. Pensei que ao menos me daria um cartão, mas não. Nada.

— Bem, pensei que poderíamos sair para jantar na sexta-feira — sugeriu papai. — Você, Nancy e eu, as meninas e seus namorados. O que acha? Não parece bom?

— Onde iríamos?

— Em algum lugar muito caro, onde poderá reclamar a noite toda — disse Margaret. — Sua ideia de paraíso, certo, Mémé?

— Na verdade — disse em um impulso —, não vou poder ir. Wyatt vai apresentar um trabalho em Nova York e eu disse que iria com ele. Sinto muito, Mémé. Espero que tenha uma noite adorável.

Era verdade que eu estava planejando contar à minha família que Wyatt e eu havíamos terminado. Eu não poderia faltar ao casamento de Natalie e era óbvio que Wyatt não teria como aparecer, já que era imaginário e tudo o mais. Mas a mera ideia de passar a noite de sexta-feira ouvindo Mémé contar em detalhes sobre seus pólipos nasais, tendo que aguentar mamãe e papai se permitindo continuar com suas brigas intermináveis, sentada à sombra do brilho de Andrew e Natalie, enquanto Margaret implicava com todo mundo... não. Callahan O'Shea estava certo. Eu fazia muito pela minha família. Mais do que o necessário. Wyatt Dunn poderia me servir como desculpa uma última vez antes que fôssemos forçados a terminar, para o bem de ambos.

— Mas é meu aniversário. Mémé franziu o cenho. — Cancele seus planos.

— Não — eu disse com um sorriso.

— No meu tempo, as pessoas costumavam ter mais respeito pelos mais velhos — ela começou a discursar.

— Estava pensando que os esquimós é que fazem a coisa certa — falou Margaret. — Sabe aquela história de que colocam os idosos sobre um bloco de gelo flutuante para morrerem? O que acha, Mémé?

Eu ri e fui fuzilada pelo olhar da minha avó.

— Bem, tenho que ir. Tenho trabalhos para corrigir e tudo o mais. Adoro vocês. Vejo você em casa, Margs.

— Saúde, Grace — ela disse, erguendo o copo em um brinde, com um sorriso travesso. — Ei, Wyatt tem um irmão?

Eu sorri, dei um tapinha carinhoso em seu ombro e parti.

Quando estacionei em minha garagem dez minutos mais tarde, olhei direto para a casa de Callahan. Talvez ele estivesse lá, talvez quisesse companhia, talvez quase me beijasse novamente. Talvez não houvesse o "quase".

— Aqui vou eu — falei, enquanto saía do carro. A linda cabecinha de Angus apareceu na janela, e ele começou a música de latidos com que sempre me recepcionava. — Um segundo, meu amor! — gritei e andei até o número 36 da rua Maple. Subi o caminho de entrada, bati com firmeza na porta e esperei.

Não houve resposta. Bati novamente, sentindo meu bom humor murchar. Olhei para a rua e percebi tarde demais que a caminhonete de Cal não estava ali. Com um suspiro, dei meia volta e fui para a minha casa.

A caminhonete também não estava lá no dia seguinte, nem no outro. Não que eu estivesse tomando conta, é claro... apenas dava uma olhada pela minha janela a cada dez minutos mais ou menos, muito irritada ao perceber que... droga... eu sentia saudades dele. Sentia falta das brincadeiras, dos olhares de quem sabia mais do que dizia, dos braços musculosos. Da onda de desejo que percorria meu corpo a um mero olhar para Callahan O'Shea. E Deus, quando ele tocara meu rosto naquela noite no telhado, eu me sentira a criatura mais linda da terra.

Então onde ele estava, maldição? E por que me perturbava tanto que saísse por alguns dias? Talvez Callahan tenha voltado a usar o macacão laranja dos presidiários e estivesse recolhendo lixo da beira da estrada, por ter descumprido a condicional de alguma forma. Talvez ele fosse um informante da CIA e tenha sido chamado para depor, como o personagem assassino de Clive Owen em *A Identidade Bourne*.

— Preciso sair para matar alguém, querida... chegarei atrasado para o jantar! — Isso sem dúvida parecia combinar mais com Callahan do que a profissão de contador.

Talvez... talvez ele tivesse uma namorada. Eu não achava que tinha, mas o que eu sabia, certo?

Na noite de sexta-feira, já cansada de me torturar pensando em Callahan, decidi que ir à Noite dos Solteiros de Julian com Kiki era melhor do que passar meu tempo imaginando onde diabos estaria Callahan O'Shea. Supostamente eu estava em Nova York com Wyatt, e Margaret estava resmungando na cozinha, cercada por pilhas de documentos, com uma garrafa de vinho aberta ao lado e reclamando por ter que sair para jantar com nossa família.

Então, às 21 horas, em vez de ficar assistindo Mémé lutar com a comida e com sua hérnia de hiato e de ficar ouvindo meus pais brigarem, eu estava dançando ao som de Gloria Estefan na Noite dos Solteiros. Dançando com Julian, com Kiki, com Cambry, o garçom, e me divertindo muito.

Não havia homens para mim ali... Kiki reivindicara para si o único homem heterossexual razoavelmente atraente, e eles pareciam estar se entendendo. Ao que parecia, Cambry trouxera muitos amigos, portanto, a não ser pelas várias mulheres de meia-idade (o público habitual de Julian nesses eventos), a noite sem dúvida acabou sendo dominada pelos homens gays.

Não me importei nem um pouco. Isso só significava que os homens dançavam bem, que estavam muito bem vestidos e que flertavam sem parar em uma das injustiças da vida — homens gays geralmente eram namorados melhores do que os heterossexuais, a não ser no campo do sexo, onde as coisas tendiam a não dar certo. Ainda assim, eu apostaria que um namorado gay ao menos me avisaria se fosse sair da cidade por alguns dias. Não que Callahan fosse meu namorado, é claro.

Deixei que a música afastasse aqueles pensamentos e me vi, depois de um tempo, girando, rindo, exibindo meus talentos de dançarina e sendo chamada de *fabulosa* várias vezes pelos amigos de Cambry.

Enquanto a música dominava meus ouvidos e minha mente e eu dançava salsa com um homem bonito depois do outro, senti uma onda cálida de felicidade. Era bom estar longe da minha família, era bom não estar buscando um amor, era bom estar apenas me divertindo. O bom e velho Wyatt Dunn. Esse nosso último encontro, sem dúvida, estava sendo o melhor.

Quando Julian se afastou para trocar a música, eu o segui.

— Está fantástico! — exclamei. — Olhe para todas essas pessoas! Você deveria tornar isso um acontecimento regular. A Noite dos Gays Solteiros.

— Eu sei — ele disse, rindo, enquanto procurava pela música certa. — O que podemos fazer depois? Já são 22 horas... Nossa! A noite voou. Talvez alguma coisa mais tranquila, o que acha?

— Acho ótimo. Estou exausta. Aqui foi um pouco mais agitado do que o Baile da Terceira Idade. Meus pés estão me matando. — Julian voltou a sorrir. Ele estava lindo como sempre, mas também estava mais feliz. A sombra que tornava sua beleza trágica parecia ter se afastado. — Como estão as coisas com Cambry? — perguntei.

— Fantásticas — ele admitiu, envergonhado. — Já saímos juntos duas vezes. Acho que logo, logo, vamos nos beijar.

Dei um tapinha carinhoso no braço do meu amigo.

— Fico feliz, querido — disse a ele.

— Você não está se sentindo... negligenciada?

— Não! Estou feliz por você. Esperou muito tempo.

— Eu sei. E, Grace, você... — Ele ergueu os olhos de repente, a expressão agora demonstrando o mais puro horror. — Oh, não, Grace. Sua mãe está aqui.

— O quê? — perguntei, imaginando no mesmo instante o pior. Mémé morrera. Papai havia tido um ataque cardíaco. Mamãe estava me procurando para dar a notícia. *Por favor, que não seja nada com Nat ou Margs*, rezei.

— Ela está dançando — falou Julian, esticando o pescoço. — Com um dos amigos de Cambry. Tom, eu acho.

— Dançando? Meu pai também está aqui? — Fiquei escondida atrás de Julian, espiando por cima de seu ombro.

— Não o estou vendo. Talvez ela apenas... tenha sentido vontade de dançar — ele falou. — Oh, ela está vindo para cá. Esconda-se, Grace! Você supostamente está em Nova York!

Eu me escondi no escritório de Julian antes que mamãe pudesse me ver. Madura, eu? Não! Mas por que arruinar uma noite tão feliz quando poderia usar o bom e velho truque de me esconder? Encostei a orelha na porta para conseguir ouvir o que mamãe dizia.

— Olá, Nancy! — A voz de Julian, propositalmente alta, chegou até mim com facilidade. — Que bom vê-la!

— Olá, Julian, querido — falou mamãe. — Oh, como isso é divertido! Sei que não sou solteira, mas estou morrendo de vontade de dançar! Algum problema?

— Claro que não! — Julian respondeu animado. — Você deixará alguns corações partidos para trás, mas é claro que pode ficar. Divirta-se! Quer dançar comigo?

— Na verdade, meu bem, eu gostaria de lhe pedir para usar seu telefone por um segundo.

— Meu telefone? No meu escritório? — Julian praticamente gritou.

— Sim, querido. Algum problema?

— Ahn, bem, claro que pode! É claro que você pode usar o telefone no meu escritório!

Ao ouvir isso, me afastei da porta, abri rapidamente o armário, me enfiei lá dentro e fechei a porta. Bem a tempo.

— Obrigada, Julian querido. Agora vá! Ande! Não deixe que eu o afaste de seus convidados.

— Claro, Nancy. Hmmm, fique o tempo que quiser. — Ouvi a porta ser fechada e senti o cheiro do couro da jaqueta de Julian que estava pendurada no armário. Ouvi também o som das teclas do telefone sendo apertadas por mamãe. Esperei com o coração aos saltos.

— O terreno está livre — ela murmurou, então recolocou o fone no lugar.

O terreno está livre? Livre para quê? Para quem? Fiquei tentada a abrir uma fresta da porta e espiar, mas não quis correr o risco. Afinal, não apenas eu *não* estava em Nova York com meu namorado médico, mas ainda estava escondida em um armário, espionando a minha mãe. O terreno estava livre. Isso não parecia bom.

Droga. Sabia que as coisas não iam bem entre os meus pais, mas isso sempre fora assim. Será que mamãe tinha outra pessoa? Será que estava traindo meu pai? Pobre papai! Ele sabia?

A indecisão me manteve parada onde eu estava, a garganta apertada, o coração aos pulos. Percebi que estava agarrando a manga do casaco de Julian. *Acalme-se, Grace*, disse a mim mesma. Talvez a frase "*o terreno está livre*" não tivesse a intenção de ser tão clandestina quanto eu pensara. Talvez mamãe estivesse falando com outra pessoa...

Mas, não. A porta do escritório voltou a ser aberta, e logo fechada.

— Vi você dançando lá fora — disse uma voz de homem, rouca. — Você é aquela escultora, não é? Todos os homens a estavam observando. Desejando-a.

Muito bem, *aquela* declaração não era verdadeira. Franzi o cenho. Todos os homens lá fora, a exceção de dois, eram gays. Se estavam observando a minha mãe era para terem dicas de moda.

— Tranque a porta. — A voz de mamãe era baixa.

Meus olhos se arregalaram no armário escuro. Santo Deus! Apertei a manga com mais força, enfiando as unhas no couro macio.

— Você é tão linda. — A voz era rouca... mas familiar.

— Cale a boca e me beije, garotão — ordenou mamãe. E tudo ficou em silêncio.

Sentindo-me gelada como a morte, abri uma fresta mínima na porta e espiei. E quase mijei nas calças.

Meus pais estavam se agarrando no escritório de Julian.

— Qual é o seu nome? — perguntou papai, interrompendo o beijo e olhando para mamãe com os olhos enevoados.

— E isso tem alguma importância? — ela retrucou. — Beije-me de novo. Faça com que eu me sinta como uma mulher deve se sentir.

O espanto logo se transformou em horror quando vi o querido papai agarrar mamãe e beijá-la arrebatadamente... oh, Deus, havia línguas naquele beijo. Me afastei rapidamente, trêmula, e fechei a porta o mais silenciosamente que podia... não que isso importasse, eles estavam gemendo bem alto... Enfiei a manga do casaco de Julian na boca para me impedir de gritar, sentindo arrepios de nervoso da cabeça aos pés. Meus pais. Meus pais estavam *interpretando papéis*. E eu estava enfiada no armário.

— Oh, sim! Mais! Sim! — gemeu mamãe.

— Quero você. Desde o momento em que entrei nessa espelunca, eu a desejei.

Enfiei os dedos nos ouvidos. *Bom Deus*, rezei. *Por favor, me deixe surda, agora mesmo. Por favor? Por favor, mesmo?* É claro que eu poderia simplesmente abrir a porta e surpreendê-los. Mas então eu teria que explicar o que estava fazendo ali. Por que estava escondida. Por que não havia me revelado mais cedo. Então teria que ouvir meus pais explicarem o que estavam fazendo.

— Oh, sim, bem aí! — ronronou minha mãe. Meus dedos no ouvido não estavam adiantando nada, por isso tentei a mão inteira. Mesmo assim, ainda conseguia ouvir algumas palavras. — Mais baixo... mais alto...

— Ai! Minha ciática! Não vá tão rápido, Nancy!

— Pare de falar e faça o que tem que fazer, bonitão.

Oh, Deus, por favor. Eu me tornarei freira. De verdade. O Senhor precisa de freiras, não precisa? Mas faça-os parar. Ao ouvir o som de outro gemido, tentei me alienar do que estava acontecendo refugiando-me em um lugar imaginário e feliz... uma campina cheia de flores silvestres, revólveres e canhões sendo disparados, soldados ianques e confederados caindo como moscas... mas não dava.

— Oh, querido — sussurrou mamãe.

Eu não podia ficar ali e ouvir mamãe e papai fazendo sexo selvagem, mas quando já estava prestes a abrir a porta e detê-los em nome da decência, minha mãe (ou Deus) resolveu intervir.

— Aqui não, garotão. Vamos encontrar um lugar mais adequado.

Obrigada, meu Deus! Oh, e quanto aquela coisa de me tornar freira... que tal uma bela doação para a Heifer International em vez disso?

Esperei mais alguns minutos, respirando fundo várias vezes, então arrisquei outra olhada. Eles haviam partido.

A porta do armário foi aberta de repente e eu me encolhi, mas era Julian.

— Está tudo bem? — exclamou Julian. — Sua mãe a encontrou? Ela saiu em disparada, não disse uma palavra. — Meu amigo me examinou preocupado. — Grace, você está branca como um fantasma! O que aconteceu?

Deixei escapar um gemido estrangulado.

— Ahn... talvez você queira queimar aquela mesa.

Então, ansiosa para sair logo daquele escritório e não voltar nunca mais, passei apressada por Julian, acenei para Kiki que ainda estava dançando com o cara heterossexual, e corri para casa. Enquanto dirigia, ainda tremendo e sentindo que o demônio havia deixado um buraco de cigarro em minha alma, havia um lado meu que estava... *tremor*... muito feliz por meus pais... *nojo*... ainda se sentirem atraídos um pelo outro. Era bom saber que havia mais do que irritação e obrigação como base do casamento deles, não importava o quanto aquilo fosse repulsivo para os filhos. Abri a janela do carro e respirei fundo várias vezes o ar fresco da primavera. Talvez uma poderosa sessão de hipnose pudesse apagar aquela noite da minha mente para sempre.

Mas, sim. Era bom saber que meus pais, bem, que eles ainda se amavam.

Estremeci mais uma vez. E estacionei na minha garagem.

A casa de Callahan ainda estava escura.

Capítulo vinte e dois

No dia seguinte, me vi mais uma vez sentada em meio à minha família — Margs, Natalie e a bomba sexual antes conhecida como minha mãe. Estávamos vendo vestidos de noiva para Nat na Birdie's Bridal.

Bem, na verdade mamãe e Natalie estavam vendo vestidos. Margaret e eu estávamos bebendo Margaritas de morango que Margs havia lembrado de trazer, sentadas no provador, esperando que Natalie aparecesse com outro vestido. Para ser sincera, provador não fazia jus ao lugar. Era quase uma sala de provas, porque na Birdie's havia sofás, uma poltrona, uma mesinha de centro e uma área enorme protegida por uma cortina, onde a noiva podia experimentar os vestidos antes de aparecer para deslumbrar suas acompanhantes.

— Você merece esse drinque — resmungou Margaret, dando um gole na Margarita direto da garrafa térmica.

— É verdade — concordei.

Nossa mãe e Nat estavam atrás da cortina e mamãe não parava de dar palpites.

— Um pouco mais apertado aqui, mexa o braço, querida, ali...

Mamãe parecia tão normal, hoje. Imaginei se ela estava se lembrando de quase ter *engolido* papai na Noite dos Solteiros da véspera. Argh. Ou talvez estivesse se lembrando do dia em que nós duas havíamos ido escolher o meu vestido de noiva. Margaret tinha que ouvir um testemunho, Nat ainda estava em Stanford, por isso fomos só mamãe e eu e havia sido muito bom. Eu acabara comprando o primeiro vestido que experimentara... não era exatamente um modelo noiva-princesa, para ser honesta, e na verdade um vestido branco não me parecera tão diferente do outro (eu secretamente esperava comprar um com saia-balão, do tipo que Margaret Mitchell havia descrito Scarlett usando no segundo capítulo de *E o Vento Levou*, mas o olhar de incredulidade de mamãe havia feito com que eu deixasse aquele de lado). Eu mal me lembrava de como realmente era o vestido que escolhera, a não ser que ele era branco e simples. Algum dia desses iria colocá-lo para vender no eBay. O anúncio: "Vestido de Casamento. Nunca foi usado."

— Oh, esse também é lindo! — falei emocionada quando Nat surgiu de trás da cortina. Ela parecia a imagem ideal de uma noiva... ruborizada, feliz, os olhos cintilantes, discreta e doce.

— O primeiro era mais bonito — disse Margaret. — Não gosto desses frufrus no decote.

— Frufrus estão fora de moda — concordei, dando outro gole no meu drinque.

— Não sei — murmurou Natalie, olhando no espelho. — Acho que gosto do frufru...

— É um belo frufru — me apressei a consertar.

— Você está linda — anunciou mamãe com firmeza. — Aliás, poderia usar um saco de lixo e continuaria linda.

— Sim, princesa Natalie, — Margaret disse, revirando os olhos — Você pode usar pele de sapo e ainda continuaria linda.

— Estava pensando em cinzas e pano de saco — acrescentei, ganhando uma risada de gratidão da minha irmã mais velha.

Nat sorriu, mas seus olhos estavam distantes.

— Não me importo com o que vou usar. Só quero estar casada.

— Argh — disse Margaret. Eu sorri.

— Entendo você, querida — disse mamãe, dando um tapinha carinhoso no ombro da filha caçula. — Eu me senti da mesma maneira. E Margaret também.

— Eu? — resmungou Margaret.

Mamãe, finalmente consciente de que talvez houvesse outros sentimentos a serem considerados, olhou para mim e deu um sorrisinho nervoso. Eu sorri de volta. Houve um momento em que, sim, eu me sentira daquele jeito sobre casamento. Um momento em que estar casada com Andrew era tudo o que eu queria também. Passar as noites vendo filmes e jogando Palavras Cruzadas, fins de semana procurando antiguidades ou encenando em campos de batalha, sexo preguiçoso em uma cama onde estavam espalhados cadernos do New York Times. Um casal de crianças brincando. Longos verões de férias em Cape Cod, ou passeando de carro pelo campo. Blá, blá, blá...

Agora, sentada ali, admirando minha irmã, pude finalmente ver que, mesmo naquela época, antes que Andrew desistisse de mim, todas aquelas divagações haviam sido um pouco... frágeis. Eu imaginara o futuro com tamanha determinação que deveria ter percebido. Era bom demais para ser verdade.

— Como foi sua noite em Nova York, Grace? — perguntou Natalie, saindo de seu estado de deslumbramento.

Olhei para Margaret, que já havia sido avisada.

— Bem, lamento muito, mas tenho que dizer que Wyatt e eu... — Fiz uma pausa para conseguir um efeito mais dramático. — Nós terminamos o namoro.

— O quê? — Natalie e mamãe perguntaram em coro.

Suspirei.

— Wyatt é um cara fantástico, mas a verdade é que o trabalho dele é absorvente demais. Quero dizer, vocês mesmos nunca conseguiram sequer conhecê-lo, não é? O que isso diz sobre o tipo de marido que seria?

— Uma bela porcaria — anunciou Margaret. — E mais, eu nunca achei que ele fosse tudo isso.

— Fique quieta, Margaret — disse mamãe, vindo até onde eu estava para me dar uns tapinhas carinhosos e maternais nas costas.

— Oh, Grace — lamentou Nat, mordendo o lábio. — Ele parecia tão legal. Eu... achei que vocês estavam loucamente apaixonados. Estavam até falando em se casar pouco tempo atrás.

Margaret engasgou com seu drinque.

— Bem — eu disse. — Simplesmente não quero um marido que não possa, ahn, se dedicar a mim e aos nossos filhos. Vocês sabem como é, aquela história de correr o tempo todo para o hospital estava ficando um pouco cansativa.

— Mas ele estava salvando vidas de crianças, Grace! — protestou Natalie.

— Hmmm — eu disse, e dei um gole na Margarita. — É verdade. E isso faz dele um grande médico, mas não necessariamente um bom marido.

— Talvez você esteja certa, querida. Casamento já é difícil o bastante — disse mamãe. Me forcei a não lembrar das cenas da noite anterior, mas é claro que elas estavam decalcadas em minhas pálpebras. Mamãe e papai... Argh!

— Como você está, agora, Grace? — perguntou Margaret, como eu a instruíra no carro, enquanto íamos para a loja.

— Estou até muito bem — respondi despreocupada.

— Não está com o coração partido? — perguntou Natalie, ajoelhando-se à minha frente. Estava deslumbrante em seu vestido branco.

— Não. Nem um pouquinho. Foi melhor assim. E acho que continuaremos amigos — falei, e logo recebi uma cotovelada de Margaret. — Ou não. Ele deve ser transferido para Chicago. Portanto, vamos ver como ficam as coisas. Mamãe, como está indo seu trabalho? — Aquele era um assunto que com certeza afastaria o foco da minha vida amorosa.

— Está ficando um pouco chato — disse mamãe. — Estou pensando em me dedicar ao corpo masculino, agora. Estou cansada de todos aqueles lábios vaginais e ovários. Talvez esteja na hora de passar para o bom e velho pênis.

— Por que não flores, mamãe? Ou coelhos e borboletas? Tem que ser genitália? — perguntou Margs.

— Como estamos indo aqui? — Birdie, da Birdie's Bridal surgiu de repente, trazendo outro vestido. — Oh, Natalie, querida, você está deslumbrante! Como uma modelo de revista! Como uma estrela de cinema! Uma princesa!

— Não se esqueça de uma deusa grega — acrescentou Margaret.

— Afrodite, erguendo-se das águas — concordou Birdie.

— Essa seria Venus — eu disse.

— Oh, Faith, aqui está seu vestido — disse Birdie, me entregando um vestido longo cor de rosa.

— É Grace. Meu nome é Grace.

— Experimente, experimente! — pediu Nat, batendo palmas. — Essa cor vai ficar linda em você, Grace!

— Sim, madrinha. É sua vez de ser especial — resmungou Margaret.

— Oh, não me perturbe — falei, me levantando do sofá. — Experimente o seu vestido, Margaret, e comporte-se.

— O seu está bem aqui — falou Natalie, dando um tapinha na cabeça da irmã. Birdie entregou a Margs um vestido alguns tons mais pálido do que o meu, e Margaret e eu entramos atrás de cortinas separadas para experimentar nossas roupas.

Lá dentro, pendurei meu vestido em um gancho e despi o jeans e a camiseta, feliz por estar usando um conjunto de sutiã e calcinha novo, que não deixava eu me sentir uma relaxada completa. Deslizei o vestido pela cabeça, soltei meus cabelos que haviam ficado presos no zíper e consegui resgatar meu seio esquerdo que ficara preso no corpete. Pronto. Um puxão daqui, uma ajeitada ali e o zíper fechou.

— Venha, queremos ver! — chamou Natalie, impaciente.

— Tchã-rã! — falei heroicamente, indo me juntar às minhas irmãs.

— Oh! Que linda! Essa é mesmo a sua cor! — gritou Nat, batendo palmas. Ela agora usava outro vestido de noiva, com o corpinho justo cintilante por causa das contas e a saia enorme, armada. Margaret, rápida e eficiente como sempre, já estava esperando, rabugenta e linda em seu vestido rosa-pálido.

— Vamos, Grace — disse mamãe. — Fique junto de suas irmãs e vamos ver como vocês estão.

Obedeci. Subi no banquinho que estava próximo da elegante Natalie Rose. Do outro lado de Nat estava Margaret, seus cabelos vermelho-dourados elegantemente cortados em um estilo curto, muito atraente, magra, com as maçãs do rosto de dar inveja. Minhas irmãs eram simplesmente lindas. Estonteantes, mesmo.

Então percebi que meus cabelos escuros não haviam recebido muito bem o clima do dia e estavam parecendo a juba de um leão. Havia olheiras sob meus olhos. (Quem conseguiria dormir depois de ter visto as preliminares entre papai e mamãe?) Já percebera há alguns meses que meus braços estavam mais gordos, graças ao tempo de qualidade que eu passara com alguns potes de sorvete Ben & Jerry's. Baseada na única foto que tínhamos dela, achei que estava muito parecida com minha bisavó do lado materno, que imigrara de Kiev.

— Estou parecendo a bisavó Zladova — comentei.

Mamãe virou rapidamente a cabeça.

— Sempre me perguntei de quem você teria herdado esse cabelo... — ela murmurou, fascinada.

— Não está parecendo, não — disse Nat, com firmeza.

— Ela não era lavadeira? — perguntou Margaret.

Revirei os olhos.

— Que ótimo... Nat é Cinderela, Margaret é Nicole Kidman e eu sou a bisavó Zladova, lavadeira dos czares.

Dez minutos mais tarde, Birdie fechava nossa compra, mamãe dava uma olhada nos enfeites de cabelo, Margaret checava as mensagens em seu BlackBerry e eu precisava de um pouco de ar fresco.

— Encontro vocês lá fora, Nat — falei.

— Grace? — Natalie pousou a mão em meu braço. — Sinto muito sobre Wyatt.

— Ah — eu disse. — Está certo, obrigada.

— Você vai encontrar alguém — ela murmurou. — O cara certo vai aparecer. E logo será sua vez.

As palavras me atingiram como um tapa. Não, mais do que as palavras... foi... droga, meus olhos estavam ardendo... o que me atingiu foi a pena. Desde que eu e Andrew havíamos rompido o noivado, Natalie já demonstrara simpatia, culpa e muitos outros sentimentos, sem dúvida, mas nunca sentiu *pena* de mim. Não. Minha irmã caçula sempre, sempre me admirou, mesmo quando eu não estava em um bom momento. Ela nunca havia me olhado como estava me olhando agora. Eu era mais uma vez a Pobre Grace.

— Talvez eu nunca encontre alguém — retruquei, sarcástica. — Mas então você e Andrew poderiam me aproveitar como babá, não é?

Ela ficou pálida.

— Grace... não foi isso o que eu quis dizer.

— É claro — me apressei em responder. — Eu sei. Mas entenda, Nat, ser solteira não é a pior coisa do mundo. Não é como se eu estivesse perdido um membro.

— Oh, não! É claro que não. Eu sei. — Ela me deu um sorriso inseguro.

Respirei fundo.

— Vou... vou esperar lá fora — falei.

— Está certo — Nat falou baixinho. — Encontraremos com você no carro — ela completou, e então voltou para nossa mãe e para o seu vestido de noiva.

Quando cheguei em casa, depois da ida à loja de noivas, estava fraca com o esforço que me exigira toda aquela maldita diversão. Depois das compras, ainda fomos tomar uns drinques e jantar, tudo regado a muita alegria e conversas sobre o casamento. Algumas outras mulheres da família se juntaram a nós — as irmãs de mamãe e infelizmente a prima Kitty, a rainha das recém-casadas, que tagarelava sem parar sobre as maravilhas de estar casada. Pela terceira vez, quer dizer... os maridos número um e dois não haviam sido assim tão fantásticos, mas isso ficara no passado, é claro. E agora Kitty era uma especialista em Felizes Para Sempre.

Em apenas poucas semanas, Andrew e Natalie seriam marido e mulher. Eu mal podia esperar. Falando sério, só queria que tudo isso já estivesse no passado. Então, finalmente, ao que parecia, eu poderia começar um novo capítulo na minha vida.

Angus bateu com a pata na porta da cozinha para que eu o deixasse sair. Estava chovendo, agora, os trovões ecoando a distância. Angus não era um desses cachorros que tinham medo de tempestades — tinha um coração de leão, o meu rapazinho —, mas decididamente não gostava de ficar preso.

— Volte logo — eu disse.

No instante em que abri a porta, vi a forma escura perto da cerca, no extremo do terreno da minha casa. Um relâmpago iluminou a noite. Droga, um gambá!

Disparei atrás do meu cachorro.

— Não, Angus! Volte aqui, garoto!

Mas era tarde demais. Angus, um borrão branco e feroz, atravessou correndo o quintal. Outro relâmpago me deixou ver que o bicho na verdade era um guaxinim. O bicho levantou os olhos assustado e passou por baixo do buraco que o próprio Angus provavelmente cavara. Um guaxinim poderia machucar seriamente meu cachorrinho, que não era esperto o bastante para perceber isso.

— Angus! Venha! Venha, rapaz! — Não adiantou nada. Angus raramente me obedecia quando estava perseguindo outro animal e, assim, logo ele também havia passado por debaixo da cerca, ainda atrás do quati.

— Droga! — praguejei. Então me virei, entrei novamente em casa para pegar uma lanterna e corri de novo para fora, passando pelo jardim de Callahan, para não ter que escalar a cerca dos fundos do meu próprio quintal.

— Grace? Está tudo bem? — A luz da varanda dos fundos foi acesa. Ele estava de volta.

— Angus está caçando um guaxinim — falei, nervosa, passando pelo deque sem parar, e atravessando o quintal de Cal em direção ao bosque, já com a respiração ofegante. Imagens do meu adorável cachorrinho com um olho arrancado, com marcas de garras nas costas, sangue manchando seu pelo branco... Guaxinins eram ferozes e aquele ali podia muito bem rasgar meu Angus ao meio. Ele parecera muito maior do que o meu cachorrinho.

— Angus! — chamei, a voz aguda de medo. — Biscoito, Angus! Biscoito!

Minha lanterna iluminou as gotas de chuva e os troncos molhados no bosque estadual. Conforme eu seguia adiante, com os galhos batendo em meu rosto, um novo medo fez meu estômago revirar. O rio. O rio Farmington estava a cem metros de distância, cheio e escuro por causa das chuvas da primavera e da neve derretida. Ele era forte o bastante para arrastar meu cachorro pequeno e não muito esperto.

Outra lanterna se juntou a minha. Callahan, usando uma capa de chuva e um boné dos Yankees, me alcançara.

— Para que lado ele foi — perguntou meu vizinho.

— Obrigada, Callahan — disse ofegante. — Não sei. Ele passou por baixo da cerca. Ele cava túneis. Costumo voltar a enchê-los de terra, mas dessa vez... eu... eu. — Eu agora soluçava.

— Ei, calma. Vamos encontrá-lo. Não se preocupe, Grace. — Callahan passou o braço ao redor dos meus ombros, apertou-os rapidamente para me injetar confiança, e apontou a lanterna para cima.

— Acho que Angus não conseguiria subir, Cal — falei, olhando para cima, com o rosto lavado de chuva e lágrimas.

Cal sorriu.

— Mas o guaxinim pode. Talvez Angus o tenha acuado. Se encontrarmos o guaxinim, talvez possamos encontrar seu cachorrinho.

Ideia inteligente, mas depois de cinco minutos iluminando os galhos das árvores, ainda não havíamos encontrado nem o guaxinim, nem o meu cachorro. Não havia sinal dele... não que eu fosse boa em seguir pegadas ou qualquer coisa assim. Estávamos perto do rio, agora. O mesmo rio que antes soara doce e reconfortante, agora parecia ameaçador e cruel... o rio insensível, que passava carregando tudo com ele.

— Por onde você andou nos últimos dias? — perguntei a Callahan, iluminando um galho caído com a minha lanterna. Nada de Angus.

— Becky precisava de mim para fazer um serviço rápido em Stamford — ele respondeu.

— Quem é Becky?

— É a loura que estava no bar àquele dia. Ela é uma velha amiga da escola. É corretora de imóveis. Foi através dela que consegui essa casa.

— Você podia ter me avisado que sairia da cidade — eu disse, olhando aborrecida para ele. — Fiquei preocupada.

Ele sorriu.

— Da próxima vez, farei isso.

Chamei Angus novamente, assobiei, bati palmas. Nada.

Então ouvi um latido distante, seguido por um ganido, quase um grito de dor.

— Angus! Angus, companheiro, onde está você? — chamei, correndo e tropeçando na direção do ganido. Vinha da parte de cima do rio. De dentro do rio? Eu não tinha como dizer.

Era difícil ouvir qualquer coisa com o barulho da chuva e do rio. Imagens de Angus quando eu o comprara, uma bolinha de pelo muito branca e trêmula... os olhos brilhantes me encarando a cada manhã, ansiosos para que eu acordasse logo... a pose engraçada que ele fazia de Super-Cão... o modo como dormia de costas, com as patas para o ar, o dentinho torto à mostra. Eu chorava mais agora.

— Angus! — continuei a chamar, minha voz rouca e assustada.

Havíamos chegado à beira do rio. Eu costumava achar tão linda a água apressada e fluida, as pedras abaixo, os lampejos de branco quando a corrente batia em uma pedra ou em um galho. Mas naquela noite, o rio parecia sinistro e escuro como uma serpente negra. Guiei o facho de luz da lanterna para a água, temendo ver o corpinho branco sendo arrastado.

— Droga... — solucei.

— Ele provavelmente não entraria — disse Cal, tentando me acalmar e pegando a minha mão. — Seu cachorro é tolo, mas tem alguns instintos, não é? Não se afogaria.

— Você não conhece Angus — solucei novamente. — Ele é teimoso. Quando quer alguma coisa, simplesmente não para até conseguir.

— Bem, se ele está perseguindo o guaxinim, então o guaxinim teria bom senso o bastante — falou Cal. — Venha. Vamos continuar a procurar.

Caminhamos pela margem do rio, através do bosque, cada vez mais para longe de casa, chamando o nome do meu cachorro, prometendo recompensas. Não ouvi mais ganidos, apenas o som da chuva batendo nas folhas. Eu não estava de meias e meus pés pareciam congelar dentro dos sapatos de borracha que eu usava para cuidar do jardim, e que estavam cobertos de lama. Aquilo tudo era culpa minha. Angus cavava o tempo todo. Eu sabia disso. Costumava checar a cerca nos fins de semana exatamente por isso. Hoje eu não checara. Hoje eu fora comprar um vestido de noiva com a estúpida da Natalie.

Não queria imaginar a vida sem o meu cachorro. Angus, que dormia na minha cama depois que Andrew me abandonara. Angus, que precisava de mim, esperava por mim, que colocava a cabecinha na janela cada vez que eu chegava em casa, louco de alegria pelo simples milagre da minha existência. Eu o perdera. Deveria ter enchido de terra aquele maldito buraco e não o fizera, agora ele se fora.

Eu soluçava sem parar, as lágrimas quentes, descendo pelo meu rosto já molhado de chuva.

— Lá está ele — disse Cal, apontando a lanterna.

Ele estava certo. Angus estava parado a cerca de trinta metros a oeste do rio, perto de uma casa pequena que, como a minha, dava fundos para o bosque estadual. Ele estava fuçando a lata de lixo e levantou os olhos ao ouvir o som da minha voz. Angus balançou a cauda, latiu uma vez, então voltou a investigar o lixo.

— Angus! — gritei, subindo correndo a pequena ladeira que me separava de meu cachorro. — Bom menino! Bom cachorrinho! Você deixou a mamãe preocupada! Sim, você me preocupou, sim! — Ele continuou a balançar a cauda, concordando, latiu de novo e então eu o alcancei. Peguei meu cachorrinho no colo, beijei sua cabecinha ensopada várias vezes, as lágrimas escorrendo por seu pelo enquanto ele retorcia e me mordiscava de alegria.

— Aí está você, então — disse Cal, chegando atrás de mim. Ele estava sorrindo. Tentei sorrir também, mas ainda soluçava e não pude.

— Obrigada — foi só o que consegui dizer. Callahan estendeu a mão para acariciar Angus que subitamente percebeu que seu rival estava ali, virou a cabecinha e mordeu.

— Ingrato — disse Cal, fingindo irritação. Ele se abaixou e voltou a colocar o lixo dentro da lata, então levantou-a.

— Você foi mesmo fantástico — falei, a voz ainda trêmula, apertando meu cachorro contra o peito.

— Não pareça tão surpresa — retrucou Cal.

Nós passamos pela garagem da casa e chegamos à rua. Reconheci a vizinhança — estava a cerca de um quilômetro da rua Maple, em um trecho um pouco mais elegante do que onde morávamos. A chuva diminuíra, e Angus se acomodou no meu colo, parecendo um bebê, o queixo contra o meu pescoço, as patas da frente em meu ombro. Passei meu casaco por cima do corpinho dele e agradeci aos céus pela segurança do meu cachorrinho bobão, que eu provavelmente amava mais do que seria aconselhável.

Eu devia a segurança dele aos céus e a Callahan O'Shea. Ele saíra comigo naquela noite fria e chuvosa e não me deixara até que encontrássemos Angus. Cal não dissera nada irritante como "Oh, ele vai voltar". Nada disso. Callahan ficara comigo, me confortando, me dando força. Recolhera o lixo para mim. Eu queria dizer mais alguma coisa, embora não soubesse exatamente o quê, mas quando olhei para meu vizinho sólido, forte, meu rosto ficou tão vermelho que poderia iluminar uma cidade de pequeno porte.

Nós entramos na rua Maple, e vi as luzes que deixara acesas em casa. Olhei para baixo. Cal e eu estávamos cobertos de lama dos pés até os joelhos e ensopados de chuva. Angus mais parecia um escovão molhado do que um cachorro, o pelo ensopado e embaraçado.

Cal notou meu olhar.

— Por que não vem até a minha casa? — ele sugeriu. — Podemos nos lavar lá. Sua casa é meio como um museu, não é?

— Bem, não exatamente um museu — eu disse. — É apenas arrumada.

— Arrumada. Claro. Bem, quer entrar? Não vou me incomodar por sujarmos a minha cozinha. Ainda estou trabalhando nela.

— Claro. Obrigada — falei. Eu estava mesmo curiosa em relação à casa dele, como era por dentro, o que Callahan já fizera nela. — Como está indo a reforma, por falar nisso? Está virando a casa do avesso?

— Está indo bem. Entre. Eu lhe mostrarei tudo — ele ofereceu, como se lesse a minha mente.

Cal abriu a porta dos fundos para que eu entrasse.

— Vou pegar toalhas — ele disse, tirando as botas e desaparecendo em outro cômodo. Angus, ainda aconchegado em meu ombro, roncou baixinho, me fazendo sorrir. Descalcei os sapatos de jardinagem, afastei os cabelos do rosto com uma das mãos e olhei ao redor.

A cozinha de Cal estava quase pronta. Uma mesa montada sobre cavaletes e cadeiras descombinadas estavam de frente para o banco na janela. Os armários da cozinha eram de madeira de bordo com painéis de vidro, e as bancadas eram de pedra-sabão cinza. Havia espaços abertos para eletrodomésticos, embora já houvesse um fogão de duas bocas e uma minigeladeira. Eu sem dúvida deveria convidá-lo para jantar, pensei. Veja como ele estava sendo bom para mim, como me estendera a mão, como eu morria de desejo por ele e nem conseguia me lembrar dos motivos pelos quais Callahan O'Shea era uma péssima escolha.

Cal voltou à cozinha.

— Tome — ele disse, tirando meu cachorrinho do meu colo e enrolando-o em uma toalha grande. Cal esfregou o pelo de Angus, fazendo com que o cachorrinho piscasse sonolento para o homem que o segurava.

— Não me morda — avisou Cal. Angus balançou a cauda e Cal sorriu.

Então ele beijou a cabeça do meu cachorro.

Foi o que bastou. Sem nem mesmo me dar conta de que me movera, percebi que meus braços estavam ao redor do pescoço de Callahan, que havia derrubado o boné dos Yankees da cabeça dele e enfiado os dedos em seus cabelos molhados. Eu estava espremendo Angus, e estava beijando Callahan O'Shea. Finalmente.

— Já estava na hora — ele murmurou contra a minha boca. E aprofundou o beijo.

Capítulo vinte e três

A boca de Callahan era macia, morna e firme e ele era sólido e quente, e estava lambendo meu queixo enquanto me beijava... ou não, espere. Aquele era Angus, e Callahan estava dando uma risada baixa e rouca.

— Muito bem, muito bem, espere — murmurou Cal, afastando-se. Com uma das mãos ele segurava Angus e com a outra segurou minha nuca. Droga, meus cabelos. O homem poderia perder um dedo ali. Mas ele se soltou gentilmente, então colocou meu cachorrinho ainda úmido no chão, e endireitou o corpo, sempre olhando dentro dos meus olhos. Angus latiu uma vez, então deve ter corrido para algum lugar, porque ouvi o barulho de suas unhas no chão. Mas eu não estava olhando para mais nada que não o homem à minha frente. A boca linda, gostosa de beijar, a barba por fazer, que arranhava de um jeito delicioso, aqueles olhos caídos, azul-escuros.

Aqueles eram olhos dentro dos quais eu poderia ficar olhando por muito, muito tempo, pensei. O calor do corpo dele atravessou o meu, me chamando, e meus lábios se abriram.

— Quer passar a noite aqui? — ele perguntou, a respiração pesada.

— Claro! — respondi com a voz aguda.

E então estávamos nos beijando de novo. A boca de Callahan sempre quente e firme sobre a minha, minhas mãos agarrando seus cabelos. Os braços dele estavam passados ao redor do meu corpo, apertando-me contra ele e, Deus, a sensação do corpo dele era uma delícia. Cal era tão grande, seguro, e um pouco assustador ao mesmo tempo, tão masculino e tão rígido. E a boca, oh, Deus, o homem sabia beijar. Ele me beijava como se eu fosse o copo d'água esperando por ele no final de uma longa caminhada pelo deserto ardente. Senti a parede contra as minhas costas, senti o peso dele me pressionando contra seu corpo, e então suas mãos estavam sob a minha camiseta molhada, fazendo arder a pele úmida da minha cintura, das minhas costelas. Puxei a camisa dele para fora do jeans e passei as mãos pela pele quente de suas costas, meus joelhos quase sem força, enquanto a boca de Cal descia para o meu pescoço. Então a mão dele se moveu um pouco mais para cima, e meus joelhos realmente perderam a força de me sustentar, mas ele me apoiou contra a parede, e continuou a me beijar, meu pescoço, minha boca. Todo aquele tempo na prisão provavelmente deixara Callahan O'Shea um pouco desesperado, e o fato de que ele estava *comigo*, beijando a *mim*... era assombroso. Um homem como aquele. Comigo.

— Você tem certeza? — ele perguntou, se afastando, os olhos muito escuros e o rosto vermelho. Eu assenti e, no mesmo instante, Callahan voltou a me beijar e me levantou, passando as mãos pelo meu traseiro e me carregando para outro cômodo onde, graças a Deus, havia uma cama. Então Angus latiu e pulou em cima de nós, fazendo Callahan rir. Sem me colocar no chão, ele afastou delicadamente o meu cachorro com o pé e fechou a porta com o ombro.

Então éramos apenas nós dois. Do lado de fora do quarto, Angus gania, e arranhava furiosamente a porta. Cal nem pareceu perceber, apenas me colocou no chão, acariciou meu rosto e chegou mais perto.

— Ele vai arruinar essa porta — sussurrei, enquanto Cal enfiava o nariz em meu pescoço.

— Não me importo — ele murmurou. Então Callahan O'Shea tirou minha camisa e eu parei de me preocupar com meu cachorro.

Qualquer pressa que ele pudesse ter sentido antes pareceu desaparecer agora, e de repente tudo começou a se mover em câmera lenta. As mãos de Cal eram quentes sobre a minha pele, e ele se inclinou para beijar meu ombro, afastando a alça da minha camiseta, a barba por fazer agora arranhando minha pele, a boca quente e gentil. A pele de Callahan era como veludo, seus músculos rígidos deslizando sob meus dedos com uma força hipnótica.

Eu nem percebi que havíamos nos movido e, quando vi, já estávamos na cama, porque ele me empurrou para baixo do corpo dele, com aquele sorriso lento e malvado nos lábios. O sorriso que sempre me dava um frio no estômago. Então a mão dele desceu até a cintura do meu jeans, brincando um pouco ali, antes de abrir o botão com gestos experientes. Cal me beijou de novo, outro beijo quente, lento e preguiçoso, e rolou, de modo que eu ficasse em cima dele, seus braços grandes e musculosos ao meu redor, e eu retribuí o beijo naquela boca sorridente, deslizando a minha língua para que encontrasse a dele. Deus, que gosto bom tinha aquele homem. Eu simplesmente não conseguia acreditar que ele estivera morando na casa ao lado da minha por todo esse tempo, por semanas solitárias, enquanto havia esse tipo de beijo esperando por mim. Ouvi o gemido intenso de Callahan enquanto ele afundava os dedos em meus cabelos molhados, e me afastei para olhar para o rosto dele.

— Já estava na hora — ele sussurrou de novo e, depois disso, ninguém mais falou.

Uma hora mais tarde, meus membros estavam com aquela sensação quase esquecida de cansaço e prazer. Eu estava deitada de lado, com a cabeça sobre o ombro de Callahan, o braço dele ao meu redor. Dei uma olhada no rosto dele. Os olhos de Cal estavam fechados, as pestanas longas sombreando seu rosto. Ele estava sorrindo. Provavelmente adormecido, mas sorrindo.

— O que está olhando? — ele murmurou, sem abrir os olhos. Não estava adormecido, mas aparentemente era onisciente.

— Você é muito bonito, irlandês — eu disse.

— Partiria seu coração saber que, na verdade, sou escocês?

— Não se isso significar que vou poder vê-lo usando um kilt. — Eu sorri. — E é ainda melhor porque você é aparentado com Angus.

— Que ótimo... — ele disse, ainda sorrindo. Meu coração parecia prestes a explodir. Callahan O'Shea. Eu estava na cama, nua, com Callahan O'Shea. Isso era bom demais.

— Escocês, hein? — perguntei, traçando a linha do ombro dele.

— Ahã. Bem, meu avô é escocês. Meu pai era irlandês, eu acho. Por isso um dos sobrenomes. — Ele abriu os olhos como um dragão preguiçoso e sorriu. — Alguma outra pergunta no momento?

— Ahn, bem... onde fica o banheiro, Cal? — perguntei. Não era exatamente a coisa mais romântica de se dizer, mas o chamado da natureza era inclemente.

— Segunda porta, à esquerda — ele falou. — Não se demore.

Peguei a colcha que estava cuidadosamente dobrada na beira da cama e me aventurei pelo corredor, me enrolando na coberta enquanto andava. Lá estava Angus, adormecido, com a barriga para cima, na frente da lareira que havia na sala de estar, que estava iluminada apenas pela luz da cozinha. Meu cachorrinho estava roncando. Bom garoto.

Já no banheiro, acendi a luz, pisquei por causa da súbita claridade e olhei para o meu reflexo no espelho. Bom Jesus! Havia uma faixa de lama no meu queixo, minha testa tinha um arranhão vermelho no lugar onde o galho batera, e meus cabelos... meus cabelos... pareciam lã emaranhada em vez de fios. Revirei os olhos, tentei pentear um pouco os cabelos com os dedos, molhei um pouco o lado esquerdo para que abaixasse, fiz o que a natureza exigia e lavei minhas mãos. Então percebi que meus pés estavam imundos. Lavei-os, um de cada vez, na pia.

— O que está fazendo aí? — chamou Cal. — Pare de bisbilhotar o meu armário de remédios e volte para a cama, mulher!

O espelho refletiu meu sorriso. Meu rosto cintilava. Enrolei novamente a colcha ao redor dos meus ombros — modéstia, entende? — e voltei pelo corredor, até o quarto de Callahan. Quando me viu, ele se sentou de repente.

— É a chuva — falei, correndo a mão pelos cabelos. — Ele enlouquece um pouco quando chove.

Mas Cal simplesmente continuou a me olhar.

— Você é tão linda, Grace — ele disse, e foi só o que bastou.

Eu estava louca por Callahan O'Shea.

Quando abri os olhos na manhã seguinte, o relógio na mesa de cabeceira mostrava que eram 6h37. Callahan ainda estava adormecido ao meu lado. Depois de fazer sexo comigo. Três vezes. Uau! E três vezes fantásticas, devo acrescentar. Tanto que, na segunda vez, acabei acordando Angus, que tentou passar por baixo da porta do quarto para tentar descobrir porque sua dona estava fazendo tanto barulho.

Mas não fora só isso, também fora... divertido. Quente, erótico, sim, e isso eu esperava de um cara como Callahan O'Shea. Mas acho que eu não esperava que ele me fizesse rir. Ou que me dissesse o quanto a minha pele era macia, a voz em um tom de quem estava realmente encantado. Eu acordara, por volta das três da manhã, o pegara me olhando, sorrindo como se eu fosse um presente de Natal.

— Ei, Cal? — sussurrei, agora. Ele não se moveu. — Callahan? — beijei o ombro dele. O homem tinha um cheiro *tão* delicioso. Deus, depois de três vezes, era de se imaginar que eu já havia tido o bastante. — Ei, bonitão, tenho que ir. — Pensei em acrescentar *querido*, mas a palavra me pareceu um pouco... doce demais. Companheiro, talvez. Querido não. Ainda não. — Acorde, companheiro.

Nada. Eu o esgotara... pobre homem.

Percebi que eu estava sorrindo. De orelha à orelha. Talvez até cantarolando um pouco. Acho até que era Cole Porter. Depois de mais um beijo e de um longo olhar para o belo Callahan O'Shea, levantei da cama quente e aconchegante e saí do quarto, andando na ponta dos pés, e recolhendo minhas roupas sujas de lama pelo caminho. Angus se levantou cambaleando da sala de estar no instante em que me viu.

— Shh — sussurrei. — Tio Cal ainda está dormindo.

Dei uma rápida olhada ao redor da sala de estar e vi que Callahan trabalhara duro ali. O piso ainda tinha um leve cheiro de sinteco e as paredes estavam pintadas de um cinza pálido. Havia tábuas empilhadas em um canto e molduras de madeira já estavam instaladas em duas das quatros janelas que havia na sala.

Era uma casa adorável, ou seria quando estivesse terminada. A cerâmica da lareira fora pintada de azul e, embora a escada que levava ao segundo andar ainda não tivesse corrimão, era larga e agradável. Era o tipo de casa que fora cuidadosamente construída, com janelas surpreendentemente pequenas e peitoris fundos, sancas e um padrão que combinava com o piso de carvalho. Era o tipo de casa que não se fazia mais hoje em dia.

Angus ganiu.

— Tudo bem, garoto — sussurrei. Na cozinha, encontrei uma caneta e um pedaço de papel perto do telefone. — Querido sr. O'Shea... — comecei a escrever.

> Muito obrigada por sua gentil ajuda na busca do meu amado Angus na noite passada. Acredito que tenha dormido bem. Tenho o triste dever de lutar contra hordas de ianques essa manhã, em Chancellorsville (também conhecida como Haddam Meadows, na rota 154, logo na saída da rota nove, caso você esteja interessado em nos ver atacando os agressores do norte). Se eu sobreviver ilesa, gostaria muito que nossos caminhos voltassem a se cruzar em um futuro próximo. Meus cumprimentos. Grace Emerson (senhorita).

Tolo ou fofinho? Decidi que era fofinho e deixei o bilhete perto do telefone. Então dei uma última olhada no belo adormecido, peguei Angus e saí. Meu cachorro precisava de um banho, e eu também.

Capítulo vinte e quatro

— *Por aqui*, Primeiro Regimento de Cavalaria da Virgínia! — gritei, acomodada sobre Snowlight. A verdade era que o pônei gordinho e branco não era exatamente a montaria de um guerreiro, mas era melhor do que nada.

Margaret veio correndo para o meu lado.

— Realmente preciso parar de fazer isso — ela disse, puxando o uniforme de lã. — Estou morrendo aqui.

— Na verdade, você deve morrer lá, perto do rio — corrigi.

— Não posso acreditar que essa seja a sua vida social — acrescentou minha irmã.

— Ainda assim, aqui está você, ao meu lado — Eu me virei na direção das minhas tropas. — "Quem não conquistaria, com tropas como essas?" — citei em voz alta. Meus soldados aplaudiram.

— Você foi para a cama cedo na noite passada — comentou Margs. Luzes apagadas, Angus quieto, e eram apenas 21h30 quando mamãe me deixou em casa.

— Pois é. Cedo na cama para poder acordar cedo — falei, meu rosto ficando vermelho de um modo nada sutil. Margs me encontrara na cozinha, naquela manhã, os cabelos enrolados em uma toalha, o roupão vermelho firmemente amarrado na cintura, muito composta. Ela fora sozinha, em seu próprio carro, para o campo de batalha, já que tinha um depoimento para acompanhar no centro da cidade às catorze horas. Por isso, eu ainda não tivera a oportunidade de contar a ela sobre os recentes acontecimentos envolvendo o Vizinho Bonitão e Musculoso.

— Ei, conheci um cara no tribunal e pensei que talvez você pudesse querer o número de telefone dele — disse Margaret, apontando seu rifle para um soldado da União.

— Oh, espere, não atire — eu disse. — Snowlight vai cair no chão, apagado, se você atirar. Ele tem narcolepsia. — Dei um tapinha carinhoso no pescoço do meu pônei.

— Jesus gentil dos três pregos de ferro, Grace — murmurou Margs, então apontou a arma para o soldado e disse, sem muita convicção. — Bang.

— O soldado, que sabia da peculiaridade da minha montaria, caiu de forma dramática, se debateu no chão por alguns segundos, e, por fim, ficou tragicamente imóvel. — E então, devo dizer a ele para ligar para você?

— Bem, na verdade, acho que não vou precisar do número de ninguém — falei.

— Por quê — perguntou Margs. — Você encontrou alguém?

Olhei para ela e sorri.

— Callahan O'Shea.

— Caramba! — gritou Margaret, o rosto incrédulo. Naquele momento, Grady Jones, um farmacêutico, disparou o canhão de uma distância de cinquenta metros e Margaret caiu no chão, como era de se esperar. — Você dormiu com ele! — ela exclamou. — Dormiu com Callahan, não foi?

— Um pouco mais baixo, por favor, Margaret, você supostamente está morta, certo? — Desmontei de Snowlight e lhe dei uma cenoura que tirei do bolso, me atrasando um pouco para poder conversar mais tempo com a minha irmã. — E sim, dormi, na noite passada.

— Oh, droga.

— Por quê? — perguntei. — Que tal você dizer "Grace, você merece um pouco de diversão"?

Margaret ajeitou o rifle, para não ficar deitada em cima dele.

— Grace, aí está o problema. Você merece se divertir, disso não há a menor dúvida. E Callahan obviamente é diversão garantida.

— É mesmo. Então, qual é o problema?

— Bem, diversão não é exatamente o que você está procurando, certo?

— Sim! Isto é... bem, o que quer dizer?

— Você. Você está em busca do felizes para sempre. Não de um caso.

— Fique quieta! Você deveria estar morta! — repreendeu um soldado da União que passava.

— Essa é uma conversa particular — devolveu Margaret.

— Isso é uma batalha — reclamou o homem.

— Não, querido, isso é uma *encenação*. Odeio ser estraga-prazeres, mas não estamos na Guerra Civil Americana de verdade. Se você quiser se sentir um pouco mais autêntico, eu ficaria bem feliz de enfiar uma baioneta no seu traseiro.

— Margaret! Pare. Ele está certo. Desculpe — eu disse para o soldado da União que, por sorte, não conhecia. O homem balançou a cabeça e continuou, apenas para ser abatido alguns metros adiante.

Abaixei os olhos para a minha irmã que erguera o braço acima da cabeça para proteger os olhos do sol.

— Quanto a Callahan, Margs. Acontece que ele está procurando pelo mesmo que eu. Casamento, um casal de filhos, um gramado para aparar. Foi ele quem disse.

Margaret assentiu.

— Bem, que bom para ele. — Ela ficou quieta por um minuto. Tiros soaram a distância e alguns gritos. Logo eu teria que montar novamente em Snowlight, sair em uma cavalgada de reconhecimento e receber um tiro no braço, de fogo amigo, o que resultaria em uma terrível amputação e, por fim, em minha morte, mas me demorei um pouco mais, o sol aquecendo minha cabeça, o aroma doce e intenso da grama nos envolvendo.

— Mais uma coisa, Gracie. — Margaret fez uma pausa. — Callahan alguma vez lhe contou o que aconteceu com o dinheiro que desviou?

— Não — eu admiti. — Eu lhe perguntei, uma ou duas vezes, mas ele não me contou.

— Pergunte de novo — ela aconselhou.

— Você sabe? — perguntei.

— Sei um pouco. Andei investigando.

— E? — eu quis saber.

— Ele já chegou a mencionar um irmão para você? — perguntou Margaret, sentando-se e me encarando com os olhos semicerrados.

— Sim. Eles não se dão bem.

Margaret assentiu.

— Aposto que não. Parece que o irmão era o presidente da empresa da qual Cal desviou dinheiro.

Santo Deus! Acho que meu espanto ficou transparente em minha expressão, porque Margaret estendeu a mão e fez um carinho rápido no meu queixo.

— Pergunte, Grace. Aposto que dessa vez ele será sincero, já que vocês ficaram rebolando sob os lençóis e tudo o mais.

— Que jeito com as palavras! Não é de espantar que o júri a adore — murmurei automaticamente.

— General Jackson! Sua opinião está sendo solicitada aqui! — gritou meu pai. Então eu voltei a montar e deixei minha irmã cochilando na grama.

Pelo resto da batalha, minha mente continuou a voltar para a pequena bomba que Margaret havia detonado, e embora eu fizesse tudo o que era esperado, não aproveitei muito o papel de Stonewall Jackson naquele dia.

Quando finalmente levei o tiro, tomando cuidado para desmontar rápido do meu cavalo quando ele apagou de medo diante da barreira à nossa frente, fiquei aliviada. Proferi, então, as poéticas últimas palavras do general... "Vamos cruzar o rio e descansar à sombra das árvores". E nossa batalha estava terminada. Na verdade, Stonewall Jackson levou oito dias para morrer, mas nem mesmo o "Brother Against Brother" estava disposto a passar uma semana revivendo a morte dele.

Quando cheguei em casa, eram quase cinco horas da tarde. Parecia que eu estivera longe por dias, e não apenas algumas horas. É claro, eu passara a noite anterior na casa de Callahan. A mera lembrança já serviu para deixar meus joelhos bambos, e senti um aperto gostoso no peito. Mas agora, misturado a isso, estava a certeza de que já estava na hora de Cal me contar sobre o seu passado.

Mas antes, pensei, eu tinha um cachorro para cuidar, um cachorro que naquele exato momento não parava de pular ao meu lado, latindo, para não me deixar esquecer quem deveria ser o meu verdadeiro amor. Me desculpei várias vezes com Angus por minha ausência (apesar do fato de que minha mãe passara na minha casa, o alimentara com carne moída, o levara para passear, escovara seu pelo e dera a ele uma nova bandana, vermelha e vistosa). A devoção da avó ao que parecia não fora o bastante, pois Angus mastigara um chinelo para me punir por minha ausência. Ele fora um cachorrinho mal, mas eu não tinha coragem de lhe dizer isso, pois Angus era adorável demais.

Ouvi uma batida forte na porta da frente.

— Já vou! — eu disse.

Callahan O'Shea estava parado na minha varanda da frente, com as mãos nos quadris, parecendo furioso.

— Oi — eu disse, meu rosto já ruborizando de prazer, apesar da expressão dele. Seu pescoço era tão lindo, bronzeado, da cor de caramelo, só esperando para ser saboreado.

— Onde diabos você estava? — ele grunhiu.

— Estava... estava na batalha — falei. — Eu lhe deixei um bilhete.

— Não vi nenhum bilhete — falou Callahan.

— Deixei perto do telefone — retruquei, erguendo as sobrancelhas. Ele fez uma cara feia, ainda furioso, ao que parecia. Era uma graça.

— Bem, o que dizia o bilhete? — ele quis saber.

— Dizia... bem, você vai ler quando voltar para casa — falei.

— Foi um caso de uma noite só, Grace? — A voz dele estava irritada, dura.

Revirei os olhos.

— Entre, Cal — eu disse, puxando-o pela mão. — Queria mesmo conversar com você, mas não, não foi um caso de uma noite só. Pelo amor de Deus! Que tipo de garota você acha que eu sou? Mas vamos ao mais importante primeiro. Estou faminta! Quer pedir uma pizza?

— Não. Quero saber por que acordei sozinho.

Ele soava tão zangado, tão obstinado e tão adorável que não consegui reprimir um sorriso.

— Tentei acordá-lo, amigo. Mas você estava completamente apagado. — Ele estreitou os olhos. — Ei, quer que eu vá até a sua casa e lhe mostre o bilhete? Não me incomodo.

— Não, está tudo bem. — Ele não sorriu.

— Tem certeza?

— Não, Grace, não está tudo bem. Eu andei por aí o dia todo, sem saber onde você estava. Praticamente matei sua mãe de susto quando apareci por aqui, e ela não abriu a porta para falar comigo e, sim, estou de péssimo humor.

— Porque você não encontrou o bilhete, sr. Irritadinho. Que na verdade é um bilhete muito bonitinho e não diz nada sobre caso de uma noite. Agora que tal aquela pizza, ou devo morder meus cotovelos? Estou faminta.

— Eu vou cozinhar — ele voltou a grunhir, ainda de cara feia.

— Achei que estava zangado comigo — lembrei a ele.

— Eu não disse que seria bom. — Então ele passou os braços ao meu redor, me ergueu do chão e me deu um beijo de tirar o fôlego.

— O jantar pode esperar — falei, ofegante.

Oh, aquilo não era a coisa mais inteligente a se fazer, já que tínhamos "coisas a discutir", mas pelo amor de Deus! Aqueles olhos azuis, aquele cabelo desalinhado... Eu mencionei que ele me carregou? Que subiu a escada comigo em seu ombro, no melhor estilo homem das cavernas? E que o homem não estava nem ofegante quando chegou ao andar de cima? Pois é... E, meu Deus, o modo como ele me beijava... Eram beijos urgentes, famintos que quase derretiam meus ossos e me esquentavam por dentro a ponto de eu nem notar que Angus estava mordendo a perna de Cal. Só percebi quando ouvi quando Callahan começou a rir contra a minha boca, então agarrei Angus e levei-o para o corredor, onde meu cachorrinho latiu duas vezes antes de se afastar para destruir mais alguma coisa.

Olhando para Callahan ali, recostado contra a porta do meu quarto, a camisa desabotoada, os olhos semicerrados, uma delícia... bem, eu talvez nem precisasse fazer sexo, se pudesse ficar só olhando para ele, vendo aquele sorrisinho no canto de sua boca... Mas o que eu estava dizendo? Eu precisava, *sim*, fazer sexo. Não havia motivos para desperdiçar um homem que me olhava daquele jeito.

Quando descemos as escadas novamente, um bom tempo depois, Margaret estava sentada na espreguiçadeira no pátio dos fundos, com Angus deitado em seu colo. Meu cachorrinho de vez em quando gemia de prazer enquanto ela acariciava seu pelo.

— Ouvi sons de animais selvagens — disse Margs, virando a cabeça para nós, quando entramos na cozinha. — Achei que era mais seguro ficar aqui, do lado de fora.

— Quer um copo de vinho, Margaret? — perguntei.

— É claro — ela respondeu, com um ar desinteressado.

Callahan fez as honras, abrindo a geladeira como se morasse ali e pegando a garrafa de Chardonnay.

— Esse está bom? — perguntou.

— Está ótimo — respondi, entregando o saca-rolhas a ele. — Obrigada, companheiro. E não apenas por abrir o vinho.

Cal sorriu.

— Estou totalmente à sua disposição. Com todos os meus talentos. Quer que eu prepare alguma coisa para comermos?

— Sim, quero — falei. — Margs, quer comer conosco?

— Não, obrigada. Os feromônios que estão exalando já são o bastante para me fazer engasgar.

Abri a porta de tela, me sentei perto da minha irmã e apoiei os pés nus nos tijolos do quintal.

— Está tudo bem, Margaret? — perguntei.

— Stuart está saindo com outra mulher — ela anunciou. — Com sua colega de trabalho, Eva, ou Ava, ou outra gata sexy, com nome de atriz pornô.

Fiquei boquiaberta.

— Oh, Margs, tem certeza de que eles estão saindo juntos mesmo?

— Bem, ele foi jantar com ela, e se esforçou bastante para me ajudar a lembrar quem era a mulher. — Margaret engrossou a voz para imitar o tom formal de Stuart. — "Você se lembra, Margaret. Muito atraente, ensina História, junto com a Grace..." Idiota. — Os lábios dela estavam retorcidos de raiva.

— Quer saber de uma coisa? Ela pode estar apenas tentando ganhar o apoio dele para ser escolhida chefe do nosso departamento — sugeri. — Ava deve saber que ele é amigo do diretor.

— Ele não se posicionaria contra você, Grace — replicou ela.

— Estou abrigando a mulher dele. Stuart poderia, sim, ficar contra mim — falei. Ela não disse mais nada. Olhei para Callahan através da porta de tela. Ele estava picando alguma coisa no balcão, e sua presença parecia tão certa ali que fiquei até um pouco zonza... Mas logo senti uma pontada de culpa por me sentir tão feliz quando Margaret estava sofrendo.

— Margaret — falei lentamente, voltando-me novamente para a minha irmã, que encarava os próprios joelhos —, talvez seja hora de você voltar para Stuart. De fazerem alguma terapia de casal, talvez. As coisas não estão melhorando por você ficar aqui.

— É claro — ela retrucou. — Só que vai parecer que estou rastejando de volta porque estou com ciúmes, o que é verdade, agora que estou pensando a respeito... Não quero dar a Stuart a satisfação de pensar que, se ele me trair, vou voltar correndo como um cachorrinho. — Angus latiu em solidariedade. — Se Stuart me quiser de volta, vai ter que fazer alguma coisa! — Margs fez uma pausa. — Além de sair com outra mulher — acrescentou.

— O que posso fazer para ajudar? — perguntei.

— Nada. Escutar. Vou descer até o porão, está certo. Vou ver um daqueles seus filmes de nerd, ou alguma coisa parecida, está bem?

— Claro — disse. — Ahn, devo passar a noite na casa de Cal...

— Está certo. Até logo. — Ela se levantou, apertou meu ombro e entrou na cozinha. — Escute, *Um Sonho de Liberdade*, você precisa conversar com minha irmã sobre seu passado sórdido, está certo? Divirtam-se — Ela pegou o copo de vinho e desceu para o porão.

Fiquei sentada sozinha no pátio, ouvindo os passarinhos que começavam seu coro noturno. A paz da primavera, o cheiro de grama recém-cortada, o céu bonito, me deixaram tranquila e feliz. Da cozinha vinham os sons de Callahan cozinhando, o chiado de alguma coisa na frigideira, o bater alegre dos pratos. Senti uma onda de... bem, era cedo demais para dizer *amor*, mas sabe como é... Uma onda de alegria, de pura alegria. Angus lambeu meu tornozelo, como se entendesse.

Cal abriu a porta e trouxe nossos pratos, colocando um deles no meu colo. Uma omelete e uma torrada de pão integral. Perfeito. Ele se sentou na cadeira que Margaret deixara vaga e deu uma mordida na torrada.

— Vamos lá. Meu passado sórdido — ele disse.

— Talvez eu deva saber o que o levou a ser preso.

— Está certo — ele respondeu com firmeza. — Você merece saber. Você come, eu falo.

— Só acho que eu deveria ouvir de você, Cal. Margaret sabe...

— Grace, eu estava mesmo planejando lhe contar, hoje, está bem? Foi por isso que fiquei tão nervoso quando não a vi de manhã. Portanto, coma.

Obedeci e parti um pedaço da omelete, que estava quente, fofinha, uma delícia. Então, dirigi a Callahan o que esperava ser um sorriso encorajador e esperei.

Cal apoiou seu prato e virou a cadeira para ficar de frente para mim. Ele se sentou um pouco inclinado para frente, as mãos grandes cruzadas frouxamente diante do corpo, e me encarou por um minuto, o que me deixou um pouco constrangida para mastigar a omelete. Então Callahan suspirou e abaixou os olhos.

— Eu não desviei dinheiro exatamente. Mas sabia sobre a fraude e não delatei a pessoa que desviou o dinheiro. E ajudei a escondê-lo.

— Bem, então quem pegou o dinheiro? — perguntei.

— Meu irmão.

Quase engasguei.

— Oh — sussurrei.

Pela próxima meia hora, Callahan me contou uma história fascinante. De como ele e seu irmão, Pete, eram donos de uma grande empresa de construção. Falou sobre o furacão Katrina e de uma soma de dinheiro infinita que o governo estava pagando para a reconstrução. Falou sobre como o negócio era frenético, sobre os pedidos não atendidos, as solicitações de pagamento de seguros, os crimes ocultos de Nova Orleans. E então, uma noite, ele descobrira uma conta nas ilhas Cayman, em seu próprio nome, com um saldo de 1,6 milhão de dólares.

— Meu Deus, Cal... — sussurrei.

Ele não respondeu, apenas assentiu.

— O que você fez?

— Bem, eram quatro horas da manhã, e fiquei estupefato ao ver meu nome na tela do computador. Também senti medo de pensar sobre aquilo, de pensar que meu irmão, afinal não poderia ter sido outra pessoa que não ele, poderia transferir o dinheiro. Ou gastá-lo. Deus, não sei o que pensei. Por isso, abri outra conta e transferi todo o dinheiro para ela.

— Mas essas contas não são protegidas por senhas e tudo mais? — perguntei (afinal eu era uma leitora assídua dos livros de John Grisham).

— Sim. Ele usou o nome da nossa mãe como senha. Meu irmão nunca foi muito esperto com essa coisa de senhas. Ele sempre usava seu aniversário ou o nome da nossa mãe. Enfim, achei que o confrontaria e que encontraríamos um modo de devolver o dinheiro para onde pertencia. Estávamos trabalhando no Distrito Nove, reconstruindo ruas, e achei que ele provavelmente desviara o dinheiro dali.

— Por que não chamou a polícia? — perguntei.

— Porque ele era meu irmão.

— Mas ele estava enganando todas aquelas pessoas! E estava usando você, também. Santo Deus, o Distrito Nove foi mais atingido do que qualquer outro...

— Eu sei. — Cal suspirou e passou a mão pelos cabelos. — Eu sei, Grace, mas... — A voz dele falhou. — Mas ele também era o irmão que dormira em meu quarto por um ano depois que nossa mãe morrera. O mesmo que me ensinara a jogar beisebol e a dirigir. Ele sempre havia dito que entraríamos no negócio juntos. Eu queria lhe dar a oportunidade de consertar as coisas. — Cal olhou para mim, o rosto parecendo subitamente mais marcado e triste. — Era meu irmão mais velho. Não queria que ele fosse para a cadeia.

Sim. Eu sabia bem o que era colocar a família antes do bom senso, não é mesmo?

— Então, o que aconteceu? — perguntei, já mais calma. — O que seu irmão disse? — Coloquei meu prato vazio de lado.

— Bem, o que ele poderia dizer? Falou que estava arrependido, que acabara se envolvendo sem querer, que todo mundo estava fazendo a mesma coisa... Mas concordou que deveríamos simplesmente injetar novamente o dinheiro nos projetos e fazer a coisa certa. — Cal fez uma pausa, como se estivesse se lembrando. — Infelizmente para nós, a Polícia Federal estava de olho na empresa. Quando devolvemos o dinheiro eu acabei lhes dando um caminho para nos rastrear e eles nos pegaram. — Ele abaixou os olhos e balançou a cabeça.

— Seu irmão também foi para a cadeia? — perguntei baixinho.

Cal não levantou o olhar.

— Não, Grace. Ele testemunhou contra mim.

Fechei os olhos.

— Oh, Cal.

— Sim.

— Você... o que você fez?

Ele suspirou.

— Meu irmão havia se precavido, entende? Era meu nome que estava em tudo, era a palavra dele contra a minha. E era eu o contador da empresa. Pete disse que mesmo que ele quisesse não teria sabido como fazer aquilo. Fora eu quem cursara uma faculdade e tudo o mais. Acho que os promotores o acharam muito mais convincente do que eu. Meu advogado disse que ninguém pegaria leve com alguém que roubara das vítimas do Katrina. Por isso, quando me ofereceram um acordo, aceitei.

Angus pulou para o meu colo e eu comecei a acariciar seu pelo, enquanto pensava.

— Por que nunca me contou nada disso antes, Cal? Eu teria acreditado em você.

— Teria mesmo? — ele perguntou. — Todo condenado não diz sempre que é inocente? Que foi enganado?

Cal tinha razão. Não respondi.

— Não tenho como provar que não fiz exatamente o que meu irmão disse que fiz — ele acrescentou, em voz baixa.

Meu coração doeu quando tentei imaginar como me sentiria sendo enganada, traída, por Margaret ou Natalie. Não consegui. Sim, é verdade que Nat se apaixonara por Andrew, mas isso não era culpa dela. Ao menos eu nunca pensei assim, e eu conhecia a minha irmã. Mas ser posto na cadeia pelo próprio irmão... Uau! Não era de se espantar que Cal ficasse irritado quando a conversa recaía sobre seu passado.

— Então você ia me contar tudo isso? Mesmo que Margs não pesquisasse sua ficha?

— Sim.

— Por que agora? Por que não aproveitar todas as outras vezes que perguntei?

— Porque nós começamos alguma coisa na noite passada. Ou ao menos eu achei que havíamos começado. — A voz dele era dura. — Bem, essa é a história. Agora você sabe.

Ficamos sentados em silêncio por mais alguns minutos. Angus, cansado de ser ignorado, latiu uma vez e abanou o rabo, me convidando a adorá-lo. Acariciei seu pelo lentamente e ajeitei sua bandana, só agora percebendo que meu cachorro havia comido a omelete de Cal enquanto conversávamos.

— Cal — eu disse, por fim.

— Sim. — A voz dele era sem expressão, os ombros estavam rígidos.

— Você gostaria de jantar com a minha família um dia desses?

Ele não se moveu por um instante, e então veio rapidamente até onde eu estava. Seu sorriso se acendeu.

— Sim.

Ele passou os braços grandes ao meu redor e me beijou com força, enquanto Angus o mordiscava. Então, lavamos os pratos e fomos para a casa dele.

Capítulo vinte e cinco

O dia seguinte era o feriado do Memorial Day, por isso não tive que me esgueirar da cama de Cal ao nascer do dia. Em vez disso, fomos até a Confeitaria da Lala para comer pães e doces e voltamos passeando pelas margens do rio Farmington.

— Você tem planos para hoje à tarde? — perguntou Callahan, tomando um gole grande do café.

— E se eu tivesse? — perguntei, e puxei a guia da coleira de Angus para que ele não fosse mexer no pobre rato morto na beira do caminho.

— Teria que cancelá-los. — Ele sorriu e passou o braço ao redor da minha cintura.

— Oh, é mesmo?

— Ahã. — Ele limpou uma migalha do meu queixo e me beijou.

— Muito bem, então. Sou sua — murmurei.

— Gosto disso — ele falou, beijando-me novamente. Foi um beijo tão longo, lento e doce, que meus joelhos estavam bambos quando Cal finalmente me soltou. — Pegarei você às duas horas, então, mas agora tenho que correr. Os eletrodomésticos devem ser entregues hoje.

— A casa está quase pronta, não é? — perguntei, sentindo uma súbita pontada de tristeza.

— Está — ele respondeu.

— E depois que estiver pronta?

— Há outra casa em que vou trabalhar, umas duas cidades ao norte daqui. Mas se você quiser, posso voltar e me deitar no telhado da casa da rua Maple para você ficar me espiando. Isso se os novos donos não se importarem.

— Eu nunca espiei. Era mais uma coisa de admirar.

Cal riu e checou o relógio.

— Muito bem, Grace. Tenho que correr. — Ele me beijou mais uma vez, e subiu o caminho que levava à casa dele. — Duas horas, não esqueça.

Soltei um pouco mais a guia da coleira de Angus para que ele pudesse farejar uma samambaia e tomei um gole do meu café. Então entrei em casa para corrigir trabalhos de alunos.

Enquanto corrigia, um pensamento desconfortável me assaltou. Eu precisava contar ao comitê de investigação da Academia Manning sobre Callahan. Afinal, ele agora fazia parte da minha vida e eu devia ser franca a esse respeito. Não importava como acontecera, a verdade era que Cal ficara preso em uma prisão federal, e ocultara um crime, por melhores que tenham sido suas intenções. Isso não era algo que eu deveria tentar esconder. Também era um fato que provavelmente enterraria de vez qualquer chance que eu tivesse de me tornar chefe do Departamento de História. Instituições sem fins lucrativos tendiam a ser rígidas no que dizia respeito a desvio de dinheiro, ex-presidiários e condenações, principalmente quando essas instituições eram voltadas para crianças impressionáveis.

Meus ombros se arquearam ao pensar nisso. Mas eu não tinha opção. Teria que contar mesmo assim.

Às duas horas em ponto, Cal subiu o caminho que levava à minha casa.

— Está pronta, mulher? — ele perguntou através da porta de tela, enquanto Angus pulava e rosnava do outro lado.

— Preciso corrigir só mais quatro trabalhos. Você pode esperar meia hora?

— Não. Corrija no carro, está bem?

Olhei para ele, espantada.

— Sim, mestre. — Cal sorriu. — Onde vamos?

— Você vai descobrir quando chegarmos lá. Quando acha que esse cachorro vai começar a gostar de mim?

— Provavelmente nunca — falei, pegando meu cachorrinho e dando um beijo em sua cabeça. — Até logo, Angus, menino querido. Fique bem. Mamãe ama você.

— Oh! Isso foi tão... uau. Triste — disse Cal, e eu dei um soco em seu ombro. — Sem bater, Grace! — ele riu. — Você precisa tratar dessa sua tendência à violência. Santo Deus. Nunca apanhei na prisão, mas então me tornei seu vizinho e olhe para mim. Apanhei de bastão, fui mordido pelo seu cachorro, minha pobre caminhonete foi amassada...

— Que bebezão. Achei que a prisão havia deixado você mais durão. Feito de você um homem, essas coisas...

— Não era esse tipo de prisão. — Ele sorriu e abriu a porta do caminhão para mim. — Tínhamos até aulas de tênis. Mas não de briga com faca. Sinto muito desapontá-la, meu bem.

Meu bem. Eu quase flutuei até a caminhonete. Meu bem. Callahan O'Shea me chamara de "meu bem".

Dez minutos mais tarde, estávamos na rodovia interestadual, indo para oeste. Peguei um trabalho de um dos meus alunos e comecei a ler.

— Você gosta de ser professora? — perguntou Callahan.

— Gosto — respondi na mesma hora. — Os alunos são fantásticos nessa idade. É claro que passo a metade do tempo querendo matá-los, mas na outra metade, eu os adoro. E no fim das contas, os alunos são o objetivo de ser professora.

— A maior parte das pessoas não gosta muito de adolescentes, não é? — Ele sorriu, então deu uma olhada no espelho retrovisor quando mudou de pista.

— Bem, não é uma idade das mais fáceis, não. Crianças pequenas, quem não gosta delas, certo? Mas adolescentes... eles estão apenas começando a mostrar quem se tornarão. E é fantástico observar isso. E, é claro, adoro ensinar.

— Sobre a Guerra Civil Americana, certo? — perguntou Callahan.

— Na verdade, ensino todos os temas relacionados à História Americana, mas, sim, a Guerra Civil é a minha especialidade.

— Por que você gosta tanto desse assunto? Foi uma guerra terrível não foi?

— Com certeza — respondi. — Mas nunca houve uma guerra em que as pessoas se importassem tanto com a causa que defendiam. Uma coisa é lutar contra outro país, uma cultura que não se conhece, cidades onde talvez nunca tenha estado. Mas a Guerra Civil Americana... Imagine como deve ter sido mobilizar tropas contra seu próprio país, como fez Lincoln. O Sul estava lutando por seus direitos como estados individuais, mas o Norte estava lutando pelo futuro da nação. E foi muito triste porque foi muito pessoal. Éramos *nós*. Quero dizer, quando você compara Lincoln a alguém como...

Percebi que havia elevado o tom de voz, e que parecia um daqueles pastores nos programas de TV aos domingos.

— Me desculpe — disse, ruborizando.

Callahan estendeu a mão e apertou a minha, sorrindo.

— Gosto de ouvir — ele falou. — E gosto de você, Grace.

— Então o que há entre nós é mais do que apenas o fato de que fui a primeira mulher que você viu ao sair da prisão... — falei.

— Bem, não podemos esquecer disso — ele respondeu, fingindo aborrecimento. — Foi um encontro muito marcante, certo, professora?

Dei um tapa no braço dele.

— Engraçadinho. Agora me deixe quieta. Tenho trabalhos para corrigir.

— Sim, madame — concordou Cal.

E foi o que eu fiz, corrigir os trabalhos. Cal dirigiu com calma, sem interrupções, comentando apenas quando eu lia algum trecho em voz alta. Ele me pediu para checar o mapa que havia no carro umas duas vezes e fiz isso tranquilamente. Toda a situação era surpreendentemente confortável.

Cerca de uma hora mais tarde, Callahan saiu da rodovia. Uma placa anunciava que havíamos checado a Easting, em Nova York, cidade com população de 7.512 habitantes. Descemos por uma rua onde havia uma pizzaria, um salão de cabeleireiro, uma loja de conveniência e um restaurante chamado Vitto's.

— Então, sr. O'Shea, por que me trouxe a Easting, em Nova York?

— Se essas indicações estiverem certas, daqui a um quarteirão você descobrirá — ele disse, estacionando em uma vaga na rua. Então, Cal saiu e abriu a porta para mim. Fiz uma anotação mental para agradecer ao sr. Lawrence, o avô dele, na próxima vez em que fosse ler para ele. Callahan O'Shea era muito bem educado. Ele pegou minha mão e sorriu.

— Você parece muito confiante — falei.

— E estou — ele respondeu, beijando a minha mão. Qualquer escrúpulo que eu pudesse ter em relação ao passado dele e às minhas chances de conseguir o cargo de chefe de departamento desapareceram, substituídos por uma sensação deliciosa de felicidade que me preenchia por inteiro. Eu não conseguia me lembrar da última vez em que me sentira tão leve. Talvez, na verdade, nunca tinha me sentido tão bem.

Então vi onde Cal estava me levando, parei de repente e desatei a chorar.

— Surpresa — ele falou, e me deu um abraço.

— Oh, Cal — eu funguei no ombro dele.

Um cinema pequeno, bem na esquina, com a entrada de tijolinhos, janelas largas, o cheiro de pipoca já seduzindo meus sentidos. Mas foi a marquise que me conquistou. Cercada por lâmpadas, letras negras contra o fundo branco, onde estavam escritas as seguintes palavras: *Apresentação Especial de Aniversário! Veja agora como deve ser visto*. E, abaixo disso, em letras enormes "*... E o Vento Levou*".

— Oh, Cal — falei novamente, sentindo a garganta tão apertada que a voz saiu muito aguda.

A adolescente atrás do balcão olhou curiosa para mim, ao perceber que eu estava chorando. Enquanto isso, Cal comprava os ingressos, pipoca e refrigerante. O lugar estava cheio — aparentemente, eu não era a única a ansiar por ver a maior história de amor de todos os tempos na tela grande.

— Como descobriu isso? — perguntei, secando os olhos, depois que nos sentamos.

— Pesquisei no Google há algumas semanas — ele respondeu. — Você disse que nunca havia visto e fiquei me perguntando se seria exibido novamente. Estava prestes a lhe contar, mas então você finalmente pulou em cima de mim, por isso resolvi transformar em um encontro.

Algumas semanas atrás... Ele vinha pensando em mim há semanas. Uau.

— Obrigada, Callahan O'Shea — falei, me inclinando para beijá-lo. Sua boca era macia e quente, e ele deslizou a mão por trás do meu pescoço. Cal tinha gosto de pipoca e manteiga. Ondas quentes se espalharam por meu corpo até que uma senhora de cabelos brancos acidentalmente (ou não) chutou nossos assentos. Então as luzes se apagaram e percebi que meu coração estava disparado. Cal sorriu, e apertou minha mão.

Pelas horas que se seguiram, me apaixonei novamente por Scarlett e Rhett, sentindo as emoções tão à flor da pele quanto havia sentido quando eu tinha treze anos e li o livro pela primeira vez. Fiz uma careta quando Scarlett declarou seu amor a Ashley, sorri quando Rhett comprou a dança com ela, me encolhi quando Melly teve bebê, roí as unhas enquanto Atlanta queimava em um incêndio. Na última fala, quando Katie Scarlett O'Hara Hamilton Kennedy Butler ergue a cabeça, mais uma vez determinada a conseguir o que queria, sem se curvar, sem fraquejar, eu já soluçava sem parar.

— Acho que eu deveria ter trazido um calmante — murmurou Cal, conforme os créditos rolavam na tela. Ele me estendeu um guardanapo, já que eu havia usado todos os meus lenços de papel quando Rhett se juntou às tropas confederadas na saída de Atlanta.

— Obrigada — falei, entre soluços. A senhora de cabelos brancos que estava sentada atrás de nós deu um tapinha carinhoso no meu ombro antes de sair.

— De nada — disse Cal com um sorriso que eu estava começando a amar.

— Você gostou? — consegui perguntar.

Ele se virou para mim, com uma expressão gentil no rosto.

— Eu amei, Grace.

Eram quase nove horas quando voltamos para Peterston.

— Está com fome? — Callahan perguntou quando passamos pelo Blackie's.

— Estou faminta — respondi.

— Ótimo — ele parou o carro no estacionamento, saiu e pegou minha mão. Dar as mãos tinha que ser uma das coisas mais maravilhosas que Deus já inventara, pensei, enquanto entrávamos no restaurante. Dar as mãos era um modo discreto, mas inegável de dizer que a pessoa era sua. E andar de mãos dadas com Callahan O'Shea era excitante e reconfortante ao mesmo tempo, a mão grande dele era firme, calosa e quente.

Encontramos um reservado e Cal se sentou ao meu lado, e não à minha frente. Ele passou o braço pelos meus ombros e me puxou mais para perto. Pude sentir o aroma limpo, de sabonete, que ele exalava. Droga. Eu estava fisgada.

— Quer asinhas de frango? — ele perguntou, examinando o cardápio.

— Você definitivamente está tentando me seduzir essa noite — falei. — Primeiro *E o Vento Levou*, agora asinhas de frango. Assim não terei como resistir a você.

— Então meu plano mal-intencionado está funcionando. — Ele se virou e me beijou, mais um daqueles beijos delicados, quentes e famintos que eram como calda de caramelo. Então pensei comigo mesma que, pelo resto da minha vida, eu lembraria daquele como o encontro mais perfeito, mais romântico que eu ou qualquer outra mulher já havia tido. Quando abri os olhos, Callahan O'Shea estava sorrindo. Ele apertou meu queixo e voltou a examinar o cardápio.

Olhei ao redor do restaurante, sorrindo, sentindo que o mundo era um lugar maravilhoso. Um homem de boa aparência chamou a minha atenção e ergueu seu copo de cerveja em um brinde. Ele me parecia familiar. Oh, sim. Era Eric, o lavador de janelas da Academia Manning, o que era perdidamente apaixonado pela esposa. E ela era mesmo muito bonita. Os dois estavam de mãos dadas. Outro casal feliz. Oooh! Acenei de volta.

— Olá, Grace — disse uma voz baixa. Levantei os olhos e tive que me controlar para não fazer uma careta.

— Olá, Ava — respondi. — Como vai? — Minha voz era bastante fria. Afinal, a mulher saíra para jantar com Stuart.

— Muito bem, obrigada — ronronou ela, olhando para Callahan. E lá se foi, uma piscada, duas, e uma terceira. — Sou Ava Machiatelli.

— Callahan O'Shea — disse meu namorado, apertando a mão dela.

— Soube que você saiu para jantar com Stuart em uma noite dessas — comentei.

— Ahã. — Ela sorriu. — Pobre coitado. Precisava de um pouco de... companhia. — Cerrei os dentes. Maldito Stuart por ser mais um homem típico, e maldita Ava por ser o tipo de mulher que não tinha moral alguma no que se referia sexo.

Ava se virou e acenou na direção do bar.

— Kiki! Aqui! — Ela se virou para mim e para Cal. — Parece que Kiki rompeu com alguém no fim de semana e está se sentindo péssima — falou. — Estou lhe oferecendo algumas Margaritas medicinais.

Kiki se juntou a nós, parecendo mesmo uma figura trágica (e um pouco bêbada).

— Oi, Grace. Liguei para você umas dez vezes hoje. Lembra daquele cara da Noite dos Solteiros? Bem, ele me largou! — A voz dela tremeu. Kiki virou-se para olhar para Callahan. — Oi... — Ela se interrompeu de repente. — Meu Deus, é o ex-presidiário! — exclamou minha amiga, esquecendo-se rapidamente do próprio coração partido.

— É um prazer vê-la novamente — cumprimentou Cal, erguendo uma sobrancelha.

— Ex-presidiário? — disse Ava.

Houve um momento de silêncio desconfortável. Eu não disse nada... visões de conselhos de diretores dançavam em minha mente. Droga.

— Desvio de dinheiro, não foi isso? — perguntou Kiki, me fuzilando com um olhar frio. Ah, sim. Eu a alertei sobre Callahan exatamente por essa razão. Maldição...

— Isso mesmo — falou Cal.

Ava ergueu os olhos

— Desvio de dinheiro... Fascinante.

— Bem — falei. — Foi um prazer encontrar vocês duas. Divirtam-se.

— Oh, faremos isso — disse Ava, com um enorme sorriso. — Foi um grande prazer conhecê-lo, Callahan. — E elas voltaram para a mesa onde estavam.

— Está tudo bem? — perguntou Cal.

— As duas trabalham na Academia Manning — falei, observando Ava e Kiki que estavam sentadas em uma mesa não muito longe de nós.

— Entendo.

— E agora todos vão saber que estou saindo com um ex-presidiário — expliquei.

— Imagino que sim. — Ele me encarava com uma expressão ansiosa no olhar.

— Bem — falei, de repente, apertando a mão dele. — Acho que estou mesmo saindo com um ex-presidiário. Portanto, lá vamos nós. — Ava e Kiki estavam com as cabeças bem próximas uma da outra, cochichando. Senti meu estômago doer. — Que venham as asinhas.

Infelizmente, eu perdera a fome.

Capítulo vinte e seis

Fui para a Manning cedo na manhã seguinte, direto para a sala do diretor.

Mas não fui rápida o bastante.

— Grace, eu estava esperando por você — disse o dr. Stanton quando me sentei diante dele como uma aluna arrependida. — Recebi um telefonema bastante perturbador de Theo Eisenbraun essa manhã.

— Entendo — falei, sentindo o suor brotar em minha testa. — Ahn... bem, eu mesma gostaria de ter lhe contado, mas acho que a notícia chegou antes de mim. Mas sim, acabo de começar a namorar uma pessoa e, sim, ele cumpriu pena por apropriação fraudulenta.

O dr. Stanton suspirou.

— Oh, Grace.

— Dr. Stanton, espero que minhas credenciais falem por si — falei. — Adoro a Academia Manning, adoro os alunos e realmente não acho que minha vida pessoal deveria ter alguma coisa a ver com o modo como sou vista como professora. Ou, ahn, como uma potencial chefe de departamento.

— É claro — ele murmurou. — E você está completamente certa. Nós a valorizamos muito, Grace.

Claro. Ambos sabíamos que eu estava encrencada. Se houvera alguma chance de eu conseguir o cargo de chefe de departamento, ela agora não existia mais.

— O comitê de averiguação vai se reunir essa semana, Grace. Nós lhe daremos notícias.

— Obrigada — falei.

Então fui para o prédio Lehring, na minha sala mínima, e sentei na velha cadeira de couro que Julian e eu havíamos descoberto em uma venda de garagem. Maldição. Aborrecida, fiquei roendo as unhas, enquanto olhava pela janela para o lindo campus da escola. As cerejeiras em flor se espalhavam, pesadas e espumosas, como se os galhos das árvores fossem decorados com creme de chantilly. Arbustos floridos e graciosos pareciam flutuar no ar e a grama cintilava como esmeraldas ao sol. Era a Manning em sua época mais bonita. As aulas terminariam na próxima quarta-feira, e a formatura seria dois dias depois. Na véspera do casamento de Natalie e Andrew.

Ser chefe de departamento a essa altura da minha carreira talvez fosse precipitado. Afinal, eu tinha apenas 31 anos, e não tinha um doutorado em História. Acrescente-se a isso o fato de que eu simplesmente não era uma criatura política, não tinha nenhuma experiência administrativa, além de ter chefiado a Comissão Curricular. Talvez eu nunca tivesse tido chance mesmo.

Ainda assim, eu havia chegado à reta final. Talvez tenha sido simplesmente uma cortesia por eu ser professora da própria Manning. Mas se o fato de estar com Callahan O'Shea havia acabado com as minhas chances... bem. Ele valia a pena. Ao menos eu esperava que sim. Não... Eu sabia. Se ser afastada da disputa pelo cargo de chefe de departamento era o preço que eu teria que pagar, então que fosse. Isso resolvido, deixei minhas pobres unhas em paz, endireitei o corpo e liguei o computador.

— Olá, Grace. — Ava piscou sonolentamente da porta, um sorriso astuto nos lábios brilhantes. — Como você está essa manhã?

— Estou perfeita em todos os sentidos, Ava, e você? — Coloquei um sorriso falso no rosto e esperei.

— Soube que se reuniu com o dr. Stanton. — Ela sorriu. Nada permanecia em segredo em uma escola particular. — Saindo com um ex-presidiário, Grace? Não chega a ser exatamente um modelo para as mentes jovens da Manning, não é?

— Bem, se vamos examinar a moral das pessoas, me pergunto se isso realmente é pior do que sair com um colega de trabalho casado, Ava. Será?

— Será? — ela murmurou. — O comitê de averiguação se reúne na quinta-feira, se você não sabia.

— Ouvi dizer que eles já tomaram a decisão — disse uma voz rouca. — Bom dia, senhoras.

— Bom dia, dr. Eckart — falei.

— Olá — sussurrou Ava.

— Posso dar uma palavra com você, srta. Emerson? — ele grasnou.

— Já estou indo — disse Ava, então saiu rebolando pelo corredor, o vasto traseiro esticando todo o tecido da saia.

— O senhor já soube das novidades? — perguntei, quando o dr. Eckart entrou na minha sala.

— Sim, já soube, Grace. Estou aqui para tranquilizá-la. — Ele se interrompeu para ter uma crise de tosse, como costumava fazer e, como sempre, parecia que estava tentando expelir uma criancinha pelos pulmões. Quando o dr. Eckart recuperou o fôlego, ele sorriu com os olhos úmidos. — Grace, a maior parte do nosso próprio conselho administrativo já teve algum problema com a justiça, principalmente no que diz respeito a questões relacionadas à área financeira. Tente não se preocupar.

Dei um sorriso desanimado.

— Obrigada. Eles realmente já se decidiram?

— Pelo que ouvi, vão finalizar o processo esta tarde, mas, sim, eu soube que já chegaram a um consenso em relação a uma pessoa na semana passada. E recomendei você, minha querida.

Senti a garganta apertada.

— Muito obrigada, dr. Eckart. Nem sei dizer o quanto isso significa para mim.

O sino tocou, avisando do início do primeiro tempo de aula. O dr. Eckart saiu para dar aula de História Medieval para a turma do segundo ano e eu desci o corredor para encontrar meus alunos do último ano. Mais duas aulas sobre a Guerra Civil com eles, e todos sairiam para o mundo. Muitos, eu nunca mais voltaria a ver.

Empurrei a porta da sala e entrei. Minha chegada não foi percebida pelos alunos. Hunter IV estava recostado na frente de Kerry Blake, que usava uma blusa cropped, decotada, que pareceria normal em uma prostituta, mas que provavelmente custara uma semana do meu salário. Quatro alunos estavam checando seus BlackBerrys, apesar de as regras proibirem que os ligassem na sala de aula. Molly, Mallory, Madison e Meggie estavam tentando impressionar uma à outra com seus planos de verão — uma iria para Paris, para um estágio na Chanel; outra planejava escalar montanhas no Nepal; uma terceira tinha planos para fazer rafting nas corredeiras do Colorado; e a outra iria, em suas palavras, cometer um suicídio lento, passando o verão com a família. Emma estava sentada olhando para Tommy Michener, que cochilava, a cabeça caindo sobre a mesa.

Talvez eu não fosse uma professora tão boa quanto pensava. Apesar de todas as minhas boas intenções, será que eu realmente ensinara a esses adolescentes o que queria que aprendessem? Será que haviam entendido o quanto era importante conhecer nosso passado? E acrescente-se a isso o fato de que eu praticamente destruíra minhas chances de me tornar chefe de departamento. Senti uma súbita tristeza.

— Bom dia, príncipes e princesas! — falei em voz alta, fazendo com que muitos deles se sobressaltassem. — Esse fim de semana, minhas crianças adoráveis, acontecerá a encenação da Batalha de Gettysburg. — Gemidos.

Olhos se revirando. — Vocês devem participar. Quem não for receberá "F" em participação em aula, o que, estou certa de que se lembram, corresponde a um terço da nota de vocês. E mesmo que todos já tenham conseguido entrar em alguma universidade, acredito que devam manter uma boa média. Estou certa? Sim, estou. Encontrem-me na frente do prédio da escola, no sábado de manhã, às nove horas.

Eles abriram a boca horrorizados e, por um instante, não conseguiram nem falar. Então veio o coro.

— Isso não é justo! Tenho jogo de lacrosse/ jogo de futebol/ ingressos! Meus pais vão...

Deixei que protestassem por um minuto, então sorri e disse apenas.

— Inegociável.

Quando cheguei em casa naquela tarde, Angus parecia mais fofinho do que nunca, por isso achei que ele merecia uma valsa. Peguei meu cachorrinho no colo, e girei com ele ao redor da sala de estar. Um-dois-três, um-dois-três, cantarolando "Take It to the Limit", do The Eagles, uma das músicas favoritas de Angus. "So put me on a highway and show me a sign", cantei. Angus começou a ganir acompanhando a música. Como eu disse, essa era uma de suas favoritas.

Eu não sabia bem por que me sentia tão feliz, já que as minhas chances de ser chefe do Departamento de História eram menores do que nunca.

— Acho que há mais na vida do que apenas o trabalho, certo, McFangus? — perguntei ao meu cachorrinho maravilhoso. Ele se retorceu de prazer.

Era verdade. Em pouco tempo, Natalie e Andrew estariam casados, o que colocaria o último prego no caixão do meu relacionamento com Andrew. O verão se aproximava rapidamente, era hora de ler, de relaxar, de batalhar no sul.

E Callahan O'Shea era meu namorado. Uma onda quente de felicidade invadiu meu corpo. Callahan O'Shea queria uma esposa, filhos e um gramado para aparar. Achei que talvez eu pudesse ajudá-lo com essa questão.

— Posso interromper?

Falando do diabo, lá estava ele na minha varanda, o sorriso pecaminoso no lugar. Angus ficou duro e latiu em meus braços.

— Entre — Falei e coloquei minha pequena fera no chão, que pulou no calcanhar de Cal com grande entusiasmo. *Grrr. Grrr.* Cal o ignorou, pegou minha mão e colocou a dele em minha cintura.

— Não sei bem como fazer isso — ele admitiu, estreitando os olhos e parecendo ainda mais atraente enquanto tentava executar alguns passos de dança, e acabava pisando no meu pé.

— Eu o ensinarei — falei. A nuca de Cal era quente sob a minha mão, e o cheiro delicioso de madeira, de homem e de suor, fez meu coração bater um pouco mais forte. A onda de felicidade se tornou uma enxurrada.

— Sempre fui fã daquele jeito de dançar só arrastando os pés, típico das festinhas do oitavo ano da escola — comentou Cal, puxando-me para um abraço. Nossos pés mal se moviam... bem, a não ser quando Cal tentava afastar Angus. Minhas mãos desceram pelas costas de Cal... Pensei em me aproveitar um pouco, por que não... quando encostei em um papel.

— Oh, sim — falou Callahan, recuando. — Isso é seu. O carteiro deixou na minha casa por engano. — Ele pegou um envelope no bolso do jeans e estendeu para mim.

O envelope era grosso e elegante, e meu nome estava escrito em uma caligrafia rebuscada, com tinta verde-escura.

— Deve ser o convite de casamento da minha irmã — disse, e abri o envelope. Era mesmo. Elegante e clássico, como a própria Natalie. Sorri ao ver o belo convite e ao ler as palavras tradicionais. *Natalie Rose Emerson e Andrew Chase Carson, e seus pais, solicitam cordialmente a honra de sua presença...* Levantei os olhos para Callahan. — Quer ser meu acompanhante? — perguntei.

Ele sorriu.

— Claro — respondeu.

Claro. Simples assim. Que contraste com o esforço sobre-humano que eu fizera para encontrar um acompanhante para o casamento de Kitty. Fiquei um instante em silêncio, então falei:

— Ah, acho que nunca lhe disse isso, Cal, mas lembra-se que eu comentei que já fui noiva? — Cal assentiu. — Bem, fui noiva de Andrew. Do homem que vai se casar com a minha irmã.

Cal ergueu as sobrancelhas, surpreso.

— É mesmo?

— Sim — falei. — Mas quando ele e Nat se conheceram, ficou bem claro que ela era a mulher para ele. Não eu.

Cal ficou quieto por um instante, apenas me encarando, o cenho levemente franzido.

— Você não se incomoda por os dois estarem juntos? — ele perguntou por fim. Angus sacudiu a bainha do seu jeans.

— Claro que não — respondi. Então fiz uma pausa. — A princípio foi bem difícil, mas agora está tudo bem.

Cal me examinou por mais algum tempo. Então se abaixou, pegou Angus no colo, que reagiu com um rosnado, antes de começar a roer o polegar de Callahan.

— Eu diria que ela está ótima, certo, Angus? — ele perguntou. Então se inclinou e beijou meu pescoço.

Nesse momento, percebi com uma certeza doce e dolorosa que estava loucamente apaixonada por Callahan O'Shea.

Capítulo vinte e sete

Mas ser louca por ele não significava que as coisas eram perfeitas.

— Acho apenas que deveríamos esperar um pouco — disse para Cal, alguns dias mais tarde, quando estávamos indo de carro para West Hartford.

— Não acho uma boa ideia — ele respondeu, sem olhar para mim. Estávamos a caminho da mais penosa das reuniões de família, uma exposição dos trabalhos de mamãe. Bem, na verdade, a maior parte das reuniões de família era penosa, mas as exposições de mamãe eram especiais. No entanto, aquela era a única noite antes do casamento de Nat em que minha família poderia se reunir. O show de horror de Conhecer a Família oficial.

— Callahan, confie em mim. É a minha família. Eles vão... bem, você sabe. Se irritar um pouco. Ninguém quer ouvir que a filhinha está namorando um cara com ficha na polícia.

— Bem, eu realmente tenho ficha na polícia, e acho que deveríamos deixar isso logo às claras.

— Muito bem, escute. Antes de mais nada, você nunca esteve em uma das exposições de mamãe. São terríveis. Meu pai estará tenso, mamãe ficará andando de um lado para o outro... Além disso, minha avó é surda como uma porta, por isso eu teria que gritar para que ela ouvisse, e estaremos em um lugar público. Simplesmente não é o momento certo, Cal.

Eu contara a Natalie e meus pais que estava namorando o vizinho, mas não disse mais nada.

Meus pais estavam preocupados, achando que eu largara um médico perfeitamente adequado que trabalhava demais por um carpinteiro. Isso já era ruim o bastante... imaginava o que aconteceria se descobrissem a respeito dos dezenove meses que ele passou atrás das grades. Não que houvesse grades na prisão onde Cal estivera, mas esse detalhe passaria despercebido pela família Emerson, cuja linhagem poderia ser traçada até o Mayflower.

— Na verdade, estou surpreso por você ainda não ter contado a eles — disse Cal.

Relanceei o olhar para ele e percebi seu maxilar rígido.

— Escute, companheiro. Não se preocupe. Não estou tentando esconder nada. Só quero que o conheçam e que passem a gostar um pouco de você, antes de contar. Se eu apenas chegar e disser "Oi, esse é meu namorado, que saiu recentemente da prisão", eles vão ficar loucos. Se antes disso todos tiverem a oportunidade de conhecer o cara incrível que você é, não será assim tão ruim.

— Quando você vai contar a eles?

— Logo — respondi. — Cal. Por favor. Estou com tanta coisa na cabeça. O fim das aulas, a decisão a respeito do cargo de chefe de departamento, o casamento de uma das minhas irmãs, a outra que está apavorada... Será que podemos deixar que meus pais o conheçam sem ter que jogar em cima deles no mesmo instante a informação sobre a sua prisão? Por favor? Deixe-me lidar com uma crise de cada vez, certo? Prometo que logo contarei a eles. Só não quero fazer isso essa noite.

— Acabo me sentindo desonesto — ele falou.

— Mas não está sendo! Só quero... dar as informações aos poucos, está bem? Não temos que andar por aí apresentando você como Callahan O'Shea, ex-presidiário, temos?

Ele ficou em silêncio por algum tempo.

— Está certo, Grace. Faça do seu jeito. Mas não parece certo.

Peguei a mão dele.

— Obrigada — falei. Depois de mais um instante, ele apertou minha mão.

♥

— Você está namorando o serviçal? Trocou o médico bom por um serviçal? — A expressão de Mémé era a de uma mulher que acabara de morder um lagarto. Na verdade, era a expressão de um lagarto mordendo outro. Ela aproximou um pouco mais a cadeira de rodas, acabou esbarrando em um pedestal e fez com que *Indo Para a Luz* (supostamente o canal do nascimento, mas que lembrava mais o Holland Tunnel) oscilasse perigosamente. Segurei a escultura e abaixei o olhar para encontrar a expressão desaprovadora de minha avó.

— Mémé, por favor, pare de chamar Callahan de serviçal, está bem? Você não está mais na Inglaterra Vitoriana — comecei a dizer. — E como eu disse — aqui eu respirei fundo, um pouco abalada com a mentira —, Wyatt, embora fosse um bom homem, não foi uma boa escolha. Certo? Certo. Vamos mudar de assunto.

Margaret, que estava por perto, ergueu uma sobrancelha. Fui atrás de mais vinho e ignorei minha irmã *e* Mémé, que mais uma vez estava rotulando os irlandeses como indigentes e ladrões.

A Galeria de Arte Chimera estava cheia de partes do corpo humano. Aparentemente, mamãe não era a única que se dedicava a partes da anatomia humana atualmente, e ela estava muito irritada por ter que dividir o espaço com outro artista (que se dedicava a articulações... esféricas, lisas e cartilaginosas, nem de perto tão populares quanto os itens mais, ahn, íntimos de mamãe, que pareciam mais adequados a um sex-shop). Afastei meus olhos de *Anseio em Verde* (use sua imaginação) e fui até onde estava Callahan, que conversava com papai.

— Então, você é carpinteiro! — exclamou papai na voz camarada que costumava usar com a classe operária, um pouco alta e com algum ocasional erro de gramática para mostrar que ele também era uma pessoa comum.

— Papai, você contratou Cal para trocar as minhas janelas, lembra-se? Então já sabe que ele é carpinteiro.

— Especialista em restauração? — sugeriu meu pai, esperançoso.

— Na verdade, não — respondeu Cal com tranquilidade, resistindo aos esforços de papai para dar mais glamour ao seu trabalho. — Diria que não sou especialista em nada. Apenas faço o trabalho básico de carpintaria.

— Ele faz um belo trabalho — acrescentei. Cal me dirigiu um olhar velado.

— O que eu não daria para trocar meus livros de direito por um martelo! — proclamou papai. Segurei um riso ao ouvir isso, afinal, ao menos pelo que me lembrava, sempre foi mamãe quem fizera os consertos necessários na casa. Papai não conseguia nem pendurar uma foto. — Você sempre foi carpinteiro? — continuou meu pai, falando de um jeito mais simples do que o habitual para demonstrar proximidade com a classe operária.

— Não, senhor. Eu era contador. — Cal olhou novamente para mim. Dei um sorrisinho e peguei a mão dele.

Minha mãe, ao que parecia, havia ouvido o que ele falara.

— Então você teve uma revelação, Callahan? — ela perguntou, acariciando uma escultura ao seu lado do modo mais pornográfico possível. — O mesmo aconteceu comigo. Lá estava eu, mãe, esposa, mas em meu íntimo havia uma artista lutando por reconhecimento. No fim, só o que precisei fazer foi abraçar minha nova identidade.

— Danadinha de salão de baile? — sussurrei para Margaret. Eu havia contado a Margs sobre o encontro clandestino de nossos pais, afinal por que deveria sofrer sozinha? Agora, minha irmã riu ao lembrar. Mamãe me dirigiu um olhar questionador, mas arrastei Cal para ver *Quero*, que descrevia as maravilhas da autoexpressão. Callahan piscou o olho para mim. Que bom, ele estava relaxando.

— Ei, vocês! Conseguimos chegar! — A voz doce da minha irmã caçula se destacou acima do murmúrio da multidão.

Natalie e Andrew estavam de mãos dadas.

— Oi, Grace! — disse Nat, adiantando-se para me abraçar.

— E quanto a mim? — reclamou Margaret.

— Já estou chegando aí! — disse Nat, sorrindo. — Olá, Margaret! Amo você tanto quanto amo Grace, sabia?

— Sua obrigação — Margs continuou a resmungar. — Oi, Andrew.

— Olá senhoras. Como estão todas?

— Estamos todos sofrendo, Andrew, portanto junte-se a multidão — falei com um sorriso. — Foi gentil da parte de vocês aparecerem.

— Queríamos conhecer Callahan oficialmente — disse Natalie. — Você e Wyatt ficaram juntos por quanto tempo? Dois meses? E eu nunca cheguei a apertar a mão dele. — Ela examinou Cal. — Santo Deus, Grace, ele é mesmo lindo. Olhe só para aqueles *braços*. O homem deve conseguir erguer um cavalo...

— Ei! Estou bem aqui! — disse Andrew para a minha irmã. Sorri para minha taça de vinho, sentindo um calor agradável atravessar meu corpo. *É isso mesmo, Andrew*, pensei. *Aquele homem grande, forte e lindo é seu substituto*. Imaginei o que Cal estaria pensando sobre meu ex. Nesse momento ele olhou para mim, sorriu e o calor em meu corpo se tornou mais intenso, quase doloroso. Devolvi o sorriso e Cal voltou sua atenção para a minha mãe.

— Meu Deus, olhe para ela! — disse Nat para Margaret. — Grace está apaixonada.

Fiquei vermelha. Olhei rápido para Andrew, que ergueu uma sobrancelha, como se me questionasse.

— Temo que você esteja certa — respondeu Margs. — Grace você está encrencada, pobrezinha. Aliás, falando em pobrezinhos, Andrew, querido, mostre-se útil e pegue mais vinho para nós.

— Sim, senhora — Andrew respondeu obedientemente.

— A propósito — eu disse —, mamãe quer que você escolha um presente de casamento. Uma escultura. — Ergui uma sobrancelha.

— Oh, meu bem, vamos escolher rápido, então — falou Natalie. — A menor, seja qual for. Meu Deus, olhe só para aquilo. *Portais do Paraíso*. Uau. Essa é grande. — E ela se afastou com Andrew.

Papai se aproximou de onde eu e Margs estávamos.

— Gracie-Pudinzinho — ele disse. — Podemos dar uma palavrinha?

Margaret suspirou profundamente.

— Rejeitada novamente. Depois as pessoas se perguntam por que sou tão cruel. Muito bem. Vou dar uma volta para ver lábios vaginais. — Papai se encolheu ao ouvir isso e esperou até que Margs se afastasse.

— Sim, papai? — falei, pegando a articulação de um ombro para admirar. Ops. Ela se desmontou em minhas mãos.

— Bem, Pudinzinho. Estava me perguntando se você não se precipitou ao terminar tudo com o médico — falou papai, observando enquanto eu tentava desajeitadamente arrumar de novo as partes da articulação. — Está certo, ele trabalhava demais, mas pense no que o homem faz! Ele salva vida de crianças! Não é o tipo de homem que você quer? Um carpinteiro... ele... bem, sem querer ser esnobe ou nada parecido, querida...

— Você está me parecendo bastante esnobe, papai — falei, tentando consertar o úmero (ou seria ulna? Eu sempre tirava "B-" em Biologia). — É claro, afinal o senhor acha que ser professora é o mesmo que ser um trabalhador agrícola, portanto...

— Não penso nada disso — falou papai. — Mas a verdade é que talvez você ganhasse mais se colhesse algodão.

Callahan, que havia conseguido escapar do abraço da morte de mamãe, veio até onde eu estava.

— Aqui está você! — comemorou papai, com animação exagerada, dando um tapa camarada nas costas de Cal com força o bastante para fazer o vinho que ele segurava derramar um pouco. — Então, meu rapaz, fale-me de você!

— O que gostaria de saber, senhor? — perguntou Cal, pegando a minha mão.

— Grace disse que você trabalhava como contador — comentou meu pai, com um sorriso de aprovação.

— Sim — respondeu Cal.

— Assumo, então, que cursou uma faculdade.

— Sim, senhor. Fui para Tulane.

Lancei um olhar para papai querendo dizer *Está vendo? Ele é um cara legal* e também *Chega de perguntas, papai*. Ele me ignorou e continuou.

— Então, Callahan, por que você deixou...

Mamãe interrompeu.

— Você tem família nessa região, Callahan? — ela perguntou, com um sorriso brilhante.

— Meu avô está na Golden Meadows — respondeu Cal, virando-se para ela.

— Quem é ele? Eu o conheço? — grasnou Mémé, chegando mais perto com a cadeira de rodas, e quase derrubando um seio de um pedestal próximo.

— O nome dele é Malcolm Lawrence — respondeu Cal. — Olá sra. Winfield. É um prazer vê-la novamente.

— Nunca ouvi falar dele — disse Mémé mal-humorada.

— Ele está na ala onde ficam as pessoas com transtornos mentais, demência... — Disse Callahan. Eu apertei sua mão. — Minha mãe morreu quando eu era pequeno e meu avô criou meu irmão e eu.

Mamãe ergueu uma sobrancelha.

— Um irmão? E onde ele vive?

Cal hesitou.

— Ele... ele mora no Arizona. É casado, não tem filhos. Portanto não tenho muito para contar sobre minha família.

— Pobrezinho! — disse mamãe. — Família é uma benção...

— É? — perguntei. Ela me olhou afetuosamente.

— Você. Irlandês. — Mémé cutucou a perna de Cal com o dedo ossudo. — Está atrás do dinheiro da minha neta?

Suspirei. Alto.

— Você deve estar falando de Margaret, Mémé. Não tenho muita coisa, Cal.

— Hmmm... Então acho que vou ter que namorar Margs — ele falou. — E falando em trocar de irmãs... — acrescentou Cal, abaixando a voz para que só eu o escutasse.

— Olá, sou Andrew Carson. — O Pálido se aproximou, com minha linda e luminosa irmã logo atrás. Andrew ajeitou os óculos e estendeu a mão. — Prazer em conhecê-lo.

— Callahan O'Shea — retrucou Cal, apertando a mão de Andrew com firmeza. Andrew se encolheu e eu disfarcei um sorriso. *É isso aí, Andrew! Ele poderia transformá-lo em uma papa*. Não que eu fosse adepta da violência, é claro. Era só a pura verdade.

— É bom vê-lo novamente, Callahan — disse Natalie.

— Olá, Nat — Cal respondeu com um daqueles seus sorrisos que poderiam seduzir a pintura das paredes. Natalie ruborizou, então virou-se para mim, a boca formando a palavra *Lindo!*, sem emitir nenhum som. Sorri de volta, concordando completamente.

— Então você é... encanador, é isso? — perguntou Andrew, examinando de cima a baixo o corpo maciço de Cal, com um sorrisinho tolo no rosto, como se estivesse pensando, *Oh, sim, já ouvi falar sobre a classe operária! Então, você é um deles!*

— Ele é carpinteiro — Natalie e eu dissemos ao mesmo tempo.

— É fantástico trabalhar com as mãos — adulou papai. — Vou querer me dedicar mais a isso quando me aposentar. Fazer minha própria mobília. Fazer um defumador.

— Um defumador? — perguntei. Cal disfarçou um sorriso.

— Por favor, papai. Não se lembra da serra radial? — disse Natalie, sorrindo para Callahan. — Meu pai quase amputou o polegar na única vez em que tentou fazer alguma coisa. Andrew é do mesmo jeito.

— Foi aquela maluca daquela lâmina — resmungou papai.

— É verdade — Andrew concordou, simpático, passando o braço ao redor de Natalie. — Grace, lembra-se daquela vez em que tentei consertar um armário, quando morávamos juntos? Eu quase me matei. Nunca mais voltei a tentar. Felizmente, posso pagar a alguém para fazer para mim.

Natalie olhou surpresa para o noivo, mas ele ignorou-a e continuou a dirigir um sorriso falso para Cal. Que não retribuiu o sorriso. Bem, bem. Andrew estava com ciúmes. Que delícia... E quanta classe de Cal ao não se rebaixar. Mesmo assim, podia perceber que seu corpo estava tenso ao meu lado.

— Mas é uma pena desperdiçar seu investimento em educação, filho — continuou papai. Oh, Deus... Ele estava fazendo seu discurso "Ganhe um Salário Decente", que eu já ouvira várias vezes. E por salário decente, papai não se referia apenas à simples capacidade de pagar suas próprias contas e talvez fazer um pequeno pé de meia. Ele pensava em seis dígitos. Era um republicano, afinal.

— Educação nunca é desperdiçada, papai — falei, irritada, antes que Cal pudesse responder.

— Você é daqui mesmo, Calvin? — perguntou Andrew, inclinando a cabeça de um modo que o fazia parecer uma coruja.

— É Callahan — corrigiu meu namorado. — Sim, sou de Connecticut. Cresci em Windsor.

— Onde morava, antes de voltar para cá? — Andrew continuou o interrogatório.

Callahan lançou o olhar para mim.

— No Sul — ele disse, a voz um pouco dura. Tentei transmitir minha gratidão apertando a mão dele. Cal não retribuiu.

— Adoro o Sul! — exclamou minha mãe. — É tão quente, tão passional, tão *Gata em Teto de Zinco Quente!*

— Controle-se, Nancy — disse Mémé, girando os cubos de gelo em seu copo.

— Não me diga o que fazer, velha — mamãe resmungou de volta, sabendo muito bem que Mémé era surda demais para ouvir.

— Então, por que parou de trabalhar como contador? — perguntou papai. Droga, o homem parecia um cão que não largava o osso!

— Talvez devêssemos parar de interrogar Cal, por enquanto, hein? — sugeri, irritada. Cal ficara muito rígido ao meu lado.

Papai me dirigiu um olhar magoado.

— Pudinzinho, estou só tentando descobrir por que alguém trocaria um bom emprego seguro por um trabalho braçal em tempo integral.

— É uma pergunta honesta — concordou Andrew.

Ah. Honesta. A palavra-chave. Fechei os olhos. *Lá vamos nós*, pensei. E estava certa.

Callahan soltou minha mão.

— Fui condenado por desviar mais de um milhão de dólares — ele declarou em uma voz neutra. — Perdi minha licença para trabalhar como contador e cumpri dezenove meses de pena em uma prisão federal na Virgínia. Saí há dois meses. — Ele olhou para o meu pai, então para minha mãe e depois para Andrew. — Alguma outra pergunta?

— Você é um condenado da justiça? — disse Mémé, erguendo o pescoço ossudo para olhar para Cal. — Eu sabia.

Até o final da exposição, eu já conseguira explicar a situação de Cal à minha família. É verdade que fiz um péssimo trabalho, já que não estava preparada. Eu planejara encontrar alguma coisa mais convincente para dizer do que *Não é tão ruim quanto parece...* E mais, Margs me abandonara, dizendo que tinha uma emergência no trabalho e que não chegaria em casa antes da meia-noite.

— Feliz? — perguntei a Callahan, entrando no carro e prendendo o cinto de segurança com mais força do que o necessário.

— Grace, é melhor ser honesto desde o princípio — ele falou, o rosto um pouco rígido.

— Bem, conseguiu o que queria.

— Escute — ele disse, sem ligar o carro. — Sinto muito se foi desconfortável para você. Mas sua família precisava saber.

— E eu ia contar a eles! Só que não essa noite.

Cal ficou me encarando por um longo tempo.

— Parecia que eu estava mentindo.

— Não era mentira! A ideia era introduzir a ideia aos poucos. Devagar. Levando em consideração os sentimentos dos outros.

Continuamos sentados no carro parado, olhando para a frente. Minha garganta estava apertada, minhas mãos quentes. Uma coisa estava bem clara. Eu iria passar bastante tempo no telefone nos próximos dias.

— Grace — falou Callahan baixinho —, tem certeza de que quer ficar comigo?

Eu explodi.

— Cal, dei um tiro no meu próprio pé por sua causa essa semana. Contei ao diretor da minha escola que estávamos namorando! Vou levar você ao casamento da minha irmã! Só não acho que você deve andar por aí com uma letra escarlate tatuada na testa, apenas isso!

— Você queria que eu mentisse para o seu pai? — ele perguntou.

— Não! Eu só... só queria um pouco mais de sutileza. Conheço minha família, Cal. Só queria amaciá-los um pouco para que recebessem melhor a informação sobre o seu passado. Em vez disso, você saiu disparando.

— Bem, não tenho muito tempo a perder.

— Por quê? Você tem um tumor no cérebro? Está sendo perseguido por assassinos contratados? Uma nave alienígena está chegando para abduzi-lo?

— Não que eu saiba — ele respondeu secamente.

— Então. Estou só um pouco... furiosa. É só isso. Eu... escute, vamos para casa. Tenho que dar alguns telefonemas. E vou ficar na minha casa essa noite — eu disse.

— Grace — Cal começou a dizer.

— Cal, a essa altura, eu provavelmente já tenho umas vinte mensagens me esperando na secretária eletrônica. Tenho que corrigir os trabalhos finais dos alunos do segundo ano e entregar todas as notas de todas as minhas turmas até sexta-feira. E ainda tenho que descobrir o resultado da escolha para chefe de departamento. Estou estressada. Só preciso ficar um tempo sozinha. Certo?

— Está certo. — Ele ligou o carro e voltamos para casa em silêncio. Quando Cal parou na entrada da minha casa, saí logo do carro.

— Boa noite — disse Cal, também saindo do carro.

— Boa noite — respondi, já caminhando para entrar em casa. Então me virei, voltei e o beijei. Uma vez. Outra. Uma terceira. — Estou só um pouco tensa — lembrei a ele, em uma voz mais gentil, finalmente me afastando.

— Está certo. E é muito bonitinha, também — ele falou.

— Guarde essas palavras, companheiro — respondi, apertando a mão dele.

— Eu só não podia continuar mentindo, meu bem — ele acrescentou, abaixando os olhos.

Era difícil ficar zangada como um homem como aquele.

— Entendo — falei. Angus latia dentro de casa. — Mas agora realmente tenho que trabalhar.

— Está certo. — Cal me deu um beijo no rosto e caminhou em direção à sua própria casa. Com um suspiro, entrei na minha.

Capítulo vinte e oito

Algumas horas mais tarde, quando já havia explicado (ou acalmado) um pouco melhor as coisas para os meus pais e terminado de corrigir os trabalhos, me descobri mais uma vez olhando para a casa de Cal da janela da minha sala de estar escura.

Quando eu contara ao dr. Stanton sobre Callahan naquela semana, fizera aquilo com a ideia de que Callahan seria parte do meu futuro. Era engraçado. Alguns meses atrás, quando imaginava um homem com quem gostaria de passar minha vida, ainda imaginava Andrew. Oh, não o rosto dele... não era assim tão óbvio. Mas muitas de suas qualidades. A voz baixa, o senso de humor gentil, a inteligência dele, até seus defeitos, como sua falta de habilidade para trocar pneus ou para desentupir uma pia. Agora, no entanto... Eu sorri. Callahan O'Shea sabia trocar um pneu. Ele provavelmente era capaz de fazer qualquer coisa com um carro.

Acariciei a cabeça de Angus, e recebi um gemido de prazer canino em resposta e uma mordidinha de amor em meu dedo. Quando estava sozinha com Callahan, eu era louca por ele. Quando seu passado entrava no mundo estreito do meu trabalho como professora e da minha família... as coisas eram um pouco mais difíceis. Mas como Cal dissera, pelo menos agora estava feito. Todos sabiam. Não haveria mais necessidade de dar a informação em capítulos. Isso não era ruim.

Ouvi uma batida suave não porta da frente e olhei para o relógio. Eram 21h08. Por sorte, Angus estava em um sono profundo demais para disparar em latidos como seria o habitual, assim, fui na ponta dos pés até a porta e acendi a luz, imaginando que devia ser Callahan.

Não era.

Andrew estava parado na minha varanda.

— Oi, Grace — ele disse em voz baixa. — Você tem um minuto?

— Claro — respondi lentamente. — Entre.

A última vez que Andrew vira a casa em que íamos morar juntos, os painéis de gesso estavam pela metade, os fios e instalações elétricas estavam expostos e a cozinha era apenas um buraco aberto. Os pisos estavam ainda em estado bruto e quebrados em alguns lugares, as escadas ainda manchadas e escuras de tão velhas.

— Uau — ele disse, girando em um círculo lento. Angus pulou do sofá, mas antes que pudesse atacar Andrew eu o peguei no colo.

— Quer fazer um tour? — perguntei, pigarreando.

— Claro que sim — ele respondeu, ignorando os rosnados de Angus. — Grace, está lindo.

— Obrigada — respondi, ainda atônita. — Bem, aqui é a sala de jantar, obviamente, e ali a cozinha. Esse é meu escritório. Lembra que antes era um closet?

— Oh, meu Deus, é verdade — ele disse. — E, nossa... você derrubou a parede do quarto, não foi?

— Ahã — murmurei. — Sim. Achei que... bem, eu só queria uma cozinha maior.

O plano original fora ter um quarto no andar de baixo. Planejávamos ter no mínimo dois filhos, talvez três, por isso decidimos que os dois quartos do andar de cima seriam deles. Então, mais tarde, quando nossos filhos brilhantes fossem para a universidade, e eu e Andrew estivéssemos mais velhos, não teríamos que nos preocupar em ficar subindo e descendo escadas. Agora, o que antes seria um quarto — o nosso quarto — era o meu escritório.

O relógio do gato Fritz tiquetaqueava alto na parede, o rabo balançando ritmicamente. *Tic... tac... tic...*

— Posso ver o andar de cima também? — perguntou Andrew.

— É claro — eu disse, segurando Angus com um pouco mais de força. Segui Andrew pela escada estreita, percebendo como ele ainda era magro e ossudo. Eu alguma vez achara isso atraente? — Bem, esse é o meu quarto — mostrei, sem me estender. — E aqui está o quarto de hóspedes, que Margaret está ocupando. Lá fica a porta que leva para o sótão. Eu ainda não terminei de fazer tudo o que quero fazer ali. E no fim do corredor fica o banheiro.

Andrew caminhou pelo corredor, espiando para dentro de todas as portas até chegar no banheiro.

— Nossa banheira — ele comentou com carinho.

— Minha banheira — corrigi na mesma hora. Minha voz era dura.

Ele fez uma careta zombeteira.

— Ops. Desculpe, você tem razão. Bem, ficou linda.

Havíamos descoberto a velha banheira de porcelana com pés em garras em um fim de semana que passáramos em Vermont. Havíamos ficado em uma pousada e passado o tempo procurando antiguidades e fazendo amor. Vimos a banheira em uma venda de quintal de um velho fazendeiro ianque que a usava para dar água aos porcos. Ele a vendera para nós por cinquenta dólares e nós três praticamente havíamos nos matado para conseguir colocá-la na caminhonete de Andrew. Encontrei um lugar que reformava banheiras e quando ela voltou para nós estava novamente limpa, branca e cintilante. Andrew sugerira que, mesmo ela ainda não estando ligada aos canos de água, nós ficássemos nus e entrássemos nela do mesmo jeito. E fora o que havíamos feito. Uma semana mais tarde, ele me abandonou. Eu não acredito que não me livrei a maldita banheira.

— Está impressionante. Você fez um excelente trabalho — ele cumprimentou, sorrindo orgulhoso para mim.

— Obrigada — falei, e desci a escada. Andrew me seguiu — Você aceitaria um copo d'água? Um café? Uma taça de vinho? Uma cerveja? — revirei os olhos para mim mesma. *Por que não assa logo um bolo para o homem, Grace? Talvez possa grelhar alguns camarões ou um bom bife de filé mignon...*

— Vou aceitar uma taça de vinho — ele disse. — Obrigado, Grace.

Andrew me seguiu até a cozinha, murmurando elogios enquanto reparava em alguns detalhes — a sanca, o relógio cuco no hall de entrada, o painel de gesso com aplicações de estrelas que eu havia pendurado na parede atrás da mesa da cozinha.

— Então, qual o motivo da visita, Andrew? — perguntei, levando dois copos de vinho para a sala de estar. Ele se acomodou no sofá vitoriano que custara uma fortuna para ser reformado. Eu sentei em uma poltrona e dei a Angus um pedaço de couro cru para morder, o que o desencorajaria de tentar comer os sapatos de Andrew. Então encarei o noivo da minha irmã.

Ele respirou fundo e sorriu.

— Bem, é um pouco constrangedor, Grace, mas sinto que devo... bem, lhe perguntar uma coisa.

Meu coração pareceu afundar no peito.

— Está bem.

Andrew abaixou os olhos para o chão.

— Bem, eu... isso é desconfortável para mim. — Ele se interrompeu, levantou os olhos e fez uma daquelas suas caras tolas.

Sorri, incerta.

— Acho que vou simplesmente falar — ele continuou. — Gracie, o que você está fazendo com aquele cara?

O aperto no peito ficou maior e meu sorriso imediatamente desapareceu de meu rosto. Andrew esperou, a expressão em seu rosto agora era bondosa e preocupada.

— O que quer dizer? — perguntei. Minha voz era baixa e trêmula.

Andrew passou a mão pelo rosto.

— Grace — ele falou com muita delicadeza, inclinando-se para a frente —, me desculpe por perguntar, mas isso tem alguma coisa a ver com Natalie e eu?

— Como é que é? — perguntei, a voz saindo muito aguda. Peguei meu cachorro, segurando-o protetoramente em meu colo. Angus largou o pedaço de couro e rosnou obedientemente para Andrew. Bom cachorro.

A respiração de Andrew agora estava mais acelerada.

— Veja, vou ser bem objetivo, Grace. Esse cara não parece, bem, não parece certo para você. Um ex-presidiário, Gracie? É isso mesmo o que você quer? Eu... bem, não cheguei a conhecer o outro, Wyatt, não é? O médico? Mas pelo que Natalie dizia, ele parecia ótimo.

Fechei os olhos. *Natalie nunca chegou a conhecê-lo, seu idiota. Eu nunca cheguei a conhecê-lo.* Mas Deus sabia o quanto Natalie dependia que eu estivesse namorando Wyatt Dunn, por isso talvez a imaginação dela tenha levado a melhor. Como acontecera com a minha.

— Grace — continuou Andrew —, esse cara... não tenho como não me perguntar se você não está fazendo isso por... bem...

— Por desespero? — sugeri, irritada.

Ele encolheu levemente o corpo, mas não me corrigiu.

— Você tem sido... bem... tem sido muito generosa, Grace — ele falou. — Estou certo de que toda essa situação entre Natalie e eu vem sendo... desconfortável para você. Afinal, se é desconfortável para mim, imagino como deve ser para você.

— Que gentil de sua parte se preocupar com meus sentimentos — murmurei, achando que meu coração não teria como afundar mais no peito.

— Mas... como é mesmo o nome dele? Do fraudador?

— Callahan O'Shea.

— Bem, Grace, me parece que ele não é homem para você.

Sorri sem o menor humor.

— Bem, sabe, Andrew, Cal tem uma qualidade realmente maravilhosa. Ele não está apaixonado pela minha irmã. Isso é muito... renovador.

O rosto de Andrew ficou muito vermelho e ele só assentiu brevemente.

— Entendo, Grace. Mas mesmo com...

— E me sinto obrigada a mencionar — continuei, minha voz assumindo o tom de *silêncio na sala de aula*, e fazendo Angus ganir em simpatia —, que minha vida amorosa já não lhe diz mais respeito.

— Eu ainda me preocupo com você, é só isso — ele protestou delicadamente. Nesse momento, tive vontade de lhe dar um chute entre as pernas.

— Não se preocupe, Andrew — falei, tentando evitar que a minha voz demonstrasse toda a raiva que eu sentia. — Estou ótima. Callahan é um bom homem.

— Tem certeza, Grace? Porque ele não me inspira muita confiança.

Coloquei Angus no chão e dirigi um olhar firme a Andrew.

— Que interessante você dizer isso, Andrew. Afinal, veja o que aconteceu entre nós dois. Pensei que você me amava, pensei que nos erámos perfeitos juntos. E estava errada. Não é engraçado? Você não confia em Callahan e eu não confio em você, Andrew, e não tenho ideia do que está fazendo aqui nesse momento, questionando o meu gosto para homens.

Ele começou a dizer alguma coisa, mas logo o cortei.

— Vou lhe dizer o que sei sobre Callahan. Ele descobriu um crime e tentou fazer a coisa certa. Ao mesmo tempo, tentava proteger o irmão. Cal arriscou tudo pela pessoa que mais amava e se deu mal.

— Bem, é uma boa desculpa, Grace, mas...

— Não é uma desculpa, Andrew. *Você* já arriscou alguma coisa? Você... — Eu estava com tanta raiva que engasguei. Sentia o coração disparado no peito e meu rosto parecia queimar. — Você me pediu em casamento, sabendo que eu estava apaixonada e sabendo também que você não se sentia da mesma maneira. Mas achou que estava na hora de assentar e lá estava eu, pronta, esperando, desejando. Então você conheceu minha irmã, se apaixonou, nunca disse nada a respeito. Em vez disso, esperou até que faltassem três semanas para o nosso casamento e terminou tudo. Três semanas! Santo Deus, Andrew! Não acha que poderia ter falado alguma coisa um pouco mais cedo?

— Eu nunca...

— Ainda não terminei. — Minha voz agora era dura o bastante para fazer Andrew fechar o bico. — Até mesmo com Natalie, você apenas ficou sentado e não fez nada. E ela é o amor da sua vida, não é? Mas se não fosse por mim, você nunca mais teria falado com ela de novo.

O rosto dele ficou ainda mais vermelho.

— Eu já disse o quanto fico grato por você ter juntado Nat e eu.

— Não fiz isso por você, Andrew. Fiz por ela. Você, no entanto... você não lutou por Natalie, não tentou conversar com ela... só ficou sentado ali como uma samambaia, sem fazer nada.

Andrew curvou os ombros.

— O que eu deveria fazer? — ele falou, a voz muito baixa. — Eu não ia namorar a irmã da minha ex-noiva. Não queria deixar você mal.

— E ainda assim, aqui está você, há uma semana de se casar com Natalie.

Ele suspirou, recostou-se no sofá e passou a mão pelo cabelo louro-pálido.

— Grace, você está certa. Nunca sequer falaria com Natalie sem a sua benção. A última coisa que eu queria fazer era magoá-la ainda mais. Achei que era a coisa certa a fazer. Não era? — Ele parecia tão genuinamente confuso que tive vontade de sacudi-lo.

Então notei as lágrimas em seus olhos. Ao ver isso, minha raiva desapareceu e me recostei na poltrona.

— Não sei, Andrew. Era uma situação complicada.

— *Exatamente* — ele disse e... Meu Deus, eu estava enjoada dele! Pelos últimos três anos, eu estivera obcecada por Andrew, feliz ou infelizmente, mas agora já bastava.

— Escute — falei, a voz já cansada. — Acho que devo agradecer sua preocupação com Cal, mas... bem, você não tem direito a uma opinião nisso, Andrew. Não sou mais problema seu.

Ele sorriu, um pouco triste.

— Bem, logo você será minha cunhada. Acho que é um pouco problema meu, sim.

— Nem tente, colega. — Mas as palavras saíram com um sorriso. Pelo bem de Nat.

Ele pousou o copo de vinho na mesa de centro e se levantou.

— Preciso ir — ele disse, olhando novamente ao redor. — A casa está linda, Grace. Você fez um trabalho maravilhoso aqui.

— Eu sei — falei, enquanto abria a porta pare ele.

Andrew saiu para a varanda e o segui, fechando a porta de tela para que Angus não saísse. Andrew virou-se para me encarar.

— Você sempre será especial para mim, sabia? — ele disse, sem olhar nos meus olhos.

Fiquei quieta por um instante.

— Bem... Obrigada.

Andrew passou os braços ao meu redor e meu deu um abraço rígido. Depois de um instante, dei um tapinha no ombro dele. Então, de repente, Andrew virou a cabeça e me beijou.

Não foi um beijo romântico... não inteiramente. Sem graça demais. Mas também não foi um beijinho de cunhado, no rosto. Naquele jeito típico de Andrew, ele não fora capaz de se decidir. Idiota.

Me afastei rapidamente.

— Andrew, você enlouqueceu?

— O que foi? — ele perguntou, erguendo as sobrancelhas esquisitas.

— Bem, pode me chamar de louca, mas acho que você não deveria fazer isso nunca mais, está certo? Nunca.

— Droga. Me desculpe — ele disse, sorrindo. — Eu só... Me desculpe. Força do hábito. Não sei. Simplesmente... esqueci. Sinto muito mesmo.

Só queria que ele fosse embora.

— Tchau, Andrew.

— Boa noite, Grace. — Então ele se virou, desceu os degraus e foi até onde estacionara o carro. Andrew abriu a porta, entrou, ligou o carro e acenou, então saiu de ré da garagem.

— Dirija com cuidado — murmurei. Me virei para entrar em casa e Callahan O'Shea estava parado no limite entre nossos jardins, olhando para mim com uma expressão que me deixou surpresa por eu não explodir em chamas.

Capítulo vinte e nove

— Callahan! — balbuciei. — Ei! Você me assustou.

— Que diabos foi aquilo? — ele quase rosnou.

Acenei, afastando o assunto.

— Não foi nada. — *Ele simplesmente acha que você não é bom o bastante para mim, só isso.* — Quer entrar?

— Grace — ele falou, irritado. — Aquilo não parecia *nada*. Parecia, sim, que o noivo da sua irmã estava beijando-a. O cara com quem você ia se *casar*!

— Então eu tenho muitas explicações a lhe dar? — falei. Ele estreitou os olhos. Oh! Cal estava com ciúmes! Era engraçado o quanto isso podia ser divertido, não era? Infelizmente, Callahan não parecia estar achando nada divertido. — Bem, não fique aí parado, remoendo sua irritação, sr. O'Shea. Entre. Então poderá me perturbar o quanto quiser.

Callahan praguejou baixinho, subiu os degraus da varanda e entrou em casa, sem nem mesmo olhar para Angus que se atirou no ar para atacá-lo. Ele foi direto para o copo de vinho sobre a mesa de centro. Sua expressão ficou ainda mais sombria.

— Não é o que você está pensando — falei.

— E o que estou pensando? — Callahan perguntou com a voz tensa.

— Você sabe... — Disfarcei um sorriso. — Você acha que Andrew estava dando em cima de mim.

— Isso pareceu óbvio.

— Está errado. Sente-se, Cal. Quer um copo de vinho?

— Não. Obrigado. — Ele se sentou no lugar que há pouco tempo havia sido ocupado por Andrew. — E então? Por que ele estava aqui? E ele sempre beija você na boca?

Me acomodei em minha poltrona e tomei um gole do meu vinho, enquanto examinava o meu amor. Sim. Ele definitivamente estava com ciúmes. Talvez agora não fosse o momento ideal para mencionar isso, mas achava esse ciúme tremendamente sexy.

— Andrew não me beijava há muito, muito tempo. Mas por que ele fez isso essa noite? Quem sabe? Ele disse que foi por força do hábito.

— Essa é a coisa mais estúpida que eu já ouvi.

Angus rosnou, os dentes enfiados com firmeza na bota pesada de Cal.

— Você está com ciúmes, não está? — Não pude deixar de perguntar.

— Sim! Na verdade, estou! Você foi apaixonada por aquele idiota magrelo e então ele aparece aqui de noite e a beija. Como eu deveria me sentir?

— Bem, a princípio você deveria se sentir feliz porque, como disse, Andrew é um magrelo idiota. E você é o oposto.

Callahan começou a dizer alguma coisa, então parou.

— Obrigado. — O canto de sua boca se ergueu em um meio sorriso.

— De nada. — Eu sorri.

— Você ainda sente alguma coisa por ele, Grace? — perguntou Cal, falando devagar. — Me diga agora se ainda sentir.

— Não sinto. Como você disse, ele não passa de um magrelo idiota.

Callahan me observou por um instante, então abaixou a mão e soltou os dentes de Angus de sua bota.

— Vá com a mamãe — ele disse. Angus obedeceu, pulou no meu colo e sentou em um círculo apertado. Callahan recostou-se no sofá e olhou para mim, a expressão já muito mais tranquila do que quando entrara. — Isso não a preocupa? Andrew beijando alguém que não é Natalie?

Pensei um pouco a respeito.

— Não. Na primeira vez em que aqueles dois se viram, eles se apaixonaram. Simples assim. Kabum! Como se fossem sido atingidos por um raio.

— Ou por um bastão de hóquei — acrescentou Cal.

Oh. *Oh*. Meu coração inchou no peito.

— De qualquer modo — continuei, o rosto muito vermelho. — Andrew veio até aqui porque estava... — Fiz uma pausa. — Preocupado.

— Por que você está namorando alguém com ficha na polícia?

— Isso mesmo. — Acariciei a cabecinha doce e ossuda de Angus e recebi um gemido de prazer em resposta.

— Então o homem que a deixou pela sua irmã tem dúvidas em relação à minha moral.

— Bingo. — Sorri para ele para o meu bem. — E eu disse a ele que acho você maravilhoso e muito honrado e posso ter mencionado também o quanto você fica ótimo sem roupas. — Callahan sorriu. — E mais, disse a Andrew que uma das coisas de que mais gosto é o fato de você não ter se apaixonado por Natalie, nem por Margaret, por isso eu achava que talvez você fosse alguém em quem eu pudesse confiar.

— Grace — Cal disse, muito sério, inclinando-se. — Não consigo me imaginar me apaixonando por Natalie ou por Margaret. Não depois de conhecer você.

Subitamente senti minha garganta apertada. Ninguém... *Ninguém*... jamais me comparara com minhas irmãs e me achara superior a elas.

— Obrigada — sussurrei.

— De nada — ele murmurou, olhando bem dentro dos meus olhos. — Quer que eu vá atrás de Andrew e dê uma surra nele?

— Não — falei. — Seria como chutar cachorro morto.

Ele riu, então abaixou-se para amarrar novamente a bota que Angus havia mastigado.

— Você pretende contar a Natalie que o noivo dela anda por aí beijando outras pessoas?

Pensei nisso por um instante, enquanto acariciava o pelo do meu cachorrinho.

— Não. Honestamente não acho que tenha significado nada. Quero dizer, a verdade é que os beijos de Angus são mais apaixonados do que aquele que Andrew me deu. — *Isso para não mencionar você, companheiro*, acrescentei silenciosamente. — Acho que foi só um reflexo.

— E se não tiver sido? — perguntou Cal.

Levantei a cabeça para encará-lo.

— Mas foi. Tenho certeza. Andrew ama Natalie. Eles são loucos um pelo outro. Você viu isso.

Cal hesitou, então assentiu com a cabeça.

— Acho que sim.

Ele achava que sim? Todos podiam ver que Natalie e Andrew haviam sido feitos um para o outro. Era óbvio. Ou não era?

Angus acordou de repente de sua rápida soneca, pulou do meu colo e saiu trotando para a cozinha para ver se Deus havia miraculosamente enchido novamente sua tigela de comida.

Callahan se recostou contra o sofá, parecendo um dos candidatos ao Homem Mais Sexy do Mundo. Em todo o tempo que eu passara com Andrew podia dizer honestamente que nunca me sentira daquele jeito. Nunca sentira aquele ardor que a mera presença de Cal provocava, misturado a uma tranquilidade que vinha da certeza de que ele... bem... de que ele gostava de mim. Ele me escolhera. Me *queria*. Estava disposto até a tolerar Angus.

— Então, como a sua família está lidando com a notícia de que a princesa Grace está namorando um ex-presidiário? — perguntou Callahan, com um sorrisinho.

Decidi não contar a ele sobre os onze pontos que papai levantara em sua argumentação do por que Cal era uma péssima escolha, ou o fato de que mamãe já entrara em contato com um investigador particular.

— Eles vão se acostumar.

— Imagino que eles achem que seu pediatra salvador de gatos abandonados era uma escolha melhor, certo?

Essas palavras foram como um balde de água gelada em meu coração. Oh, sim... O dr. Wyatt Dunn.

— Ahn... bem... — Roí a unha do polegar. — Callahan. Sobre isso...

— O que foi? — perguntou Cal, sorrindo. — Não me diga que ele passou por aqui para beijá-la também!

Senti meu estômago revirar.

— Não, não. Ahn, Cal... Já que estamos falando a respeito. Preciso lhe contar uma coisa. E talvez você não goste do que vou dizer. — Percebi que estava roendo a unha novamente e abaixei minhas mãos para o colo. Então respirei fundo e olhei bem dentro dos olhos de Cal.

O sorriso desapareceu do rosto dele, deixando em seu lugar uma expressão neutra, inescrutável.

— Vá em frente — ele disse, a voz muito suave.

— Bem, na verdade, é até um pouco engraçado — comecei, tentando dar uma risadinha. — Meu coração estava disparado. — A questão é a seguinte... Eu nunca namorei realmente Wyatt Dunn. O médico. O cirurgião pediátrico.

Cal não se moveu. Nem mesmo piscou.

— Sim — continuei, engolindo com dificuldade, sentindo a boca tão seca quanto era o estado do Arizona no mês de julho. — Ahn... Eu... Eu o inventei.

O único som que se ouvia era o tiquetaquear do relógio do gato Fritz, e o tilintar da plaquinha na coleira de Angus enquanto ele farejava pela cozinha. *Tic... Tac... Tic...*

— Você o inventou.

— Bem... Sim! — Uma risada se explodiu de minha garganta apertada. — É claro! É óbvio que você havia suspeitado, certo? Um cirurgião pediátrico heterossexual, solteiro e bonitão? Eu jamais conseguiria um cara assim!

Droga, aquilo saíra do jeito totalmente errado.

— Mas você conseguiu um cara como eu. — A voz de Callahan estava perigosamente calma.

Droga, droga, droga!

— Eu... Bem, não quis dizer isso. Quis dizer que não existe ninguém assim. Ele é... você sabe. Bom demais para ser verdade.

— Você o inventou — repetiu Cal.

— Ahã — respondi com a voz esganiçada, torcendo os dedos dos pés de puro constrangimento.

— Me diga, Grace, por que você fez uma coisa dessas? — A calma na voz dele parecia cada vez mais sinistra.

Demorei algum tempo para responder. O dia em que eu criara Wyatt Dunn parecia tão, tão distante, agora.

— Bem, estávamos em um casamento. — Então, o mais rápido que podia, contei a ele sobre os comentários, sobre o buquê jogado, sobre o encontro com Nat no banheiro. As palavras saíam de minha boca como pedras de granizo. — Acho que não queria que Natalie pensasse que eu ainda não esquecera Andrew — falei. — E, para ser honesta... — Cal ergueu uma sobrancelha, com uma expressão sarcástica nos olhos, mas permaneceu em silêncio. — ... eu já estava cansada de todo mundo olhando para mim como se eu fosse... bem, um cachorrinho que ninguém quer adotar no canil.

— Então você mentiu. — A voz dele era muito tranquila. Callahan estava sentado muito rígido, como uma estátua de bronze, e meu coração acelerou um pouco mais, fazendo eu me sentir mal. — Para toda a sua família.

— Bem, você sabe, todo mundo acabou se sentindo melhor. E Margaret sabia — murmurei, abaixando os olhos para o chão. — E meu amigo Julian, também. E Kiki, também.

— Acho que me lembro de ver você saindo para pelo menos um encontro com esse homem — disse Cal. — E as flores... ele não lhe mandou flores?

Meu rosto estava tão quente que chegava a doer. Relanceei o olhar para o rosto de Callahan.

— Eu, ahn, mandei-as para mim mesma. E... fingi estar saindo para um ou dois encontros. — Me encolhi e, então, pigarreei. — Cal, entenda. Foi uma tolice, sei disso. Só queria que todos achassem que eu estava bem.

— Você mentiu, Grace — ele falou, e a voz agora não era baixa. Na verdade estava até um pouco alta, eu diria até mesmo furiosa. — Não posso acreditar! Você mentiu para mim! Por meses! Eu perguntei se você havia terminado com o cara e você disse que não estava mais saindo com ele!

— E não estava mesmo, certo? — Deixei escapar uma risada nervosa. — Está certo. Eu menti. Realmente menti. Provavelmente foi um erro.

— Provavelmente? — Cal quase rosnou.

— Está certo, definitivamente foi um erro! Admito que fui estúpida e imatura e que não deveria ter feito isso, mas estava encurralada, Cal!

— Tenho que reconhecer, Grace. — A voz dele estava calma e sem expressão. — Você é uma grande mentirosa. E está certa, eu realmente desconfiei. Mas você me convenceu. Muito bem.

Uau... Minha respiração estava acelerada.

— Escute, Cal. Foi uma criancice, sei disso. Mas me dê um desconto.

— Você mentiu para mim, Grace. Mentiu para quase todo mundo que você conhece! — Ele passou a mão pelos cabelos e se afastou de mim. Eu estava começando a perder a paciência. Aquilo não era assim tão ruim. Ninguém saíra magoado. Na verdade, era justo dizer que minha mentira evitara que as pessoas se preocupassem com a pobre e trágica Grace, que fora abandonada. E eu sabia que aquela mentira fizera com que eu me sentisse melhor.

— Callahan, veja — eu disse, mais calmamente. — Fiz uma coisa estúpida e admito. E odeio ser eu a lhe dizer isso, Callahan, mas as pessoas erram. Às vezes fazem coisas tolas, principalmente no que se refere a quem amam. Com certeza você já ouviu falar de situações semelhantes.

Isso fez com que Cal me lançasse outro olhar irado, mas ele permaneceu em silêncio. Nenhuma simpatia, nenhuma compreensão, nenhuma solidariedade. Então, continuei a falar, minha voz cada vez mais alta.

— Vamos lá, Cal. Você também não é perfeito. Lembra-se? Você mesmo fez uma coisa estúpida para proteger alguém que amava. E devo dizer que é um pouco irônico receber um sermão de moralidade logo de você, entre todas as pessoas!

— E exatamente o que isso significa? — ele perguntou, a boca tensa.

— Significa que você é um ex-presidiário, que encobertou um crime que seu irmão cometeu e que acabou de sair da cadeia há uns dois meses!

Ops. Eu provavelmente não deveria ter dito aquilo. O rosto dele, que antes estava tenso, agora estava completamente furioso. E calmo. Era uma combinação terrível.

— Grace — ele falou baixinho, levantando-se. — Não posso acreditar que estava tão errado a seu respeito.

Foi como um soco no coração. Saltei da poltrona e parei diante dele, os olhos já marejados.

— Espere um instante, Callahan. Por favor. — Respirei fundo. — Achei que você, entre todas as pessoas, iria entender. Nós dois estávamos fazendo a coisa errada pela razão certa.

— Você ainda não esqueceu Andrew — ele declarou.

— Eu com *certeza* esqueci Andrew — respondi com a voz trêmula. E *esqueci* mesmo. E me matava ver que Cal não acreditava nisso.

— Você mentiu para que as pessoas pensassem que havia esquecido, e continuou a mentir, e ainda está mentindo. E nem sequer percebe que há alguma coisa errada com essa imagem, não é? — Cal abaixou os olhos para o chão, como se não suportasse olhar para mim. Quando voltou a falar, sua voz estava ainda mais baixa. — Você está mentindo para a sua família, Grace, e mentiu para mim. — Ele ergueu os olhos até encontrar os meus. — Estou indo embora agora. E só para o caso de não ter ficado claro, está tudo acabado entre nós.

Callahan não bateu a porta. Foi pior. Ele a fechou silenciosamente quando saiu.

Capítulo trinta

— *Isso* é tão, tipo, tosco. — A expressão de Kerry combinava desprezo, incredulidade e martírio, de um modo que apenas um adolescente consegue exibir.

— Achei que andaríamos de cavalo — reclamou Mallory. — A senhorita disse que estávamos na cavalaria. Aquele cara tem um cavalo. Por que eu não posso ter um também?

— Imaginem que estamos desmontados — eu disse com a voz muito séria. Não era preciso dizer que meu humor nas últimas 48 horas estivera lamentável, para dizer o mínimo.

Minha indignação justificada desaparecera dez minutos depois que Callahan fechara a porta, deixando ondas de choque ecoando na casa vazia. Callahan O'Shea, que me achava linda e divertida, que tinha perfume de madeira e sol... e que não queria mais saber de mim.

Na noite da véspera, apesar de todos os esforços de Julian e Margaret para me distrair com uma maratona da primeira temporada de *Project Runaway* em DVD, acompanhada por martínis de manga, eu só conseguira ficar sentada, dominada por uma névoa de desânimo, sem comer, sem beber, as lágrimas escorrendo dos meus olhos enquanto, ao fundo, Tim Dunn se esforçava para motivar o grupo. Nas primeiras horas daquela mesma manhã, eu ainda soluçava, até que finalmente adormeci, por volta das seis horas. Então, quando lembrei que exigira que minha turma que estava tendo aulas sobre a Guerra Civil participasse da encenação em Gettysburg, saltei da cama, bebi três xícaras de café e agora estava parada diante deles, com um zumbido de cafeína na minha cabeça, e uma dor profunda no peito.

— Crianças, a Batalha de Gettysburg durou três dias — falei, vestida em meu uniforme azul dos ianques. — Quando terminou, 51 *mil* homens estavam mortos. A fila de confederados feridos se estendia por mais de vinte quilômetros. Foram dez mil feridos. Um em cada três homens foi morto. Foi a batalha mais sangrenta da História Americana. E o começo do fim para o Sul.

Encarei os onze rostos desconfiados à minha frente.

— Escutem, crianças — falei, a voz cansada. — Sei que acham isso aqui uma grande bobagem. Sei que estamos em Connecticut, não na Pensilvânia. Sei que ver uns duzentos fanáticos por História como eu correndo por aí, fingindo que estão atirando, não dá uma sensação de realidade.

— Então por que nos fez vir até aqui? — perguntou Hunter, ganhando um "Isso mesmo, exatamente!" de Kerry.

Fiquei em silêncio por algum tempo.

— Eu queria que vocês tentassem... apenas tentassem, pelas próximas horas, se colocar o melhor que pudessem na mente desses soldados. Imaginem como era acreditar em alguma coisa tão apaixonadamente que estaria disposto a arriscar sua vida por isso. Por uma ideia. Por um estilo de vida. Pelo futuro de seu país, um futuro que vocês sabiam que talvez nem chegassem a ver. Vocês estão aqui, garotos sortudos, de boas famílias, bem alimentados e com dinheiro, porque estão sobre os ombros da História desse país. Quero apenas que sintam isso, um pouco que seja.

Kaelen e Peyton reviraram os olhos juntos. Hunter checou o celular discretamente. Kerry Blake examinou o esmalte das unhas.

Mas Tommy Michener ficou me encarando, a boca levemente aberta, e os olhos de Emma Kirk estavam arregalados, com uma expressão solene.

— Vamos, garotos — eu disse. — Lembrem-se, vocês são parte do Primeiro Regimento de Cavalaria agora. O general Buford está ali. Façam o que ele disser e simplesmente... bem. Seja o que for.

Os garotos seguiram caminhando atrás de mim, com alguns gemidos e risadinhas. Eu os coloquei em fila, junto com outros membros do "Brother Against Brother". O general Buford (também conhecido como Glen Farkas, um contador de Litchfield), cavalgou por toda a extensão da fila. Os garotos ficaram muito quietos ao verem a égua respirando, a espada pendente ao lado do corpo do general. Glen era realmente boa nisso.

— Quando começa? — sussurrou Tommy.

— Assim que o general Heth atacar — sussurrei de volta.

— Meu coração está batendo forte — comentou Tommy, sorrindo para mim. Dei um tapinha carinhoso em seu braço e sorri também.

E lá estavam eles. Os gritos dos rebeldes cortaram o ar, e dezenas de confederados surgiram sobre a colina.

— Avante, homens! — gritou o general Buford, fazendo seu cavalo se virar. E, com um grito formidável, todo o Primeiro Regimento de Cavalaria o seguiu, com Tommy Michener diante do grupo, gritando a plenos pulmões, o mosquete descarregado erguido.

Cinco horas mais tarde, eu dirigia o miniônibus da Manning de volta para a escola, sorrindo como uma tola.

— Foi tão legal, srta. Em!

— Vocês viram quando eu cravei a barriga daquele cara com a minha baioneta?

— Eu fiquei, tipo, assustada de verdade!

— Achei que aquele cavalo ia me pisotear!

— Tommy e eu atiramos com aquele canhão! Vocês viram isso?

— E quando aqueles outros caras vieram por trás de nós, quando estávamos, tipo, perdendo?

Kerry Blake manteve sua expressão de tédio, mas o resto deles tagarelava como macaquinhos. E eu estava nas nuvens. Finalmente. Finalmente, a matéria que vínhamos estudando durante todo o semestre tivera algum mínimo impacto no mundo protegido e polido daqueles garotos.

Quando chegamos na Manning, eles saíram rapidamente da van.

— Srta. Em, vou lhe mandar por e-mail uma cópia daquela foto — avisou Mallory. Apesar de invenções modernas não serem aceitas em encenações, nós abrimos uma exceção e tiramos uma foto na frente do canhão. Meus alunos e eu. Eu iria imprimir a foto, emoldurá-la e pendurá-la na minha sala. E se fosse escolhida chefe de departamento, eu...

Bem... O mais provável era que eu não fosse escolhida chefe do departamento. O anúncio ainda não fora feito, mas o fato de ter contado sobre Callahan O'Shea ao dr. Stanton provavelmente destruíra minhas possibilidades. Imaginei se deveria contar a eles que não estava mais saindo com meu ex-presidiário. Mas não. Se eu fosse deixar de conseguir a promoção por que estava ou não namorando alguém, então acho que não a queria.

Talvez Callahan tenha se acalmado, pensei, enquanto voltava de carro para casa. Talvez ele tenha compreendido o meu ponto de vista. Talvez também estivesse sentindo saudades de mim. Talvez minha mentira já não parecesse assim tão grave, agora que algum tempo se passara. Talvez...

Quando entrei na minha rua, vi uma placa de uma corretora diante da casa de Cal. Meu coração afundou no peito. Sim, eu sabia que ele estava planejando vender a casa, só não pensei que seria tão rápido.

A porta da frente se abriu e uma mulher saiu de dentro da casa... A loura do bar. A amiga corretora de imóveis. Callahan surgiu logo atrás dela.

O carro de Margaret não estava na garagem, por isso eu não podia contar com nenhum apoio. Ela estava com um caso grande em andamento, por isso devia estar no escritório. Eu estava sozinha. Abri a porta do carro e saí.

— Oi, Cal — chamei, a voz não muito firme.

Ele levantou os olhos.

— Oi — respondeu, fechando a porta da frente. Cal e a mulher desceram pelo caminho onde um dia eu acertara Callahan O'Shea com um ancinho.

— Olá, sou Becky Mango, quase como a fruta, a manga — ela se apresentou, simpática, e estendeu a mão.

— Olá — respondi. — Sou Grace Emerson, como em Ralph Waldo Emerson. — Uau, eu acabara parecendo simpática e... arrogante. — Moro na casa ao lado — acrescentei, olhando para Callahan. Ele estava olhando para o novo paisagismo, que ficara pronto na semana anterior. Não para mim.

— Que casa linda! — exclamou Becky, olhando para a minha casinha. — Se algum dia quiser vendê-la, me ligue! — Ela tirou um cartão da bolsa e me entregou. Becky Mango, Mango Propriedades Ltda. Corretora de Imóveis Registrada. A logomarca combinava com a que se via na placa de "À Venda" diante da casa de Cal.

— Obrigada, eu ligarei — disse. Então me virei para o homem carrancudo ao lado dela. — Cal, você tem um minuto?

Ele me encarou, os olhos azuis que já haviam sido tão sorridentes, agora contidos.

— Claro — respondeu.

— Callahan, vejo você na semana que vem? — perguntou Becky. — Acho que talvez eu tenha uma propriedade que vai lhe interessar em Glastonbury. Precisa de muitos reparos e vai ser colocada à venda no mês que vem.

— Está certo, ligarei para você. — Ambos observamos enquanto Becky entrava no carro e partia.

— Então, você... você já terminou aqui? — perguntei, embora a resposta fosse bastante óbvia.

— Sim. — Ele jogou a bolsa que carregava na traseira da caminhonete.

— E para onde vai agora? — Sentia meus olhos arderem, as lágrimas se aproximando, e pisquei com força para afastá-las.

— Estou trabalhando em um lugar em Granby — disse Cal. — Ficarei por aqui até que meu avô... enquanto ele também estiver. — Ele pegou as chaves no bolso, sem olhar para mim. — Mas não acho que ele continuará entre nós por muito tempo.

Minha garganta estava apertada. O último parente vivo de Callahan, a não ser pelo irmão com quem ele não se dava.

— Sinto muito, Cal — sussurrei.

— Obrigado. E obrigado por visitá-lo, também. — Os olhos azul-escuros dele se encontraram brevemente com os meus, mas logo se desviaram mais uma vez para a garagem.

— Callahan — eu falei, pousando a mão sobre seu braço quente e firme. — Será que podemos... Podemos conversar?

— Sobre o quê, Grace?

Engoli em seco.

— Sobre a briga que tivemos. Sobre... você sabe. Você e eu.

Ele se encostou na caminhonete e cruzou os braços. A linguagem corporal não era das mais promissoras...

— Grace, acho que você... Acho que ainda precisa resolver algumas coisas. — Ele começou a dizer mais alguma coisa, então se deteve e sacudiu a cabeça. — Veja — continuou Callahan. — Você mentiu para mim desde o dia em que nos conhecemos. Eu tenho um problema com isso. E, francamente, não sei se você já esqueceu Andrew, e não quero ser apenas uma muleta. Eu estava procurando por... bem, você sabe o que eu estava procurando. — O olhar dele era firme no meu, sua expressão neutra.

Uma esposa, um casal de filhos e um gramado para aparar.

— Cal, eu... — Parei e mordi o polegar. — Está certo. Você quer honestidade, então serei honesta agora. Você tem razão, em parte. Eu inventei um namorado porque não havia esquecido Andrew completamente. E não queria que ninguém soubesse disso porque eu acabava me sentindo tão... Pequena. Tão estúpida, ainda a fim de um cara que me trocara pela minha irmã. Até mesmo fingir que eu tinha um namorado era melhor do que deixar que as pessoas soubessem disso. Ver as pessoas imaginando que havia um cara maravilhoso, que me adorava... era uma mudança e tanto.

Ele assentiu brevemente, mas não disse nada.

— Quando Andrew se apaixonou por Natalie... — Fiz uma pausa, então continuei. — Eu o amava, ele não me amava tanto assim. Bastou um olhar para Nat, que é simplesmente perfeita de todas as maneiras, e também é minha irmã, e Andrew se apaixonou por ela. Foi difícil superar isso.

— Tenho certeza de que sim — comentou Cal, e seu tom era gentil.

— Mas o que estou tentando dizer é que eu esqueci Andrew, Callahan. Sei que deveria ter lhe contado a verdade sobre Wyatt, mas... — Minha voz falhou. Pigarreei para limpar a garganta e me forcei a continuar. — Não queria que você me visse como alguém que ninguém queria.

Ele suspirou. Então abaixou os olhos para o chão e balançou a cabeça.

— Estava me lembrando daquela vez em que acompanhei você até em casa, quando saía do Blackie's — disse Cal. — Você estava tendo um encontro, não estava? — Eu assenti. — Aposto que estava um pouco... desesperada.

— Sim — admiti em um sussurro.

— Então, fui a sua última tentativa, certo, Grace? O casamento da sua irmã estava chegado e você não havia encontrado ninguém para ir com você. O vizinho ex-presidiário foi o melhor que conseguiu.

Encolhi o corpo, como se houvesse sido agredida fisicamente.

— Não, Cal, não foi isso o que aconteceu.

— Talvez não tenha sido — disse Cal. Ele não disse mais nada por um longo tempo, e quando voltou a falar sua voz era gentil. — Escute, fico feliz se você realmente esqueceu Andrew, Grace. Mas sinto muito...

Droga. Eu ia chorar. As lágrimas queimavam meus olhos e minha garganta doía como se eu estivesse sendo estrangulada. Callahan notou meu estado.

— Para ser bem franco — ele disse baixinho —, não quero ficar com uma pessoa que mente para parecer o que não é. Alguém que não consegue dizer a verdade.

— Eu lhe contei a verdade! Contei tudo a você — disse com a voz estrangulada.

— E quanto à sua família, Grace? Você está planejando deixar tudo às claras com seus pais? E com Andrew e sua irmã?

Senti um arrepio de horror só de pensar. Como Scarlett O'Hara, eu planejara pensar naquilo amanhã. Ou em algum outro dia. Provavelmente nunca... Era justo dizer que eu esperava que a fantasia Wyatt Dunn desaparecesse no passado.

Callahan olhou para o relógio.

— Preciso ir.

— Cal — falei, a voz trêmula —, eu gostaria tanto que você me perdoasse e que me desse outra chance.

Ele me encarou por um longo momento.

— Se cuide, Grace. Espero que você consiga acertar as coisas.

— Está certo — sussurrei, abaixando os olhos para que ele não visse meu rosto contorcido. — Se cuide, também.

Então ele entrou na caminhonete e partiu.

Quando entrei em casa, sentei diante da mesa da cozinha, as lágrimas escorrendo pelo meu rosto, e Angus lambendo-as alegremente. Ótimo. Que maravilha. Eu conseguira estragar tudo. Não conseguia entender como sequer pudera imaginar que inventar Wyatt Dunn era uma boa ideia. Eu nunca deveria... Se ao menos eu... Da próxima vez, eu simplesmente...

Da próxima vez. Meu Deus... Nesse momento me ocorreu que caras como Callahan O'Shea não crescem em árvores. Que Deus colocara um homem daqueles na casa ao lado e eu perdera semanas julgando-o. Que, assim como minha melhor amiga, Scarlett O'Hara, eu não vira o que estava bem diante do meu rosto. Que qualquer cara que dirigia por uma hora e meia só para que eu pudesse ver *E O Vento Levou*, valia dez — não, cem — vezes mais do que o tipo de cara que me largara vinte dias antes do nosso casamento. *Já estava na hora*, dissera Callahn na primeira vez em que eu o beijara. Ele estava esperando por mim.

Essa ideia me arrancou um soluço profundo. Angus ganiu e esfregou o focinho no meu pescoço.

— Estou bem — disse a ele em uma voz nada convincente. — Vou ficar bem.

Assoei o nariz, sequei os olhos e olhei para a minha cozinha. Era tão bonita. Na verdade, agora que olhava para ela, via que era... bem, perfeita. Tudo fora escolhido com a intenção de deixar minha história com Andrew para trás. Cores que tranquilizariam meu coração machucado, móveis que não faziam o estilo de Andrew. A casa toda era um santuário em honra a ideia de "Esquecer Andrew".

E, ainda assim, não era Andrew que eu via quando olhava para ela. Não. Eu via Callahan, sentado na minha cozinha, zombando do meu pijama... Callahan segurando as esculturas de mamãe em suas mãos grandes... Cal afastando Angus de seu pé, ou caindo de joelhos porque eu o acertara com o bastão de hóquei... Ou ainda preparando uma omelete para mim e me contando tudo sobre o seu passado.

Não demoraria muito e alguém compraria a casa vizinha. Uma família, talvez, ou um casal mais velho, ou uma mulher solteira. Ou talvez, até mesmo, um homem solteiro.

Mas uma coisa eu sabia. Não queria estar ali para ver isso. Quase sem perceber, tirei o cartão do meu bolso e peguei o telefone. Quando Becky Mango atendeu, eu disse apenas:

— Oi, aqui é Grace Emerson, acabamos de nos conhecer. Gostaria de vender a minha casa.

Capítulo trinta e um

A formatura na Academia Manning foi no mesmo dia que o jantar para a família, antes do casamento de Natalie. As aulas haviam terminado uma semana depois da Batalha de Gettysburg, e eu dera a todos, exceto a Kerry Blake, um "A+" pela participação. Kerry recebera um "C", o que abaixara sua média final para "B–". Isso fizera a escola receber sete telefonemas de seus pais irritados. Como um ato final como chefe de departamento, o dr. Eckart manteve a minha nota. Eu realmente sentiria saudades daquele homem.

Meus passos ecoavam pelo corredor enquanto eu abria caminho até a minha sala de aula, que eu passaria o dia limpando. No curso de verão, em agosto, eu daria aula sobre a Revolução Americana, mas durante os próximos dois meses eu não estaria ali. A tristeza habitual pelo fim do período letivo já apertava a minha garganta.

Olhei ao redor da sala e sorri ao ver a foto que Mallory não apenas me dera, mas também emoldurara para mim, abençoada fosse a menina. Meus alunos mais velhos, meu Primeiro Regimento de Cavalaria. Eu jamais veria a maioria deles de novo. Talvez recebesse alguns e-mails dos meus favoritos pelos próximos seis meses mais ou menos, mas a maior parte deles deixaria a Manning e não voltaria por anos, talvez até não voltasse nunca mais. Mas eu planejava fazer de uma encenação de batalha um requisito permanente para a minha aula dali por diante.

Meu olhar se deteve na enorme cópia do Discurso de Gettysburg, e uma da Declaração da Independência, que eu costumava ler em voz alta, todo ano, no primeiro dia de aula. E, em meu esforço contínuo para conseguir que os alunos desenvolvessem algum vínculo com a história de nosso país, eu não tivera a menor vergonha de cobrir as paredes com pôsteres de filmes. *Tempo de Glória. O Resgate do Soldado Ryan. Mississipi em Chamas. O Patriota. Nascido para Matar. A Conquista da Honra.* E, atrás da porta, *E O Vento Levou*, o cartaz um pouco mais maduro, que eu achava melhor escondê-lo um pouco. Os seios de Scarlett estavam escandalosamente expostos e os olhos de Rhett se perdiam nos dela. Agora que vira o filme, eu amava aquele pôster mais do que nunca.

O aperto em minha garganta ficou maior. Felizmente, minha melancolia foi interrompida por uma batida delicada na porta.

— Entre — eu disse. Era o dr. Eckart.

— Bom dia, Grace — ele falou, inclinando-se sobre a bengala.

— Olá, dr. Eckart. — Eu sorri. — Como está o senhor?

— Um pouco sentimental hoje, Grace, um pouco sentimental. É minha última formatura na Manning.

— Isso aqui não será o mesmo sem o senhor — eu falei.

— Não — ele concordou.

— Espero que ainda possamos sair para jantar — eu disse com sinceridade.

— É claro, minha querida — ele falou. — E sinto muito por você não ter sido escolhida chefe do departamento.

— Bem, parece que eles escolheram uma vencedora.

A nova chefe do Departamento de História era alguém chamada Louise Steiner. Ela vinha de uma escola particular de Los Angeles, tinha muito mais experiência administrativa do que Ava ou eu, além de um doutorado em História Europeia e um Mestrado em História Americana. Resumindo, a mulher dera um belo pontapé em nossos traseiros.

Kiki me contara que Ava ficara furiosa o bastante para romper seu relacionamento com Theo Eisenbraun. Ava na verdade estava fazendo diversas entrevistas em outras escolas particulares, mas eu não achava que ela realmente deixaria a Manning. Seria trabalho demais, e Ava não gostava muito de trabalho.

— Você vai para a Pensilvânia esse ano? — perguntou o dr. Eckart. — Ou para algum outro campo de batalha?

— Não — respondi. — Vou me mudar esse verão, por isso não vou viajar. — Dei um abraço carinhoso no dr. Eckart. — Obrigada por tudo. Realmente vou sentir a sua falta.

— Bem — ele disse, depois de um pigarro, e deu um tapinha carinhoso no meu ombro. — Não precisa ficar sentimental demais.

— Alô? Oh, droga, me desculpem. Eu não queria interromper. — Tanto o dr. Eckart quanto eu levantamos os olhos. Uma mulher atraente, na casa dos cinquenta anos, com os cabelos grisalhos em um corte curto e usando um terninho elegante de linho, estava parada na porta da minha sala. — Olá, sou Louise. Olá, dr. Eckart, prazer em vê-lo novamente. Você é Grace, não é?

— Olá — cumprimentei, adiantando-me para apertar a mão da minha nova chefe. — Seja bem-vinda à Manning. Estávamos mesmo falando sobre você.

— Eu queria conhecê-la, Grace, e conversar sobre algumas coisas. O dr. Eckart me mostrou uma cópia da sua apresentação e adorei as mudanças de currículo que você propôs.

— Obrigada — eu disse, com olhar de agradecimento para o dr. Eckart, que examinava as unhas amareladas.

— Talvez possamos almoçar juntas na semana que vem e conversar um pouco — sugeriu Louise.

Sorri para o dr. Eckart e voltei a olhar para Louise.

— Eu adoraria — respondi com sinceridade.

Depois que os capelos foram jogados para o alto e que os alunos comemoraram a conquista de não terem sido reprovados, depois que o café da manhã farto de formatura terminou, recolhi minhas coisas e me encaminhei para o estacionamento. Tinha cerca de duas horas para tomar um banho, me trocar e chegar no Soleil, o lugar do meu falso encontro com Wyatt, o mesmo onde aconteceria o jantar de Natalie.

— Outro ano letivo se vai — disse uma voz familiar.

Eu me virei.

— Olá, Stuart. — Ele parecia... mais velho. Mais grisalho. Mais triste.

— Espero que você tenha um belo verão — ele disse educadamente, o olhar perdido em uma flor rosa particularmente bonita.

— Obrigada — murmurei.

— Como está... Como está Margaret? — Ele olhou para mim.

Suspirei.

— Ela está tensa, com ciúmes, difícil. Você sente falta dela?

Observei para o rosto triste dele por algum tempo.

— Stuart — perguntei baixinho —, você teve um caso com Ava?

— Com aquela sanguessuga? — ele perguntou, parecendo chocado. — Santo Deus, não! Nós apenas saímos para jantar. Uma vez. E eu só falei de Margaret.

Inferno! Decidi dar uma ajudinha.

— Vamos estar no Soleil, em Glastonbury, essa noite. A reserva é para às 19h30. Pareça espontâneo.

— Soleil.

— Isso mesmo. — Olhei para ele com firmeza.

Stuart inclinou a cabeça em um gesto cortês.

— Tenha um ótimo dia, Grace. — E, com isso, ele se afastou, o sol cintilando em seus cabelos grisalhos. *Boa sorte, camarada*, pensei.

— Srta. Em! Espere! — Eu me virei e vi Tommy Michener e um homem, provavelmente seu pai, a julgar pela semelhança entre os dois, vindo em minha direção. — Srta. Emerson, esse é meu pai. Papai, essa é a srta. Em, a professora que nos levou àquela batalha!

O pai sorriu.

— Olá. Jack Michener. Tom fala da senhorita o tempo todo. Diz que sua aula é a favorita dele.

O pai de Tommy era alto e magro, usava óculos e os cabelos negros já estavam ficando grisalhos. Assim como o filho, tinha um belo rosto, alegre e expressivo, e um entusiasmo que lembrava o de um cão Setter Irlandês. O aperto de mão dele era quente e seco.

— Grace Emerson. É um prazer conhecê-lo também. O senhor tem um filho fantástico — falei. — E não digo isso só porque ele também adora História.

— Ele é incrível — disse o sr. Michener, passando o braço ao redor dos ombros de Tommy. — Sua mãe ficaria muito orgulhosa — ele acrescentou para o filho, e um rápido espasmo de sofrimento atravessou seu rosto. Ah, sim. A mãe de Tommy morrera um ano antes de ele entrar na Manning.

— Obrigado, papai. Oh, lá está Emma. Voltarei logo — disse Tommy, e saiu em disparada.

— Emma, hein? — disse o sr. Michener, sorrindo.

— Ela é uma ótima menina — eu disse. — E vem nutrindo uma paixão por seu filho durante o ano todo.

— Ah, o amor juvenil... — disse Jack Michener, ainda sorrindo. — Graças a Deus não sou mais um adolescente. — Eu também sorri. — Tom lhe contou que vai fazer faculdade de História na Universidade de Nova York?

— Sim, ele me contou. Fiquei tão satisfeita! — respondi. — Como eu disse, Tommy é um garoto fantástico. Realmente brilhante e interessado. Gostaria de ter mais alunos como ele.

O pai de Tommy assentiu com entusiasmo, concordando. Olhei para o meu carro. Jack Michener não fazia menção de se afastar e como era o pai do meu aluno favorito do último ano, decidi que poderia ficar por mais algum tempo.

— Então, em que trabalha, sr. Michener?

— Oh, por favor, me chame de Jack. — Mais uma vez em seu rosto surgiu o mesmo sorriso largo e aberto de Tommy. — Sou médico.

— É mesmo? — comentei, por educação. — Qual especialidade?

— Trabalho em pediatria — ele explicou.

Fiz uma pausa.

— Pediatria... Deixe-me adivinhar. Cirurgia?

— Isso mesmo. Tom havia lhe contado?

— Você é cirurgião pediátrico? — perguntei.

— Sim. Por quê? Você achou que eu trabalhava em outra coisa?

Quase não acreditei no que ouvia.

— Não, bem... Não. Me desculpe. Eu estava pensando em outra coisa. — Respirei fundo. — Ahn... Então... Como deve ser recompensador o seu trabalho. — A ironia da situação me atingiu em cheio.

— Oh, é fantástico. — Ele continuava a sorrir. — Acabo tendo que passar muitas horas no hospital, às vezes é difícil partir, mas adoro o que faço.

Disfarcei a vontade de rir que sentia.

— Isso é maravilhoso.

Ele enfiou as mãos nos bolsos e inclinou a cabeça.

— Grace, você gostaria de se juntar a mim e a Tom para jantar? Seremos só nós dois hoje...

— Oh, obrigada — eu disse —, mas não posso. Minha irmã vai se casar amanhã e hoje à noite será o jantar de ensaio.

O sorriso dele se apagou um pouco.

— Oh. Bem, talvez uma outra vez? — Ele fez uma pausa, o rosto muito vermelho. — Talvez até mesmo sem Tommy? Nós moramos em Nova York, não é assim tão longe.

Um encontro. O cirurgião pediátrico estava me convidando para um encontro. Senti uma risada histérica pronta a explodir em minha garganta, mas controlei-a a tempo.

— Ahn... Uau, é muito gentil da sua parte. — Respirei fundo. — Mas a verdade é que eu sou...

— Casada? — ele perguntou com um dar de ombros que deixava claro que não ficara aborrecido.

— Não, não. É que acabei de terminar o relacionamento com uma pessoa e ainda não superei nosso rompimento.

— Bem... Eu entendo.

Ficamos ambos quietos por um instante, levemente embaraçados.

— Oh, lá vem Tommy — eu disse, aliviada.

— Excelente. Foi um prazer conhecê-la, Grace. Obrigada novamente por tudo o que fez pelo meu filho.

Tommy me deu um forte abraço.

— Adeus, srta. Em — falou o garoto. — A senhorita é a melhor professora daqui. Me apaixonei pela senhorita desde o primeiro dia de aula.

Eu retribuí o abraço, com carinho, os olhos úmidos.

— Vou sentir sua falta, amiguinho, de verdade — falei com sinceridade. — Escreva para mim, está bem?

— Pode apostar! Tenha um ótimo verão!

E assim, meu aluno favorito e seu pai cirurgião pediátrico partiram, me deixando mais atônita do que nunca.

Capítulo trinta e dois

— *Hahaha*. Hahaha. Ooooh. Hahaha. — A risada social de mamãe ecoou alta e falsa por sobre a mesa.

— Hoohoohoohoo! — A mãe de Andrew, não querendo ficar para trás, riu de volta. Do outro lado da mesa, Magaret me chutou com força, fazendo com que eu me encolhesse de dor.

— Não está feliz por não estar casando nesta família? — ela sussurrou.

— Muito feliz — sussurrei de volta.

— Margaret, você está bêbada? — perguntou Mémé em voz alta. — Eu tinha uma prima que também não sabia beber. Vergonhoso. No meu tempo, uma dama nunca bebia demais.

— Você não está feliz por esses dias terem passado, Mémé? — retrucou Margs com ironia. — A propósito, gostaria de mais um drinque, vovó?

— Obrigada, querida — respondeu Mémé, apaziguada. Margaret fez um sinal para o garçom e, logo depois, ergueu o copo para mim em um brinde zombeteiro.

— Oh, sim, um brinde! — gritou Natalie. — Querido, faça um brinde!

Andrew se levantou, e seus pais o olharam com uma expressão da mais pura adoração.

— Esse é um dia muito feliz para todos nós — ele disse, um pouco constrangido. Seus olhos se fixaram por um momento em mim, depois se afastaram. — Nattie e eu estamos tão felizes... E mais felizes ainda por vocês estarem todos aqui, compartilhando esse momento conosco.

— Eu sei o quanto estou feliz... — resmunguei para Margs, revirando os olhos.

— Ele não é um grande orador, certo? — ela continuou, em um tom alto o bastante para que nossa mãe ouvisse. Mamãe logo disparou outra rodada de "Hahaha. Hahaha. Ooooh. Hahaha".

O garçom apareceu com os petiscos. Levantei os olhos e vi que era Cambry.

— Oi! — exclamei. — Como vai?

— Estou ótimo — ele respondeu, sorrindo.

— Soube que vamos todos jantar na semana que vem na casa de Julian.

— Se ele não der para trás — respondeu Cambry, colocando as ostras Rockefeller na minha frente.

Julian estava namorando. É verdade que a simples menção da palavra fazia seu estômago revirar e ele logo começava a suar frio, mas a verdade é que meu amigo estava, sim, namorando, e nem mesmo ele conseguia encontrar defeitos em Cambry, que trabalhava como garçom enquanto terminava a faculdade de Direito.

— Fique firme — eu disse. — Você é bom para ele. Julian nem está querendo aparecer lá em casa para assistir *Dancing with the Stars* por esses dias. Eu provavelmente deveria odiar você por isso.

— E odeia? — ele ergueu uma sobrancelha, preocupado.

— Não, é claro que não. Mas você tem que compartilhá-lo. Julian é meu melhor amigo desde que estávamos no Ensino Médio.

— Devidamente anotado — falou Cambry.

— Grace, pensei que as ostras daqui causavam intoxicação alimentar — Mémé falou bem alto, fazendo com que um cliente em uma mesa do lado cuspisse sua ostra de súbito no guardanapo.

— Não, não! — eu me apressei a dizer também em voz alta. — Não. As ostras estão ótimas. Muito frescas. — Sorri encorajadora para o homem que cuspira no guardanapo e mordi uma ostra enquanto ele me observava nervoso.

— Bem, não foram elas que quase mataram seu namorado médico? — perguntou Mémé, virando-se para os Carson, que sorriram educadamente. — O rapaz ficou no toalete por vinte minutos — ela informou, como se eles não estivessem presentes na ocasião. — Diarreia, sabe. Meu segundo marido tinha problema de estômago. Havia dias em que nem podíamos sair de casa! E o cheiro?

— Era tão ruim que o gato desmaiava — recitou Margaret.

— Era tão ruim que o gato desmaiava — anunciou Mémé.

— Muito bem, mamãe — disse papai com o rosto muito vermelho. — Talvez já seja o bastante.

— Hahaha. Hahaha. Ooooh. Hahaha. — riu mamãe, os olhos com um brilho assassino na direção da sogra, que naquele momento virava outro coquetel. Pessoalmente, eu nunca apreciara tanto a minha avó, não sei por que. Cambry lutava sem sucesso para disfarçar uma gargalhada. Senti uma onda de carinho e fiz uma prece rápida e sincera para que ele e Julian ficassem juntos. Mesmo se isso significasse que eu não teria ninguém em quem apoiar minha solidão, pobre solteirona que eu era. Talvez Angus precisasse de uma esposa. Talvez eu pudesse reverter a castração dele... Então poderia me tornar uma fornecedora de cãezinhos para pessoas que adoravam ter suas coisas destruídas por adoráveis bolinhas de pelo que não paravam de latir. Ou não.

Olhei para Natalie, do outro lado da mesa. Ela estava usando um vestido azul-pálido, e seus cabelos lisos, cor de mel estavam presos para cima com o tipo de grampo que meus próprios cabelos devorariam como uma planta carnívora. Ela parecia tão feliz. Sua mão roçou a de Andrew e ela ruborizou. Oh... Então minha linda irmã encontrou meu olhar e eu sorri para ela. Nat sorriu de volta.

— Grace, onde está Callahan? — ela perguntou de repente, virando a cabeça para procurá-lo. — Ele vai chegar mais tarde?

Droga! A verdade era que eu estava com alguma esperança de não precisar discutir isso. Não mencionara nosso rompimento para ninguém, a não ser para Margaret. Por duas razões. A primeira, eu me agarrava à esperança de que Cal pudesse, talvez, me perdoar, que pudesse perceber que eu era a pessoa certa para ele e que ele não conseguiria viver sem mim. E a segunda, eu não queria estragar o show de Natalie. Ela ficaria preocupada comigo, com pena, e confusa com o fato de alguém não querer namorar sua irmã mais velha. Alguém que não fosse Andrew.

Para minha sorte, eu acabara de dar uma mordida em uma ostra, por isso apontei para a boca e mastiguei. E mastiguei. Mastiguei um pouco mais, retardando o momento de engolir a ostra.

— Quem é Callahan? — perguntou a sra. Carson, virando seus olhinhos redondos para mim.

— Grace está namorando um rapaz maravilhoso — anunciou mamãe em voz alta.

— Um ex-presidiário — disse Mémé, então soltou um arroto. — Um ex-presidiário irlandês, com mãos grandes. Certo, Grace?

O sr. Carson engasgou e os olhinhos da sra. Carson se arregalaram com um brilho malicioso.

— Bem... — comecei a dizer.

— Ele trabalhava como contador — disse meu pai, em uma voz animada. — Formou-se pela Universidade de Tulane.

Margaret suspirou.

— Ele é um faz-tudo, certo, Grace? — gritou Mémé. — Ou um jardineiro. Ou um lenhador. Não consigo me lembrar.

— Ou um mineiro. Ou um pastor — acrescentou Margaret, me fazendo bufar.

— Ele é maravilhoso — disse mamãe com firmeza, ignorando a filha mais velha e o passado criminoso de Callahan. — Tão, ahn, bonito...

— Oh, isso ele é mesmo! — disse Natalie, voltando os olhos cintilantes para os Carson. — Ele e Grace formam um lindo casal. — Logo se vê que são simplesmente loucos um pelo outro.

— Ele me deixou — anunciei calmamente, secando a boca com o guardanapo. Margaret engasgou com o vinho. Ela também usou o guardanapo e levantou o polegar para mim.

— O jardineiro a abandonou? O quê? O que ela disse? — perguntou Mémé? — Por que está falando tão baixo, Grace?

— Callahan me abandonou, Mémé — falei em voz alta. — Minha ética não está à altura dele.

— O presidiário disse isso? — rosnou Mémé.

— Que absurdo! — disse mamãe. Ninguém mais disse uma palavra sequer. Natalie parecia ter levado uma pancada na cabeça.

— Obrigada, mamãe — falei. — Mas sinto dizer que acho que ele está certo.

— Oh, Pudinzinho, não. Você é maravilhosa — comentou papai. — Afinal, o que ele pode saber? O homem é um idiota. Um ex-presidiário e um idiota.

— Um ex-presidiário? — o sr. Carson ofegou.

— Não, papai, ele não é. Quero dizer, não é um idiota. E *é*, sim, um ex-presidiário, sr. Carson — expliquei.

— Bem — disse mamãe, os olhos indo rapidamente de mim para os Carson —, você acha que pode voltar para o seu cirurgião pediátrico? Ele era um jovem tão bom.

Uau. Era impressionante como uma mentira podia ser tão poderosa. Olhei para Margaret. Ela devolveu o olhar e ergueu uma sobrancelha. Voltei-me para a minha mãe.

— Não existe nenhum cirurgião pediátrico, mamãe — contei, em voz alta o bastante para que Mémé pudesse ouvir. — Eu o inventei.

Foi quase divertido lançar uma bomba daquela. Quase. Margaret se recostou na cadeira e abriu um sorriso largo.

— É isso aí, Grace! — ela disse, e pela primeira vez em muito tempo parecia realmente feliz.

Sentei um pouco mais ereta na cadeira, embora meu coração batesse com tanta força que achei que pudesse vomitar. Minha voz tremeu, mas eu continuei assim mesmo.

— Eu fingi estar namorando alguém para que Natalie e Andrew não se sentissem tão culpados. E assim todos parariam de me tratar como um cachorro sarnento abandonado.

— Oh, Grace — sussurrou Nat.

— O quê? Grace, você não pode estar falando sério! — exclamou papai.

— Estou falando sério, sim, papai. Me desculpe — falei, engolindo com dificuldade. Ali estava finalmente... minha confissão. Comecei a falar novamente, e minha voz foi ficando cada vez mais rápida. — Andrew terminou comigo porque se apaixonou por Natalie, e isso doeu. Muito. Mas eu estava superando. Estava mesmo e se eles queriam ficar juntos, eu não queria ser o motivo para que ficassem separados. Por isso, inventei Wyatt Dunn, esse homem perfeito demais, e todos se sentiram melhor. E continuei com a farsa porque, para dizer a verdade a vocês, eu estava gostando de ter um namorado tão maravilhoso, mesmo que ele fosse inventado. Mas então me apaixonei por Callahan e obviamente tinha que terminar o relacionamento com Wyatt. Quando Andrew apareceu lá em casa e me beijou na varanda, Cal ficou muito aborrecido. Nós conversamos e acabei contando a ele sobre Wyatt Dunn. Ele terminou comigo. Porque eu menti.

Minha respiração estava ofegante e minhas costas úmidas de suor. Margaret estendeu a mão por sobre a mesa e pousou-a sobre a minha.

— Boa garota — ela murmurou.

Natalie não se moveu. As cabeças dos Carson se voltaram para o filho que parecia ter levado um soco no estômago. Os olhos de Andrew estavam arregalados de horror, o rosto muito pálido. O restaurante estava tão silencioso que era quase possível ouvir o barulho dos grilos.

— Espere um instante — falou meu pai. — Então com quem eu estava falando no banheiro, naquela noite?

— Cale-se, Jim — sussurrou minha mãe.

— Aquele era Julian, fingindo ser Wyatt — falei. — Mais alguma pergunta? Algum comentário? Não? Muito bem, então, vou sair para tomar um pouco de ar.

Atravessei o restaurante com as pernas trêmulas, passando pelos clientes agora silenciosos, o rosto em fogo. Quando cheguei ao saguão, Cambry se adiantou para abrir a porta da frente.

— Você é uma criatura magnífica — ele disse em um tom de admiração, quando saí.

— Obrigada — sussurrei.

Ele teve a gentileza de me deixar só. Eu tremia, o coração ainda disparado. Quem disse que a confissão era boa para a alma? Eu tinha vontade de vomitar. Caminhei até um pequeno banco no jardim em frente ao restaurante. Pressionei meus dedos frios contra meu rosto muito quente e fechei os olhos, tentando regularizar minha respiração. Inspira, expira. Inspira, expira. Se eu conseguisse não hiperventilar, nem desmaiar, já estaria ótimo.

— Grace? — A voz de Natalie era tímida. Eu não ouvira seus passos.

— Oi Nattie — respondi com a voz cansada, sem levantar os olhos.

— Posso me sentar com você? — ela perguntou.

— Sim, claro. — Natalie se sentou ao meu lado. Quando pegou minha mão, olhei para baixo, para nossas mãos unidas. O anel de noivado dela cintilou. — Meu anel era exatamente como esse — murmurei.

— Eu sei. Que tipo de homem compra o mesmo anel para irmãs?

— Ele provavelmente não se lembrara de ter me dado um. Andrew não consegue nem combinar as próprias meias.

— Patético — resmungou, Nat.

— Homens — eu resmunguei.

— Tão tolos.

Eu concordava... ao menos no caso de Andrew.

— Ele lhe contou sobre o beijo? — sussurrei.

Eu não tivera intenção de arruinar tudo para Natalie. Deveria ter pensado melhor antes de abrir a boca.

Ela ficou em silêncio por um momento.

— Sim, ele me contou. — Um sabiá cantou nas árvores acima de nós. Uma cascata de notas.

— O que ele disse? — perguntei, mais por curiosidade do que por qualquer outro motivo.

— Andrew disse que foi um lapso de julgamento. Que o fato de estar em sua casa com você, de vê-la com outro cara... tudo isso fez com que ficasse com um pouco de ciúmes.

Olhei rapidamente para a minha irmã.

— E o que você pensou disso?

— Bem, pensei que ele era um imbecil, Grace — ela falou, me deixando boquiaberta de choque. — Foi nossa primeira briga. Eu disse a Andrew que ele já bagunçou demais as nossas vidas e que beijar você era inaceitável. Então bati algumas portas e bati o pé pela casa por um tempo.

O rosto de Natalie estava vermelho.

— Que refrescante — murmurei.

Ela fungou.

— Eu fiquei... com ciúmes. Não que eu tivesse direito, se formos pensar no que fiz com você.

Apertei a mão dela.

— Você não pode evitar o grande "kabum" — falei.

Natalie me lançou um olhar questionador.

— Você sabe — eu disse. — O relâmpago. Bastou apenas um olhar, e pronto. — Fiz uma pausa. — Mas vocês se acertaram, não foi?

Ela assentiu discretamente.

— Acho que sim — sussurrou Natalie, olhando para a frente e apertando a minha mão com um pouco mais de força. Seus olhos estavam cheios de lágrimas. — Grace, eu sinto tanto que, entre todas as pessoas no mundo, eu tenha me apaixonado logo por ele. Que eu tenha magoado você. — Ela deixou escapar um suspiro trêmulo. — Nunca disse isso, mas vou dizer agora. Sinto tanto, tanto...

— Bem, sabe, foi mesmo terrível — admiti. Foi um alívio dizer aquelas palavras.

— Você está zangada comigo? — Duas lágrimas deslizaram pelo rosto da minha irmã caçula.

— Não — assegurei a ela. Então reconsiderei. — Bem... não mais. Tentei não ficar. Fiquei mais zangada com Andrew, para ser honesta, mas a verdade é que uma parte de mim queria gritar de raiva. Não foi justo.

— Grace, você sabe que é a minha pessoa favorita nesse mundo. É a última pessoa a quem eu queria magoar. Nunca tive a intenção de fazer isso. Nunca quis fazer isso. Odiei ter me apaixonado por Andrew. Odiei. — Ele agora chorava mais intensamente.

Passei o braço ao redor dela, puxando-a para mim, de modo que nossas cabeças se tocaram. E ficamos assim, lado a lado, sem nos olharmos. Eu não queria que minha irmãzinha chorasse, mas talvez fosse preciso.

— Bem — admiti em voz baixa. — Doeu. Muito. E eu não queria que você soubesse. Mas agora passou. De verdade.

— Inventar Wyatt... — A voz de Natalie falhou. — Acho que essa foi a coisa mais generosa que alguém já fez por mim. E vou lhe dizer, eu caí direitinho. — Ela deu uma risada triste. — Quer dizer, acho até que suspeitei que ele não era de verdade. Você só me enganou mesmo até aquela parte dos gatos abandonados. — Nat sorriu.

Revirei os olhos.

— Eu sei.

Nat suspirou.

— Acho que não queria saber a verdade. — Ficamos em silêncio por algum tempo. — Sabe, Grace — disse Natalie, baixinho —, você não tem mais que tomar conta de mim. Não precisa mais me proteger de todas as emoções tristes.

— Bem, acho que tenho, sim — falei, com os olhos marejados. — É o meu trabalho. Sou sua irmã mais velha.

— Esqueça o trabalho — ela sugeriu, estendendo a mão para colocar um cacho rebelde dos meus cabelos atrás da minha orelha. — Esqueça que é a irmã mais velha. Vamos ser apenas velhas irmãs. Iguais, está bem?

Olhei para o céu azul, muito claro. Desde que tinha quatro anos eu vinha tomando conta de Natalie, admirando-a, protegendo-a. Talvez fosse bom apenas... apenas gostar dela. Em vez de adoração, amizade. Iguais, como ela dissera.

— Como Margaret — murmurei.

— Oh, Deus, não seja como Margaret! — ela falou rapidamente, com uma agonia fingida e ambas caímos na gargalhada. Então Nat abriu a bolsa e tirou um lenço de papel. É claro que ela viera armada com um pacotinho de lenços de papel decorados com rosas. Ficamos sentadas por mais um instante, ouvindo o sabiá, de mãos dadas.

— Grace — ela disse por fim.

— Sim?

— Eu realmente gostei de Callahan.

Ouvir aquilo foi como pressionar uma ferida para ver se ainda doía. E doía muito.

— Eu também — sussurrei. Ela apertou minha mão e teve o bom senso de não dizer mais nada. Depois de um instante, pigarrei e olhei para o restaurante. — Quer voltar? — perguntei.

— Não — falou Natalie. — Deixe que todos fiquem se perguntando o que está acontecendo. Talvez possamos fingir uma briga cheia de unhadas e puxões de cabelo, só por diversão.

Eu ri. Aquela era a boa e velha Nattie.

— Senti sua falta — admiti.

— Eu também senti a sua. Foi difícil ficar imaginando se você estava mesmo bem como parecia estar, mas com medo de perguntar. E fiquei com ciúmes, sabe... De você e Margs morando juntas.

— Oh, então pode ficar com ela. Você e Andrew — falei. — Pelo tempo que quiserem.

— Ele não sobreviveria por uma semana — Natalie sorriu.

— Nattie — falei lentamente —, sobre sermos iguais. — Ela assentiu, encorajando-me. — Queria que me fizesse um favor, Nat.

— Qualquer coisa — disse Natalie.

Eu me virei um pouco para encará-la melhor.

— Nat, não quero ser sua madrinha amanhã. Deixe que Margaret seja. Eu serei sua dama de honra, descerei a nave da igreja e tudo isso, mas madrinha, não. Seria meio esquisito, certo? Meio cafetanesco, sabe?

— Está certo — ela respondeu no mesmo instante. — Mas cuide para que Margaret não fique revirando os olhos e fazendo caretas.

— Sinto muito, não posso garantir nada — respondi com um sorriso. — Mas vou tentar.

Então me levantei e dei a mão à minha irmã para que se levantasse também.

— Vamos voltar? Estou faminta.

Voltamos para a mesa de mãos dadas. Mamãe saltou como um pardal quando nos viu.

— Meninas! Está tudo bem?

— Sim, mamãe. Estamos bem.

A sra. Carson revirou os olhos e deixou escapar um som de leve desprezo, sempre muito discreta. Foi quando nossa mãe atacou.

— Agradeceria se tirasse essa expressão do rosto, Letitia! — ela falou, a voz alta o bastante para que todos no restaurante a ouvissem. — Se tem alguma coisa a dizer, então fale logo!

— Eu... Eu não...

— Então pare de tratar minhas filhas como se não fossem boas o bastante para o seu precioso filho. E, Andrew, deixe que eu lhe diga uma coisa. Nós só o toleramos porque Natalie nos pediu. Se você estragar a vida de qualquer uma das minhas filhas novamente, vou arrancar seu fígado e comê-lo. Entendeu?

— Eu... com certeza entendi, sra. Emerson — disse Andrew, muito dócil, esquecendo-se de que costumava chamar mamãe pelo primeiro nome.

Minha mãe se recostou na cadeira e papai virou-se para ela.

— Amo você — ele falou, impressionado.

— É claro que você ama — ela respondeu, ainda cheia de energia. — Estão todos prontos para fazer o pedido?

— Não posso comer beterraba — anunciou Mémé. — Não consigo digeri-las.

Estávamos quase terminando o jantar, sem mais nenhum incidente. Na verdade, eu estava tentando resistir à vontade de lamber a tigela onde antes estava meu crème brûlée, quando houve uma comoção na frente do restaurante.

— Estou aqui para ver a minha esposa — disse uma voz exaltada. — Agora.

Stuart.

Ele entrou no salão do restaurante, vestido com o traje de sempre — camisa modelo oxford, por baixo de um colete quadriculado, mocassins franjados —, parecendo exatamente o homem doce e gentil que era. Mas a expressão de seu rosto era determinada e seus olhos, que Deus o abençoasse, estavam tempestuosos.

— Margaret, essa situação já durou demais — ele anunciou, ignorando o resto de nós.

— Hmmm — deixou escapar Margaret, estreitando os olhos.

— Se não quer ter um bebê, não tem problema. Se quer fazer sexo sobre a mesa da cozinha, é isso que terá. — Stuart abaixou os olhos irados para a esposa. — Mas você vai voltar para casa, e vai fazer isso agora. Então ficarei feliz em continuar essa discussão quando você estiver nua e na minha cama. — Ele fez uma pausa. — Ou sobre a mesa da cozinha. — Seu rosto ficou vermelho. — E na próxima vez em que me deixar, é melhor pensar bem antes, mulher, porque não vou ser tratado como capacho. Entendeu?

Margaret se levantou, deixou o guardanapo ao lado do prato e se virou para mim.

— Não me espere acordada — ela disse. Então pegou a mão de Stuart e saiu com ele do restaurante, sorrindo de orelha à orelha.

Capítulo trinta e três

No instante em que olhei para Andrew, percebi.

Problema.

O órgão começou a tocar a Marcha Nupcial de Mendelssohn, os cinquenta e poucos convidados — a maior parte deles parente da noiva ou do noivo — se levantaram e se viraram para olhar para nós, as estranhas irmãs Emerson. Lá estava Stuart, com uma expressão satisfeita e presunçosa no rosto, a expressão de um homem que tivera muita atividade na noite anterior. Sorri para ele. Stuart acenou com a cabeça e tocou a testa com dois dedos, em uma breve saudação. Lá estavam a prima Kitty e a tia Mavis, ambas sorrindo com falsa simpatia quando eu passei. Resisti a vontade de mostrar meu dedo do meio a elas (afinal estávamos em uma igreja, éramos descendentes dos pioneiros do Mayflower e toda essa bobagem), olhei para a frente e, pela primeira vez, vi o noivo.

Ele passou a mão pelos cabelos, ajeitou os óculos, cobriu a boca com a mão e tossiu. Não olhou para mim. Mordeu o lábio.

Opa. Aquele não parecia um homem cujos sonhos estavam prestes a se tornar realidade. Aquilo era mais do que o mero desconforto de estar parado diante de dezenas de pessoas. Isso não era nada bom.

Lancei um olhar questionador na direção de Andrew, mas ele continuou evitando encontrar meus olhos. Seu olhar vagava pela igreja, indo de convidado a convidado, como uma mosca batendo em uma janela, buscando desesperadamente uma rota de fuga.

Levantei um pouco a saia do meu vestido, subi no altar e abri espaço para Margs.

— Temos um problema — sussurrei.

— Do que está falando? Olhe a expressão no rosto dela — Margaret sussurrou de volta.

Olhei para Natalie, linda, resplandecente, os olhos azul-céu brilhando. Papai vinha ao seu lado, muito alto, orgulhoso, acenando aqui e ali, enquanto levava sua caçulinha até o altar.

— Dê uma olhada em Andrew — sussurrei mais uma vez.

Margaret obedeceu.

— É nervosismo — ela murmurou.

Mas eu conhecia Andrew melhor do que isso.

Nattie chegou ao altar. Papai beijou seu rosto, apertou a mão de Andrew e se acomodou ao lado de mamãe, que deu um tapinha carinhoso em seu braço. Andrew e Natalie se voltaram para o reverendo. Nat sorria de felicidade. Andrew... nem tanto.

— Senhores e senhoras — começou o reverendo Miggs.

— Espere. Me desculpe — interrompeu Andrew, a voz fraca e trêmula.

— Santa Maria, Rainha dos Céus — ofegou Margaret. — Não se atreva, Andrew.

— Querido? — A voz de Nat era baixa e preocupada. — Você está bem? — Senti meu estômago se revirar e prendi a respiração. Oh, Deus...

Andrew secou a testa com a mão.

— Nattie... sinto muito.

Houve um burburinho na congregação. O reverendo Miggs colocou a mão sobre o braço de Andrew.

— Pense bem, filho... — ele começou.

— Qual é o problema? — Natalie sussurrou. Margaret e eu nos movemos ao mesmo tempo, nos postando uma de cada lado de Nat, querendo protegê-la instintivamente do que estava por vir.

— É Grace — ele sussurrou. — Me desculpe, mas ainda sinto alguma coisa por Grace. Não posso me casar com você, Nat.

Os convidados pareceram arquejar em uníssono.

— Você tá de palhaçada com a minha cara? — rosnou Margaret, mas eu mal consegui ouvi-la. Havia um zumbido em meus ouvidos. Vi o sangue desaparecer do rosto de Natalie. Seus joelhos cederam. Margaret e o reverendo a seguraram.

Então deixei cair o buquê, passei voando por Margaret e dei um soco em Andrew com a maior força que consegui. Bem no rosto.

Os minutos seguintes são como um borrão para mim. Sei que o padrinho de Andrew tentou arrastá-lo para um lugar seguro (meu soco o derrubara), enquanto eu chutava sem parar a perna do meu ex-noivo e quase futuro cunhado com meus sapatos de bico fino. O nariz de Andrew sangrava e pensei que isso era muito bem-feito para ele. Lembro de minha mãe se juntando a mim para acertá-lo na cabeça com a bolsa. Ela talvez tenha tentado arrancar o fígado dele e comê-lo, mas não me lembro dos detalhes. Recordo vagamente ter ouvido a sra. Carson gritar. Senti os braços do meu pai ao redor da minha cintura, enquanto ele me arrastava para longe de Andrew, que estava caído sobre os degraus do altar, tentando rastejar para longe dos meus chutes e dos golpes ineficazes, mas altamente satisfatórios de mamãe.

No final, os convidados do noivo escaparam pela saída de trás da igreja, deixando os Carson, o padrinho e Andrew, com um lenço pressionado contra o rosto, encurralados de um lado. Natalie estava sentada, estupefata, na primeira fileira de bancos do lado da noiva, cercada por mim, Margaret, mamãe e papai, enquanto Mémé tocava as pessoas para fora da igreja como um cão pastor geriátrico, em uma cadeira de rodas.

— Deixada no altar — Natalie murmurou, a voz sem expressão.

Me ajoelhei na frente dela.

— Querida, o que podemos fazer?

O olhar de Nat encontrou o meu e, por um instante, ficamos apenas olhando uma para a outra.

— Eu vou ficar bem — ela sussurrou. — Está tudo bem.

— Ele não vale o chão que você pisa, Nattie — disse Margaret, acariciando os cabelos sedosos de Natalie.

— Não vale o lenço onde você assoa seu nariz — acrescentou mamãe. — Desgraçado. Idiota. Cabeça de pênis.

Nat levantou os olhos para mamãe, então explodiu em uma gargalhada levemente histérica.

— Cabeça de pênis. Essa foi boa, mamãe.

O sr. Carson se aproximou cautelosamente.

— Ahn... Eu sinto muito sobre tudo isso — ele disse. — Obviamente, ele mudou de opinião.

— Isso nós já entendemos — disse Margaret, ríspida.

— Sentimos muito — ele repetiu, olhando para Natalie, e depois para mim. — Muito mesmo, garotas.

— Obrigada, sr. Carson — eu disse. Ele assentiu e voltou para onde estavam a esposa e o filho. Um instante mais tarde, os Carson foram embora. Eu esperava de todo coração nunca mais voltar a vê-los.

— O que você quer fazer agora, querida? — perguntou papai.

Nat piscou, ainda confusa.

— Bem — ela disse, depois de um instante. — Acho que devemos ir para o clube e comer toda aquela comida maravilhosa que foi preparada. — Os olhos de Natalie voltaram a ficar marejados. — Sim, vamos fazer isso, está bem?

— Tem certeza? — perguntei. — Você não precisa bancar a corajosa agora, Bumppo.

Ela apertou minha mão.

— Aprendi com a melhor.

E foi assim que o lado Emerson da lista de convidados foi para o country clube, e se esbaldou de comer camarão e filé mignon e de beber champanhe.

— Estou melhor sem ele — murmurou Nat, bebendo o que devia ser sua quinta taça de champanhe. — Sei disso. Só vai levar algum tempo para que eu consiga absorver a ideia.

— Pessoalmente, eu o odiei desde o dia em que Grace o levou em casa — declarou Margs. — Fracotinho presunçoso. Advogado patrimonial, por favor. Coisa de maricas.

— Quantos homens conseguiriam ser estúpidos o bastante para abrir mão de duas garotas Emerson? — perguntou papai. — É uma pena que não sejamos mafiosos, ou poderíamos jogar o corpo dele no rio Farmington.

— Não acho que a máfia aceita membros brancos, anglo-saxões e protestantes, papai — disse Margaret, dando um tapinha no ombro de Nat e servindo mais champanhe a ela. — Mas foi uma bela ideia.

Nattie ficaria bem, eu sabia disso. Ela estava certa. Andrew não a merecia, nunca havia merecido. Seu coração se curaria. O meu se curara, afinal.

Fui até onde estava Mémé, para me sentar um pouco ao seu lado. Ela estava observando a prima Kitty que, sensível como um rinoceronte, dançava a música "Endless Love" com o marido.

— Então, o que acha de tudo isso, Mémé? — perguntei.

— Estava fadado a acontecer. As pessoas deveriam ser mais como eu sou. O casamento é um acordo de negócios. Case-se por dinheiro, Grace. Você não vai se arrepender.

— Obrigada pelo conselho — eu disse, dando um tapinha carinhoso em seu ombro ossudo. — Mas fale a verdade, Mémé, algum dia você já esteve apaixonada?

Seus olhos aquosos fitaram a distância.

— Não especialmente — ela disse. — Houve um rapaz, uma vez... bem... Mas ele não era apropriado para mim. Não éramos da mesma classe social, entende?

— Quem era ele? — eu perguntei.

Ela me fuzilou com o olhar.

— Está enxerida hoje, não? Você ganhou peso, Grace? Está parecendo um pouco mais cheia nos quadris. No meu tempo, as mulheres usavam cintas.

E assim terminou a nossa conversa íntima. Suspirei, perguntei a Mémé se ela queria outro drinque e fui até o bar. Margaret já estava lá.

— E então? — perguntei. — Como foi na mesa da cozinha?

— Na verdade, não é assim tão confortável — ela respondeu, sorrindo. — Sabe, a noite passada estava quente e úmida, e a umidade me fez colar como velcro na mesa. Por isso, quando ele realmente...

— Muito bem, já basta — interrompi. Ela riu e pediu um copo de água com gás.

— Água com gás? — estranhei.

Ela revirou os olhos.

— Bem, quando eu estava morando na sua casa, pensei que talvez um bebê... bem, talvez não seja assim tão terrível. Algum dia. Talvez. Vamos ver... Na noite passada, Stuart disse que queria uma garotinha exatamente como eu...

— Ele está louco?

Margaret se virou para mim e vi que seus olhos estavam úmidos.

— Achei isso a coisa mais doce que já ouvi, Grace. Ele realmente me pegou.

— Sim, mas então vocês terão que criar a criança. A mini-Margs — falei. — O homem deve realmente amá-la.

— Oh, cale-se — ela resmungou, rindo mesmo contra a vontade. — A ideia do bebê parece... boa. Acho que gosto.

— Oh, Margs. — Eu sorri. — Acho que você será uma ótima mãe. De várias maneiras, pelo menos.

— Você vai me ajudar a tomar conta, certo? Sempre que eu estiver com vômito de criança nos cabelos, um bebê chorando nos braços e pronta para enfiar a cabeça no forno?

— Com certeza. — Eu lhe dei um abraço rápido, que ela não só tolerou, como até mesmo retribuiu.

— Você está bem, Grace? — perguntou Margs. — Essa coisa toda com Andrew foi como fechar um círculo, não é mesmo?

— Sabe, ficarei feliz se nunca mais ouvir o nome dele — falei. — Eu estou bem. Só me sinto mal por Nat.

Mas ela ficaria bem. Naquele instante mesmo, estava rindo de alguma coisa que meu pai dizia. Tanto ele quanto a minha mãe estavam colados nela, mamãe praticamente forçando-a a comer salgadinhos. Andrew não a merecia.

Nem a mim, por sinal. Andrew nunca me mereceu. Agora eu via isso. Um homem que aceita o amor como se estivessem lhe devendo aquilo era, em uma palavra, um imbecil.

Callahan O'Shea... esse já era outro problema.

— Então, quais são seus planos para o verão? — perguntou Margs. — Já recebeu alguma oferta pela casa?

— Recebi duas, na verdade — respondi, dando um gole no meu Gim-tônica.

— Preciso dizer que estou surpresa — comentou minha irmã. — Achei que você amava aquela casa.

— E amo mesmo. Amava, pelo menos. É só que... Está na hora de um recomeço. Uma mudança não é a pior coisa do mundo, certo?

— Acho que não — ela disse. — Venha, vamos nos sentar com Nattie.

— Aqui estão elas! — falou papai em voz alta quando nos aproximamos. — Agora, as três garotas mais bonitas do mundo estão juntas. Quatro, na verdade — ele emendou rapidamente, passando o braço ao redor de mamãe, que revirou os olhos.

— Papai, Grace lhe contou que está vendendo a casa? — perguntou Margaret.

— O quê? Não! Querida! Por que não me contou?

— Porque essa não é uma decisão coletiva, papai.

— Mas acabamos de colocar janelas novas nela!

— A corretora de imóveis disse que isso vai ajudar a vendê-la — falei calmamente.

— Onde você vai morar, então? — quis saber mamãe. — Não vai para muito longe, não é, querida?

— Não. Nada muito longe. — Eu me sentei ao lado de Nat, que estava com o mesmo olhar perdido com que eu me pegara tantas vezes um ano e meio atrás. — Você está bem, menina? — perguntei.

— Sim, estou bem. Não exatamente bem. Você sabe. — Eu assenti.

— Ei, e você teve notícias sobre o cargo no Departamento de História? — perguntou Margs.

— Oh, sim — respondi. — Eles contrataram uma pessoa de fora. Mas ela parece ótima.

— Talvez ela lhe dê um aumento — especulou papai. — Seria bom se você passasse a ganhar mais do que um fazendeiro siberiano.

— Estava pensando em arrumar trabalho como prostituta de alta classe — falei. — Conhece algum político que esteja procurando por uma?

Natalie riu, e o som de sua risada fez com que todos nós sorríssemos também.

Um pouco mais tarde, depois que o jantar já fora servido, fui até o banheiro feminino. De um dos reservados vinha a voz da presunçosa prima Kitty.

— ... então, aparentemente, ela estava só fingindo que estava namorando alguém, para que ninguém sentisse pena dela — Kitty estava dizendo. — O médico foi totalmente inventado! Então houve alguma coisa com um ex-presidiário com quem ela vinha se correspondendo enquanto ele ainda estava na prisão... — ouvi o barulho da descarga e logo Kitty emergia. Do reservado do lado, saiu a tia Mavis. Ao me verem, as duas congelaram no mesmo lugar.

— Olá senhoras — cumprimentei gentilmente, enquanto ajeitava meus cabelos no espelho. — Estão se divertindo? Quanta fofoca em tão pouco tempo, não?

O rosto de Kitty ficou tão vermelho quanto o traseiro de um babuíno. Tia Mavis, que era feita de material mais resistente, apenas revirou os olhos.

— Vocês têm mais alguma dúvida sobre a minha vida amorosa? Falta alguma informação? Posso ajudar de alguma forma? — Sorri, cruzei os braços e as encarei de cima a baixo.

Kitty e Mavis trocaram um olhar.

— Não, Grace — disseram em uníssono.

— Muito bem — respondi. — E só para sua informação, ele estava no corredor da morte. Sinto dizer, mas o governador suspendeu sua execução, por isso, estou de olho nele de novo. — Dei uma piscadinha e sorri ao ver os olhares idênticos de horror no rosto das duas. Então, entrei em um reservado.

Quando voltei a me reunir com a minha família, Nat estava se preparando para ir embora.

— Você pode ficar comigo, Bumppo — eu disse.

— Não, obrigada, Grace. Vou ficar com mamãe e papai por alguns dias. Mas agradeço muito por você oferecer.

— Quer que eu lhe dê uma carona? — perguntei.

— Não, Margs vai me levar. Temos que parar em um lugar, antes. Além do mais, você já fez o bastante por hoje. Bater em Andrew... Obrigada por isso.

— O prazer foi todo meu — falei, com a mais completa sinceridade. Então beijei minha irmã e a abracei por um longo tempo. — Me ligue de manhã.

— Farei isso. Obrigada — ela sussurrou.

Enquanto caminhava para o meu carro, tentava achar as chaves na bolsa. Parecia que havia se passado uma eternidade desde que eu prometera às senhoras minhas amigas, na Golden Meadows, que daria uma passada lá naquela noite. Elas queriam me ver em meu vestido de festa e saber como fora o casamento. Bem, papai já levara Mémé para lá antes do jantar. Havia grandes chances de que as moradoras da Golden Meadows já soubessem tudo sobre o casamento que não acontecera.

Mas resolvi passar por lá, mesmo assim. Aquela era a noite da Social de Sábado. Eu provavelmente conseguiria alguém para dançar comigo e, embora ele provavelmente não fosse ter menos de oitenta anos, ainda assim eu estranhamente estava louca de vontade de dançar.

Atravessei a cidade e parei o carro no estacionamento da Golden Meadows. Não havia sinal da caminhonete velha de Callahan. Eu não o vira desde o dia em que ele deixara a rua Maple, embora tenha passado para ver o avô dele. Como Cal mencionara, o senhor não estava bem. Nem chegamos a terminar o livro.

Em um impulso, decidi parar e dar uma olhada no sr. Lawrence. Quem sabe? Talvez Callahan estivesse lá. Betsy, a enfermeira de plantão, acenou para que eu entrasse.

— Por pouco você não encontra o neto dele — ela disse tapando o bocal do telefone.

Droga. Bem, Callahan não era a minha razão para estar ali, não realmente. Desci o corredor já familiar, ouvindo os sons particularmente tristes naquela ala — gemidos baixos, vozes queixosas e silêncio demais.

A porta do quarto do sr. Lawrence estava aberta. Ele estava adormecido sobre a cama de hospital, o corpo pequeno e encolhido sob os lençóis de um azul pálido. Ao seu lado, agora havia um suporte intravenoso que não estava ali na última vez em que eu viera. Do suporte, saía um tubo de plástico transparente que estava preso no braço dele. Ao ver isso, meus olhos se encheram de lágrimas. Eu já frequentava a Golden Meadows há tempo o bastante para saber que, em casos como aquele, o suporte normalmente significava que o paciente deixara de comer e de beber.

— Olá, sr. Lawrence, é Grace — sussurrei, sentando-me perto dele. — A moça que lia para o senhor, lembra-se? *O Desejo Libidinoso do Meu Senhor*, a história do duque e da prostituta, sabe?

É claro que ele não respondeu. Pelo que eu me lembrava, jamais escutara a voz do avô de Cal. Me perguntei como ela deveria ser, quando ele ainda era um homem jovem, ensinando Cal e seu irmão a pescar, ajudando-os com os deveres de casa, dizendo a eles para comerem todos os legumes e beberem todo o leite.

— Escute, sr. Lawrence — falei pousando a mão em seu braço magro e vulnerável. — Só queria lhe dizer uma coisa. Eu namorei seu neto por algum tempo. Callahan. E, para resumir, estraguei tudo e ele terminou comigo. — Revirei os olhos para mim mesma, pois não planejara fazer uma confissão no leito de morte. — De qualquer modo, queria lhe contar sobre o bom homem que ele é.

Senti a garganta apertada, e minha voz saiu em um sussurro.

— Callahan é inteligente, divertido e atencioso, e está sempre trabalhando, sabia? O senhor devia ver a casa que ele acaba de reformar. Fez um lindo trabalho. — Fiz uma pausa. — E ele o ama muito. Cal vem aqui o tempo todo. E ele... bem, ele é um homem muito bonito, certo? Acho que teve a quem puxar.

Mal dava para ouvir o som da respiração do sr. Lawrence. Peguei sua mão fria e retorcida e segurei-a por um instante.

— Só queria lhe dizer que o senhor fez um excelente trabalho na criação dele. Acho que deve se sentir realmente orgulhoso. Isso é tudo.

Então me inclinei e beijei a testa do sr. Lawrence.

— Só mais uma coisa. O duque se casa com Clarissia. Ele a encontra na torre e a resgata. Então eles vivem... o senhor sabe. Felizes para sempre.

— O que está fazendo, Grace?

Saltei como se alguém houvesse encostado um ferro quente em minha pele.

— Mémé! Santo Deus, você me assustou! — sussurrei.

— Estava procurando por você. Dolores Baranski disse que você viria, e a Social de Sábado já começou há uma hora.

— Está certo — falei, com um último olhar para o sr. Lawrence. — Vamos, então.

Eu empurrei a cadeira de Mémé pelo corredor, afastando-me da última ligação que tinha com Callahan O'Shea, e sabendo eu provavelmente que nunca mais veria o sr. Lawrence. Algumas lágrimas escorreram pelo meu rosto e eu funguei.

— Oh, anime-se — disse Mémé, que tudo percebia do seu trono. — Ao menos você tem a mim. O homem nem mesmo é seu parente. Não sei por que se importa.

Parei a cadeira de rodas e dei a volta para encarar minha avó, pronta para dizer a ela, a velha insuportável que era, o quanto era fútil e rude, além de egoísta e insensível. Mas quando olhei para os cabelos ralos, para o rosto enrugado, as mãos cheias de manchas enfeitadas com anéis grandes demais, acabei dizendo outra coisa.

— Amo você, Mémé.

Ela levantou os olhos, atônita.

— Qual o problema com você, hoje?

— Nada. Só queria lhe dizer isso.

Ela respirou fundo, e franziu cenho, acentuando ainda mais as rugas.

— Bem, nós vamos, ou não?

Eu sorri e voltei a empurrar a cadeira até o lugar onde estava acontecendo a Social de Sábado. A animação estava a pleno vapor e eu dancei com todos os meus parceiros regulares, além de outros que eu não conhecia. Dei até mesmo alguns giros com Mémé em sua cadeira de rodas, mas ela disse que eu estava fazendo papel de tola e cogitou em voz bem alta se eu não havia bebido demais no clube, por isso a levei de volta para onde estava. Mas só depois de duas músicas.

Meu vestido foi admirado, recebi tapinhas carinhosos nas mãos e até meu cabelo estava bonito. Em outras palavras, eu estava feliz. Nat estava com o coração partido, meu próprio coração também não estava indo lá muito bem. Eu arruinara uma relação maravilhosa e rara com Callahan O'Shea e fizera papel de idiota na frente da minha família, inventando um namorado. Mas estava tudo bem. Ao menos a parte de ter feito papel de idiota. Já no que dizia respeito a Callahan... Eu sentiria saudades dele por muito tempo.

Capítulo trinta e quatro

Quando cheguei em casa, da Golden Meadows, eram quase dez horas da noite. Angus me presenteou com dois rolos de papel higiênico mastigados e me levou animado até a cozinha para me mostrar onde havia vomitado um pouco do papel que comera.

— Ao menos você fez isso no piso de cerâmica — falei, pegando as luvas que tanto usava para limpar os... ahn, acidentes de Angus. — Vou escolher um ótimo lugar para nós, não se preocupe. — Angus balançou a cauda.

Becky Mango me telefonara na véspera.

— Sei que pode parecer estranho — ela falou —, mas estava pensando se você não estaria interessada na casa ao lado da sua. A que Callahan reformou. É tão charmosa...

Eu hesitara. Deus sabia que eu amava aquela casa, mas já vivera em um lugar que tinha tudo a ver com um relacionamento fracassado. Comprar a casa de Cal, embora o preço pedido fosse aproximadamente o mesmo da minha, me tornaria parecida demais com a velha Srta. Havisham, de *Grandes Esperanças*. Não. Minha próxima casa teria a ver com o meu futuro e não com o meu passado.

— Certo, Angus? — perguntei, agora. Ele latiu, inocente, então arrotou e deitou de barriga para cima, sugerindo descaradamente que eu parasse de limpar seu vômito por algum tempo para coçar sua barriguinha. — Mais tarde, McFangus — murmurei.

Limpei toda a sujeira dele, tomando cuidado com a bainha do meu vestido. Era um belo vestido, mas eu estava planejando doá-lo para o Exército da Salvação. Nunca mais queria vê-lo. Nem ele, nem meu vestido de noiva. Talvez Nat quisesse que eu levasse o dela também.

No dia seguinte mesmo eu colocaria todos em uma sacola. Embora ainda não houvesse encontrado uma casa nova, logo estaria me mudando. Era a hora de passar em revista todas as coisas que comprara em liquidações e não usara — quem sabe até mesmo pudesse organizar uma venda de garagem. Recomeço e tudo o mais.

Enquanto eu acabava de remover os últimos vestígios da sujeira de Angus do chão e jogava fora os papéis absorventes que usara, meu cachorrinho ficou de pé e saiu voando da cozinha em uma explosão de latidos. *Au! Auauau!*

— Qual é o problema, querido? — perguntei, indo até a sala de estar.

Auauau!

Afastei as cortinas para dar uma espiada pela janela e meu coração disparou a bater com tal força que eu quase engasguei.

Callahan O'Shea estava parado na varanda da frente.

Ele me olhou, ergueu uma sobrancelha e esperou.

Minhas pernas mal conseguiam me suportar quando abri a porta. Angus deu um rosnado e partiu para cima das botas de Cal, que o ignorou solenemente.

— Oi — ele disse.

— Oi — sussurrei.

Callahan abaixou o olhar para as minhas mãos que ainda estavam protegidas com as luvas de borracha.

— O que está fazendo?

— Ahn... limpando vômito de cachorro.

— Que beleza.

Fiquei parada, sem saber o que fazer. Callahan O'Shea. Ali. Na minha varanda, o lugar onde nos vimos pela primeira vez.

— Se incomodaria de chamar seu cachorro? — ele perguntou, enquanto Angus, que abocanhara uma boa parte da perna da calça de Cal, virava a cabeça para a frente e para trás, rosnando aquele seu lindo rosnadinho.

— Oh... claro. Sim, claro. — falei. — Angus! Já para o porão, rapaz! Vamos! — Meus joelhos tremiam, mas consegui pegar Angus no colo e empurrá-lo para dentro do porão, deixando-o junto com as esculturas de partes íntimas femininas. Ele ganiu, mas logo aceitou seu destino e ficou quieto.

Voltei para onde deixara Callahan.

— Então, o que veio fazer por aqui? — Minha garganta estava tão apertada que a voz saiu esganiçada.

— Suas irmãs me fizeram uma visita — ele explicou calmamente.

— Fizeram? — perguntei boquiaberta.

— Ahã.

— Hoje?

— A cerca de uma hora. Elas me contaram sobre Andrew.

— Entendo. — Fechei a boca. — Foi uma confusão e tanto.

— Ouvi dizer que você deu uma surra nele.

— Sim, é verdade — murmurei. — Um dos meus melhores momentos. — Um pensamento me ocorreu subitamente. — Como elas sabiam onde encontrá-lo? — Callahan sem dúvida não deixara seu próximo endereço comigo.

— Margaret ligou para seus amigos no escritório da condicional.

Disfarcei um sorriso. A boa e velha Margs.

— Natalie me disse que eu era um idiota — murmurou Callahan, a voz baixa o bastante para fazer meu corpo vibrar.

— Oh — deixei escapar, me encostando na parede em busca de apoio para os joelhos bambos. — Sinto muito. Você não é um idiota.

— Ela me contou como você deixou tudo às claras com todo mundo. — Cal deu um passo em minha direção e meu coração agora batia com tanta força que fiquei com medo de acabar imitando Angus e vomitando. — E disse que sou um idiota por ter simplesmente dado as costas a uma mulher como você.

Callahan pegou minha mão e retirou a luva de borracha, com um sorrisinho mal disfarçado no rosto. Ele repetiu o gesto com a outra mão e me peguei olhando para as nossas mãos juntas, porque era difícil olhar nos olhos de Cal.

— A questão é a seguinte, Grace — ele disse delicadamente, ainda segurando minhas mãos suadas nas suas, muito mais atraentes e secas. — Eu nem precisava ouvir o que a sua irmã me disse, porque já percebera que havia sido um idiota.

— Oh — ofeguei.

— Mas tenho que admitir que achei muito bom ver suas irmãs finalmente fazendo alguma coisa por você, em vez do contrário. — Ele ergueu meu queixo, forçando-me a olhar em seus belos olhos. — Grace — ele sussurrou —, eu fui um idiota. Deveria saber melhor do que ninguém que as pessoas fazem coisas estúpidas para proteger a quem amam. E que todos merecem uma segunda oportunidade.

Engoli um soluço trêmulo, meus olhos já cheios de lágrimas.

— O negócio é o seguinte, Grace — disse Cal, um sorriso brincando no canto de sua boca. — Desde aquele primeiro dia, quando você me acertou na cabeça com seu bastão de hóquei...

— Você simplesmente não pode esquecer isso, não é? — resmunguei.

Ele agora sorria abertamente.

— ... e até mesmo quando você me bateu com o ancinho, ou quando amassou minha caminhonete, ou quando ficava me espionando do seu sótão, ou ainda quando seu cachorro ficava me atormentando, Grace, eu sempre soube que você era a mulher para mim.

— Oh — sussurrei, sentindo minha boca tremer. Não era minha melhor aparência, sem dúvida, mas eu não podia evitar.

— Nos dê outra oportunidade, Grace. O que acha? — O sorriso de Callahan me disse que ele já sabia muito bem qual seria a minha resposta.

Em vez de responder, apenas passei os braços ao redor dele e o beijei com todas as minhas forças. Porque simplesmente sabemos quando o homem diante de nós é "O Cara".

Epílogo

Dois anos mais tarde.

— Não vamos batizar nosso filho com o nome de Abraham Lincoln O'Shea. Pense em algum outro nome. — Meu marido fingiu estar zangado, mas seu olhar ficou um pouco comprometido pelas lambidas de Angus em seu queixo. Era domingo de manhã, estávamos na cama, a luz do sol entrava pela janela, o aroma do café se misturava ao doce perfume das rosas no pequeno vaso sobre a mesinha de cabeceira.

— Você já rejeitou Stonewall — lembrei a ele, enquanto acariciava minha barriga enorme. — Stonewall O'Shea. Com certeza não haveria mais nenhum menino no jardim de infância com esse nome.

— Grace. A data prevista para o seu parto é daqui a quatro dias. Vamos lá, fale sério. É nosso filho. E se ele tiver que ostentar um nome em homenagem à Guerra Civil Americana, que ao menos seja um nome ianque, está certo? Afinal, nós dois somos da Nova Inglaterra. Angus, tire a língua da minha orelha. Argh.

Eu ri. Quando resolvemos morar juntos, Callahan levou Angus para um curso de adestramento de oito semanas. Crianças precisam de disciplina, Cal havia me dito. Desde então, o cachorro era louco por ele.

Tentei mais uma vez.

— E que tal Ulysses S. O'Shea?

— Fecho com Grant. Grant O'Shea. E já estou fazendo uma concessão, Grace.

— Grant O'Shea. Não. Me desculpe. Que tal Jeb?

— Já chega, mocinha! — Ele me atacou, fez cócegas e logo estávamos nos agarrando como um casal de adolescentes.

— Amo você — sussurrou Callahan, a mão sobre a minha barriga.

— Também amo você — sussurrei de volta.

Sim, nós havíamos nos casado. Eu finalmente agarrara o rapaz da casa vizinha. E, por sinal, ficara também com a casa vizinha. Cal dissera que não parecia certo que ela pertencesse a mais ninguém, que não nós dois, e a compramos juntos, duas semanas depois do não casamento de Natalie.

Ser vizinha da minha antiga casa não me incomodava nem um pouco. Eu era grata àquela casa, onde meu coração triste e machucado havia conseguido se curar lentamente. E, afinal, fora lá que eu vira pela primeira vez o meu marido.

E por falar em Natalie, ela estava indo bem. Ainda estava solteira, trabalhando muito, e parecia feliz. Nat tinha alguns encontros de vez em quando, mas nada sério, ainda. Stuart e Margaret haviam se tornado pais a cerca de um ano — de James, um bebê que teve muita cólica e que chorara sem parar durante os primeiros quatros meses de sua vida, antes de se transformar em um pequeno Buda rechonchudo e cheio de covinhas, sorridente e babão. Margaret era completamente louca por ele.

— Deus, você tem um cheiro bom — murmurou Cal, com a cabeça enfiada no meu pescoço. — Quer brincar comigo?

Olhei para ele, os cílios longos, retos, os cabelos sempre desarrumados, os olhos azul-escuros suaves... *Espero que nosso filho seja a cara dele*, pensei, e meu coração doeu de tanto amor que eu nem consegui responder. Então senti outro tipo de dor, e uma sensação úmida logo a acompanhou.

— Querida? — chamou Callahan. — Você está bem?

— Sabe de uma coisa? Acho que a minha bolsa estourou.

Trinta minutos mais tarde, Cal estava tentando sair comigo pela porta da frente, enquanto Angus latia loucamente no porão, furioso pela falta de cerimônia com que Callahan o jogou ali. Mas Cal não estava com humor para gentilezas e corria pela casa como se ela estivesse pegando fogo. Eu sabia por Margaret que o trabalho de parto era longo e terrível, já que ela adorava discutir o assunto em detalhes, e sabia também que o bebê provavelmente demoraria uma boa parte do dia até nascer. O obstetra disse a mesma coisa, mas Cal estava convencido de que eu ia me agachar e parir a criança ali mesmo... Ou pior, na beira da estrada, entre a casa e o hospital.

— Você pegou meus pirulitos? — perguntei calmamente, consultando a lista que me deram no curso para pais.

— Sim. Peguei. — Ele parecia nervoso... apavorado talvez fosse uma palavra melhor... E eu nunca o achara tão adorável. — Venha, querida, vamos. O bebê está vindo, não se esqueça.

Lancei-lhe um olhar penetrante.

— Vou tentar me lembrar, Callahan. E quanto àquele meu lindo roupão de banho? Meu cabelo já vai ficar ruim o bastante. Posso ao menos parecer bonita do pescoço para baixo. — Continuei a checar a lista. — Não se esqueça da câmera, é claro.

— Está aqui, Grace. Vamos, meu amor. Não vamos correr o risco de ter o bebê aqui no corredor.

— Cal, eu tive apenas duas contrações. Relaxe. — Ele quase rosnou e eu fiz a gentileza de ignorá-lo. — Você se lembrou das roupinhas de bebê? Daquele lindo macacãozinho azul com a estampa de cachorro?

— Sim, querida, por favor, eu já chequei a lista. Acha que podemos sair para o hospital antes que a criança complete três anos?

— Oh, meu ponto focal! Não se esqueça disso. — O instrutor do curso para gestantes disse que deveríamos levar para a maternidade um objeto em que eu pudesse me concentrar durante as contrações. Algo que eu gostasse de olhar.

— Já peguei. — Ele esticou o braço acima da porta da frente e pegou o ponto focal, meu bastão de hóquei, que Cal havia pendurado no dia em que nos mudamos para a casa. — Muito bem, meu amor. Vamos conhecer nosso menino. Quer que eu a carregue? É mais rápido. Farei isso. Simplesmente passe o braço ao redor do meu pescoço, querida. Venha. Vamos.

Dezenove horas e meia depois — horas bastante marcantes e memoráveis por sinal — havíamos aprendido várias coisas. A primeira: eu conseguia gritar muito, muito alto, se a situação exigia. A segunda: apesar de Cal ter sido fantástico durante o parto, ele também tinha a tendência a chorar quando a esposa estava sentindo dor. (Isso quando eu achava que não poderia amar mais aquele homem...) E a terceira: ultrassonografias ainda podem ser interpretadas errado, de vez em quando.

Nosso menino era uma menina.

Nós a chamamos de Scarlett.

Scarlett O'Hara O'Shea.

Publisher
Kaíke Nanne

Editora de aquisição
Renata Sturm

Editora executiva
Carolina Chagas

Coordenação de produção
Thalita Aragão Ramalho

Produção editorial
Jaciara Lima

Copidesque
Vinicius Damasceno

Revisão
Camila Werhahn
Thamiris Leiroza

Diagramação
Abreu's System

Capa
TypoStudio

Este livro foi impresso no Rio de Janeiro, em 2016,
pela Edigráfica, para a HarperCollins Brasil.
A fonte usada no miolo é Minion Pro, corpo 11/14,3.
O papel do miolo é Chambril Avena 70g/m^2, e o da capa é cartão 250g/m^2.